U0088956

古典文學研究輯刊

八 編

曾永義 主編

第12冊

《繡榻野史》研究

陳秉楠 著

國家圖書館出版品預行編目資料

《繡榻野史》研究／陳秉楠 著 — 初版 — 新北市：花木蘭文化出版社，2013〔民 102〕

目 2+226 面；19×26 公分

（古典文學研究輯刊 八編；第 12 冊）

ISBN：978-986-322-388-7（精裝）

1. 色情小說 2. 文學評論

820.8 102014666

古典文學研究輯刊

八 編 第十二冊 ISBN：978-986-322-388-7

《繡榻野史》研究

作 者 陳秉楠

主 編 曾永義

總 編 輯 杜潔祥

出 版 花木蘭文化出版社

發 行 所 花木蘭文化出版社

發 行 人 高小娟

聯絡地址 235 新北市中和區中安街七二號十三樓

電話：02-2923-1455／傳眞：02-2923-1452

網 址 http://www.huamulan.tw 信箱 sut81518@gmail.com

印 刷 普羅文化出版廣告事業

初 版 2013 年 9 月

定 價 八編 24 冊（精裝）新台幣 42,000 元

《繡榻野史》研究

陳秉楠 著

作者簡介

陳秉楠，臺灣政治大學中國文學系博士候選人。出生於高雄，定居桃園。已婚，育有一子。醉心於中國敘事文學，主要以明清小說為研究對象。博士論文處理明清小說中的「情」、「欲」論述。

提　要

本書是針對晚明情慾小說《繡榻野史》的研究專著，是作者的碩士學位論文。本書以《繡榻野史》為中心，從近來中國情慾小說的研究現況的探討為起點，提出「情慾小說」的術語，作為研究晚明小說當中的情欲論述的核心，揮別過往以市民文學、資本主義萌芽、反程朱理學的研究框架，進行晚明情慾小說的外緣研究，探討了當時的社會風氣與相關思想，而在第三章，以《繡榻野史》與《浪史》的相關比較，呈現晚明情慾小說文獻遞嬗與傳播的情況，並指出二者情節文字高度雷同，而類型相異的事實。在第四章，針對晚明情慾小說作者多數無可考的現況，對相傳為《繡榻野史》作者的「呂天成」，進行詳細的考論。此外，在內部研究中，建立以情慾文本為中心的角色美學、時空型；在第六章，以當時各種文本中的譬喻為基礎，探究晚明情欲文化的深層意涵，比較晚明情慾小說與醫學文本中的譬喻意涵，說明了縱欲亡身的道德話語的起源與運作模式。第七章為結論，歸納各章大旨，總結成果，指出下一階段研究的方向。

目次

第一章　緒　論 …… 1
第一節　研究動機與價值 …… 1
一、《繡榻野史》在相同題材的情慾小說中具有代表性 …… 3
二、《繡榻野史》具有小說史的價值 …… 4
第二節　研究方法與步驟 …… 6
第三節　前人研究成果概述 …… 9
第四節　目前情慾小說研究中的問題與省思 …… 17
一、釋「情慾小說」之名 …… 17
二、部份研究者對晚明情慾小說仍存有偏見 …… 23
三、研究框架的侷限：資本主義萌芽說與反程朱理學說的問題 …… 24
第二章　晚明情慾文學產生的背景 …… 29
第一節　經濟型態的轉變奠定印刷業繁榮的基礎 …… 30
第二節　晚明社會風氣的轉變 …… 37
一、世風侈靡 …… 38
二、人情放蕩 …… 40
第三節　李贄、湯顯祖與情慾小說的興起 …… 44
第四節　小　結 …… 57
第三章　《繡榻野史》與晚明情慾小說之考論 …… 59
第一節　《繡榻野史》與明代傳奇小說的關係 …… 61
第二節　《繡榻野史》與《浪史》情節、文字雷同情況之比較 …… 66
一、《繡榻野史》、《浪史》同列情慾小說排行榜 …… 66
二、《繡榻野史》與《浪史》偷情情節裡角色描寫的比較 …… 67
三、《繡榻野史》與《浪史》「偷情／戰爭」情節的比較 …… 69
四、《繡榻野史》與《浪史》「引誘」「替身」情節的比較 …… 73
五、《繡榻野史》、《浪史》雷同文字的比較 …… 75
第三節　《繡榻野史》與《浪史》所呈現的晚明情慾小說文獻遞嬗之情形 …… 77
第四節　小　結 …… 84
第四章　呂天成與《繡榻野史》 …… 87
第一節　呂天成的家世、師承與交遊 …… 88

第二節 《繡榻野史》作者「呂天成」……93
第三節 小結：呂天成在情慾小說史上的意義……106
第五章 《繡榻野史》的內容分析……109
第一節 《繡榻野史》的題材選擇……109
第二節 《繡榻野史》的角色塑造……112
一、關於情慾小說角色研究術語：角色的類型、典型、性格與形象……112
二、《繡榻野史》的角色：東門生、金氏、趙大里、麻氏……117
第三節 《繡榻野史》的結構與敘述手法……149
一、《繡榻野史》的情節和故事……149
二、《繡榻野史》的結構……153
第四節 《繡榻野史》的時空型……158
一、明清情慾小說的「時空型」研究概述……158
二、《繡榻野史》的時空型及其意涵……160
第五節 小 結……163
第六章 《繡榻野史》中的「性交／戰爭」譬喻與其意涵……167
第一節 晚明情慾小說使用「性交／戰爭」譬喻的研究概述……167
第二節 雷可夫與詹生（Lakoff-Johnson）譬喻理論概述……169
一、方位譬喻……170
二、實體譬喻……171
三、結構譬喻……171
第三節 《繡榻野史》中的「性交／戰爭」譬喻使用情況述論……173
第四節 養生與性病的隱喻：晚明醫學理論以及文學素材中的欲望觀念……177
一、男性對快感的節制與對女性性慾的恐懼……180
二、疾病的隱喻：性病的污名化與道德的關係……182
第五節 小 結……189
第七章 結 論……191
附錄一 《浪史》與明代傳奇小說的淵源……199
附錄二 《繡榻野史》版本介紹……211

參考書目……215

第一章　緒　論

第一節　研究動機與價值

筆者選擇古典情慾小說作爲研究議題前，〔註1〕就已發現只要牽涉到情慾題材的文學作品，在晚明往往有高度的爭議性，雖然此現象並非古今中外放諸四海皆準，〔註2〕但仍爲常見的現象，所以一直在思索一項核心問題：

　　爲何對情慾如此戒愼恐懼？

這促使筆者閱讀晚明的情慾小說與相關著作，在累積一些閱讀心得後，發現其中有著許多盤根錯節的問題。譬如《金瓶梅》一直有「淫書」的惡謚，而從晚明到現在，仍有論者爲它撰文一辨。〔註3〕暫且不討論《金瓶梅》是否是

〔註1〕對於爲何選用「情慾小說」作爲術語，下文〈釋「情慾小說」之名〉會有所析論。

〔註2〕福柯《性史》「壓抑的假說」推翻我們現代人從古至今都有性壓抑的認知，其實並非歷代都如此，而是維多利亞時期保守話語的遺留；他指出古希臘時期的情慾話語與性開放程度就與現代差異頗大。見氏著《性史》（上海：上海書店，2002年），頁12～38。

〔註3〕站在贊成《金瓶梅》者，明有弄珠客序，清有張竹坡的〈讀法〉。今人魏子雲先生是國際著名的《金》學專家，他窮畢生之力，鑽研《金瓶梅》一書，著作等身，他曾於〈《金瓶梅》是寫「財」與「色」的社會文學〉表達了《金瓶梅》並非「淫書」的意見，還有劉輝有〈《金瓶梅》非淫書辨〉、陳益源〈淫書中的淫書？——談《金瓶梅》與豔情小說的關係〉；站在反對立場的，有陳紹〈《金瓶梅》爲什麼要刪節？〉、張進德〈《金瓶梅》人欲描寫新論——兼與張兵先生商榷〉。劉文收入盛源、北嬰選編《名家解讀《金瓶梅》》（濟南：山東人民出版社，1998年）。魏文、陳文收入陳益源的《古典小說與情色文學》（台北：里仁出版社，民國90年），頁55～73。陳文見《生活叢刊》1986年

「淫書」，這個例子讓我們反身觀照現代文學作品或各類出版品是否屬於色情，在長期爭論中，逐漸呈現出一種趨勢：以「言論自由」保護色情作品，也是目前最至高無上的理由。〔註4〕但辯護的理由雖然一再改變、升級，反對者這一端卻一直都是道德，而反對的最大理由即是「色情違反道德的普遍性」。觀察曾經被當作色情的文學作品，但後來又被除去惡名，甚至列入名著的歷程，可以發現這個過程裡，道德的名義雖然沒變，但是道德的內容與尺度卻改變了，〔註5〕而這即是令我等研究者傾心之處，因而由此發展出「情慾文學是檢驗其時代道德光譜的試金石」的研究角度。

晚明當然沒有言論自由的概念，那麼情慾小說的作者援引哪些文化傳統資源抗辯？研究這些作品，對於理解這時代歷史，應有饒有意義的新理解。這些明代情慾小說的序言是歷來作者、編者等為作品進行辯護之處，有趣的是，沒有人認為自己是「誨淫」，反而極力撇清其「誨」的行為與「淫」的成分，但反諷的是，他們努力為自己的作品取得正當性的同時，卻不敢在作品內洩漏自己眞實的姓名，似乎在這類書內掛上本名、眞名很見不得人。這樣的現象，包含著什麼樣的時代訊息呢？反對「誨淫」者的立場，則清楚展現在禁毀書單與禁毀的行為上，以及某些文學評論者的著作中，在越演越烈的禁毀中，情慾小說卻是禁而不絕的。〔註6〕

第一期、張文見《明清小說研究》1992年。

〔註4〕林芳玫簡明扼要地指出各種立場面對色情的特徵：

一、傳統道德派：色情是淫穢不潔的，更會敗壞社會風氣。

二、行為科學研究者：色情的暴力內容會對觀眾觀看後的態度、認知與行為產生負面影響，增加其暴力傾向。但這未必表示色情應加以查禁。

三、反色情女性主義者：色情是理論，強暴是實踐。色情是男性宰制的社會眞實。

四、自由主義者：限制色情就是限制言論自由；民主社會要尊重言論自由，包括色情在內。

五、性解放論者：色情可以幫助解除性壓抑，開發情慾資源。

見氏著《色情研究》（台北：女書文化事業有限公司，1999年），頁10。

〔註5〕《波法利夫人》、《查泰萊夫人的情人》、《尤里西斯》皆曾被認為是「誨淫」的作品而被禁，而今天不僅三本皆入世界名著之林，《尤里西斯》還被視為意識流經典，列入美國大學生的閱讀書目裡。隨著社會價值日趨多元、開放，薩德的《索多瑪一百二十日》也在臺灣出版（商周版），未來或許《薩德全集》會被列入某一種類的經典中，亦未可知。

〔註6〕王秋桂：「這些『淫詞小說』大都是禁而不絕，書商為應付禁令，往往換書名，換湯不換藥，再禁再換。甚至將一種書拆成幾個部分，各冠以不同的書名。因此我們常常看到同書異名或同名異書的情形。」〈中國性文學的「罪」與「罰」

更何況，情慾小說還是中國古代小說史研究不容忽視的部分，如陳大康所言：「色情小說是中國古代小說史上的特殊群體。…明代通俗小說的創作發展趨勢，是從以改編舊作的方式描述歷史或神魔故事出發，逐漸走上以獨立創作反映現實人生的道路，而在這一過程中的轉折之際，最先出現的人生寫實作品，竟在著意描摩色情，這有點令人尷尬，卻是又是不可迴避的事實。這現象表明了小說發展進程的曲折與複雜，以及文學規律的顯現不可避免地要受到時代風尚的攝動。因此，決不可將色情小說從研究視野中抹去，更何況他們顯示的有些價值與意義又是其他創作流派無法提供的。」〔註7〕

合而觀之，情慾小說承載著文化上的訊息，它是讓我們瞭解當時情慾文化的窗口，儘管透過此窗所見仍是局部，但也是欲求整體不容缺少的一塊拼圖；同時這類小說也是小說史研究不可或缺的一環。因此，筆者興起撰寫晚明情慾小說爲學位論文的念頭，另外，由於現存晚明情慾小說頗多，筆者有必要說明爲何選擇《繡榻野史》。這樣做主要有兩項原因，敘述如下：

一、《繡榻野史》在相同題材的情慾小說中具有代表性

《繡榻野史》在晚明情慾小說中具有內容的獨特性，它在當代即被視爲淫書。張譽，號無咎父，在《天許齋批點北宋三遂平妖傳》的序言認爲：

> 聞此書傳自京都一勛臣家抄本，即未必果羅公（羅貫中）筆，亦當出自高手，非近日作《續三國》、《浪史》、《野史》等鴟鳴鴉叫，獲羅名教者比。〔註8〕

其後，清劉廷璣《在園雜誌》卷二〈冬與友人論小說〉謂：「至《燈月緣》、《肉蒲團》、《野史》、《浪史》、《快史》、《媚史》、《河間傳》、《癡婆子傳》則流毒無盡。」〔註9〕清代的禁毀書目中，此書也一直名列榜上，〔註10〕今人孫楷第

座談紀要〉，《小說與豔情》（上海：學林出版社，2000年），頁185。亦可參考江曉原《「性」在古代中國：對一種文化現象的探索》（西安：陝西科學技術出版社，1988年）、劉達臨《中國古代性文化》（銀川：寧夏人民出版社，1993年）。

〔註7〕陳大康《明代小說史》第四編第三節萬曆朝前後的色情小說（上海：上海文藝出版社，2000年），頁476。

〔註8〕〔明〕羅貫中《北宋三遂平妖傳》，（成都：巴蜀書社，1995年，《明清小說叢刊》依《天許齋》爲主之整理本），頁455。另外，映旭齋版本的〈批評北宋三遂新平妖傳敘〉張無咎批評《繡榻野史》：「如老淫土娼，見之欲嘔。」見黃霖、韓同文選注《中國歷代小說論著選》（南昌：江西人民出版社，1990年），頁241。

〔註9〕其署年壬辰，故知是康熙51年（1712）。

依張無咎、劉廷璣之言，也認爲此書在明代即爲有名的穢書，〔註 11〕其他學者也認爲是書淫穢程度頗高，〔註 12〕是以要瞭解晚明道德與色情的界線，就必須瞭解這本小說。

二、《繡榻野史》具有小說史的價值

明代的情慾小說，由於「誨淫」的疑慮，又加上小說在正統詩文傳統下，仍不登大雅之堂，所以情慾小說更是小道中的邪道，所以情慾小說的作者多不可考，例如宣德、正統年間寫《如意君傳》的吳門徐昌齡，知其姓字，但卻無考起；又如《浪史》，題爲風月軒又玄子著，這又玄子又是誰？「風月軒」也無法提供任何線索，所以情慾小說的作者可考且確定不疑的，又有其他生平事蹟可供研究者，寥寥可數。因此，呂天成是《繡榻野史》的作者，這一事實在情慾小說的作者研究方面就有非常重要的意義。儘管我們必須考慮到《繡榻野史》有確定的作者，在晚明情慾小說中可以說是少數的特例，但是正因爲晚明其他情慾小說作者的資料，往往除了署名之外，少有其他資料與線索，所以「情慾小說作者呂天成」變成全體情慾小說作者研究中的一塊拼圖。這當然是局部性，而非全面性的，可是在其他作者研究更無法展開的情況下，這局部又變成不可或缺的環節了。因此，我們可以透過呂天成瞭解晚明情慾小說作者的創作環境、過程（呂天成又成長於出版業發達的江南，而且長期關懷、投入通俗文學的鑑賞、創作中），所以《繡榻野史》在瞭解晚明情慾小說的各個環節上，因爲資料的相對匱乏，而具有重要意義。

《繡榻野史》的情節、文字與晚明的情慾小說《浪史》多有雷同；《繡榻野史》「獻妻予龍陽」的情節在清代的情慾小說中也頗爲常見，所以研究此書對瞭解情慾小說彼此之間文字襲用、情節沿用的情形，有所幫助。《繡榻野史》

〔註 10〕道光 17 年（1837）蘇郡設局收毀淫書目、道光 24 年（1844）杭州府設局收毀淫書目、同治 7 年（1868）江蘇巡撫丁日昌查禁淫詞小說書目均著錄此書。

〔註 11〕孫楷第《日本東京所見小說書目》（臺北：鳳凰出版社，1974 年），頁 68。

〔註 12〕孫琴安：「中國小說的性描寫，若以詳細和具體來說，要超過《繡榻野史》的，恐怕還不多見。《癡婆子傳》、《桃花豔史》、《春燈謎史》等均不能與之相比，即使現代西方的性小說、性讀物，充其量也不過如此。」見氏著《中國性文學史（下）》（台北：桂冠，民國 84 年），頁 276。相同意見，又可見於魏崇新〈《繡榻野史》：不堪寓目的穢書〉，一連用四個「最」字形容《繡榻野史》的淫穢。見李時人、魏崇新、周志明、關四平著《中國古代禁毀小說漫話》（上海：漢語大詞典出版社，1999 年），頁 312。

和《浪史》在情節、文字上的雷同，前人已有所指陳，〔註 13〕但尚未深入研究，所以本文第三章的主要內容，即在研究二書的雷同情形。《繡榻野史》在後代情慾小說的影響上，清代情慾小說《怡情陣》目前確定是從《繡榻野史》改編而來；〔註 14〕而在情節上，《繡榻野史》中將自己的妻子獻給龍陽的橋段，亦可見於《桃花影》、《桃花豔史》、《歡喜緣》、《碧玉樓》以及《春情野史》中。〔註 15〕

陳慶浩先生曾提出關於中國古代小說「繁本」、「簡本」問題的觀點〔註 16〕，而筆者之所以在眾多情慾小說當中，選擇《繡榻野史》作爲研究對象，是因爲此書的眾多版本，讓陳慶浩先生得以修訂此一通則，使其更臻周延。〔註 17〕。陳慶浩先生認爲「豔情小說同一部小說出現繁簡本的情況甚多，爲我們提供這一問題非常豐富的資料」，繁、簡本是在同一部作品的前提下，情節大致相同，而文字則可以分爲二種狀況：一、彼此文字大部分相同；二、彼此文字沒有直接關係。對此，陳慶浩先生認爲第一種情況「可以肯定是繁本出現在簡本之前，沒有例外」；第二種情況，陳慶浩先生認爲「印象中似乎都是簡本在前繁本在後的」，而這二項觀點，陳慶浩先生建議「或可成我們判定明清白話小說繁簡本出現先後的通則」。這二項規律，後來陳慶浩先生也應用在判斷《海陵佚史》、《京本通俗小說・金主亮荒淫》以及《醒世恆言》第二十三卷〈金海陵縱慾亡身〉的前後關係上。〔註 18〕《京本通俗小說》是抄自《三言》的後出本子，故陳慶浩先生認爲可以不論；陳慶浩先生又舉出三項證據，證明《海陵佚史》是在前

〔註 13〕蕭相愷《珍本禁毀小說大觀——稗海訪書錄》（鄭州：中州古籍出版社，1998 年），頁 174。

〔註 14〕陳慶浩〈怡情陣・出版說明〉，收入〔清〕雲遊道人編次、〔清〕江西野人編演、陳慶浩總編《燈草和尚傳、怡情陣》（台北：台灣大英百科股份有限公司，1995 年），頁 205。

〔註 15〕李夢生《中國禁毀小說百話》（台北：建宏出版社，1996 年），頁 99～100。

〔註 16〕陳慶浩《思無邪匯寶・叢書總序》，收入《思無邪匯寶》各書內，本文引自〔明〕無遮道人編次《海陵佚史》（台北：台灣大英百科股份有限公司，1995 年），頁 13～14。以下析論均出於此，除非另引他書，否則不另下註。

〔註 17〕陳慶浩〈《思無邪匯寶》編輯後記（二）〉，收在陳慶浩、王秋桂主編的《東方豔情小說珍本——思無邪匯寶・外編（二）》（台北：台灣大英百科股份有限公司，1997 年），頁 563～564。

〔註 18〕陳慶浩《海陵佚史・出版說明》，收入〔明〕無遮道人編次《海陵佚史》（台北：台灣大英百科股份有限公司，1995 年），頁 25～26。以下析論皆出於此，除另引他書，否不另下註。

的繁本，而《金海陵縱慾亡身》是在後的簡本，而且二者並沒有直接的傳承關係，而是二書根據同一母本而來。《繡榻野史》的眾版本，印證了陳慶浩先生的繁、簡本通則。前面提到繁、簡本的問題時，在第一種「彼此文字大部分相同」的情況下，繁本在前，簡本在後，但是《繡榻野史》的醉眠閣本較種德堂本晚出，卻比種德堂本多了眉批、各則故事後的評語與斷略，以及評語之前的詞，〔註19〕形成了簡本在前，繁本在後的情況，也使得繁、簡本的通則有了例外，所以陳慶浩先生修正原來說法爲「繁、簡本間，如文字大部分相同，彼此有傳承關係者，一般來說，繁本出現在簡本之前。但如兩本間文字大致相同，繁本所增是詩詞韻文或新的情節，則情形恰好相反，新增韻文和情節的本子，往往是後出的。」〔註20〕由此可見，情慾小說可以幫助建立中國古代小說繁、簡本的通則，而這通則又更可以建立作品之間清楚的流變情形，也說明了情慾小說在小說史研究上的重要性，而《繡榻野史》的諸多版本，提供許多小說史研究所需要的線索與證據，這促使筆者在晚明眾多情慾小說中，選擇它作爲研究對象。

第二節　研究方法與步驟

本文以二個問題爲核心，其一爲《繡榻野史》的情慾論述；其二關懷《繡榻野史》在小說史上的地位。對這二個問題，筆者擬以時間與空間爲經緯做縱向與橫向的研究。例如：在縱向研究方面——小說史地位研究，先以情慾論述爲焦點，對中國歷史上的情慾文學做一概述，以明《繡榻野史》的淵源。這又分爲二部分，明代以前是鳥瞰地溯及中國文學史裡的情慾書寫，描繪出情慾書寫的演進大勢；明代以後則是以文獻遞嬗與情節演變的情形來呈現《繡榻野史》接受、吸收明代情慾小說傳統養分的情形，並且考察它如何影響其後明末清初的情慾小說，最後藉由《繡榻野史》與之前情慾小說的關係，畫出其在情慾小說系譜上的位置。

在橫向的研究方面，則著重《繡榻野史》在晚明充滿各種論述的環境下，與各種在其他場域裡的論述的關係，並著重在它如何回應，因而在文學的內容

〔註19〕陳慶浩《繡榻野史・出版說明》，收入〔明〕呂天成著《繡榻野史》（台北：台灣大英百科股份有限公司，1995），頁16、20～21。

〔註20〕陳慶浩〈《思無邪匯寶》編輯後記（二）〉，收在陳慶浩、王秋桂主編的《東方豔情小說珍本——思無邪匯寶・外編（二）》，頁563～564。

與形式上產生改變，並以這部分的研究取代過去「發生論」的研究方式，〔註21〕因爲闡明它與其他論述的關係與其回應的同時，也等於回答它爲何會以如此的形式與內容出現在晚明的時空環境下。

縱横的中心點，自然是《繡榻野史》本身。鑒於目前情慾小說的研究，多偏重於單一作品的文化研究或跨作品的比較研究，而專注於作品的研究，相對而言，是比較少見的，所以從題材、背景、形式與結構、語言風格、主題、人物等角度，綜合研究《繡榻野史》的內容，並進一步以此爲基礎，研究《繡榻野史》中的文化意涵。具體開展成各章即爲：

第一章　緒　論

回顧前人研究，形成問題意識，建構本論文的研究路徑。

第二章　晚明情慾文學產生的背景

依循伊德・P・瓦特《小說的興起》給筆者的啓示，以對小說的題材關注之轉變、讀者、作者爲焦點，來探討情慾小說的興起。在讀者方面，又從讀者的身份與經濟能力上來探討；在作者方面，由大環境到小環境，所以從社會風氣、思潮轉變，還有個人因素、經濟因素來探討。最後再從文本比較的角度，比較同樣的情慾題材在不同文本中被表述的方式（如史料筆記中所表述的姦淫與《僧尼孽海》中所表述的姦淫），而晚明的社會讓情慾話語在小說上以猥褻的方式表述出來的意義。

第三章　《繡榻野史》與晚明情慾小說之考論

從文獻的角度，探討《浪史》、《繡榻野史》在情慾小說初興的萬曆年間，如何繼承了之前情慾小說的遺產，以及這二本小說之間情節、文字雷同，但

〔註21〕「發生論」的方式傾向認爲作品是被動地受到影響而產生。一般論及晚明情慾小書的產生的主因「資本主義的萌芽」，研究者持此框架去解釋晚明的社會、哲學、文學等等的變化的起因。吳承學、李光摩〈20世紀晚明文學思潮研究概述〉認爲中國學術界對於晚明文學思潮的共識歷經幾次演變，而目前還有影響力的，就是「資本主義萌芽說」。此說是中國50年代在追求政治正確性爲唯一目標的學術整體氣氛中，後又與稽文甫「左派王學」結合，幾乎左右幾十年的晚明文學研究。其論述模式是先指出當時社會環境符合資本主義萌芽的歷史情境，後在思維界反映，即李贄和左派王學的影響，接著思維在文學界反映，如公安三袁等。近來中國與港台學者對此說的氾濫、單一與僵化提出懷疑與反省，如周質平、徐朔方。但是近幾年來，較新的論著基本上仍維持著「資本主義萌芽說」的框架。收入吳承學、李光摩編《晚明文學思潮研究》（武漢：湖北教育出版社，2002年），頁1～46。

是風格卻大不相同的現象。由此管窺晚明情慾小說在文獻遞嬗上錯綜複雜的情況。

第四章　呂天成與《繡榻野史》

考證、述論呂天成的生平、家世、師承與交遊，並羅列其作品與編輯、出版之書，並從其外舅祖孫鑛的給他的信中，補上幾本之前研究沒有注意到的呂天成所編之書，並從文句推斷呂天成在廿四歲鄉試前，可能投入過出版業，或至少有意願從事此業，呈現呂天成生平研究中，較少人論及的一面。而後從沈璟等師友對其作品的評語中，瞭解呂天成偏向情慾風格的劇作，以瞭解呂天成創作風格的趨勢。還有說明其小說和戲曲理論，與李贄、湯顯祖主張的關連。最後，討論呂天成晚年（他卅九歲而歿）一些充滿遺憾、後悔之情的文字，呈現他對自己生命歷程看法的轉變，由此也可知他對自己「少年遊戲之筆」——《繡榻野史》的態度。

第五章　《繡榻野史》的內容分析

本章包含《繡榻野史》的題材、角色、角色關係的意涵、結構、敘述手法以及時空型的研究。

筆者著重情慾題材在文學上的意義，並運用牟斯「禮物」交換理論與布赫迪厄由此延伸的「資本」等概念，來分析文本裡角色的人際關係。發現其中「道德」象徵資本具有可交易性，使得縱欲的「報應」變得可以用各種其他資本抵銷，這也說明了爲何歷來許多讀者不相信這本書序言所宣稱的「以淫止淫」的策略。然後再從角色類型的角度，分析小說中的四位主要角色。

東門生可謂晚明情慾小說中最特殊的男主角，他的社會階級是秀才身份，其隨和個性與甘願戴綠帽的行爲，反諷了西門慶的市井性慾超人與才子獵豔的兩種角色形象。金氏屬於「淫婦」的類型，但是分析了角色的動機與行爲，乃至意象，發現與《金瓶梅》對潘金蓮的描寫比較起來，金氏的淫婦形象不以恐怖化、深淵化爲策略，而是以較爲正面的形象表述其性慾。而趙大里的身份與行爲、他和東門生的關係，展現了與《弁而釵》、《宜春香質》、《龍陽逸史》不太一樣的龍陽關係。對於小說中的麻氏，則說明《繡榻野史》如何描寫寡婦守寡之苦的情形。

《繡榻野史》「時空型」。運用巴赫汀的「時空型」理論，去分析文本「德／色」投射在文本中公領域與私領域的空間描寫上。用此解釋了，爲什麼《繡榻野史》角色的覆亡是從淫亂的行爲從園裡洩露到園外才開始的，因爲公領域的道德整飭破落的樂園。同時，也提出結局是縱欲主角登仙的《浪史》之時空型做比較，說明儘管《浪史》的縱欲角色不斷在作者援用「至情」爲其行爲作盾牌，偷渡「色情」，但是他們最後其實還是躲不過公領域的道德挑戰，因爲其「時空型」只是封閉之「樂園」的延伸與變形——仙界，作者仍然無法有效調和縱欲行爲所引起的德、色間的強大張力。

第六章　《繡榻野史》中的「性交／戰爭」譬喻與其意涵

運用雷可夫與詹生（Lakoff-Johnson）的理論，探究《繡榻野史》中的以戰爭譬喻性交的情形，根據《我們賴以生活的譬喻》一書的分類與解析，二者在隱喻上，將來源域映射於目標域，並探究這樣的連結的意涵。

以戰爭譬喻性交，背後有其文化背景。其意涵是過度的縱慾宛若戰爭一般，終爲雙方帶來健康上的損耗，因而致病。於是遂從疾病的角度，探索醫學文本與小說文本如何表述與性有關的疾病，其中蘊含了兩造不同的情慾與道德立場。情慾小說仍是當時眾多文本當中，唯一可以將性欲表述成放縱與享樂的傾向，而在其他文本對縱慾的禁制下，形成強烈的對比與張力，而縱慾所帶來的後遺症：疾病與死亡，就因此被反對的勢力貼上敗德的標籤，形成疾病的隱喻。這項隱喻會造成：凡因性而病、而亡者，在道德上皆有所缺陷，甚至在非情慾小說中，性病還成爲一種懲罰方式，去對付犯下非與縱慾有關之罪的角色。這樣隱喻造成以追求愉悅、享樂爲目的的情欲話語難產，而情慾小說作爲禁忌的突破口，也因爲強大的張力，將焦點放在道德話語的對話、交鋒上，而無餘力去建構更精緻的情欲話語之內涵。

第七章　結　論

兜攏、收束各章的研究成果，並說明本論文的未來展望。

第三節　前人研究成果概述

任何文學的深度研究，都必須先要有作品存在；明清情慾小說歷經多次禁毀，碩果僅存者不多，斷簡殘編乃是常態，許多作品並非理所當然地以現在的面貌呈現在我們面前，而是靠許多先行者的上游研究〔註 22〕才得以保全

〔註 22〕筆者所謂的「上游研究」一詞，是沿用高桂惠《追蹤躡跡——中國小說的文化闡釋》的用語，以取代「基礎研究」一語，以及此用語可能引起的誤會。而「上游研究」泛指對「小說流變、版本」以及文獻上的問題所做的研究。

其書、勾勒成形，也必須靠著上游研究的涓滴細流，才能漸漸匯流成下游的大河。所以筆者先從情慾小說的上游研究談起。

專門針對《繡榻野史》這本書的研究，目前處於開始的階段。其實，兩岸三地中國文學學術界對古典情慾小說的研究，還有廣大耕耘的空間，所以若要瞭解《繡榻野史》的研究概況，並凸顯研究它的重要性與必要性，就有必須對 80 年代以來，對中國古典情慾小說的研究趨勢，作一番勾勒。以下就從情慾小說的文學環境、小說史的流別、作者考證、作品內容、藝術技巧、讀者反應與接受等面向，來說明研究的概況。

現代中國學界對於古典情慾小說的研究，時間的座標可以拉到魯迅，〔註23〕其鉅著《中國小說史略》已經爲帶有情慾內容的小說特別劃定一種類型——清代的狹邪小說，主要的特徵是其內容以青樓裡恩客與妓女的故事爲主，而魯迅在世情小說的類型關照下，對於明代世情小說中的情慾成分，則不特別重視。

眞正首先正視其情慾成分的研究者，是茅盾於 1927 年在《小說月報》發表的〈中國文學內的性欲描寫〉。〔註24〕作爲概論式的文章，茅盾對古典情慾小說的態度不能算是認同，頂多只能說是不得已而爲之的研究工作。他視情慾小說爲「惡魔道」的說法與魯迅的「如有狂疾」，可以說同出一轍。〔註25〕這樣的態度深深影響後繼研究者，將沒有反映世情的末流——情慾小說，一概視爲「淫書」。但質言之，情慾小說在一定程度上反映了世情，甚至從某一角度來看，「淫書」之惡諡，正反映晚明以來某些讀者對情慾題材的小說的態度。

古典情慾小說的研究再次進入學術研究的殿堂是 1980 年代之後，中國開始邁向改革開放，許多學術上的禁區漸漸解除。率先切入核心，談古代情慾問題的是社會學領域。劉達臨於 1985 年開始以「社會學、心理學的角度研究

見高桂惠《追蹤躡跡——中國小說的文化闡釋》（台北：大安出版社，2005 年），頁 2。

〔註23〕儘管早在 1917 年《新青年》上，陳獨秀、錢玄同、胡適對《金瓶梅》有所正面評價，但談到是否要讓此書廣爲流傳，仍對其惡諡「淫書」莫諱如深，忌憚不已。蔣瑞藻《小說考證》也將情慾描寫的部分視爲敗筆。所以從一個傾向寫實主義的角度肯定《金瓶梅》，在現代當以魯迅爲代表。

〔註24〕張國星主編《中國古代小說的性描寫》（天津：百花文藝出版社，1993 年），頁 18～30。

〔註25〕茅盾認爲「我們沒有性欲文學可供研究的材料，我們只能研究中國文學中的性欲描寫——只是一種描寫，根本不算文學。」、「我們不能不說中國文學內的性欲描寫是自始就走進惡魔道，使中國沒有正當的性欲描寫的文學。」參考張國星主編《中國古代小說的性描寫》（天津：百花文藝出版社，1993 年），頁 30。

人類性問題」，〔註 26〕這是中國學界首次「詮釋傳統中國人對性（sex）的完整風貌，堪稱精心佳構」，〔註 27〕而由於本書目地是對中國古代性文化作百科全書式的總覽，所以對情慾文學著墨較少，而且由於文獻的限制，其討論的作品也集中一般所熟知的古典情慾小說上，如《金瓶梅》、《繡榻野史》、《肉蒲團》等。總的來說，這本書的價值，是讓讀者瞭解到中華文明中豐沛多元的情慾文化與遺留下來的情慾資產。

中國學者對於古典情慾小說的關注，一開始主要是集中在《金瓶梅》情慾書寫的研究上，然後再漸漸擴及其他情慾小說。當時對《金瓶梅》內容的爭論集中在判別其屬於寫實主義或自然主義，〔註 28〕並演變成對《金瓶梅》的情慾描寫的評價的問題，正反兩方不斷有文章爲自己的立場提出辯護，直至二十世紀 90 年代至今，中國學者對《金瓶梅》並非「淫書」才形成共識，但是對於其中「肆意渲染」、「重復雷同」的情慾書寫仍有所批評。〔註 29〕而明代其他情慾小說的研究，《金瓶梅》在 80 年代「集三千寵愛在一身」，研究者在 90 年代終於漸漸把眼光轉移至其他情慾小說。中國集合各國學者、專家清點、整理中國歷代的小說，出版了《古本小說叢刊》、《古本小說集成》。過程中，發現不少明代的情慾小說，但是礙於當時的風氣未開，所以這些小說無法如數出版，有的日後以刪節本的方式出版，所以研究者難窺全豹，一般讀者更是難得其鳳毛麟爪。〔註 30〕於是就有一種權宜的作法，如蕭相愷先生，

〔註 26〕劉達臨：《中國古代性文化》的〈前言〉（銀川：寧夏人民出版社，1993 年），頁 1。稍後還有江曉原——一位歷史學者，出版了《性在古代中國》（太原：陝西科學技術出版社，1988 年）、《中國人的性神秘》（科學出版社，1989 年）。這二本書一樣也以縱貫中國史前與歷史的視野，耙梳中國情慾的各個面向。

〔註 27〕吳銘能：〈評劉達臨《中國性史圖鑑》〉，《漢學研究》第 19 卷第 1 期（2001 年 6 月），頁 428。雖然吳氏評的是《中國性史圖鑑》這本以圖爲主的論著，但是其中文字敘述與章節安排，大致是《中國古代性文化》的縮簡，故吳氏看法得以移用。

〔註 28〕蔡國梁：《金瓶梅》「在現實主義方面所取得的成就是多方面的」，「筆者認爲，對於這樣一個以什麼樣的方式論評價這部古典作品的條件，正在逐步成熟中。」見氏著〈明人清人今人評《金瓶梅》〉，收錄於《明清小說探幽》（杭州：浙江文藝出版社，1985 年），頁 262。

〔註 29〕鄧紹基、史鐵良主編《明代文學研究》（北京：北京出版社，2001 年），頁 410～417、469～470。

〔註 30〕陳慶浩〈思無邪匯寶・叢書總序〉：「數年前與中國社會科學研究所劉世德、石昌渝兩位合作，編纂《古本小說叢刊》，原計畫將明清善本通俗小說盡數收入。然限於出版環境，豔情小說未能廁身其中。」見《思無邪匯寶》（台北：大英百科股份有限公司，1995 年），頁 4。又見林辰：「從《金瓶梅》到《紅

就以單篇文章匯集的方式，介紹未能集結在《古本小說集成》、《古本小說叢刊》的小說，〔註 31〕尤其是有情慾內容的小說；這一類題名「訪書錄」、「百話」、「漫話」的介紹文章而後彙集成冊，〔註 32〕爲彼時亟欲研究中國古典情慾小說者，在文獻難覓的情況下，得以按圖索驥。而在台灣，有鑑於中國大陸無法出版的窘境，陳慶浩先生號召國內外治小說的學者，收集、整理了一批當時罕見的古典情慾小說，以《思無邪匯寶》作爲叢書之名，由台灣大英百科出版，更可貴的是陳慶浩先生等人作了嘉惠後學的上游研究，對作者、版本等問題，下了一番考證的功夫，使得作品內容分析與詮釋等下游研究可以展開，所以目前在古典情慾小說研究的領域裡，台灣在文獻的掌握上，暫時保有優勢。〔註 33〕

對於情慾小說爲何會在晚明蓬勃發展，中國學界與台灣學界的看法有些差異。中國學界一般持「資本主義萌芽」的框架作爲詮釋的起點，而各種詮釋與推論都是在這個理論語境中進行的。〔註 34〕而這個框架主導了將小說內容與當時晚明的關係的詮釋方向。因此，這些情慾小說在此框架下，往往被視爲具有一定程度的顛覆性。因爲小說中的情慾書寫表現了「反封建」意識，或者因標示著「反禁欲主義」，而被認爲具有「市民文學」色彩。〔註 35〕其實，

樓夢》以前，這期間雖然沒有輝煌的巨著，但引人注目的特殊文學現象，如才子佳人派小說的崛起、豔情小說的湧現、性行爲描寫的流行，都集中在這一時期。由於不言而喻的原因，我所編選的幾十種明末清初小說尚不足以完全體現小說史眞實的面貌。假如有人以『掩飾小說史的眞面目』而譴責於我，我將無言以謝後世」，見氏著〈豔情小說與小說中的性描寫〉，收錄於《中國古代小說的性描寫》（天津：百花文藝出版社，1993 年），頁 31。

〔註 31〕如蕭相愷《珍本禁毀小說大觀——稗海訪書錄》（鄭州：中州古籍出版社，1998 年）、李夢生《中國禁毀小說百話》（台北：建宏書局，1996 年）、李時人《中國禁毀小說漫話》（上海：漢語大辭典出版社，1999 年）。

〔註 32〕李夢生：「這些書，後來大部分編進了《集成》，影印問世；也有部分，由於種種原因，不能影印出版，其中絕大多數是禁毀小說，直到今天，研究者仍然很難見到原本。」《中國禁毀小說百話》，頁 1。

〔註 33〕陳慶浩：《思無邪匯寶・總序》：「…中國豔情小說資料未經全面整理，不論是翻譯還是研究，都只是使用有限的資料。…亦難以苛求出現原創性的論文。這套書將過去被禁毀的最慘烈、流散在世界各地的明清豔情小說…匯爲一編，這是研究明清豔情小說的堅實基礎。明清豔情小說之欣賞、翻譯和研究都可開始了，我們期待著高水準的翻譯和傑出的研究成果。」見《思無邪匯寶》，頁 8。

〔註 34〕吳承學、李光摩〈20 世紀晚明文學思潮研究概述〉，收錄於吳承學、李光摩編《晚明文學思潮》（武漢：湖北教育出版社，2002 年），頁 10～11。

〔註 35〕市民文學與資本主義萌芽是相關的問題，後者支持前者的提出，而反禁欲主

儘管明代的小說具有商品的性格，〔註 36〕而情慾小說更是被視爲書商、作者爲射利而作的產物，〔註 37〕但是細究之下，會發現有許多例外，因此不可一概而論。〔註 38〕

情慾小說在 90 年代前是被古代小說史摒除在外的，後來才漸漸有一些小說史著作將其納入系譜中論述。而對情慾小說詮釋影響甚鉅的，莫過於「資本主義萌芽」的框架了。目前，對世情小說的產生理由，多採取此說。並且將過去棄之如敝屣，避之唯恐不及的情慾小說，不僅正式納入研究的範疇，不再視爲「淫書」，而是將其視爲「小說史上的客觀存在」，不再迴避，指出它們具有瞭解社會文化的積極功能，但採取此說者，往往對情慾小說的美學價值不敢恭維，不過，也因爲承認它是客觀的存在，所以情慾小說也被晚近的許多小說史著作，正式納入中國古典小說的系譜內，而且闢專章專節加以論述，這所代表是在研究尺度的進展，和在文革時期，這些小說被視爲「黃色書刊」的態度，相較之下，若有天壤之別。例如向愷的《世情小說史》將才子佳人小說與情慾小說視爲二股承接在世情小說下的「異流」。〔註 39〕齊裕焜《明代小說史》也將情慾小說視爲小說史上客觀存在，但是他有許多但書，因爲他認爲這些小說對情慾生活的描寫雖然具體，「但是卻千篇一律，毫無藝術價值可言」，所以他對情慾小說眞正的態度是「小說史中的逆流」、是「小說的糟粕」因而「今天也不宜出版和流傳」。〔註 40〕齊裕焜對情慾小說的態度在現代中國學者中頗爲常見，而研究者普遍持這樣的態度也造成有心人對情慾小說的研究卻步。陳大康《明代小說史》認爲情慾小說是古代小說史上的

義與蒙昧主義是市民文學的特色之一。參考吳承學、李光摩〈20 世紀晚明文學思潮研究概述〉，收錄於吳承學、李光摩編《晚明文學思潮》，頁 22、25。

〔註 36〕王三慶〈從市場經濟看明代小說的幾個問題〉，收入中國古典文學研究會編《古典文學》第十五集（台北：學生書局，2000 年）頁 277～303。又有胡衍南《《二拍》的生產及其商品性格》（台北縣：私立淡江大學中國文學研究所碩士學位論文），頁 27～31。

〔註 37〕例如《傳奇雅集》是一部從頭抄到尾的拼裝小說，編者的身份據陳益源在《元明中篇傳奇小說研究》推斷是集出版、編輯、創作、批評於一身的余象斗。這樣的一本小說放在他所編刊的六卷《萬錦情林》中，目的自是增加版面，以拼湊的「新」小說來增加銷路。

〔註 38〕例如呂天成作《繡榻野史》的動機就不是從經濟利益上考量，若徐朔方認爲此書實爲其父呂胤昌所作爲眞，那麼《繡榻野史》的創作動機則更不能以射利論之。

〔註 39〕向愷《世情小說史》（杭州：江蘇古籍出版社，1998 年），頁 184～196。

〔註 40〕齊裕焜《明代小說史》（杭州：江蘇古籍出版社，1997 年），頁 304～311。

特殊群體，是小說史研究上不可或缺的環節，而且其內容具有獨特的價值與意義是其他流派的作品無法取代的。〔註 41〕陳氏的理由與前述二位研究者大致相同，但是接受的程度提高，對這類小說的厭惡程度則降低不少；最近，李明軍《禁忌與放縱——明清豔情小說文化研究》則從比較的觀點，論其與佛教、道教以及儒教之間的關係。〔註 42〕可見隨著社會風氣的開放與研究文獻的流通，越後出的研究著作越能針對文本做深入的研究，因此情慾小說研究的尺度也越趨寬廣。

台灣有些學者也「有限度」的採用「資本主義萌芽」理論來解釋情慾小說的產生，〔註 43〕或者，因爲懷疑以「資本主義」解釋明代經濟變化的有效性，以及「萌芽」一詞的曖昧不明，論者捨棄此名稱，朝創立新說的方向努力，〔註 44〕但仍側重從晚明經濟變化的角度說明一說情慾文學的產生。〔註 45〕

明代小說的作者往往沒有如傳統文人對自己的創作署眞名的習慣。這是考察明代小說名著的作者研究史，所產生的印象。目前所知的四大奇書，只有《三國演義》的作者羅貫中爭議較小，而對於施耐庵是否著《水滸傳》、吳承恩是否作《西遊記》，學界對此仍有爭議，〔註 46〕更別說《金瓶梅詞話》的作者的候選人至 1993 年竟多達五十六位！〔註 47〕考慮到傳統文人在「三不朽」

〔註 41〕陳大康《明代小說史》（上海：上海文藝出版社，2000 年），頁 476。

〔註 42〕李明軍的這本專著是濟南的齊魯出版社於 2005 年出版，而他的重要參考文本都是陳慶浩等主編、台灣大英百公司出版的《思無邪匯寶》。

〔註 43〕胡衍南採用「資本主義萌芽」說解釋《二拍》的生產，但胡氏是有限度地、有理論後設自覺地使用此框架，他在「僅僅只是萌芽」一節指出「萌芽」所具有的兩重性，還有「資本主義」在明代發展的侷限，沒有中國部分學者將「萌芽」說無限上綱的傾向。見氏著《「二拍」生產及其商品性格》（台北：淡江大學中國文學研究所碩士論文，1995 年），頁 56～65。

〔註 44〕「資本主義萌芽」是中國歷史學界自 1949 年開始熱門探究的命題。而提出質疑的學者也不少，如余英時《中國近世宗教倫理與商人精神》、黃仁宇《放寬歷史的世界》，而中國也有質疑以「萌芽」詮釋晚明文學產生者，如徐朔方〈小說戲曲在明代文學史上的地位〉，《文學遺產》1999 期第一期。台灣也有周質平認爲中國學者「過份重視生產方式與經濟結構的改變，於是『資本主義萌芽』成了一個用得最濫的詞，從小說的流行到山人的興起，到泰州學派的風行一時，無一不可用『資本主義萌芽』解釋之。」見氏著〈讀陳萬益《晚明小品與明季文人生活》〉，《九州學刊》1989 年 6 月三卷二期。

〔註 45〕胡衍南《飲食情色金瓶梅》（台北：里仁出版社，2004 年）。

〔註 46〕徐朔方：《小說考信編》（上海：上海古籍出版社，1997 年），頁 382。

〔註 47〕鄧紹基、史鐵良主編《明代文學研究》，頁 394。引用魯歌的統計，見當頁註釋 3。

的文化習染下，應該不至於會放棄自己文名滿天下的機會，那麼這些名著以及並非名著的其他作品的作者，他們不署名的原因，就值得探究。

儘管在明代小說地位較其他時代提高許多，但這情形並非法雨均霑地遍施於所有的小說上，舉例來說，情慾小說的地位在晚明就備受爭議，無法與《三國演義》、《水滸傳》、《西遊記》比擬。所以情慾小說作者幾乎不願意署眞名，所有情慾小說的作者，往往若非待考，就是不可考。

僅就《思無邪匯寶》所收的明代情慾小說來看，在尚未考定之前，大多數情慾小說的作者都是一個謎。此叢書總共收五十種明清情慾小說，其中明代佔十六種，作者爲無名氏者有《春夢瑣言》一種，託名者《僧尼孽海》一種，知其姓字者，只有《如意君傳》、《繡榻野史》二種，〔註 48〕剩下的都是只知其署名，讓研究者毫無著手研究之處，造成情慾小說作者研究的困境，唯有等待新的研究文獻出現與研究者繼續努力了。

情慾小說的作者由於小說內容在當時對某些讀者而言「事涉猥褻」，所以有意隱名，這並非一般小說戲曲作者不願意公開署眞名的情況，〔註 49〕如湯顯祖的戲曲以清遠道人署名，陳與郊的戲曲以陳廣野署名，一個是別號，一個是表字，通行的範圍廣狹有別，這只是一般地不公開署名，與情慾小說作者群有意規避的隱名有很大的區別。目前，對於情慾小說的作者、版本等考證，常爲研究者所引用的就是《思無邪匯寶》的〈出版說明〉。

台灣自 1994 年《思無邪匯寶》出版，就有許多人投入對單一文本的研究。如翁文信的《《姑妄言》與明清性小說中的性意識》；〔註 50〕亦有對描寫男色的情慾小說的研究，如蕭涵珍的《晚明的男色小說：《宜春香質》與《弁而釵》》、〔註 51〕林慧芳的《《弁而釵》、《宜春香質》與《龍陽逸史》中的男色形象研究》；〔註 52〕也有從其他流派的小說中探究其中蘊含的情慾書寫的，如陳秀珍的《《三言》、《兩拍》情色探究》；〔註 53〕也有從反面立論

〔註 48〕徐門吳昌齡寫《如意君傳》、呂天成寫《繡榻野史》，而且後者還是近代以來學者考證所累積的成果。

〔註 49〕徐朔方：《小說考信編》（上海：上海古籍出版社，1997 年），頁 382。

〔註 50〕翁文信《《姑妄言》與明清性小說中的性意識》（臺北：私立淡江大學中文研究所碩士論文，1997 年）。

〔註 51〕蕭涵珍《晚明的男色小說：《宜春香質》與《弁而釵》》（台北：政治大學中國文學研究所碩士論文，2003 年）。

〔註 52〕林慧芳《《弁而釵》、《宜春香質》與《龍陽逸史》中的男色形象研究》（嘉義：中正大學中國文學研究所碩士論文，2004 年）。

〔註 53〕陳秀珍《《三言》、《兩拍》情色探究》（台中：東海大學中國文學研究所碩士

的，如馮翠珍《三言二拍一型之戒淫故事研究》；〔註 54〕也有從小說中的情慾描寫中探討文化意義的，如李曉萍《《金瓶梅》鞋腳情色與文化研究》，〔註 55〕當然也有跨文本、跨時代的比較研究，如劉愼元《明清豔情小說的繼承、呈現與影響》。〔註 56〕從以上的具體作品研究中，也呈現出台灣明代情慾小說研究的多元面向。〔註 57〕

評點是中國文學批評特有的一種形式，在小說評點當中，許多研究者的成績已有目共睹，〔註 58〕但是對於情慾小說的評點，則少有人注意。對這方面的研究，不僅可以促進對中國小說理論的情慾面向的理解，同時，也可以增進一些特殊的文學現象的理解。例如〔明〕無遮道人《海陵佚史》的批語即是摘自《西廂記》；這對研究《西廂記》的影響是個很好的例子。〔註 59〕《繡榻野史》的醉眠閣刊本也保有大量非作者的眉批與斷略，是研究明代情慾小說評點的珍貴材料。

對於情慾小說的傳播研究，幾乎沒有針對情慾小說的「正面」傳播研究，〔註 60〕反而主要在於「禁毀」的面向中，可以找到豐富的資料。事實上，明

論文，1999 年）。

〔註 54〕馮翠珍《《三言二拍一型》之戒淫故事研究》》（台北：中國文化大學中國文學研究所碩士論文，1999 年）。

〔註 55〕李曉萍《《金瓶梅》鞋腳情色與文化研究》（台中：靜宜大學中國文學研究所碩士論文，2002 年）。

〔註 56〕劉愼元《明清豔情小說的繼承、呈現與影響》（台北：南華大學文學研究所，2002 年）。

〔註 57〕這段論述是以台灣國家圖書館的「全國博碩士資料庫」中，用「不限欄位」搜尋相關資料的最大結果。筆者使用的檢索值，是《思無邪匯寶》所收的明代情慾小說。理由是編者陳慶浩教授認爲此叢書已將目前中外可見的古典情慾小說包含在內。這些關鍵字是「如意君傳」、「癡婆子傳」、「僧尼孽海」、「春夢瑣言」、「素娥篇」、「海陵佚史」、「繡榻野史」、「昭陽趣史」、「浪史」、「玉閨紅」、「龍陽逸史」、「弁而釵」、「宜春香質」、「別有香」、「戴花船」、「歡喜冤家」、「肉蒲團」，還有張國星、斯欣所整理的〈涉及性描寫的古代通俗小說書目〉（收錄於《中國古代小說中的性描寫》）中的明清兩代情慾小說，去掉與《思無邪匯寶》重複的書名，再重新檢索後，所獲得的結果，筆者最後再依此結果進行評選。

〔註 58〕早期 80 年代有葉朗的《中國小說美學》，近年則有譚帆《中國小說評點研究》，由於中國小說至明代已降才有大量的評點出現，所以雖名爲「中國」，其實就研究對象而言，仍是以明清小說的評點爲主體。

〔註 59〕〔明〕無遮道人《海陵佚史》的〈出版說明〉（台北：大英百科股份有限公司，1995 年，《思無邪匯寶》整理本），頁 24。

〔註 60〕宋莉華《明清時期的小說傳播》（北京：中國會科學出版社，2004 年），頁 38。不過，本書不是針對情慾小說的傳播研究，而是以「整體」爲範圍，研究明

代並不熱衷於禁毀所謂「淫詞」小說，所以遺留下來的史料也比較少；〔註61〕反觀清代，對禁毀「淫詞」小說不流餘力。如丁日昌的禁毀行動是兩岸學者常探討的對象。如陳益源的〈丁日昌、齊如山與《紅樓夢》〉、〈丁日昌的刻書與禁書〉；〔註62〕又如對岸學者張弦生、張燕萍〈清末丁日昌查禁「淫詞小說」析〉等等。所以要研究明代情慾小說的傳播，必須從某情慾小說出現在其他情慾小說中的情況與頻率來判定，〔註63〕以及小說序跋或批注裡，常有對整體或特定情慾小說的批評，其中常有關於「傳播」情況的蛛絲馬跡。

整體看來，角色研究似乎在明代情慾小說研究中屬於相對薄弱的一環。一個可能的原因，是主角們的行爲似乎具有道德上的爭議；即使撇開這點不談，情慾小說特殊的描寫方式，常使得小說角色不符合當代的角色刻畫美學，因此也不獲重視。〔註64〕近來興起了角色形象研究方法，也被沿用至情慾小說的研究當中，〔註65〕本論文也涉有角色的研究，將主要的四個角色的典型性刻畫出來，並說明其意義。

從以上的趨勢看來，若說中國古典情慾小說的研究正方興未艾，尤其在文本意涵、角色研究上，還有許多尚待耕耘的空間，應是允當的論斷。

第四節　目前情慾小說研究中的問題與省思

一、釋「情慾小說」之名

對於情慾小說所指涉的對象，學術界有各種異名，這些異名的背後有著不同的主張與指涉的意義，所以有必要進行一番說明與廓清。中國古代對情

清小說如何「傳播」。

〔註61〕王利器所輯的《元明清三代禁毀小說戲曲史料》中明代官方禁毀資料只有三條，與清代之多與雜，不可同日而語。

〔註62〕收入氏著《古典小說與情色文學》（台北：里仁出版社，2001年），頁305～318、319～344。

〔註63〕陳益源〈淫書中的淫書——談《金瓶梅》與豔情小說的關係〉整理了明清情慾小說中出現的其他情慾小說，發現《金瓶梅》承先有餘，啓後不足，在明清情慾小說作品中並不以其爲「淫書」。見氏著《古典小說與情色文學》（台北：里仁出版社，2001年），頁55～77。

〔註64〕論者往往以佛斯特《小說面面觀》的概念，批評情慾小說的人物太過「扁平」。

〔註65〕如吳秀華《明末清初小說戲曲中的女性形象研究》（南京：江蘇古籍出版社，2002年）。是書第四章第四節就討論男性通俗文學作者筆下的「淫惡型女性形象」。

慾小說的名稱是「淫書」，或者稱爲「猥褻」、「淫穢」之書，這些名稱最常見於反對者與禁書書單之上。但由於這些詞，不僅當時含有貶意，現在仍具有負面意義，所以爲維護客觀中立的學術立場，所以筆者不能直接加以沿用。

中國學術界對情慾內容的作品所採用的學術用語，最早的應是魯迅在《中國小說史略》使用的「狹邪小說」一詞，〔註 66〕指的是《品花寶鑒》、《花月痕》、《海上花列傳》等小說，由於這些小說主要的描寫若非涉及優伶歌妓，就是一干人物在青樓歡場的活動爲主，但是大多數的情慾小說在內容比例上只有少部分涉及所謂的狹邪，甚至更多的小說是完全無涉的，所以「狹邪小說」一詞不能以部分代替全部。再察魯迅回應傳統讀者對於《金瓶梅》涉及情慾的部分，他肯定《金瓶梅》洞達世情——「著此一家，罵盡諸色」的部分，〔註 67〕但對於涉及情慾書寫和其他的情慾小說，他則逕以「下流言行」、「穢德」、「猥黷」、「媟語」、「猥詞」等語指稱之，由此可見魯迅對於情慾小說的態度是將其視爲「淫書」，所以這些語詞都不能作爲術語之用。〔註 68〕稍後茅盾提出的「性欲描寫」，同時他也使用「性欲文學」一詞，〔註 69〕但由於他認爲中國文學傳統裡沒有性欲文學，只有性欲描寫，〔註 70〕矛盾的是稍後他又提出「性欲小說」一詞，並且等於「淫書」，可見茅盾對於術語的選擇是否嚴謹，並不是他此文主要著墨之處，但是「性欲描寫」一詞，對後來逐漸風行通用的「性描寫」一詞卻有顯而易見的影響力。〔註 71〕戴不凡《小說見聞錄》中〈小說識小錄〉的「清初對黃色小說之反響」、「禁猥褻小說之

〔註 66〕魯迅《魯迅小說史論文集》（台北：里仁出版社，1992 年），頁 235。

〔註 67〕魯迅《魯迅小說史論文集》，頁 162。

〔註 68〕這些語詞依次出現於此章，爲「蓋非獨描摩下流言行」（頁 162）、「明之小說宣揚穢德者」（頁 164）、「然亦時涉隱曲，猥黷者多」（頁 164）、「因予惡謚，謂之『淫書』」（頁 165）、「且每敘床笫之事也」（頁 165）、「其尤下者則意欲媟語」（頁 165），並批評其他情慾小說爲末流，如「至於末流，則著意所寫，專在性交，又越常情，如有狂疾」（頁 165），接著在 167 頁，魯迅對這些「末流」下了斷語，「明之『淫書』作者，本好以闡明因果自解…」，配合前面的惡謚「淫書」說法的脈絡下來，可知魯迅的確將情慾小說視爲「淫書」。

〔註 69〕茅盾〈中國文學內的性欲描寫〉，最初發表於 1927 年 6 月出版的《小說月報》第十七卷號外《中國文學研究（下）》，後來又收錄於張國星所編的《中國古代小說中的性描寫》（天津：百花文藝出版社，1993 年）。

〔註 70〕「只是一種描寫，根本算不得文學」，茅盾〈中國文學內的性欲描寫〉，《中國古代小說中的性描寫》（天津：百花文藝出版社，1993 年），頁 19。

〔註 71〕將「性欲描寫」簡化爲「性描寫」者應爲林辰，其文〈豔情小說和小說中的性描寫〉也收入《中國古代小說中的性描寫》中，而此論集的其他十八位論者，在行文中均用「性描寫」一詞。

背景」二條，以「黃色小說」、「猥褻小說」指稱之。〔註 72〕但「黃色小說」本身就是特定語境下的代替性語詞，且爲外來語的典故，指涉尤爲不明，不適合作爲術語。〔註 73〕

以中文「性」翻譯英文「sex」的例子是日本學者的創譯，〔註 74〕古代中文傳統裡沒有可以對應「sex」意義的字，所以以「性」爲詞頭，其後安上「描寫」、「意識」、「文化」等詞，雖然並無大疵，但是作爲代表中國古已有之的文化表現，似乎稍有不妥，另外「性」在中國哲學中的「天命之謂性」的論述下，有其特定的含意，而且晚明陽明心學、泰州學派乃至李贄等，對人性論中的「性」皆有所論述，與《繡榻野史》爲同一時代的風物，討論起來雖不至於混淆，但是滿紙行文，此「性」起，彼「性」落，似乎稍微有礙觀瞻，是以筆者傾向於從現已通用的術語中，比較出一項最適當的詞作爲本文的術語，用以指稱此類小說，其中一項標準就是其字詞的意義與延伸是中國古今通用的。因此，以「性（sex）」作爲辭意之源者，不納入考量。

「情色」對應 erotica，「色情」則對應 pornography，〔註 75〕二者如何區分是非常具有爭議性的問題。「情色」是近來在台灣盛行的名詞，有些人主觀地

〔註 72〕戴不凡《小說見聞錄》（杭州，浙江人民出版社，1980 年），頁 290～291。

〔註 73〕「黃色」一詞帶有色情的意義是由英文「yellow journalism」一詞延伸而來。19 世紀美國《紐約世界》爲了與《紐約報》（一說爲《晨報》）爭讀者，推出了一個叫「黃孩兒」漫畫專欄，就是以黃色的粗糙張印刷的。於是西方就是用黃色形容低級讀物。中國五四時期譯成中文，黃色竟成「腐朽墮落」的同義語，出現了「黃色書刊」、「掃黃」等詞語。見陳建民《中國語言與中國社會》（廣州：廣東教育出版社，1999 年），頁 201～202。

〔註 74〕阮芳賦、王榕芝、王素女〈Sex 詞義的演變和 Sexuality 概念的發展兼論其漢譯〉，台灣性學會（SSSST）網址：http://www.sssst.net/，2005/9/18 論文原始超連結 http://www.sssst.net/uploads/db44ebae-7a77-8ed7.pdf。其中有詳細的說明此譯文的由來，「《說文解字》中「性」沒有 Sex 之義，就連後來的字書「康熙字典」（1716）和《中華大字典》（1915），列有八種意義於「性」字條下，但都沒有 Sex 的意思在內。然而，在日本一九二一年出版的「言泉」之中，漢字「性」之下列有五種意義，其中的第四種便說：譯英文的 SEX 一詞，表示男人和女人差異。由此可見，大約是在二十世紀初〔或更早些〕，日本人最先用漢字的「性」字來英文的「Sex」，從而開始了現代的 Sex（性）概念」。

〔註 75〕賴守正〈情色文學與翻譯〉的註腳 1，「情色（erotica）與色情（pornography）有何不同？如何加以區分？情色…似乎比色情來得「雅」些，比較沒那麼色，如此主觀的印象式區分法也適度反映出一些歐美人士對 erotica 和 pornography 的不同看法。」。見 ALEXANDRIAN 著，賴守正譯，國立編譯館主譯之《西方情色文學史》（台北：城邦文化事業股份有限公司，2003 年），頁 9。

以爲情色比色情來得「雅」些，〔註 76〕但是「情色」一詞是「後現代的包裝術處理過的色情」，〔註 77〕與「色情」一詞實爲一丘之貉，但是我們目前主觀的文化裡，「色情」一詞卻是光譜兩極的其中一端（另一端爲藝術），〔註 78〕所以未免「色情」一詞造成先入爲主而未審先判的情形，顧及筆者身處時代的學術、社會氣氛，也不選用「色情」（即是情色）一詞。

使用「豔情小說」一詞的理由，林辰認爲「在中國古代的小說中，有一部分被泛稱爲『淫書』的小說，又叫做狎褻小說、淫穢小說、色情小說。有一位名人，在三十年代直稱之爲性文學」〔註 79〕（按：此名人應爲茅盾），而「豔情小說」一稱可以免除其他名稱所引起的問題，諸如「只能說明在這類小說中存在著性行爲描寫和小說人物的情欲，活動，卻不概括作品的內容，而且往往歪曲了作者的創作意圖」，〔註 80〕林辰還上溯以「豔」標示某類文學與小說的歷史，但其時「豔」字尚無淫穢的意思，直至清康熙時，謝頤引《豔異編》爲《金瓶梅》辯護，而特意將「豔」與「淫」混爲一談，此後清始有論者將情慾小說斥爲「妖豔之書」。〔註 81〕而且林辰也自己承認，因爲「豔」字在近、現代幾乎與「淫」字同義，所以「豔情小說」一稱，是爲了「避淫書之污聲」，但卻難免「此地無銀三百兩」的嫌疑。〔註 82〕由此

〔註 76〕賴守正〈情色文學與翻譯〉的註腳 1 中，特別指出中國大陸並沒有通行「情色」一詞。收錄在 ALEXANDRIAN 著，賴守正譯，國立編譯館主譯之《西方情色文學史》（台北：城邦文化事業股份有限公司，2003 年），頁 9。通同看法又見於呂健忠《情慾幽林——西洋上古情慾文學選集》（台北：左岸文化事業有限公司，2002 年），頁 16。

〔註 77〕呂健忠：「（情色）是在色情與藝術的未定界開拓出來的新的書寫領域，其所以爲新並不是在於客觀的書寫領域，而是在於主觀的書寫心態」且引楊麗玲的論點「『情色』其實是自曝其色，彷如唯恐天下人不知其情感深處的色慾，不然就是唯恐天下人不知其以色壯情（還是以情壯色？）的居心」，最後指出「色字頭上的那把刀是甩不開了」，調侃「情色」與此地無銀三百兩的心態無異。見氏著《情慾幽林——西洋上古情慾文學選集》，頁 18。

〔註 78〕呂健忠文中表示爲「色情←→藝術」，見氏著《情慾幽林——西洋上古情慾文學選集》（台北：左岸文化事業有限公司，2002 年），頁 17。

〔註 79〕林辰〈豔情小說和小說中的性描寫〉，《中國古代小說中的性描寫》（天津：百花文藝出版社，1993 年），頁 31。

〔註 80〕林辰〈豔情小說和小說中的性描寫〉，《中國古代小說中的性描寫》，頁 31～32。

〔註 81〕林辰指出唐宋以香豔標示某類詩詞，而以王世貞之《豔異編》爲小說名之始。見氏著〈豔情小說和小說中的性描寫〉，《中國古代小說中的性描寫》，頁 32。

〔註 82〕林辰〈豔情小說和小說中的性描寫〉，《中國古代小說中的性描寫》（天津：百花文藝出版社，1993 年），頁 33。

可見「豔情小說」小說一稱與「情色」一詞都是一種為掩飾討論者主觀的尷尬，而加上去的包裝。

其實「豔情小說」作為術語最大的問題是從王世貞《豔異編》的定義之始，「豔」字所指涉的即為女性，〔註 83〕其後的接受史中，「豔」漸漸暗中嵌合「食色性也」的人性慾望的色彩，〔註 84〕而至目前，我們的文化對「豔」約定俗成的用法也是多用來形容女性。但是明清情慾小說中，存在女性人物的同時，也存在著男性角色與明顯的男性敘事者的視角，所以「豔」字特別偏重女性，而忽略情慾小說種種行為的男性始作俑者，反而似乎暗示著情慾小說中的女性是妖豔惑人的禍水紅顏，〔註 85〕明乎此，我們不應再繼續沿用「豔情小說」一詞。〔註 86〕

「情」與「慾」二字含意，古已有之，至今沿用，避免以「性」（sex）

〔註 83〕《豔異編》分星、神、水神、龍神、仙、宮掖、戚里、幽期、冥感、夢遊、義俠、異、幻術、妓女、男、妖怪、鬼部等十七部。

〔註 84〕王愛華：《豔異編研究》（中壢：中央大學中文研究所碩士論文，2004 年），頁 57～63。

〔註 85〕這並非無的放矢的過度詮釋。原因有二，其一，明清情慾小說普遍存在著兩面性，一方面男性想獲得情慾上的滿足，甚至延年益壽的滋補；一方面又同時強調過度縱欲的下場，而在文本中的敘述策略，一直透過死亡意象的女性而加強此論述。如《金瓶梅》的卷首題詩「二八佳人體如酥，腰間仗劍斬愚夫。雖然不見人頭落，暗中教君骨髓枯。」後而安排西門慶縱欲而亡；到《紅樓夢》裡賈瑞手裡的風月寶鑑——背面是骷髏懾嚇人，正面則心上人獻媚，均是帶有死亡意象的敘述策略，因此「豔」情的「豔」在文化習慣中無形中暗合了這項敘述。
其二，這樣斟酌術語名稱，絕非吹毛求疵。賴守正〈叫「色情」太「政治」——色情系譜學初探〉以反色情女性主義者（anti-pornography feminists）為例，此派支持者對「情色」（erotica）與「色情」（pornography）二名的區分，具有高度的政治性，此舉也引發反對者一連串的論戰，由此可見，儘管人言言殊，只要溝通無礙即可，但是為了論述的「名正言順」，也不可等閒視之。見氏著論文，收於《第四屆『性教育、性學、性別研究暨同性戀研究』國際學術研討會論文》抽印本（中壢：中央大學性/別研究室，1999 年 5 月 1 日）。

〔註 86〕「豔情小說」一詞在中國並不是非常通行，在台灣由於陳慶浩主編的《思無邪匯寶》的出版、通行，故依此研究的碩士論文，大多沿用「豔情小說」一詞。若以「豔情小說」為搜尋項，在全國博碩士資訊網（http://datas.ncl.edu.tw/theabs/1/）以「不限欄位」指令搜尋，可以獲得以「豔情小說」為關鍵詞的碩士論文共九本，其中劉愼元《明清艷情小說的繼承、呈現與影響》還以其為論文名稱。近一、二年來，《思無邪匯寶》在對岸被不肖商人盜印，以《無邪齋》為名販售，而深圳、東北則至少有四、五種盜印版本在流傳，因此，「豔情小說」一詞在對岸的使用，可能會因此傳播開來。

爲術語的問題，而且也爲兩岸學術界所使用，〔註 87〕另一方面，有關「情」與「慾」的思索，也出現在晚明的泰州學派、李贄的著作中，乃至馮夢龍等編纂者、創作者的品評裡，也時有所見，故有時代的相關性，但卻沒有「性」之現代譯意的歧異。「情」與「慾」相對於「狹邪」、「色情」二語，在文化習慣上，較具客觀性，更遑論「淫書」、「穢德」等惡諡了。至於與「豔情小說」用語相較，「情慾」二字的涵蓋男女兩性，無暗含褒貶的微言大義於其中，且「情」與「慾」作爲二面向，也普遍存在於明清世情小說的傳統中，〔註 88〕只是「情」與「慾」在文本內淡抹或濃妝的程度有別，以及作者是否「專在性交」的特徵，造成「主言情」或「專重慾」的判別，即使有人質疑「專在性交」的重慾小說何情之有？但因爲「情」、「慾」不僅是判準，也是理解文本裡慾望世界的關鍵鑰匙，而且理論上「情」、「慾」作爲光譜上的兩極，〔註 89〕極端的兩造只是理論上存在，事實上，必沒有這樣的文本，因爲「重慾」與否，需要「情」之有無來加以衡量，這二項概念，失去其一，將無法運作。綜觀前文所論，「情慾小說」是目前通用的術語中，用來指涉這些作品的最佳選擇。

「情慾小說」此一術語在實際操作上，有部分的問題得在此說明。「情慾小說」此術語的目的不僅在找出《金瓶梅》、《紅樓夢》及《繡榻野史》、《浪史》、《癡婆子傳》的同質性，同時也必須兼顧它們之間存在著差異性的事實。筆者

〔註 87〕例如吳存存、將「情」、「慾」二分，成爲論述主題的如熊秉眞、張壽安主編《情欲明清——達情篇》、《情欲明清——遂欲篇》（台北：麥田出版，2004年）；也有合一與其他論述討論者，如《禮教與情慾：前近代中國文化的後/現代性》（台北：中央研究院近代史研究所，民國 88 年）。

〔註 88〕陳益源《元明中篇傳奇小說研究》、齊裕焜《明代小說史》、《中國古代小說演變史》、孫遜、孫菊園《明清小說叢稿》，都認同世情小說以下開二道系統，一爲才子佳人系統（主言情）；一爲情慾系統（專重慾），才子佳人系統於《紅樓夢》繼承並創新，至於情慾系統，陸續有作品迭出，至清咸豐又產生另一具有特色的狹邪小說。以上是目前學界的主要看法。

〔註 89〕呂健忠從分析當代學人鄭明娳一篇探討《金瓶梅》情與慾的文章，其標題「慾海無涯，唯情是岸」上溯佛經《大藏法數》與儒家典籍《論衡．物勢》中的情慾論述，進而說「『思無邪』是言情，『發乎情而止乎慾』定出情慾文學的界標，一旦越過了情慾界的海克力斯柱（Pillars of Hercules）而跨入無疆慾海，就成了色情」，並陳述情、慾二者若結合完美，則會昇華成爲讓性靈發光發熱的燃料。其所言的基礎假設即筆者所言的「情」、「慾」光譜兩極。見氏著《情慾幽林——西洋上古情慾文學選集》（台北：左岸文化事業有限公司，2002年），頁 18～19。

提出「主言情」與「專重慾」二語加以區分這二者，於是就變成「主言情」的「情慾小說」與「專重慾」的「情慾小說」。這樣當然顯得有點累贅，但是卻能避免目前通用「豔情小說」的性別問題，因爲除非使用「父權」的「豔情小說」，否則難以免除「豔」字的性別歧視。如果體認到「資本主義萌芽」、「反程朱理學」與「市民文學」等術語，涵蓋了晚明所有文學表現的詮釋所產生的一些問題之後，術語欲求精準適用，自然免不了字詞上的冗贅，但總比方便性來得重要。在目前的學術觀點來看，《繡榻野史》、《浪史》、《癡婆子傳》屬於「豔情小說」；《金瓶梅》、《紅樓夢》屬於「世情小說」，〔註 90〕若用「情慾小說」來指稱，則前者成爲「專重慾」的情慾小說，《金瓶梅》爲反映世情的情慾小說，《紅樓夢》則爲「主言情」的情慾小說。如此應可以解決凸顯二者的同質性，而掩蓋了差異性的疑慮，而本文會強調的術語是「專重慾」的情慾小說。

二、部份研究者對晚明情慾小說仍存有偏見

情慾小說在過去被視爲「淫書」，所以歷代都有反對者，對其「負面影響力」感到疑懼，甚至是厭惡，欲除之而後快。反對者自然希望作者不能寫「淫書」、讀者不要看「淫書」，甚至學者不應當研究「淫書」。〔註 91〕而帶有自由主義者色彩的研究者，面對這股反對勢力，歷史裡「誨淫」的帽子仍隱隱地作祟，研究「情慾小說」時，往往過於義正嚴詞、過於正襟危坐，似乎必須要有柳下惠般坐懷不亂的工夫，展現出學術研究的超然立場，而後才有「資格」研究情慾小說，而如此道貌岸然地研究「淫書」才能享有學術的尊嚴。這就形成了情慾小說研究上的「過」與「不及」，也是造成是目前情慾小說研究有所侷限的主因，因爲研究者並非活在眞空中，都保有對社會趨勢的世故與敏銳，所以研究者無論對情慾小說研究持贊成或反對立場，社會的反對勢

〔註 90〕向楷《世情小説史》（杭州：浙江古籍出版社，1998 年），頁 152～153、184～187、271～296。

〔註 91〕台灣中央大學性/別研究室「人獸交」事件算是學者與衛道者兩造論述對抗的典型例子。2000 年，台灣中央大學性/別研究室何春蕤教授被台北家長聯合會會長指控其架設的學術網站有色情網站的超連結，並有談論「人獸交」的內容，有「教壞小孩子的嫌疑」。此事件在當時引起廣泛討論，諸如學術自由的界限、網路內容管理與分級制度問題等等。這事件形成一行動文本，其中可以看出自由主義菁英份子與保守主義中產階級對情慾研究的接受程度的差異。保守主義者贊成「適度開放」之餘，通常會有「有效管理」的但書。

力都會影響到他/她的研究意願與行動。

但可惜的，是中國古典情慾小說研究正值發展之際，仍有學者對於研究經典之外的二三流情慾小說「期期以爲不可」。要客觀、清楚地詮釋，研究者對於晚明情慾小說的態度很重要。因爲發問者的問題已經事先模塑了回答的框架，所以研究者應該避免爲了樹立其正當性，而努力找出其非色情的部分，或其中的色情是出於正當的動機或者有積極意義，這些帶有目的論色彩的研究方法，反而偏離歷史的眞實，〔註 92〕因爲這些情慾小說是否是色情，並不重要，因爲道德的界線隨時代、地域、個人的不同而隨之改變，具有多元性與相對性，所以今日的色情，可能是他日的經典。重要的是，這些文本忠實地表現出彼時的情慾論述，它們是三種話語交鋒的場域——情慾、禮教、醫學，〔註 93〕透過對此的研究，可以瞭解「西方『科學』話語傳入之前國人的情色意識」，〔註 94〕無論那是正大光明的，或者是遮遮掩掩的，都值得研究者深入探索。

三、研究框架的侷限：資本主義萌芽說與反程朱理學說的問題

歷來論起晚明思潮大多以「王學——泰州——李贄」爲觀照的脈絡，但是也有學者反對此項說法，尤其反對以「資本主義萌芽」、「市民社會形成」

〔註 92〕吳存存批評中國當代的《金瓶梅》研究，存在著一種矯揉造作的現象。她說「對一部反傳統的作品，竭力從中找出合乎正統觀念的因素，把這視爲一大優點借以抬高這部作品，是我們小說批評中一個卑陋而自以爲是的傳統。」見氏著《明清社會性愛風氣》（北京：人民文學出版社，2000 年），頁 95。

〔註 93〕黃克武：「豔情小說是一種『性話語』。相對於禮教（包括宗教）文本以「倫理」、「禁錮」與「果報」爲主題，和醫學文本以『養生』、『固精』與『子嗣』爲核心，豔情小說所生產的『知識』形塑了人們對於性活動的另一種認識。此一話語以享樂爲宗旨，試圖逃避禮教文本的勸誡與醫學文本的警告，但另一方面卻又規避不了果報邏輯與養生制欲之籠罩。這三類的話語如何交互鬥爭又彼此呼應，建構西方『科學』話語傳入之前國人的情色意識」，這一研究的切入點，啓發筆者良多，因而欲進一步探究一個疑問：如果這三種文本（禮教、醫學、豔情）各自包含有三種話語，那麼又怎麼會規避不了果報，也逃脫不了養生的籠罩呢？若以巴赫汀的「複調小說」來看，三種話語應是在同一文本內互相伐鼓交鋒、互涉共謀，表面乍現單一霸權論述，細究下，卻是暗含崩解的裂隙。見氏著〈暗通款曲：明清豔情小說的情慾與空間〉，熊秉眞主編《欲掩彌彰：中國歷史文化中的「私」與「情」——私情篇》（台北：漢學研究中心，2004 年），頁 246。

〔註 94〕黃克武〈暗通款曲：明清豔情小說的情慾與空間〉，熊秉眞主編《欲掩彌彰：中國歷史文化中的「私」與「情」——私情篇》，頁 246。

等理論架構來看晚明思潮的走向，〔註 95〕進而主導對文學作品的詮釋方式，而「市民文學」一詞所包含的美學語境，將會造成符合反封建、商業精神以及新倫理的故事評價升高，而依前述學術偏見的問題，情慾小說在論者眼中美學先天不足，而社會意義又不如這些「市民小說」，所以在兩方夾攻之下，造成情慾小說研究的困窘情況。

晚明爲何會產生大量的情慾小說？目前的看法大致在二方面。其一是資本主義經濟的萌芽，其二是程朱理學的反動。〔註 96〕中國學術界對於晚明文學思潮的共識歷經幾次演變，而目前還有影響力的，就是「資本主義萌芽說」。此說是中國 50 年代在追求政治正確性爲唯一目標的學術整體氣氛中，以 1939 年《中國革命和中國共產黨》爲規範研究的總綱，後又與嵇文甫「左派王學」結合，幾乎左右幾十年的晚明文學研究。其論述模式是先指出當時社會環境符合資本主義萌芽的歷史情境，後在思維界反映，即李贄和左派王學的影響，接著思維在文學界反映，如公安三袁等。近來中國與港台學者對此說的氾濫、單一與僵化提出懷疑與反省，如周質平、徐朔方等。〔註 97〕

反程朱理學的論述是指王陽明「心學」及其遺緒。〔註 98〕儘管對如此功

〔註 95〕 龔鵬程：《晚明思潮．自序》（宜蘭：佛光人文社會學院編譯出版中心，2001 年），頁 3。

〔註 96〕 如吳禮權也以經濟繁榮爲基礎，將晚明類比爲文藝復興，因此個性解放成爲思潮與文學的共通主題，所以「明代言情小說在敘寫內容上的專注男女荒淫情事及市民階層的男女情感糾葛之特點，實是導源於上面我們所論及到的明代中後期的經濟發展與思想啓蒙所造就的時代風氣。」，再如許總認爲《金瓶梅》「展現出隨著資本主義經濟的萌芽而出現的傳統社會道德所面臨的危機，充分暴露了那一特定時期物欲横流、道德淪喪的情景，並摻雜著大量的對男女性行爲的赤裸裸的描繪和渲染。」按其前後文脈絡，則將性行爲赤裸裸地描繪和渲染成爲道德淪喪的徵兆了，然而最後《金瓶梅》所引起的社會效應卻又解釋爲「對封建禮教的公然突破，是反理學思潮社會化的結果」，再配合他的「商品經濟發達，因而士大夫生活腐化，放蕩的性生活成爲時尚」的看法，情慾小說就此成爲此二論述大纛下的註腳，而活潑的文本意義也一起掩蓋在大旗之下。吳文見氏著《中國言情小說史》（台北：台灣商務印書館，1995 年），頁 185～186、191～192。許文見氏著《宋明理學與中國文學》（南昌：百花文藝出版社，1999 年），頁 381。

〔註 97〕 吳承學、李光摩〈20 世紀晚明學術思潮研究概述〉，收入吳承學、李光摩編《晚明文學思潮研究》（武漢：湖北教育出版社，2002 年），頁 1～46。

〔註 98〕 伊佩霞（Patricia Buckley Ebrey）著、趙世瑜、趙世玲、張宏豔譯《劍橋插圖中國史——西方人眼中的中國文明奧秘》（台北：果實出版社，2005 年），頁 165～171。

能性的說法也有爲數不少反對者，譬如反程朱理學即等同王陽明心學嗎？這其中實在是不無疑問，但不得否認爲這是一般的學術定見。許多研究者將情慾小說的成因與內容詮釋，與李贄等學說主張「聯姻」，而小說呈現的情慾觀念的抬頭則與「個體自由」劃上等號，但這其中不無疑慮。〔註 99〕賦予明代情慾小說的「能動性」似乎成爲研究普遍的理論語境，這些論者由於受到馬克思主義的影響，對於來自於民間的通俗文學作品容易產生好感，下意識地將其納入「反封建」的座標中檢驗，反封建的程度與進步與否成正比，成爲作品價值判準，〔註 100〕這不僅削平作品詮釋的多元性，而且限制了研究框架的突破。〔註 101〕若暫且擱置這些發生原因的現成解釋，從文學作品本身透露的訊息來思考、論證它們形成的時代背景，或許是一種更設身處地的方式。之所以如此，是因爲明代情慾文學的研究正方興未艾，對於這些作品的成因，可以從別的文學類型的成因來移花接木嗎？整體通俗小說的發展背景就一定與小部份的情慾小說一體適用嗎？考慮到情慾小說其題材在中國

〔註 99〕鄭宗義：「近時學術界熱烈關注明末崇尚情欲的思潮其中一個研究動機不可否認地是出於對現代性的本土資源的探究。必須知道，特殊性的凸顯、個體性的承認以及由此造成主體性自由的出現，正是現代性的一大特色。於是，明末社會高揚情欲的風氣很易被視爲一種個性解放，一種對個人自由的肯定。並且，當這些學術思想的分析一旦與明清社會經濟史的考查，及過往曾流行一時的資本主義萌芽說結合起來，就更儼然教人有言之成理的感覺。問題是這個大論述涉及的課題十分複雜，如情欲觀念的抬頭是否即等於個體自由被重視等，實亟待做細緻深入的考析，才能得出使人信服的結論。而凡失之粗糙的說法都不免有流爲牽強比附之虞。」見氏著〈性情與情性：論明末泰州學派的情欲觀〉收入熊秉眞、張壽安編《情欲明清——達情篇》（台北：麥田，2004 年），頁 23。

〔註 100〕例如許總認爲「主要流行於民間的通俗文學，顯然帶有更多的市井俗趣乃至一定程度的反封建禮教思想因素，因而在宋代理學確立以後，也就更多地表現出非理學思想的成分，在思想文化流程中形成一股與封建正統觀念相對抗的思想潛流。」接著又進一步連結小說「小說、戲劇等通俗文學樣式受到理學影響要小得多，當理學在思想界統治弛怠之時，通俗文學則明顯地較正統文學更敏銳地受到反理學思潮的感召，自身也就由理學統治嚴密時的受壓抑狀態轉變爲興盛狀態」，當通俗文學作品被研究者賦予反理學的大任後，接著研究這些作品的「反封建意識」就成爲評價作品內容高下的參考因素之一。見氏著《宋明理學與中國文學》，頁 375。

〔註 101〕對於中國的明代小說研究受馬列主義主導，以致產生庸俗、僵化的弊病的研究，參見鄧紹基、史鐵良主編《明代文學研究》（北京：北京出版社，2003 年），頁 8～12。

儒家文化傳統中所彰顯的「歧異性」與「異端性」，〔註 102〕我們有必要拋開成見，重新為它量身定作它的形成與發展背景，進而發展出專屬晚明情慾小說的研究視野。

〔註 102〕「歧異性」是觀察到許多情慾小說援引晚明流行的「至情」論述所形成的「情教」論來對抗衛道者斥其為「誨淫」的攻擊；而「異端性」是情慾小說與其包含的情慾論述，在當時不被包容、收納乃至改造而融入儒家人性論的系譜，但情慾小說作者卻刻意援引、演繹乃至創意詮釋晚明心學的人性論（尤其是經過泰州學派、李贄〈童心說〉、公安〈性靈說〉演繹過的人性論）來偷渡、合法化被衛道者視為洪水猛獸的情慾書寫。
《論語・為政》：「攻乎異端，斯害也已！」范氏曰：「攻，專治也，故治木石金玉之工曰攻。異端，非聖人之道，而別為一端，如楊墨是也。其率天下至于無父無君，專治而欲精之，為害甚矣！」程子曰：「佛氏之言，比之楊墨，尤為近理，所以其害為尤甚。學者當如淫聲美色以遠之，不爾，則駸駸然入于其中矣。」情慾小說作者搬出「以淫止淫」說法，用這改造過的朱熹「淫詩說」來護航作品，可見其對於情慾書寫的專治，所以可謂「異端」。

第二章　晚明情慾文學產生的背景

在進入經濟型態的討論之前，我們先來看晚明情慾小說受歡迎的盛況。憨憨子在《繡榻野史》醉眠閣本序談到這本書在當時受歡迎的情形。憨憨子「適書市中」，見到「冠冕人物與夫學士少年」對這本書「諏咨不絕」的情形時，憤而歸家，對這本他原本認爲「謬戾」而「屏置之」的作品，加以「評品批抹之，間亦斷其略」。〔註1〕這除了讓現在的讀者看到另一種版本的《繡榻野史》之外，也爲我們展示了當時情慾小說受歡迎的程度。無獨有偶，崇禎元年（1628），凌濛初在《拍案驚奇序》中道：

> 近世承平日久，民佚志淫，一二輕薄惡少，初學拈筆，便思誣衊世界，廣摭誣造，非荒誕不足信，則猥褻不忍聞，得罪名教，種業來生，莫此爲甚。而且紙爲之貴，無翼飛，不脛走，有識者爲世道憂之，以功令嚴禁，宜其然也。〔註2〕

這段引文可視爲批評情慾小說充斥市場的輿論代表之一。縱觀中國文學傳統，「言志」與「緣情」的傳統一直很強烈，所以不利於重於描述的情慾文學，因此，明代以前堪稱露骨的情慾文學卻寥寥無幾，只有張鷟《遊仙窟》可以列爲情慾文學的代表作，但進入明代，正德年間的《如意君傳》開啓先河，而內容多爲才子佳人談情說愛的明傳奇小說，也在嘉靖到萬曆初期出現許多偏重於床第的描寫的著作，它們寄身於當時流行的通俗文學類書中，〔註3〕而

〔註1〕〔明〕呂天成《繡榻野史》，頁95。

〔註2〕〔明〕即空觀道人（凌濛初）〈拍案驚奇自序〉，引自丁錫根編著《中國歷代小說序跋集（中）》（北京：人民文學出版社，1996年，據上海古籍出版社影印明尚友堂本），頁785。

〔註3〕大塚秀高〈明代後期文言小說刊行概況〉，《書目季刊》第十九卷第二期、陳益源《元明中篇傳奇小說研究》（九龍：學峰文化事業公司，1997年）、孫遜、

《金瓶梅》在情慾描寫上的汪洋肆恣、有目共睹，進入萬曆時期，情慾小說可謂產量豐富、大鳴大放。這樣的情形令人不禁想問：到底晚明的提供了什麼樣的環境促成了情慾小說的成長？

第一節　經濟型態的轉變奠定印刷業繁榮的基礎

從全球視野望去，明代的人口成長與貿易需求，如陶瓷、茶葉等物品的外銷，促成白銀的流入，〔註4〕迫使舉日維艱的紙幣更加難以通行，更重要的是，貿易使商人階級以經濟實力在社會竄起，並且在明末清初完成士子與商人的過渡，混合成新的，不完全依賴土地資本的商業投資與貿易行爲的新階級——以儒商合一的姿態，躍上歷史舞台。〔註5〕中國的經濟大幅發展自宋代就已開始，在農業、手工業方面，都有技術性的突破與顯著成果，影響所及，商業也有所發展。當時商業稅收已經超越農稅收入，成爲政府重要的財政來源；對社會階層與組成衝擊更大的，是商業的發展促使手工業分工更細、行業品類更多，以及商人與專業人士各自組成自己的行會。〔註6〕

明代時，這些面向有更深且鉅的變化。明初進行土地改革，改善農民生存環境；編制地方管理系統，增強社會底層的穩定。〔註7〕這些舉措都帶動了農業的商業化與工商活動。例如湖州養蠶業興盛，許多農民投入就專門以植桑爲業，也產生一定意義的投資行爲與靈活的交易方式。〔註8〕閩、粵沿海一

秦川〈明代文言小說總集述略〉收錄於韋美高、黃霖編《明代小說面面觀（上海：學林出版社，2002年），頁372～391。這些人的研究都呈現了明代傳奇小說，都是透過通俗類書爲媒介而流傳。

〔註4〕貢德·弗蘭克著、劉北成譯《白銀資本——重視經濟全球化中的東方》（北京：中央編譯出版社，2000年），頁27、91、166～169。樊樹志《晚明史》（上海：復旦大學出版社，2003年），頁66～67、70～71。

〔註5〕卜正民（Timothy Brook）《縱樂的困惑：明朝的商業與文化》（台北：聯經出版事業股份有限公司，2004年）

〔註6〕郝延平〈中國三大商業革命與海洋〉，《中國海洋發展史論文集》六輯（台北：中央研究院中山人文社會科學研究所，1997年），頁4～5。

〔註7〕牛建強《明代中後期社會變遷研究》（台北：文津出版社有限公司，1997年）頁17～20。

〔註8〕部分蠶農有向桑農預定桑葉的行爲，並繳交訂金，待達到數量後，再付尾款。這種交易方式可以有效改善桑農資金周轉與不足的問題，並提高桑農或他人投資的意願。〔明〕朱國禎《湧幢小品》卷二〈蠶報〉，見新興書局編《筆記小說大觀》二十二編第七冊（台北：新興書局，1978年，《筆記小說大觀》本），頁4161～4162。

帶在嘉靖、萬曆年間大量種植經濟作物甘蔗，當時泉州是「稻利薄，蔗利厚，往往有改稻田種蔗者，故稻米益乏」；〔註 9〕有些地方，像廣東府東莞縣，甚至是「蔗田幾與禾田等矣」的情景。〔註 10〕由此可見，農產經營日益地商品化，尤其集中在江南的蘇州府、松江府、嘉興府、湖州府一帶。這顯現明代農業內部結構的變化：耕作者開始爲市場需要而生產，並且依賴市場去購買他們所不製造的東西。〔註 11〕此外，糧食的增產，以及玉米、蕃薯的引進與推廣，使糧食商品化的部分有所增長，使經濟作物與糧食作物有了初步的分工的可能。〔註 12〕

這樣的改變不僅在農業，在工商業中也可以看見。絲織業、棉織業是當時普遍且有規模的手工業；以陸粲（1494～1551）《庚巳編》「其家織帛工與挽絲娘各數十人」的記載來看，〔註 13〕手工業已經發展有一定的分工方式，而依此擴張出去，完全脫離農作經濟，轉而仰賴工資生存的人漸漸變多了。蔣以化《西台漫紀》卷四〈紀葛賢〉：

> 我吳市民罔籍田業，大户張機爲生，小户趁機爲活。每晨起，小户百數人嗷嗷相聚玄廟口，聽大户呼織，日取分金爲饔飧計。大户一日之機不織則束手，小户一日不就人織則腹枵，兩者相滋生久矣。〔註 14〕

所以當這樣的勞資關係漸漸穩固，資方若停業就會造成嚴重的失業問題，〔註 15〕但是，好的面向是農民從自耕自食的人力中解放出來，得以選擇其他工作，也

〔註 9〕〔明〕陳懋仁《泉南雜誌》卷上，見《筆記小說大觀》四編六冊（台北：新興書局，1974 年），頁 3561。

〔註 10〕〔明〕屈大均《廣東新語》卷二十七〈草語〉，見《筆記小說大觀》二十四編第十冊（台北：新興書局，1979 年），頁 6303～6309。

〔註 11〕卜正民（Timothy Brook）《縱樂的困惑：明朝的商業與文化》（台北：聯經出版事業股份有限公司，2004 年），頁 159。

〔註 12〕樊樹志：《晚明史（1573～1644 年）》（上海：復旦大學出版社，2005 年），頁 84。

〔註 13〕〔明〕陸粲《庚巳編》卷四〈鄭灝〉（北京：中華書局，1997 年第一版第二刷，影印《叢書集成初編》所收《記錄匯編》之排印本），頁 43。

〔註 14〕蔣以化《西台漫紀》卷四〈紀葛賢〉四庫全書存目叢書編纂委員會編《四庫全書存目叢書》之〈子部〉242 冊（台南縣：莊嚴文化事業有限公司，1995 年，據北京圖書館藏明萬曆刻本），頁 114。

〔註 15〕「（吳民）家杼軸而户纂組，機户出資，織工出力，相依爲命久矣……，（吳中）浮食奇民，朝不謀夕，得業則生，失業則死。臣所睹記：染坊罷而染工散者數千人，機户罷而織工散者又數千人。此皆自食其力之良民也。」參見《明神宗實錄》卷 361，112 冊（台北：中央研究院歷史語言研究所，據國立北平圖書館紅格抄本微捲影印），頁 6741～6742。

因爲這些工作的需要集中大量的人力，人力的集中促使晚明市鎮日益普遍，而作爲娛樂的通俗文學與因應各種日用、商業資訊與知識需要的印刷業才得以有賴以蓬勃發展的基礎。相較於篇幅較短的詩詞、散文，通俗小說傳播對印刷業的依賴性表現得特別強烈，而明代通俗小說重新起步於嘉靖年間，並且在萬曆年間作品數量開始大量增多，其中重要的原因，就是萬曆年間印刷業有長足的發展。〔註 16〕李詡（1505～1593）對於他所處時期印刷業的蓬勃在讚嘆中帶點感慨：

> 余少時學舉子業，並無刊本窗稿。有書賈在利考，朋友家往來，鈔得鐙窗下課數十篇，每篇謄寫二三十紙，到余家塾，揀其幾篇，每篇酬錢或二文或三文。憶荊川中會元，其稿亦是吳錫門人蔡瀛與一姻家同刻。方山中會魁，其三試卷，余爲慫恿其常熟門人錢夢玉以東湖書院活字印行，未聞有坊間板。今滿目皆坊刻矣，亦世風華實一驗也。〔註 17〕

然而，相較於宋濂於元末明初的戰爭頻仍，民生凋蔽的處境，欲要得書一閱得費盡千辛萬苦。他在〈送東陽馬生序〉自陳「余幼時即嗜學。家貧，無從致書以觀，每假借於藏書之家，手自筆錄，計日以還。天大寒，硯冰堅，手指不可屈伸，弗之怠。錄畢，走送之，不敢稍逾約。以是人多以書假余，余因得遍觀群書。」〔註 18〕儘管陸容指出私刻印書還是爲官富貴者所享有的特權，一般「寒素之士」卻是「不得一見」，〔註 19〕不過，從李詡與陸容的記載中所呈現的印書盛況與宋濂其時相較可謂天壤。

然而僅僅只是印刷業的繁榮、書籍的商品化與投入市場，我們仍無法想像憨憨子與凌濛初的指責裡夾雜著抱怨與憤怒的那個充滿活力的情慾小說市場是怎麼來的？江南是當時出版業匯聚之處，如「余所見當今刻本，蘇常爲上，金

〔註 16〕陳大康《明代小說史》（上海：上海文藝出版社，2000 年），頁 159、162。宋莉華認爲是印刷的材料（紙、墨）低廉、人力成本（刻工）降低、書坊主經營方式的轉變等因素，大爲提高了明清小說的傳播效率。見氏著《明清時期的小說傳播》（北京：中國會科學出版社，2004 年），頁 51～64。

〔註 17〕〔明〕李詡（1505～1593）《戒庵老人漫筆》卷八〈時藝坊刻〉（北京：中華書局，1997 年第二刷，據《常州先哲遺書》爲底本之排印本），頁 334。

〔註 18〕宋濂〈送東陽馬生序〉，收入王熙元、郭預衡主纂《譯註評析古文觀止續編》（台北：百川書局，1994 年），頁 980～981。

〔註 19〕〔明〕陸容（1436～1494）《菽園雜記》（北京：中華書局，1997 年第一版第二刷，據《墨海金壺》本之排印本），頁 128～129。

陵次之，杭又次之，近湖刻、歙刻驟精，遂與蘇常爭價。」〔註20〕而這個泛稱爲「江南」的地理區域，書籍的流通因交通的發達而增快，〔註21〕沈德符（1578～1642）在《萬曆野獲編》中談到《金瓶梅》從傳抄到出現刊本的過程，「（袁中道）上公車，已攜有其書，因與借抄挈歸，吳友馮猶龍見之驚喜，慫恿書坊，以重價購刻，……未幾時，而吳中懸之國門矣。」〔註22〕儘管沈德符因爲果報的疑慮拒絕將其書付梓，希望繼續以傳抄的方式流傳，但是以刊刻的方式複製流傳才會既快又廣，此後《金瓶梅》漸漸在吳中以外的地方散佈開來，如崇禎年間薛岡《天爵堂筆餘》卷二所載《金瓶梅》的刊本散佈的情形，其云「住在都門，友人關西文吉士以抄本不全《金瓶梅》見示，余略覽數回，……。後二十年，友人包岩叟以刻本全書寄敝齋，予得盡覽。」〔註23〕到了明末清初，出版的蓬勃與書籍的流通，一般小康的士人之家積書萬卷已非難事，如張岱其家的「三世積書三萬餘卷」〔註24〕可見一斑，而這「三萬卷」所透露的訊息則是書籍作爲知識、娛樂、教化等種種內容與目的的載體，它不再被少數士人所把持，書籍成爲商品，而它在市場中是否受歡迎，呈現出大眾閱讀品味的趨向。譬如與憨憨子、凌濛初對情慾小說受歡迎的不解與反感相同，五湖老人在刊刻於萬曆年間的《忠義水滸全傳》中談到：

> 嘗見夫《西洋》、《平妖》及《癡婆子》、《雙雙小傳》，甚者《浪史》諸書，非不紛借其名，人函户緘，滋讀而味說之爲愉快，不知濫觴啓竇，只導人慆淫耳。〔註25〕

《西洋》當指《三寶太監西洋記通俗演義》，而《平妖》當指《三遂平妖傳》，二書都是神怪小說。《痴婆子》與《雙雙小傳》均是文言小說，前者是情慾小

〔註20〕〔明〕胡應麟（1551～1602）《少室山房筆叢》卷四、甲部〈經籍會通四〉（北京：中華書局，1988年），頁59。

〔註21〕宋莉華《明清時期的小說傳播》（北京：中國社會科學出版社，2004年），頁23～24、27～28。

〔註22〕〔明〕沈德符（1578～1642）《萬曆野獲編（中）》卷二十四〈風俗〉（北京：中華書局，2004年第一版四刷，據「扶荔山房」排印點校本），頁652。

〔註23〕轉引自黃霖編《金瓶梅資料彙編》（北京：中華書局，2004年第一版第二刷），頁235。

〔註24〕〔明〕張岱（1597～1679）《陶庵夢憶》卷二〈三世藏書〉條，收入任叔寶主編《中國歷代筆記英華（下）》（北京：京華出版社，1998年，《中國歷代筆記英華》據《硯雲甲》、《粵雅堂》等本之排印本），頁1041。

〔註25〕黃霖、韓同文選注《中國歷代小說論著選》（南昌：江西人民出版社，1990年），頁208。

說，後者情慾描寫頗多，而《浪史》則是白話的情慾小說中宣揚縱慾思想的翹楚。〔註 26〕從「人函戶緘」、「味說之愉快」等語，可見神怪與情慾題材的小說受歡迎的情形。

由此我們確信了幾項事情，在晚明像《繡榻野史》這種情慾小說得以被創作與刊行，而且受到一定程度的歡迎，是需要特定的條件支持的，諸如經濟型態的轉變、交通的便利是有助於出版市場與印刷業發展的。這些物質條件支撐了創作、出版、販賣以及閱讀的供應鏈，但物質條件支持的是整個市場，而非特定題材的小說，所以特定題材（如情慾）的出現應該有其他的因素促成；有鑑於當時已經有多種題材的小說在市場中傳播，因此，我們必須問：情慾小說爲什麼是以彼爲題材呢？我們先從它的讀者談起。

我們可以從相關文獻來推斷這批情慾小說的讀者是什麼社會階級，還有當時通俗小說讀者的概況。這些讀者的身份是研究情慾小說興起所必須參考的一項因素；如才子佳人小說的大量出現的重要原因之一，即是它的創作者與主要讀者都是一般士人，而作者與讀者的身份對才子佳人小說的內容走向有很大的影響力。本章一開始的引文中，憨憨子提到了「冠冕人物」、「學士少年」；他爲我們提供了情慾小說讀者的第一條線索：他們是鄉紳士宦與年輕的士子，然而這是否具有代表性呢？我們從識字與購買能力開始談起。

即使在書籍刊刻事業發達的環境裡，讀者在被各種內容、風格差異頗大的通俗讀物吸引之前，還有一項先決條件尚待解決，那就是讀者必須識字，而且是能讀懂通俗小說的文字能力，據此推測通俗小說所尋求的讀者應不僅僅是認得字而已。明代初期廣設學校使得教育普及，〔註 27〕但一般民眾的識字率到達一定水準則必須等待一段時間。接下來的發展與明太祖重農抑商期望背道而馳，識得文字也有它的經濟用途，經濟文書是明代商業與社會文化的一個組成部分，可見隨著商業的發達，個人欲提高自己的識字能力也具有某種程度經濟上的誘因，〔註 28〕基於此，明代知名的徽商及其地方上之人的

〔註 26〕李夢生《中國禁毀小說百話》，頁 85。

〔註 27〕張廷玉《明史・選舉志》卷六十九〈郡縣之學〉：「洪武二年，太祖初建國學，諭中書省臣曰：『學校之教，至元其弊極矣。上下之間，波頹風靡，學校雖設，名存實亡。兵變以來，人習戰爭，惟知干戈，莫識俎豆。朕惟治國以教化爲先，教化以學校爲本。京師雖有太學，而天下學校未興，宜令郡縣皆立學校，延儒師授生徒講論聖道，使人日漸月化，以復先王之教』」於是自中央到地方，莫不設學。見氏著《明史》（北京：中華書局，1997 年），頁 1686。

〔註 28〕卜正民（Timothy Bro ok）認爲明代個人通過撰寫買賣土地契約文書——他們

高識字率就不那麼令人訝異；〔註 29〕因此當張岱（1597～1684）半開玩笑說：「天下學問，惟夜航船中最難對付。蓋凡夫俗子，其學問皆預先備辦，如瀛州十八學士、雲臺二十八將之類，稍差其姓名，輒掩口笑之。」〔註 30〕這些凡夫俗子對通俗小說、唱本的知識是如此熟稔，而且從不得「稍差其姓名」來看，這些凡夫應不只是耳聞人名，而是目睹書上的字號，可見一般民眾的識字水準不低，連張岱搭個船都如臨大敵般地惴惴不安。這樣的識字率也展現在明代的通俗類書的大量刊印上，〔註 31〕而讀者也由過去的士大夫階層擴大到平民身上了。〔註 32〕

但是關於一般平民的識字率提高，有能力閱讀小說戲文，是否可以推論出他們就是通俗小說的閱讀主體，仍有一項問題待解決。關鍵因素是購買能力。日本學者磯部彰、大木康根據識字率與購買力，推斷能直接擁有及閱讀小說的讀者仍限於官僚、文人與富商。如金閶舒戴陽刊本《封神演義》，「每部定價紋銀二兩」；金閶龔紹山梓本《新鐫陳眉公批評春秋列國志傳》，「每部紋銀一兩」。〔註 33〕以此對照當時物價與一般平民收入，一石米值七錢，遇旱澇至貴大約一兩五六錢，〔註 34〕而一個長工一年的工資也才「貳兩弍錢」，〔註 35〕可見小說

這樣做已有數個世紀——來確定買賣土地的面積、地望、成交價格、買賣條件、結果、隨土地交割轉移的法律責任等。卜氏爲讀者展現了一份休寧縣的買賣土地的文書的立約過程，申論明代這些成千上萬的職業書手，分布在全國各地，他們的存在便利了明代經濟生活中的文書作業。見氏著《縱樂的困惑》（台北：聯經出版事業股份有限公司，2004 年），頁 68。

〔註 29〕劉祥光〈中國近世地方教育發展——徽州文人、塾師與初級教育，1100～1800〉，《中央研究院近史所研究集刊》，第 28 期（台北，1997），頁 11、38～39。

〔註 30〕〔明〕張岱（1597～1684？）《夜航船》（成都：巴蜀書社，1998 年），頁 1。

〔註 31〕明代坊刻書籍主要可以分爲三大類：科舉應試之書、通俗文學，以及民間參考實用之書。張秀民〈明代刻書最多的建寧書坊〉，《文物》1979 年第 6 期，頁 77～78。

〔註 32〕羅樹寶《中國古代印刷史》（北京：印刷工業出版社，1993 年），頁 299～230。

〔註 33〕〔日〕磯部彰《關於明末〈西遊記〉的主體受容層研究》，《集刊東洋學》第 44 期，頁 55～56。〔日〕大木康《關於明末白話小説作者與讀者——據磯部彰氏之論》，《明代史研究》1984 年 12 期，頁 1～15。

〔註 34〕〔明〕茅元儀《掌記》卷五：「江南白米，於幼時不過七錢，近十年乃貴，今有逾一兩者，賤亦不及一兩耳，民大以爲不堪。」引自謝國楨編《明代社會經濟史料選編（中）》（福州：福建人民出版社，1980 年），頁 182。又有〔明〕顧起元（1565～1628）《客座贅語》記載：「嘉靖二年癸未（1523），南都旱疫，死亡相枕籍，倉米價翔貴，至一兩四錢。…萬曆十六年戊子夏（1588），荒疫亦如嘉靖之癸未，死者無算，……粳米價二兩，倉米至一兩五六錢。」（北京：中華書局，1997 年第二刷，據《金陵叢刻》本爲底本之排印本），頁 25。

刊本書價不菲，不是一般中下層市民所能負擔。但是葉盛《水東日記》卷二十一〈小說戲文〉裡卻記錄了看似與上文所述相反的情形。他說：

> 今書坊相傳射利之徒僞爲小說雜書，南人喜談如漢小王光武、蔡伯喈邕、楊六使文廣、北人喜談繼母大賢等事甚多。農工商販，鈔寫繪畫，家畜而人有之；癡騃女婦，尤所酷好，好事者因目爲《女通鑑》，有以也。甚者，晉王休徵、宋呂文穆、王龜齡諸名賢，至百態誣飾，做爲戲劇，以爲佐酒樂客之具。有官者不以爲禁，士大夫不以爲非；或者以爲警世之爲，而忍爲推波助瀾者，亦有之矣。〔註 36〕

論者多以此資料說明明代平民的識字率與樂讀通俗小說的證據。〔註 37〕首先，我們可以確定「小說雜書」的確是指書面出版品，但是平民是否直接拿來閱讀，從「喜談」之「談」來看，筆者懷疑這些「小說雜書」並非大部頭的百回演義刊本，而是單行的小篇唱本，而且與戲劇、說書的受歡迎有關，有點類似今日電視戲劇收視率一衝高，連帶引起周邊商品熱賣的效應。而且從「鈔寫繪畫」的複製方式來看，一方面坐實了一般平民負擔不起刊本價錢的說法；而且也間接證實其所讀的應是小篇單帙的唱本之流，因爲如《三國》五十餘萬言的篇幅而要鈔寫流存，談何容易！而「繪畫」也指出並非閱讀文字的事實，而更可能是「圖爲主，文爲輔」的觀賞方式；萬曆十九年（1591）金陵萬卷樓周曰校本《新科校正古本大字音釋三國志傳通俗演義》，〔註 38〕上有周曰校的「識語」:「俾句讀有圈點，難字有音注，地理有釋義，典故有考證，缺略有增補，節目也全像。」〔註 39〕這說明平民的教育文化程度將是他是否會產生閱讀障礙的主因之外，也是任一位有購買意願的平民所要考慮的。因此，這套書所鎖定的顧客階層，應該有經濟能力，但文化水準相對不高的商賈。〔註 40〕但張岱《陶庵夢憶》

〔註 35〕〔明〕莊元臣《曼衍齋草》引自謝國楨編《明代社會經濟史料選編（上）》（福州：福建人民出版社，1980 年），頁 83。

〔註 36〕〔明〕葉盛《水東日記》（1420～1474）（北京：中華書局，1997 年第二次印刷，據葉氏賜書樓印本爲底本之排印本），頁 213～214。

〔註 37〕如陳大康以此文佐證自己「話本與曲詞的單行本也隨著印刷業的發展而陸續刊印」的論述。見氏著《明代小說史》（上海：上海文藝出版社，2000 年），頁 234。

〔註 38〕石昌渝主編《中國古代小說總目．白話卷》（太原：山西教育出版社，2004 年），頁 305。

〔註 39〕〔明〕周曰校〈三國志通俗演義識語〉，見丁錫根編著《中國歷代小說序跋集》，（北京：人民文學出版社，1996 年），頁 890。

〔註 40〕陳大康也持此論點。他認爲「嘉靖、萬曆時期購買通俗小說的主要讀者群是中展示明末清初江南平民百姓對《水滸》之嫻熟，以致於求雨儀式都要找符合「及時雨」角色形象的眞人扮演，可見平民對通俗文化浸淫之深；〔註41〕而夜行船中的凡夫，張岱描寫其通俗文學素養之高，雖然不無誇張，但也揭示明代以降平民的識字率有越來越高的趨勢，〔註42〕加上盜印與刪節本的風行，一般的平民也可以負擔得起購買的費用。〔註43〕基於此，我們可以說晚明情慾文學的閱讀主體有三者，他們是由有一定文化水準的士人階層與相對文化水準較不高的商賈，以及一般市井百姓所組成。

第二節　晚明社會風氣的轉變

商賈與士人在晚明有合流的趨勢，他們在晚明的生活型態，可以讓我們更加瞭解情慾小說的成長背景。張瀚（1512～1595）爲浙江仁和人（今杭州市），是一位明代高級官吏，又曾在官宦生涯中遊歷四方，所以對明帝國的施政得失與民風趨向有深入的見解。這位「遵祖訓」而不敢違背的達官，看見晚明江南的士人商賈乃至平民百姓「踰制犯禁」的生活，而給了「世風以侈靡相高，人情以放蕩爲快」的評論。我們很好奇的是，張瀚看不順眼的「踰制犯禁」是指什麼樣的情形？「二三十年間，富貴家出金帛，制服飾器具，列笙歌鼓吹，招至十餘人爲隊，搬演傳奇；好事者競爲淫麗之詞，轉相唱和；一郡城之內，衣食於此者，不知幾千人矣。」〔註44〕不同於張瀚的擔憂，從這段文獻中，我們

由那些既相當有錢，同時文化程度又不高的人組成，若從階層的角度劃分，那麼這最初的主要讀者應該是商人。」見氏著《明代小說史》（上海：上海文藝出版社，2000年），頁174。

〔註41〕〔明〕張岱（1597～1679）《陶庵夢憶》卷七〈及時雨〉條，收入任叔寶主編《中國歷代筆記英華（下）》（北京：京華出版社，1998年，《中國歷代筆記英華》據《硯雲甲》、《粵雅堂》等本之排印本），頁1040～1041。

〔註42〕Evely Sakakida Rawski ,Education and Popular Literacy in Ch'ing China ,PP.10～17、140。此書釐清了以往學者所說中國只有1%或2%的識字率。若以識字數數百至二千爲功能水平（functional level）標準而言，則清代男性至少有30%至40%的識字率，女性則有2至10%的識字率，而且城市人民識字率高於一般平均值。見 Richard H. Solomon , Mao's Revolution and Chinese Political Culture （Berkeley: University of California Press , 1971年），引自：呂仁偉〈評介羅著《清代中國識字率》〉，《食貨》10卷4期（1980年7月15日），頁43。

〔註43〕袁逸〈明末私人出版的僞盜之風〉，葉再生編《出版史研究》第一輯（北京：中國書籍出版社，1993年），頁151～158。

〔註44〕〔明〕張瀚（1512～1595）《松窗夢語》（北京：中華書局，1997年第一版二

可以發現具有經濟實力的人——無論他是士人或商賈，對文化、娛樂產業的影響力，不僅出現賴此為生計的大量就業人口，而且從「競為淫麗之詞，轉相唱和」來看，這些「金主」對於題材與風格也具有主導的力量。有鑑於晚明戲曲與小說創作在同一時空下的高度關連性，〔註 45〕這些娛樂文化事業的投資者的喜好也同樣投射於情慾文學的創作中。於是，我們可以從晚明「世風侈靡」與「人情放蕩」的情況，瞭解晚明情慾文學產生的圖景。

一、世風侈靡

江南是晚明通俗文學的出版重鎮，〔註 46〕而論起奢侈，江南勝過江北，尤其是「三吳」地區。〔註 47〕官宦士人如顧起元（1565～1628）者，大概與那些在書肆裡對情慾小說諮諏不已者不同一群，他對於世風侈靡的嚴重程度，在緬懷過去風俗醇厚之餘，描述了一個與過往秩序井然的社會完全相反的情況：

> 正、嘉以前，南都風尚最為醇厚。薦紳以文章政事、行誼氣節為常，求田問舍之事少，而營聲利、蓄伎樂者，百不一二見之。逢掖以呫嗶帖括、授徒下帷為常，投贄干名之事少，而挾倡優、耽博奕、交關士大夫陳說是非者，百不一二見之。軍民以營生務本、畏官長、守樸陋為常，后飾帝服之事少，而買官鬻爵、服舍亡等，幾與士大夫抗衡者，百不一二見之。婦女以深居不露面，治酒漿、工織紝為常，珠翠綺羅之事少，而擬飾倡妓，交結姏媪，出入施施無異男子者，百不一二見之。〔註 48〕

刷，據《武林往哲遺書》為底本之排印本），頁 139。

〔註 45〕劉輝對於中國古典小說與戲劇的重疊互補性有深入探討，可見其〈中國小說與戲曲比較研究〉三篇系列論文：〈藝術形式的借鑒與交流〉、〈題材內容的單向吸收與雙向交融〉、〈論小說史即活的戲曲史〉，以上均收入氏著《小說戲曲論集》（台北：貫雅，1992 年）。

〔註 46〕晚明通俗文學的出版，集中在福建建陽、江蘇南京、蘇州、常熟等地。黃霖、楊紅彬著《明代小說》（合肥：安徽教育出版社，2001 年），頁 285～86、290～91。

〔註 47〕〔明〕張瀚（1512～1595）：「至於民間風俗，大都江南侈於江北，而江南之侈尤莫過於三吳。」見氏著《松窗夢語》（北京：中華書局，1997 年第一版二刷，據《武林往哲遺書》為底本之排印本），頁 79。

〔註 48〕〔明〕顧起元（1565～1628）《客座贅語》（北京：中華書局，1997 年第二刷，據《金陵叢刻》本為底本之排印本），頁 25。

他敘述一個「反常」的世界；士宦追名逐利，縱情聲色，甚而結黨營私；軍民追求服飾與住宅上的豪華，往往超越官方對他原本自身的階級所許可的。對顧氏而言，更糟糕的，是連婦女都專事外貌、服飾的華美，而且出入閨闈，無所顧忌。無獨有偶，這種懷舊的氣氛常伴隨著對現世風氣之變的詫異。何良俊（1506～1573）在《四友齋叢說》中記載著他記憶中的儉樸與現今的奢華：

> 余小時見人家請客，只是菓五色肴五品而已，惟大賓或新親過門，則添蝦蟹蜆三四物，亦歲中不一二次也。今尋常燕會，動輒必用十肴，且水陸必陳，或覓遠方珍品，求以相勝，前有一士大夫請趙循齋，殺鵝三十餘頭，遂至形於奏牘。近一士大夫請袁澤門，聞殽品計百餘樣，鴿子斑鳩之類皆有。〔註 49〕

何氏爲我們指出世風奢靡的原因，他認爲是「好勝之心」使然，〔註 50〕是爲了滿足慾望與贏得虛榮，所以他以爲奢靡是末世之徵，而且毫無例外的帶著道德的譴責，甚至喊著「雖仲尼復生，亦未如之何也已」〔註 51〕如此悲觀的話。値得注意的，是這層道德色彩一直包裹著晚明的慾望氛圍之外。若先剔除這些記錄者（也是批評者）道德的疑慮，〔註 52〕觀看世風奢靡的背後所代表的意義，毋寧是滿足慾望，而追求慾望的滿足就是享樂主義的核心價値。情慾，不可諱言的，當然是諸多慾望之一。晚明富裕的士人商賈是以怎樣的姿態在肉體的快感疆界馳騁呢？在開始往下論述之前，我得指出那樣的姿態之迷人，平民百姓往往爲求得富貴名利而奮不顧身，他們羨慕宦官的權勢富貴，自宮者以進者，屢禁不絕；〔註 53〕而已臻鉅富者，仍欲求不滿，希望在名利場上再勝一回合，所以妄入郡望者有之，「今世富家有起自微賤者，往往依附名族，誣人以及其子孫，而不知逆理忘親，其犯不韙甚矣。…常州某縣一富家欲求通譜，士學力拒之。歿後無子，家人不能自存，富家乃以米一船

〔註 49〕〔明〕何良俊《四友齋叢說》（北京：中華書局，1997 年第三刷），頁 314。

〔註 50〕〔明〕何良俊：「然當此末世，孰無好勝之心，人人求勝，漸以成俗矣。」見氏著《四友齋叢說》，頁 314。

〔註 51〕〔明〕何良俊《四友齋叢說》，頁 314。

〔註 52〕這些道德疑慮隱含著對慾望的遲疑，將影響對情慾小說的接受度。

〔註 53〕〔明〕陸容（1436～1494）：「京畿民家，羨慕內官富貴，私自奄割幼男，以求收用。亦有無籍子弟，已婚而自奄者。」見氏著《菽園雜記》（北京：中華書局，1997 年第一版第二刷，據《墨海金壺》本之排印本），頁 19。

易譜去。」〔註54〕或因為門面好看與否的問題，可以不認親生母親，「閩人子有奄人入內廷者，既貴，聞其母尚在，遣人求而得之，館於外第。翌日出拜之，遙見其醜陋，恥之，不拜而去。……左右觀望其意，至閩求美儀觀者，乃得老娼以歸。至則相向慟哭，日隆奉養，閱十數年而歿。」〔註55〕如果從這些例子，我們可以看見晚明的平民、商賈、官宦為了成就虛榮所做的種種，那麼為了肉體的快感，他們可以放浪到什麼地步呢？

二、人情放蕩

明代中葉以後，世風漸趨豔情綺麗，縱欲狎邪之事，時有所聞。這展現在藥石秘術的流行上，〔明〕沈德符《萬曆野獲編》卷二十一〈佞幸〉中有二則關於「秘方見倖」與「進藥」的紀錄：

成化間方士李孜省官通政使、禮部左侍郎司事，妖僧繼曉，累進通玄翊教廣善國師，正德間色目人于永拜錦衣都指揮，皆以房中術驟貴，總之皆方技雜流也。……應天府丞朱隆熙、都御史盛端明、布政司參議顧可學，皆以進士起家，俱以方藥受知世宗。〔註56〕

以秘方見幸而得榮寵的例子，莫過於嘉靖時的陶仲文：

陶仲文以倉官召見，獻房中秘方，得幸世宗，官至特進光祿大夫柱國少師少傅少保禮部尚書恭誠伯，祿蔭至兼支大學士俸，子為尚寶司丞，賞賜至銀十萬兩，錦繡蟒龍鬥牛鶴麟飛魚孔雀羅緞數百襲，獅蠻玉帶五六圍，玉印文圖記凡四，封號至神霄紫府闡苑保國弘烈宣教振法通眞忠孝秉一眞人。見則與上同坐繡墩，君臣相迎送，必於門庭握手方別。至八十一歲而歿，賜四字諡，其荷寵於人主，古今無兩。〔註57〕

進秘藥而得寵如此，眾官自然趨之若鶩，或進獻，或自用者，皆所在多有，歷朝不絕，而不僅在皇帝如此，官員也熱中此道：

時大司馬譚二華綸受其術於仲文，時尚為庶僚，行之而驗，又以授張

〔註54〕〔明〕陸容（1436～1494）：《菽園雜記》，頁85～86。

〔註55〕〔明〕陸容（1436～1494）：《菽園雜記》，頁102。

〔註56〕〔明〕沈德符《萬曆野獲編（中）》（北京：中華書局，2004第一版四刷，據「扶荔山房」排印點校本），頁547。

〔註57〕〔明〕沈德符（1578～1642）《萬曆野獲編（中）》，頁546。

> 江陵相，馴至通顯以至今官。譚行之二十年，一夕御妓女而敗，自揣不起，遺囑江陵愼之。張臨弔痛哭，爲榮飾其身後大備，時譚年甫逾六十也。張用譚術不已，後日以枯瘠，亦不及下壽而歿。〔註58〕

藥石秘術的流行，代表對房事的熱衷程度。皇帝乃至官員一時都「盡入彀中」，難怪沈德符大嘆「國朝士風之敝，浸淫於正統，而糜潰於成化」，〔註59〕風行草偃的結果，自然是上行下效，史料筆記對一般平民的慾求著墨甚少，但是我們可以從一些著名刑案記錄中，得知梗概。

陸粲（1494～1551）《庚巳編》一則〈人妖公案〉的記載著晚明肉慾的橫流。〔註60〕山西太原人桑沖，向谷才學男扮女裝以行姦宿。「成化三年三月內，沖離家十年，別無生理，在外專一圖姦」，經歷大同、平陽、太原等，共四十五府州縣，及鄉村鎮店七十八處。「到處用心打聽良家出色女子，設計假稱逃走乞食婦人，…一、二日，使其傳說，引進教作女工，遇晚同歇，誑言作戲，哄說喜允，默與奸宿。」如果有不從的女子，就投以迷藥，也遇有「剛直怒罵者，桑沖往往再三陪請，女子含忍」，桑沖的犯罪行動，最後是因他扮女裝遭趙文舉求奸不成，「摸有腎囊」而東窗事發。總計十年內，桑沖姦宿一百八十二人。

值得注意的是，判決認爲這是「律無該載」的犯罪；換句話說，他的行爲溢出了法律預設的罪責的想像之外，因此只能以「有類十惡」的類比治罪量刑。一個新型態犯罪的出現，代表著某種程度的社會型態快速轉變；法律落後於犯罪，若在「罪刑法定主義」的正義想像下，顯現出正義的鞭長莫及。而對於那些受害女子，法司則以爲「其奸非出本心」，又因人數眾多，茲事體大，所以不予追究。〔註 61〕類似的案件層出不窮，當時的情慾小說適時反映

〔註58〕〔明〕沈德符（1578～1642）《萬曆野獲編（中）》，頁659。

〔註59〕〔明〕沈德符（1578～1642）《萬曆野獲編（中）》，頁541～542。

〔註60〕以下引文皆出自此處，不另下注解。〔明〕陸粲（1494～1551）《庚巳編》卷四〈鄭灝〉（北京：中華書局，1997年第一版第二刷，影印《叢書集成初編》所收《記錄匯編》之排印本），頁113～114。

〔註61〕這樣的判語，不經令人思索，若是「出於本心」而且人數不多，會是相反的情形嗎？關於明清情慾小說中的性別不平等與父權結構如何與性話語共謀而成一霸權敘述，已經有一些研究，早先於1997年有鍾雯《四大禁書與性文化》（哈爾濱：哈爾濱出版社，1994年），又有吳存存《明清社會性愛風氣》（北京：人民文學出版社，2000年），最近則有李明軍《禁忌與放縱——明清豔情小說文化研究》（濟南：齊魯出版社，2005年），他們在闡釋小說的意涵時，特別注重性別不平等的部分。另外，國外的漢學研究中，也有著重明清情慾小說性別話語者，如〔美〕馬克夢《吝嗇鬼、潑婦、一夫多妻者——十八世

了這一點，傳是唐寅所撰的《僧尼孽海》其中就有許多男子裝扮成女尼騙姦美貌女子的故事，如《雲遊僧》、《江西尼》均是此類。〔註 62〕又如情慾小說《玉閨紅》就呈現了下層平民窯子裡的情形。〔註 63〕

春宮畫與情慾小說同爲晚明出版文化的一環；春宮畫不僅常常出現在情慾小說的情節中，在文獻意義上，春宮畫的題詞常從情慾小說中引用詩詞；也有相反的情形——情慾小說引於春宮畫。〔註 64〕若從情慾小說和春宮圖合體的《素娥篇》來看，其「圖文並茂」的方式，我們可以推斷春宮畫與情慾小說關係匪淺，並且是在市場利益的誘使下，產生了新的形式。

春宮圖在中國有其歷史淵源。沈德符《萬曆野獲編》:「春畫之起，當始於漢廣川王畫男女交接狀於屋，召諸父姊妹飲，令仰視畫」，〔註 65〕認爲春畫最早出現在漢代宮廷，乃至唐、宋、元三朝皆有代作，〔註 66〕但是由於沒有留下大量可供參考的作品，只有文獻記載，論者推論其時並沒有廣泛的流行。就目前留下來的資料來看，春宮圖的眞正流行是在明代中、晚期以後，而且它的流行與情慾小說的大量刊行有關。〔註 67〕從李詡（1505～1593）《戒庵老人漫筆》有關春宮畫的記載來看：

> 世俗春畫，鄙褻之甚，有賈人攜倭國春畫求售，其圖男女，惟遠相注眺，近卻以扇掩面，略偷眼覷，有浴者亦在幃中，僅露出一肘，殊有雅致。其絹極細，點染亦精工，因價高，還之。〔註 68〕

紀中國小說中的性與男女關係》（北京：人民文學出版社，2001 年）以及〔美〕艾梅蘭（Maram Epstein）《競爭的話語——明清小說的正統性、本眞性其所生成之意義》（南京：江蘇人民出版社，2005 年），他們所採取方法與研究路徑以及結論，均對此議題有研究意願者助益良多。

〔註 62〕〔明〕《僧尼孽海》，（台北：台灣大英百科全書股份有限公司，1997 年，《思無邪匯寶》之排印本）。

〔註 63〕〔明〕《玉閨紅》，（台北：台灣大英百科全書股份有限公司，1997 年，《思無邪匯寶》之排印本）。

〔註 64〕〔荷蘭〕高羅佩（Robert Hans van Gulik）在其著作裡指出晚明江南春宮畫與部分情慾小說的關係密切。見氏著、楊權譯《秘戲圖考》（佛山市：廣東人民出版社，1998 年第 1 版第 3 次印刷），頁 134～181。

〔註 65〕〔明〕沈德符《萬曆野獲編（中）》，頁 659。

〔註 66〕如〔唐〕周昉《春宵秘戲圖》、明小說、筆記中亦有託元趙孟頫所繪春宮圖者。見劉達臨《中國古代性文化》（銀川：寧夏人民出版社，1993 年），頁 825。

〔註 67〕〔荷蘭〕高羅佩（Robert Hans van Gulik）著、楊權譯《秘戲圖考》，頁 176～178。

〔註 68〕〔明〕李詡（1505～1593）《戒庵老人漫筆》卷一〈倭國春畫〉（北京：中華書局，1997 年第二刷，據《常州先哲遺書》爲底本之排印本），頁 39。

可見春宮畫當有含蓄與露骨差別，而日本的浮世繪更是市場上的珍品，價格不菲。同樣的，《萬曆野獲編》卷二十六「春畫」也記載中國情慾物品「歡喜佛」以及中、日春宮畫：

> 閩人以象牙雕成（歡喜佛），紅潤如生，幾遍天下，總不如畫之奇淫變幻也。工此技者，前有唐伯虎，後有仇實甫，今僞作紛紛，然雅俗甚易辨。倭畫更精，又與唐、仇不同，畫扇尤佳。余曾得一箑面，上寫兩人野合，有奮白刃馳往，又一挽臂阻之者，情狀如生，旋失去矣。〔註69〕

日本春宮畫在市場奇貨可居，可看出中日走私貿易興盛之一面，且由唐寅、仇英的春宮畫「僞作紛紛」，可見春宮圖在當時市場上當紅的程度。春宮畫固然雅俗共樂，而「不如畫之奇淫變幻」一語，也點出春宮畫在閨幃裡有畫眉助興的作用。

春宮畫在晚明盛行，不僅僅只是單一的物品。若以賣家、買家、商品性，以及市場性的角度，來思考上述引文，就會發現晚明存在著一個成熟具有層次的情慾商品市場。我們可以看出有低層級「鄙褻之甚」的世俗春畫，也有名家手筆，更有物以稀爲貴的日本舶來品，而從他們愛不釋手的情況來看，春宮畫似乎像是一種怡情玩物的收藏，流行於士子之間。同樣的道理，從《繡榻野史》出現的「緬鈴」（女性自慰器材）來看，此工具必定有製造它、販售它、購買它的人，而由於事涉私密，它必定有特殊的商品通路。若再參看高濂《遵生八箋》所批判的情慾商品，鱸列起來，亦可謂洋洋大觀。他提到的有：

> 入於耳者，有耳珠丹；入於鼻者，有助情香；入於口者，有沈香合；握於手者，有紫金鈴；封於臍者，有保眞膏一丸、金蒸臍餅、火龍符；固於腰者，有蜘蛛膏、摩腰膏；含於龜者，有先天一粒丹；抹於龜者，有三釐散、七日一新方；縛其龜根者，有呂公縧、硫磺箍、蜈蚣帶、寶帶、良宵短、香羅帕；兜其小腹者，有順風旗、玉蟾裩、龍虎衣；搓其龜者，有長莖方、掌中金；納其陰户者，有揾被香、暖爐散、窄陰膏、夜夜春；塞其肛門者，有金剛楔。此皆用於皮膚，以氣感腎家相火，一時堅舉，爲助情逸樂。〔註70〕

〔註69〕〔明〕沈德符《萬曆野獲編・下》，頁659。

〔註70〕〔明〕高濂《遵生八箋》卷九〈延年卻病箋（下）〉，收入段成功、劉亞柱主編《中國古代房中養生秘笈》((北京：中醫古籍出版社，2001年))，頁409

從這張清單，可以發現晚明的人為探索人體情慾資源而發展出多麼豐富的文化。從五官、四肢、身體上的孔竅，乃至性器官，而且男女之間、龍陽之間都有相應的產品。這些商品暗示著晚明之人有很豐富且細緻的情慾文化（不保證其具有格調與高尚），所以情慾小說反映情慾商品盛行的情況，或本身即為這種文化的一份子，可以說是非常自然的趨勢了。

第三節　李贄、湯顯祖與情慾小說的興起

李贄（1527～1602）與湯顯祖（1550～1616）是晚明文藝思潮裡不得不談到的二位大家，有關他們的研究著作已可謂汗牛充棟，基於此，實在不需筆者於此門牆再忝添一磚一瓦。即使將範圍縮小到李、湯對小說創作的影響，其數目仍然可觀。〔註 71〕李贄對小說的影響，論者著眼於他提高了小說的地位，並且從其〈童心說〉、〈雜說〉等文獻論述晚明文藝思潮中的「眞」以及其影響，還有從確定的〈忠義水滸傳序〉到僞託者的評點（如葉晝）中，說明其內涵以及在晚明小說界的商業影響力。〔註 72〕湯顯祖的《牡丹亭》引發晚明一場對「情」的內容、作用，還有其在人性論中的位置的種種討論，這些討論對小說的影響，可以在馮夢龍的「情教論」上顯現。〔註 73〕所以本節討論李、湯二人，著重的焦點在於二者的理論被情慾小說「吸收」的過程與

～410。

〔註 71〕早期有容肇祖的《李贄年譜》、嵇文甫的〈李卓吾與左派王學〉（1934）、朱維之〈李卓吾與新文學〉（1935）。文革後李澤厚以「浪漫洪流」四字總結李、湯的文藝理論與影響力（見氏著《美的歷程》）、徐朔方〈湯顯祖與晚明文藝思潮〉（1982）；儘管李贄的評點文字還存在著眞僞問題（見黃霖編《20 世紀中國古代文學研究史》（上海：東方出版中心，2006 年），頁 113。），但從〈童心〉、〈雜說〉、《牡丹亭》連結李、湯與王艮泰州學派一脈的淵源關係，將李、湯的文藝理論進一步聯繫到哲學思潮裡去，這是目前學術界的一般看法，因此本節著重在「存眞去假」、「以私化公」、「尚情」等李、湯揭櫫的觀點如何被情慾小說援引作爲辯護或創作的理論基礎。換句話說，就是探討情慾小說如何被李、湯觀點所影響。

〔註 72〕〔美〕艾梅蘭（Maram Epstein）《競爭的話語——明清小說的正統性、本眞性其所生成之意義》（南京：江蘇人民出版社，2005 年），頁 59。以下作均《競爭的話語》。

〔註 73〕鄭培凱：《湯顯祖與晚明文化》（台北：允晨文化，1995 年），頁 216～223。再見〔美〕艾梅蘭《競爭的話語》，頁 73～80、89～92。又見黃卓越：《明中後期文學思想研究》（北京：北京大學出版社，2005 年），229～232、249、256。這三位先生對湯、李二人理論的時代意義的掌握是本節立論的基礎之一。

其後產生的改變，而至於二人的理論內涵與淵源以及對一般小說的影響者，則非本節要點。〔註 74〕換句話說，本節要探討的，是專重慾的情慾小說，也即是「專在性交，又越常情，如有狂疾」的世情小說末流，與李贄、湯顯祖主張的關係。本節的立場是在於他們學說、主張提出後，被情慾小說作者濫用的例子，但也說明他們的主張本身即存在著沒有解決的問題，導致接受者得以取法乎下而名、實不符地高舉其主張。將這種「末流」視爲一種現象，欲探究原因，自有深究的必要。李贄之說被濫用的情形，常爲人所提及的例子，是袁中道《遊居柹錄》的記載，其云：

> 記萬曆壬辰（1592）中夏，李龍湖（李贄）方居武昌朱邸，予往訪之，正命僧常志抄寫此書，逐字批點。常志者，乃趙瀫陽門下一書史，後出家，禮無念爲師，龍湖悦其善書，以爲侍者。常稱其有志，數加讚嘆鼓舞之，使抄《水滸傳》。每見龍湖稱說《水滸》諸人爲豪

〔註 74〕對於李贄在晚明思想史中的定位，鄭宗義認爲他正是將「泰州學說本身所隱藏的理論危機」充分暴露出來的人。依鄭氏，他將泰州學派的王艮（心齋，1483～1540）、王襞（東崖，1511～1587）、顏鈞（山農，1504～1596）、羅汝芳（近溪，1515～1588）、何心隱（1517～1579）與李贄（卓吾，1527～1602）六人作爲泰州學派轉手陽明心學爲「情識而肆」的三階段。鄭氏將王氏父子歸爲第一階段「道體流行」，特色是「道眼前即是」、「百姓日用即道」等，將道體流行收攝於良知本心，並認爲如此即爲良知本心本身的實質，又因此將工夫限定在直心而行（從本體便是工夫到本體、工夫合一不分）的路子上。第二階段是「赤子之心」，以顏山農、羅近溪爲代表。繼承道體流行的宗旨，但更強調將須透過工夫達成的境界同時看作是本體，並名之爲「赤子之心」。山農是把情上提至超越層而爲即心即理者，而這正是泰州學派肯定情的意義的轉折處。近溪的工夫講求悟性，並且本體便是工夫。第三階段是「情識而肆」，以何心隱、李贄爲代表。心隱的「意氣」、「育欲」以及「氣與道配」等於從超越的內在的良知本體，變爲自然的生命意氣及其強度所表現出外在的事功，所以已脱離性命之學的範圍。心隱肯定情欲雖然延續前人，但他丟棄良心的超越面，則爲縱情率性者開一理論藉口。李贄的「童心」不同於顏山農的「初心」，指的是率性流露的情感，而非良知本心顯露之載體，因而李贄的理論體系也無法妥善解決情眞如何達至道德圓滿的問題，反而由於李贄個人文學喜好與經世關懷，影響了晚明諸多文學表現。見鄭宗義：〈性情與情性：論明末泰州學派的情欲觀〉，收入熊秉眞、張壽安編《情欲明清——達情篇》（臺北：麥田，2004 年），頁 40～80。按：這篇論文從情與欲在泰州學派儒家性命之學體系中的變化——也就是理學內部的變化——說明了晚明崇尚情欲的風氣之所以形成的部份原因。另外，李卓然在〈論李贄在明代思想史上的地位〉中對於過份誇大李贄反傳統的說法有所批評，見氏著《明史散論》（台北：允晨文化，1991 年），頁 153、168。

> 傑，且以魯智深爲眞修行，而笑不吃狗肉諸長老爲迂腐，一一作實法會。初尚恂恂不覺，久之，與其儕伍有小忿，遂欲放火燒屋。龍湖聞之大駭，微數之。即嘆曰：「李老子不如五台山智證長老遠矣，智證長老能容魯智深，老子獨不能容我乎？」時時欲學智深行徑。龍湖性褊多嗔，見其如此，恨甚，乃令人往麻城，召楊鳳裡至右轄處，乞一郵符，押送之歸湖上。道中見郵卒牽馬少遲，怒目大罵曰：「汝有幾顆頭？」其可笑如此。後龍湖惡之甚，遂不能安於湖上，北走長安，竟流落不振而死。痴人前不得說夢，此其一徵也。〔註75〕

僧常志理解李贄主張裡的「眞」侷限爲「任性、率性」之「眞」，而忽略李贄其他的主張，師心自用地將魯智深的言行當作眞正的道理去實踐，而以爲即使傷害他人，只要是「眞」性情表現即爲「善」，僧常志如此淺解李贄主張，即是「取法乎下」的末流了。

另外，考慮到晚明情慾小說有明顯的地域傾向，〔註76〕故探討「情慾小說」興盛於晚明江、浙地區的創作背景，不能忽略此類小說與明代中葉以來的社會風尚以及江南地區特殊的地域文化之間密切的關聯性。江南地區自明代以來即是商品經濟與城市文化勃興的樞紐地帶。江南地區追求奢華，力求滿足物欲的市鎮文化環境，對於江南新一代文人士子的成長，及其創作心態，自有不可忽視的影響。呂天成是浙江餘姚人，其《曲品》收錄劇作一百九十二種，曲家（含南戲、傳奇、散曲、小令以及雜劇作家）一百一十五人，其中大都生長於江、浙一帶。又由於整體政治、經濟乃至社會情勢的發展，思想界也出現新的分歧。

儒學發展至宋明，其對情欲的看法已經不是簡單地用節寡壓抑一類的說

〔註75〕〔明〕袁中道（1570～1626）《遊居杮錄》（青島：青島出版社，2005年），頁193。

〔註76〕陳大康以《金瓶梅》的成書與流傳爲例，說明「文士們不僅已成爲通俗小說重要的讀者群，而且其中一些享有盛名者還熱情地歡迎這新興的文學體裁，反過來他們肯定、讚揚性的評論又有力地推動了通俗小說在社會上的廣泛傳播。」又李忠明指出「這一時期（17世紀）優秀的代表性思想家基本上都出現在江浙一帶（尤其蘇州與杭州及其附近地區）。不僅如此，與此相呼應，文學創作中的詩詞文戲曲（包括短篇小說）每一種形式中的代表作幾乎都與江浙一帶有關，或直接出自江浙作家之手。」前文見氏著《明代小說史》（上海：上海文藝出版社，2000年），頁440～42。後文見氏著《17世紀中國通俗小說編年史》（合肥：安徽大學出版社，2003年），頁20。

法概括得盡。情欲可以有消極與積極兩種的講法。消極的情欲是屬於感性層面的，側重在強調其對本心所可能造成的干擾。積極的情欲雖然屬於感性層面，卻可以被轉化、昇華至超越的道德層面，這種積極的情欲觀點，可以說明情欲是本心顯現時不可或缺的載體。順著這樣的邏輯，宋明儒可進一步申論心即理即情乃是本心的實質，這樣一來，等於承認除一般意義的情感外，還有屬於超越的道德層次的情感。但是經由泰州學派三階段的轉手中，情與欲在性命之學的體系當中不斷歧出，最後從具有超越意義的性情之德變成自然主義的情性之發。李贄在這樣的過程中負起相當吃重的角色。〔註 77〕

就在這樣一個多元化傾向的社會中，人們舊有的行爲規範、思想觀念、價值取向皆有可能遭遇新的挑戰與質疑。〔註 78〕凡曾經爲思想家所認爲應予以節制的種種私人生活的欲求，此時皆以一種新的方式爲人所強調。這形成對晚明人性的再解釋；由於李贄對個人自主性的強調，他的關於「欲」的概念的確深刻地影響了白話小說，他的著作中所表達的許多價値觀都在繼續形構著有清一代的小說。〔註 79〕李贄抨擊被禮所建構的僵化的自我，他認爲那是一種虛假的自我呈現，與這種被禮所規定的自我相反，李贄讚賞一種「當下」的能力，即一種對環境的本能而有效的反應能力，而不是經過訓練後的反應。他的道德體系的前提是：社會實踐應根據每個時代的需要而有變化。李贄不把禮當成是一種形而上或歷史地達致完美的眞理，而是把它解釋成一

〔註 77〕鄭宗義：〈性情與情性：論明末泰州學派的情欲觀〉收入熊秉眞、張壽安編《情欲明清——達情篇》，頁 39～40。

〔註 78〕艾梅蘭以嘉靖年間的「議大禮」之爭——嘉靖皇帝認弘治皇帝或認親生父母爲皇考的抉擇——除了用政治史觀點視爲權力鬥爭之外，由於立場相反的雙方都聲稱自己合法性，並且引證歷歷，令人不禁質疑理學意識型態也並不如想像中的堅固。艾梅蘭更認爲此事件的爭論對「理學的理性主義偏見的尖銳攻擊提供了語境」。見氏著《競爭的話語》，頁 15～16。
嘉靖朝也在郊祀禮是天地「合祀」抑或「分祀」的問題上產生爭論，嘉靖帝還爲此開設論壇，在廷臣引經據典的考證與詮釋之下，多數卻與世宗意欲分祀的想法不合，而也在兩造爭論中出現了不以宋儒二程、朱熹之說爲是的情形，而且廷臣也並非追求郊祀禮的眞理性爲唯一目的，而是包藏著製造一知識體系/權力結構來制衡君權。按：在這樣的議論中「禮」的內涵的權宜性與功利性自然顯露無遺了，由是也提供反對僵化程朱的道德實踐的語境。見張璉：〈天地分合：明代嘉靖朝郊祀禮議論之考察〉，《漢學研究》第二十三卷第二期（2005 年 12 月），頁 186～187。

〔註 79〕詳見艾梅蘭《競爭的話語》。艾氏以王夫之、戴震述論禮與欲在清代思想的和解，頁 62～68。

種「人所同者」的實踐，與「一己之定見」相對。〔註 80〕因此禮不應該只是一種表演，不能「只解打躬作揖，終日匡坐，同於泥塑」，〔註 81〕也不該以外在的標準掩飾了眞實的自我，而產生「本爲富貴，而外矯詞以爲不願，實欲托此以爲榮身之梯，又兼採仁義之事以自蓋」的情形。〔註 82〕因此〈童心說〉所針對的就是這種情形，而要把「眞」重新彰顯出來。他說：

> 夫童心者，眞心也。若以童心爲不可，是以眞心爲不可也。夫童心者，絕假純眞，最初一念之本心也。若失卻童心，便失卻眞心；失卻眞心，便失卻眞人。人而非眞，全不復有初矣。（頁 98）

李贄又認爲一般人因爲「有聞見從耳目而入」而且又「以爲主於其內」使得童心喪失，造成「假文」充斥的情形：

> 蓋其人既假，則無所不假矣。由是而以假言與假人言，則假人喜；以假事與假人道，則假人喜；以假文與假人談，則假人喜。無所不假，則無所不喜。（頁 99）

所以要絕假存眞，讓「童心」活活潑潑地重新顯現；就表現的意義來說，「童心」可以作爲文章內容的標準；就創作論而言，作者創作必須秉持童心而發、保持童心而作，如此才能創作出「至文」或「自文」。〔註 83〕「童心」在創作

〔註 80〕〔美〕艾梅蘭（Maram Epstein）《競爭的話語》，頁 59～60。

〔註 81〕〔明〕李贄：〈因記往事〉，《焚書・續焚書》（北京：中華書局，1975 年），頁 156。以下本節徵引李贄之文獻，若無特別說明，都是出自本書，而爲省冗贅，以下僅標示頁數。

〔註 82〕〔明〕李贄：〈復焦弱侯〉，《焚書・續焚書》，頁 46。

〔註 83〕李贄的「至文」與「自文」應指不同的意涵。董國炎認爲李贄的文學思想中，「童心」是內容，「自文」是形式，構成一個不可分割的體系：董氏歸納「自文」具有一、反對舊形式的束縛；二、主張自然樸素，反對過份追求形式美。但董氏行文間，卻是「至文」與「自文」不分。質言之，在語意分析後，李贄「至文」在其理論體系應是文章的最高級，包含了以童心而發的「自文」，所以已臻「至文」層級就一定也是「自文」，但屬「自文」卻不一定即是「至文」。所以即使二者皆是「童心」所發，但有等級之別，略論於後。《焚書》裡「至文」共出現在〈雜說〉一次，如「若夫結構之密，偶對之切；依於理道，合乎法度；首尾相應，虛實相生，種種禪病皆所以語文，而皆不可以語於天下之至文也」（頁 97），以及〈童心說〉二處，如「天下之至文，未有不出於童心焉者也」（頁 99），又如「詩何必古選，文何必先秦。…變而爲院本，爲雜劇，爲《西廂》，爲《水滸傳》，爲今之舉子業，皆古今至文，不可得而時勢先後論也。」（頁 99）而「自文」共有三處，但其中〈孔明爲後主寫申韓管子六韜〉之「又好說『時中』之語以自文」（頁 225）是「爲己文飾」之義，可不論。「自文」首出也在〈童心說〉，緊接在「至文」之後，如「故吾因是

論上的意義，如〈《忠義水滸傳》敘〉言「《水滸傳》者，發憤之所作也」（頁109），質言之，因是「發憤」之作，所以是存眞的「至文」，也因而具有感動人心的力量：「賢宰相不可以不讀，一讀此傳，則忠義不在水滸，而皆在於朝廷矣」（頁110）。這「發憤說」的創作論在〈雜說〉中呈現的更清楚，李贄云：

> 且夫世之眞能文者，比其初皆非有意爲文也。其胸中有如許無狀可怪之事，其喉間有如許欲吐而不敢吐之物，其口頭又時時有許多欲語而莫可所以告語之處，蓄極積久，勢不能遏。一旦見景生情，觸目興嘆，奪他人之酒杯，澆自己之壘塊；訴心中之不平，感數奇於千載。既已噴玉唾珠，昭回雲漢，爲章於天矣，遂亦自負，發狂大叫，流涕慟哭，不能自止。寧使見者聞者切齒咬牙，欲殺欲割，而終不忍藏於名山，投之水火。（頁97）

質言之，依童心所發之「至文」或「自文」，應是直以呈現感情、率性的文章。因此「童心」表現爲文，應該要呈現人性之自然，如〈讀律膚說〉所言：

> 自然發於情性，則自然止乎禮義，非情性之外復有禮義可止也。惟矯強乃失之，故以自然之爲美耳，又非於情性之外復有所謂自然而然也。故性格清徹者音調自然宣暢，性格舒徐者音調自然疏緩，曠達者自然浩蕩，雄邁者自然壯烈，沉鬱者自然悲酸，古怪者自然奇絕。有是格，便有是調，皆情性自然之謂也。莫不有情，莫不有性，而可以一律求之哉！然則所謂自然者，非有意爲自然而遂以謂自然也。若有意爲自然，則與矯強何異。故自然之道，未易言也。（頁133）

有如此自然發於情性的創作，而各種不同氣質的作者則創作出不同風格的作品。〈讀律膚說〉擴充並落實「童心說」的主張，但是李贄對於「發於情性」是如何在尚未逾越禮儀前輒自止的，並沒有妥善地解決，而造成率眞自然與

而有感於童心者之自文也」，若和「天下之至文，未有不出於童心焉者也」參看，似乎「至文」即是「自文」，但這裡不能用「至文」等於「童心」，又「自文」也等於「童心」，所以「至文」等於「自文」的邏輯，因爲二者爲「童心」之所發，而非等於童心，更何況二者等級有別，且再看《焚書》卷五〈賈誼〉中李贄比較班固與劉向優劣，有「劉向亦文儒也，然筋骨勝，肝腸勝，人品不同，故見識亦不同，是儒而自文者也」之語（頁201），但又說月旦歷史人物卻須具備「曠古隻眼」，不是「區區有文才者」能處理完美的，可見李贄對於劉向的「自文」即使優於班固，但仍非完美之「至文」，由此可知「自文」不及「至文」者明矣。董文見氏著《明清小說思潮》（太原：山西人民出版社，2004年），頁77、79。

縱情倡狂間只有一線之隔，其間充滿巨大的張力。〔註 84〕這肇因於李贄的「童心說」並沒有規範性的準則可以依循（其實是以去除外在規範爲目的），它是高度個人主義且是內證性格的理論。而李贄欲以「眞」取代「假」的、外在引入的道德標準，而其達致的方法則是透過具有個體性、世俗性的「私」來達成。他說：

> 聖人之爲，無爲而成者也。然今之言無爲者，不過曰：「無心」焉耳。夫既謂之心矣，何可言無也？既謂之爲矣，又安有無心之爲乎？農無心則田必蕪，工無心則器必窳，學者無心則業必廢。無心安可得也？解者又曰：「所謂無心者，無私心耳，非眞無心也。」夫私者，人之心也，人必有私而後其心乃見，若無私則無心矣。如服田者，私有秋之獲，而後治田必力；居家者，私積倉之獲，而後治家必力；爲學者，私進取之獲，而後舉業之治也必力。故官人而不私以祿，則雖召之必不來矣；苟無高爵，雖勸之必不至矣。〔註 85〕

李贄的理論體系中，童心之眞必定會包含個人之私，否則無「眞」可言，而這樣人之所欲，雖然期待它自然發於情性，而自然止於禮義。但是在「如何」達至的工夫上，因爲沒有妥善的處理，而造成理論的破綻。這種工夫失落所造成的問題，若放在「童心說」上來看，就是「至文」與「自文」儘管都包含並保證了童心的存在，但是這並不代表有童心之文就一定可以成爲天下之至文，還有童心既然佔了關鍵的位置，但是我們卻對如何保有童心的方法不甚了了。質言之，在那些討論「至文」、「童心」的文獻中，李贄都是用對比的技巧，雄辯滔滔地含混掉原本要切實解決的工夫問題。〔註 86〕也即是因爲缺乏工夫的對治，追尋李贄主張的情慾小說作者也就順理成章地搬弄之、實踐之，宣稱人之色欲屬於情性之自然，如成書於萬曆年間的《浪史》，作者又玄子於〈浪史敘〉說：

〔註 84〕 鄭宗義〈性情與情性：論明末泰州學派的情欲觀〉收入熊秉眞、張壽安編《情欲明清——達情篇》，頁 73、75。

〔註 85〕 〔明〕李贄：〈德業儒臣後論〉，《藏書》（上海：上海古籍出版社，2000 年，《續修四庫全書》本，第 302 冊），卷 24，頁 244。

〔註 86〕 李贄往往仰賴對比的技巧來加強立論的氣勢以產生說服力。貫串的方式是用「眞」與「假」兩種概念的對比，例如〈雜說〉中《拜月》、《西廂》是造化無工的「化工」；《琵琶》則是落入第二義的「畫工」。又如〈童心說〉裡的絕假純眞的「至文」對照無所不假的「假文」。但細察之下，雄辯後卻是無工夫可下手處的事實。

天下惟閨房兒女之事，人爭傳誦，千載不滅，何爲乎？情也，蓋世界以有情而合，以無情而離，故夫子刪《詩》，而存〈扶蘇〉、〈子襟〉，不廢〈桑間〉、〈濮上〉之章已。今可以興觀，可以群怨，寧非情乎？蓋忠臣孝子未必盡是眞情，而兒女切切，十無一假，則《浪史》風月，正使無情者見之，還爲有情。情先篤於閨房，擴而充之，爲眞忠臣，爲眞孝子，未始不在是。噫，可傳也。客曰：「俚詞粗句，安足以語雅道？」又玄子曰：「不不也。今之人開卷無味，便生厭心，一見私情比睨之事，便恨其少，況山林野人，不與學士同其眼力。有通俗可以入雅，未有入雅可以通俗。噫，則此書正以是傳也。《西遊》之放而博，《水滸》之曲而謀，於情無當，總不如《浪史》之情而切也，意可傳也，遂付之梓，以公天下之有情無情者。〔註 87〕

從這篇敘言，我們可以找到李贄許多名篇裡的熟悉語調。其中有〈童心說〉所大力倡導的情眞，並且對情眞所產生的感染力深具信心，使無情者可以轉變成有情的人，有若李贄〈《忠義水滸傳》敘〉。〔註 88〕接著是爲這本情慾小說可能遭受的「誨淫」之詈提出辯駁。又玄子像其他情慾小說的序言作者一樣，援引、誤讀且誤用朱熹「淫詩說」，認爲聖人經典仍存淫風，但最後內容仍歸於思無邪，依此對衛道者進行辯護。〔註 89〕又玄子又強調其書之所以深具通俗性，正是看中其傳播效力，如此才能使情眞的感染力上達士子，下通平民；這與同時憨憨子〈《繡榻野史》敘〉言爲了「因勢利導」而「以淫止淫」的邏輯有異曲同工之妙。〔註 90〕李贄的確提供情慾小說的作者與支持者一套

〔註 87〕〔明〕又玄子：《浪史》（台灣：台灣大英百科，1995 年，《思無邪匯寶》本），頁 39。

〔註 88〕李贄〈《忠義水滸傳》敘〉：「故有國者不可以不讀，一讀此傳，則忠義不在水滸而皆在於君側矣。賢宰相不可以不讀，一讀此傳，則忠義不在水滸，而皆在於朝廷矣。兵部掌軍國之樞，督府專閫外之寄，是又不可以不讀也，苟一日而讀此傳，則忠義不在水滸，而皆爲干城心腹之選矣。否則不在朝廷，不在君側，不在於干城腹心，烏乎在？在水滸。」這與又玄子所言「情先篤於閨房，擴而充之，爲眞忠臣，爲眞孝子，未始不在是。」都著眼情眞的感染力以及有益教化的連帶關係上。見氏著《焚書．續焚書》，頁 110。

〔註 89〕張祝平〈明代豔情小說的發展與朱熹的「淫詩說」〉，《書目季刊》第三十卷第二期（1996 年 9 月），頁 55～69。又林保淳〈「淫詩」與「淫書」〉，《淡江大學中文學報》（北縣淡水鎮：淡江大學中文系，1997 年 12 月），頁 89～115。

〔註 90〕憨憨子〈《繡榻野史》敘〉：「余將止天下之淫，而天下已趨矣，人必不受，余以誨之者止之，因其勢而利導焉，人不必不受也。」這是目前古代小說文獻

理論體系，在此可以佐證的，是情慾小說《繡榻野史》的作者呂天成就曾經在為其師沈璟的劇作〈義俠記〉寫序時，高度認同並援引了李贄〈《忠義水滸傳》敘〉的觀點。〔註 91〕另外，顯而易見的，這篇序文除了援引的李贄的觀點之外，又玄子對「情」的強調，並將其置於理論的關鍵位置，則格外引人注目。這線索讓我們進一步去探討湯顯祖《牡丹亭》那種「生者可以死，死可以生」所揭櫫的「情至論」。

湯顯祖師承泰州學派的羅汝芳，他也將泰州學派的情慾觀鎔鑄於自己的戲曲創作之中。〔註 92〕晚明思潮把哲學理論與文學實踐聯繫了起來；把「情」重新解釋成重要而基本的德性的哲學努力為小說的刊行提供了一種道德保護，這些小說，如果換一個角度看，會被懷疑在道德上有問題，事實上，衛道者對情慾小說的疑慮與攻擊也基於此，但那些受「情至論」影響的小說戲劇卻把情慾描寫成一種積極的本能，它可以導向道德的重建。〔註 93〕湯顯祖透過《牡丹亭》將「情不知所起，一往而深，生者可以死，死可以生」的「情至論」發揚光大。〔註 94〕對於「情」的感染力，湯顯祖曾有極其生動的說明：

> 使天下之人無故而喜，無故而悲。或語或嘿，或鼓或疲，或端冕而聽，或側弁而蛩，或闚觀而笑，或市湧而排。乃至貴倨弛傲，責嗇爭施。瞽者欲玩，聾者欲聽，啞者欲嘆，跛者欲起。無情者可使有情，無聲者可使有聲。寂可使喧，喧可使寂，飢可使飽，醉可使醒，行可以留，臥可以興。鄙者欲豔，頑者欲靈。可以合君臣之節，可以浹父子之恩。可以增長幼之睦，可以動夫婦之歡，可以發賓友之儀，可以釋怨毒之結，可以移憒之疾，可以渾庸鄙之好。然則斯道也，孝子以事其親，敬長而娛死；仁人以此奉其尊，享帝而事鬼；老者以此終，少者以此長。外户可以不開，嗜欲可以少營。人有此聲，家有此道，疫癘不作，天下和平。豈非以人情之大竇，為名教

中明確提出「以淫止淫」主張的第一人。總言之，二者利用題材、文字的通俗性而欲達成高傳播效力的目的與邏輯是一致的，但是最大的差異是又玄子的說詞在「情眞」的保護傘下，理論中沒有「誨淫」的空間，其淫不是淫，而是情欲；而憨憨子則在以退為進、以守為攻的策略裡，「以淫止淫」變成預先承認「淫欲」的存在。

〔註 91〕關於這一點，詳論於本論文第四章第二節第二段，頁 84。

〔註 92〕徐朔方：《湯顯祖全集・前言》（北京：北京古籍出版社，1999 年），頁 1～5。

〔註 93〕〔美〕艾梅蘭（Maram Epstein）《競爭的話語》，頁 68～69。

〔註 94〕〔明〕湯顯祖著、徐朔方箋校：《湯顯祖全集》，第三冊，頁 1093。

之至樂也哉。〔註 95〕

文學的動人，眞有驚天地泣鬼神之功效，而「人情之大竇」固然可以促進「爲名教之至樂」。而且晚明文士歌頌情感卻多不甘自限於文學藝術的領域，而是想藉此發揮道德教化的功能。馮夢龍（1574～1646）在《情史類略》的序中明白交代他編是書乃欲以情設教：

> 六經皆以情教也。《易》尊夫婦，《詩》有關雎，《書》序嬪虞之文，《禮》謹聘、奔之別，《春秋》於姬、姜之際詳然言之。豈以情始於男女，凡民之所必開者，聖人亦因而導之，俾勿作於涼，於是流注於君臣、父子、兄弟、朋友之間而汪然有餘乎!異端之學，欲人鰥曠以求清淨，其究不至無君父不止，情之功效亦可知已。〔註 96〕

這種以情設教的主張，吾人不應該輕率地視爲明末思想界仍然侷限於名教傳統，所以是解放得不夠徹底的結果，相反的，是從「情」的角度重新詮釋經典。細察馮夢龍的文學本體論，男女之情在五倫中居首要的位置；〔註 97〕「六經皆以情教也」已透露出他想要以情取代性與理在理學理論體系的中心位置。〔註 98〕晚明文人多與思想中人交往而受其啓發，儘管他們不是思想家，也無意於理論的探索闡述，但在思想上則顯然都預設李贄、湯顯祖一類以情爲第一義、以情優於理的觀點。湯顯祖「第云理之所必無，安知情之所必有邪」的說法，即是明證。〔註 99〕馮夢龍曾流露出近似的看法，如〈情偈〉：

> 天地若無情，不生一切物。一切物無情，不能環相生。生生而不滅，由情不滅故。四大皆幻設，性情不虛假。有情疏者親，無情親者疏，無情與有情，相去不可量。我欲立情教，教誨諸眾生：子有情於父，臣有情於君，推之種種相，俱作如是觀。萬物如散錢，一情爲線索，散錢就索穿，天涯成眷屬。若有賊害等，則自傷其情。如睹春花發，齊生歡喜意。盜賊必不作，奸宄必不起。佛亦何慈悲，聖亦何仁義。倒卻情種子，天地亦混沌。無奈我情多，無奈人情少。願得有情人，

〔註 95〕〔明〕湯顯祖著、徐朔方箋校：《湯顯祖全集》，第二冊，〈宜黃縣戲神清源師廟記〉，頁 1188。

〔註 96〕《情史類略・情史序》，頁 1。

〔註 97〕傅承洲：《馮夢龍與通俗文學》（鄭州：大象出版社，2000 年），頁 35。

〔註 98〕宋耕：〈從《情史・情外類》看「情」的本質〉，收入黃霖、韋美高主編《明代小說面面觀》（上海：學林出版社，2002 年），頁 343。

〔註 99〕〔明〕湯顯祖著、徐朔方箋校：《湯顯祖全集》，第二冊，卷 33〈牡丹亭記題詞〉，頁 1153。

一齊來演法。〔註 100〕

〈情偈〉除了重申「我欲立情教，教誨諸眾生」的「情教」立場之外，也陳述「情」是人倫交際之始與使萬物產生關聯的主軸；至此，「情」可以說是被提高到無以復加的地位了，所以馮夢龍也樂觀地認爲以情爲儒家倫理體系的中心可以風行於天下；馮夢龍的「情至論」是與李贄、湯顯祖同時的那股推崇「情」的風氣息息相關的，〔註 101〕他認爲「情」可以使「無情化有，私情化公，庶鄉國天下，藹然以情相與，於澆俗冀有更焉」，〔註 102〕可見以「情」教化天下的路徑是將一己的私情擴充爲公義，而若人人皆如此，則爲一有情的理想世界，但私情是怎麼成爲公義，又如何保持呢？究其實，馮氏之所認爲「情」優於「理」的原因，是著眼於「情」可以破除「理」在晚明道學家的實踐中所產生的虛僞性，因爲「情」相對於「理」而言，更具個人主義色彩因而深具感染力與號召力，從他說「自來忠孝節烈之事，從道理上做者必勉強，從至情上出者必眞切」可證，〔註 103〕所以由於「情」的這種特性使馮氏選擇性地只看見其優點，而忽略其爲理論體系中心所形成的缺點，所以至終沒有明確的論述如何達至這一境界的工夫論。儘管馮夢龍身爲文學家，本不須對理論體系的顚瞨不破負責，他堅信「情至論」在教化上的效用，正是著眼於「情至」之「眞」所產生的強烈感染力上，但是這種感染力的趨向，卻是無法證成其爲善的，所以文學的感染力是雙面之刃，其感染力既可以爲催化名教之效力，同樣也可以蕩人心神，使人縱情墮欲，馮氏自己也看見這類問題，如「情猶水也，慎而防之，過溢不止，則雖江海之洪，必有溝澮之辱矣」，〔註 104〕又如「情者怒生不可閼遏之物」、「愼勿以須臾之懽，而誤人於

〔註 100〕〔明〕馮夢龍著，魏同賢校點：《情史》，《馮夢龍全集》第七冊（南京：鳳凰出版社，2007 年），頁 1～2。

〔註 101〕陳萬益指出馮夢龍「情教說」的發展軌跡。《情史類略》和他青年時期的《掛枝兒》、《山歌》有承繼關係，所以馮夢龍年輕時「逍遙豔冶場，遊戲煙花里」的經驗，使他對眞情有所體悟，促成「情教說」的產生；而從《情史》評語引用吳震元《奇女子傳》原評與陳繼儒（1558～1639）的〈情種題詞〉透露其時與稍早，以情爲主題的書籍頗爲流行。陳萬益認爲以上二者影響馮氏《情史》成書與情教主張的提出。見氏著〈馮夢龍「情教說」試論〉，收入《晚明小品與明季文人生活》（台北：大安出版社，1988 年），頁 174～175、183。

〔註 102〕同註 100。

〔註 103〕同註 100，頁 36。

〔註 104〕同註 100，頁 631。

沒世也」〔註 105〕等皆是反應「情」的負面效應。即使如《牡丹亭》者，也曾被衛道者認爲「有傷風化」，〔註 106〕便可相信「至情論」的文學實踐有若走鋼索一般，在道德昇華與淪喪之間具有強大的張力。

且以《癡婆子傳》爲例，說明有識之士已認知到「情至論」引起負面效應的可能性。「情痴子」批校、「芙蓉主人」輯的《癡婆子傳》約成於嘉靖、萬曆時期，〔註 107〕其書敘女主角上官阿娜以有夫之婦的身份，或出於自願、或出於脅迫、引誘，前後與十二人有私的縱慾歷程，後因遇鍾愛者子之業師谷德音，想與其廝守終身，於是斷絕與其他人性關係，其姦情遂被告發。在阿娜還是少女時候，她「素習周詩，父母廢淫風，不使誦。乃予竊熟讀而默誦之。頗於男女相悅之辭疑焉」，〔註 108〕因爲對情慾充滿好奇與不解，於是去請教善於風情的北鄰少婦，少婦教導了阿娜的情慾法門，在性慾與好奇的驅使下，阿娜引誘表弟慧敏同宿，從此展開一連串的情慾之旅。因此，「芙蓉主人」在乾隆二十九年（1764）的序云：

> 從來情者性之動也。性發爲情，情由於性，而性實具於心者也。心不正則偏，偏則無拘無束，隨其心之所欲，發而爲情，未有不流於癡矣。矧閨門衽席間，尤情之易癡者乎。嘗觀多情女子，當其始也，不過一念之偶偏，迨其繼也，遂至慾心之難遏。甚且情有獨鐘，不論親疏，不分長幼，不別尊卑，不問僧俗，惟知雲雨綢繆，罔顧綱常廉恥，豈非情之癡也乎哉。一旦色衰愛弛，回想當時之謬，未有不深自痛恨耳。嗟嗟！與其悔悟於既後，孰若保守於從前。與其貪眾人之歡，以玷名節，孰若成夫婦之樂，以全家聲乎。是在爲少艾時，先有以制其心，而不使用情之偏，則心正而情不流於癡矣，何自來癡婆子之誚耶。〔註 109〕

在「芙蓉主人」的「心——性——情」的體系中，「情」不具有李、湯承泰州學派而來的特徵，即是推舉「情」成爲儒家人倫體系的中心；「情」又下降成爲氣

〔註 105〕同註 100，頁 116。

〔註 106〕王利器《元明清三代禁毀小說戲曲史料》（上海：上海古籍出版社，1981 年），頁 311、313～314、325。

〔註 107〕石昌渝主編：《中國古代小說總目・文言卷》（太原：山西教育出版社，2004 年），頁 37。

〔註 108〕〔明〕芙蓉主人輯《癡婆子傳》，（台北：大英百科公司，1995 年，《思無邪匯寶》本，第 24 冊），頁 108。

〔註 109〕〔明〕芙蓉主人輯《癡婆子傳》，頁 79、101。

質意義的「情」，成爲需要對治的對象。之所以強調「偏」、「無拘束」、「癡」，正是看見「情」的負面效應，容易放縱與陷溺而逾越了規範的那一面，但這裡的「制其心」也不再是程朱理學「存天理，去人欲」被無限上綱後的嚴酷對治方式，而是認爲情慾須依循正道而行。所以馮夢龍即使強調「情」可以「死者生之，而生者死之。」但也不忘提醒「情之能顛倒人，一至于此。往以戕人，來以賊已。小則捐命，大而傾國」，〔註 110〕也正因爲認識到情具有這樣的雙面刃性質，明末清初已降，對於情慾小說幾乎沒有正面評價，而情慾小說本身也大多採取反面立論，即是「以淫止淫」的論述策略。如康熙 4 年（1665）《吳江雪》第九回，作者佩蘅子分小說爲三等，他批評情慾小說爲末等，指其「無非說牝說牡，動人春興的。這樣的小說世間極多，買者亦復不少。書賈借以覓利，觀看藉以破愁，這是壞人心術的。」〔註 111〕又如曹雪芹藉筆下角色空空道人批評情慾小說「淫穢污臭，塗毒筆墨，壞人子弟，又不可勝數。」〔註 112〕而成書於雍正 8 年（1730）、集情慾小說大成的《姑妄言》，作者曹去晶也不斷地重申其創作主張是「一片婆心，勸人向善耳。內中善惡貞淫，各有報應。句雖鄙俚，然隱微曲折，其細如髮，始終照應，絲毫不爽」，〔註 113〕相較之下，萬曆年間，像又玄子《浪史・敘》大剌剌地視縱慾爲至情，因而不以爲己是誨淫，這種自以爲合情合理的創作態度，可以說漸漸銷聲匿跡了。〔註 114〕

總的來說，李贄與湯顯祖的文學主張已將文學推離〈詩大序〉所要求的道德目的與教化性質，給予了文學藝術廣闊的自由天地。〔註 115〕李贄的特殊

〔註 110〕同註 100，頁 233。

〔註 111〕黃霖、韓同文選注《中國歷代小說論著選》（南昌：江西人民出版社，2000 年），頁 335。

〔註 112〕黃霖、韓同文選注《中國歷代小說論著選》，頁 439。

〔註 113〕〔清〕曹去晶《姑妄言（一）》（台北：大英百科公司，1997 年，《思無邪匯寶》本），頁 15、61。

〔註 114〕成書於天啓年間，東魯落落生的情慾小說《玉閨紅》，其湘陽白眉老人的序還帶有一點對情慾津津樂道的興頭，如「且君留京既久，又好狹游，京中教坊情景，無不若禹鼎燃犀，纖毫畢露，皆君經驗之談也。遂以之付文潤山房刻梓，以廣流傳。」其中也沒有表露對縱慾狎妓的遮掩，反而以此爲特色、賣點，而欲大肆傳播。相反的，有清一代，屢屢禁絕淫詞小說，所以《繡榻野史》開始的「以淫止淫」辯護策略遂成爲清代情慾小說愛用的說法，而《浪史・敘》所代表的以「至情」包裝縱慾的方式，則不再出現於情慾小說中。白眉老人序見〔明〕東魯落落生《玉閨紅》（台北：大英百科公司，1997 年，《思無邪匯寶》本，第 4 冊），頁 285。

〔註 115〕鄭培凱：《湯顯祖與晚明文化》（台北：允晨文化，1995 年），頁 221～222。

重要性在於他是思想文化史世界與小說戲曲世界的連接者。湯顯祖的《牡丹亭》的文學魅力正實踐、發揮了「至情」的感染力與號召力而影響深遠。而李贄、湯顯祖的名字頻繁地出現在各種通俗作品的版本上，這清楚地說明，那些出版者——包括馮夢龍在內都相信，與李贄等聯袂能增加通俗作品的商業吸引力。眾所皆知的李贄與劇作家湯顯祖和文學理論家袁宏道之間的友誼，使他處於晚明的知識思想潮流與文學價值觀和美學之產物連接起來的至關重要的位置。

第四節　小　結

情慾小說在晚明之所以可以興起，它必須需要經濟環境的支持。晚明江南經濟發達，使得通俗小說的讀者，無論是閱讀能力，或是購買能力，都得以撐起整個出版業。當世情小說對題材的興趣從歷史演藝與英雄傳說中脫離，轉向芸芸眾生的市井生活，隸屬世情小說的情慾小說也擴充它的題材與發展的空間。晚明史料筆記所揭櫫「人情以放蕩爲快，世風以侈靡相高」〔註116〕的世情風尚，尤其以江南爲勝；許多世情小說正是著眼於這樣的變化，而作爲世情小說一支的情慾小說，自然也不例外。另外，與晚明世情小說所給予後代讀者的縱慾印象相反，有識之士（如李贄、湯顯祖）重新思索人欲與「情」在道德倫理實踐中的重要性與能動性，也啓發一批通俗文學創作者以此或爲目標、或爲題材地進行創作、編輯（如馮夢龍）。這也影響了情慾小說，最明顯的例子是又玄子所著的《浪史》，其一反其他情慾小說「以淫止淫」的辯護策略，而改稱縱慾乃眞情的表現，實則以眞情偷渡、掩護色情，欲想以此合理化小說中的情慾書寫，但從它常名列清代禁毀書單上，可知這樣的策略並沒有成功。

〔註116〕〔明〕張瀚（1512～1595）《松窗夢語》，頁139。

第三章　《繡榻野史》與晚明情慾小說之考論

情慾小說的興起也有文學本身的原因。在中國文學史中，「情慾書寫」雖然一直不是重要的文學主題之一，但是卻或隱或顯地保有「情慾書寫」的質素；如齊梁時期的宮體詩，就擴展與豐富了描寫女體之美的詞彙。或者，保留了便於情慾書寫發揮的素材。例如歷史中有「淫行」記載的人物，往往是情慾小說的最佳素材，例如依趙飛燕、隋煬帝事蹟敷衍成書的《趙飛燕外傳》、《趙飛燕別傳》、《隋煬帝豔史》。若以《繡榻野史》爲本位，回溯這些對情慾的描寫，我們可以看出情慾書寫生長的土壤實已存在，而等待晚明縱慾的時代風尚，才勃勃地發展起來，變成小說史中一脈重慾的流派。從素材的觀照中，可以發現，情慾小說的演進也符合中國古典小說的流變趨勢之一，即從改編以歷史素材爲基礎的說書人底本的演義，轉向直接於現實生活取材的世情小說。

明代以前，中國古典小說中雖有關於情慾的描寫，但是與明代情慾小說比起來眞是小巫見大巫。後宮的風流韻事，總是引起騷人墨客的注意，所以趙飛燕與漢成帝的故事就成了下筆的好材料。題爲漢伶玄所作的《趙飛燕外傳》應定爲唐人傳奇之前的作品較可靠，〔註 1〕它被視爲情慾小說的先導。《金

〔註 1〕 寧稼雨爲本書作者與成書過程的種種疑竇，作了一番梳理，本註均採自他的意見。他指出晁公武認爲是伶玄所作，並云茂陵卞理藏之於金縢漆櫃。但陳振孫認爲此書「稱漢河東都尉伶玄子于撰。自言與揚雄同時，而史無所見，或云僞書也。然通德擁髻等事，文士多用之。而『禍水滅火』一語，司馬公載之《通鑑》矣。」《四庫全書總目提要》承此說，所以本書僞託之說，已無疑矣。至於此書是何時何人所作，尚未有定論。周中孚《鄭堂讀書記》以司

瓶梅詞話》第七十九回西門慶醉臥，潘金蓮餵春藥過量，使西門慶精傾洩不止而亡的情節，明顯有本篇趙昭儀進漢成帝大丹七粒，使成帝「陰精流輸不禁，有頃絕倒」的痕跡。後世提及飛燕、合德的故事，很少不援用這篇故事的。如宋代秦醇子《趙飛燕別傳》即承此篇又添入情節，晚明則有情慾小說《昭陽趣史》就以此故事爲骨架，再罩上神怪小說的色彩，讓飛燕、合德爲妖精所投生，而算到源頭，漢成帝、飛燕、合德都是爲了化解在天上的一段緣份。清代也有《濃情快史》採用此篇文字與情節。〔註 2〕

唐代張鷟《遊仙窟》以仙居譬喻青樓，描寫了男女交媾的過程，才算是眞正意義上的情慾小說。〔註 3〕其以駢文書寫，繼承宋玉《高唐賦》、曹植《洛神賦》和張敏《神女賦》的傳統而來；篇中多用詩歌對答，風格接近民歌，有可能是模仿當時講唱文學而寫的。本篇的另一項特色是以駢體文和詩讚相結合來寫故事，與敦煌變文，特別是其中的故事賦，如《燕子賦》、《韓朋賦》、《下女夫詞》等相似。以上是對其可能承襲的文學傳統作一探討，而它的影響也有幾個方面，它首先以駢文寫小說，晚唐小說《傳奇・封陟》也是以賦體爲文，遠至清陳球《燕山外史》又有發展，餘波乃至晚清《玉梨魂》仍可見。第二，小說中夾雜詩句，唐人小說也常可見，而後代小說夾雜詩文的現象，以元明文言小說最爲多見。第三，以形式來看，《遊仙窟》與宋元以來的講唱文學，二者有相似之處。最後，出遊而豔遇仙女的情節，明代情慾小說《春夢瑣言》明顯受到本篇的影響。〔註 4〕

從情慾小說史的角度來看，張鷟的《遊仙窟》是晚明以前的情慾小說的孤島。放眼望去，整個唐傳奇沒有像《遊仙窟》這樣專注於描寫男女交媾的篇章，但是描述男女勇於追求自我，情感歸依的言情傳奇卻是多了許多，而其中，明

馬光取「禍水滅火」語入《資治通鑑》，謂此書出北宋之世。魯迅《中國小說史略》認爲是唐宋人所爲。錢鐘書《管錐編》第三冊第二十九則，謂本篇章法筆致酷似唐人傳奇，並且將此書與《會眞記》等傳奇名篇相提並論。程毅中《古小說簡目》引范寧語謂李商隱《可嘆》詩所云赤鳳事見《飛燕外傳》，而列在唐人傳奇之前。見石昌渝主編《中國古代小說總目・文言卷》（太原：山西教育出版社，2004 年），頁 661。亦見寧稼雨《中國文言小說總目提要》（濟南：齊魯書社，1996 年），頁 72。

〔註 2〕陳益源〈《趙飛燕外傳》、《趙飛燕別傳》出版說明〉，《東方豔情小說珍本【貳】》（台北：大英百科股份有限公司，1995 年），頁 55～57。

〔註 3〕孫琴安《中國性文學史（上）》（台北：桂冠圖書股份有限公司，1995 年），頁 144。

〔註 4〕以上《遊仙窟》的承繼與影響都採自〈《遊仙窟》出版說明〉的意見，《東方豔情小說珍本【貳】》（台北：大英百科股份有限公司，1995 年），頁 20。

顯影響後世文學的，就是元稹的《鶯鶯傳》。它成爲《西廂記》故事張本的同時，也將小說敘述中重視、凸顯男女感情的傳統與風格延續下去。與《西廂記》同一風格的《嬌紅記》，是明代中篇文言小說的源頭——如《賈雲華還魂記》、《鍾情麗集》、《龍會蘭池錄》、《雙卿筆記》、《麗史》、《荔鏡傳》、《尋芳雅集》以及《五金魚傳》等等，對其內容、題材、敘述手法，甚至連運用文字、引用詩詞均有著明顯的承繼關係，〔註 5〕這一言情的小說在晚明卻也別開另一風格出來，即是重慾的情慾小說。〔註 6〕原本言情的內容，摻入越來越多肉慾的色彩，而這種情形在《花神三妙傳》、《天緣奇遇》、《李生六一天緣錄》中，最是明顯。由此可見，唐代傳奇中濃郁的言情傳統，雖然不直接開啓情慾小說的源流，但卻是間接觸發情慾小說寫作的重要文學媒介，因爲當小說角色的情慾表現「發乎情，止乎禮」時，屬於主言情一脈的小說，但是當角色的情慾不是以「禮」爲止境，反而是順著慾望發展時，情慾小說於焉誕生。所以「言情」對於「重慾」而言，不僅是風格的不同，也具有傳承的關係。

以下數節以《繡榻野史》爲中心，主要透過情節、文字的對照，以呈現《繡榻野史》與其前、同時以及其後的情慾小說的關係，而研究焦點是放在《繡榻野史》和它同時期的《浪史》的雷同上。

第一節　《繡榻野史》與明代傳奇小說的關係〔註 7〕

據估成書於萬曆二十五年前後（1597）的《繡榻野史》，〔註 8〕故事敘及姚同心（自號東門生）、妻金氏、龍陽趙大里與其母麻氏，四人之間的巫山雲雨。此書種德堂本「五陵豪長」所寫的序言記載：「客手一傳來，曰：『淫傳也。』予曰：『傳景以《如意》爲神奇，傳情以《嬌紅》爲雅妙，他無取也。』」〔註 9〕可見《如意君傳》對交媾體物狀聲則逼眞如畫；《嬌紅記》則是以文字、詩詞將男女情意表達地深刻動人。由此可見《如意君傳》在對於男女性愛場

〔註 5〕陳益源《元明中篇傳奇小說研究》（九龍旺角：學峰文化事業公司，1997 年）。這本專著即在闡明各書之間的承繼關係，並以各書爲經緯依序論述。

〔註 6〕齊裕焜主編《中國古代小說演變史》（蘭州：敦煌文藝出版社，2003 年），頁 366～367。

〔註 7〕本文引文採自《繡榻野史》者，爲陳慶浩等人編輯，大英百科公司出版的《思無邪匯寶》的整理本，第 2 冊，1995 年出版。

〔註 8〕〔明〕呂天成《繡榻野史》，頁 15。

〔註 9〕〔明〕呂天成《繡榻野史》，頁 96。

面描摩上有獨到之處，而《繡榻野史》即是在這樣的基礎上去發展它的情慾書寫的，如序言所講的「斯傳殆擴《如意君傳》而矯《嬌紅》者也。」〔註 10〕其中所透露的訊息與前文《浪史・凡例》對明代言情傳奇小說裡的「一二豔事」不滿足一樣，可見言情而導慾，當時的部分讀者不滿足言情的心理悸動，而更要求文字敘述達到逼眞如「畫」的視覺想像，進而引起感官刺激。〔註 11〕難怪同時春宮畫非常興盛，也發展出一半圖，一半情慾小說而專演四十三勢性交姿勢的《素娥篇》。〔註 12〕由序言看來，情慾書寫自《如意君傳》到《繡榻野史》似乎有「後出轉精」的趨勢，那麼《如意君傳》到底是怎麼樣的一本情慾小說呢？

《如意君傳》成書於明宣德（1426～1435）、正統（1436～1449）之後，嘉靖四年（1525）之前。〔註 13〕其描述武則天從納入後宮，得寵於太宗、高宗，而後廢中宗，自立則天皇后，進而稱帝的過程中，與張氏兄弟、僧懷義、薛敖曹淫亂宮廷的故事。本書由於成書較早，而且超過三分之二的篇幅在描寫男女交媾行爲與感受，所以對後來的情慾小說影響甚鉅。劉輝認爲此書直接影響了《金瓶梅詞話》的創作，〔註 14〕又有萬曆十五年（1587）清狂散人二菴葉如璧子穀氏序刊本《醒睡篇》中有〈武曌傳〉，其爲《如意君傳》的刪節本，著名明清情慾小說《癡婆子傳》、《素娥篇》、《僧尼孽海》、《續金瓶梅》、《肉蒲團》、《桃花影》等書，或直接提及《如意君傳》，或涉及其中人物，或在描寫中有明顯的模仿痕跡。清代情慾小說《濃情快史》甚至整本書的後半部武后與薛敖曹的部分，幾乎都抄自《如意君傳》。〔註 15〕

〔註 10〕〔明〕呂天成《繡榻野史》，頁 96。

〔註 11〕從「何必愼卹膠偎紅倚翠耶？絕勝陽臺佳景一百幅矣」等語更可確定「五陵豪長」這類讀者對《繡榻野史》文字敘述所帶來的視覺想像的讚賞。謂「想像」是因爲其實那並非圖畫，而是藉由文字的修辭、技巧去引起讀者那樣的效果。

〔註 12〕關於《素娥篇》的介紹與內容，詳請見陳慶浩主編《東方豔情小說珍本【貳】》（台北：大英百科公司，1995 年）。另外，馬幼垣〈金賽研究所的鎮山寶——《素娥篇》〉介紹這海外孤本的情況，收入氏著《中國小說史集稿》（台北：時報文化，1980 年），頁 300～301。

〔註 13〕〔明〕吳門徐昌齡《如意君傳》，（台北：大英百科公司，1995 年，《思無邪匯寶》本，第 24 冊），頁 15。又陳大康《明代小說史》附錄〈明代小說編年史〉認爲此書作於正德九年（1514）（上海：上海文藝出版社，2000 年），頁 697。

〔註 14〕劉輝〈《如意君傳》的刊刻年代及其與《金瓶梅》之關係〉（《徐州師範學院學報・哲社版》，1987 年第三期），頁 6～10。

〔註 15〕〔明〕徐昌齡《如意君傳》，頁 16。

像《如意君傳》這樣情慾書寫的祖師，《繡榻野史》不僅種德堂本的序言提及，醉眠閣本的內文〈開關迎敵〉一節，描寫金氏等待大里來偷歡：

> 只見房裡東壁邊，掛著一幅仇十洲畫的美女兒，就是活的一般。大里看了，道：「這倒好做你的行樂圖兒。」把一張蘇州水磨的長桌挨了畫，桌子上擺了許多古董，又擺著《如意君傳》、《嬌紅記》、《三妙傳》。〔註16〕

可見《如意君傳》在此是情趣用品，不過屬於言情風格的另外二本書，〔註17〕卻和《如意君傳》一樣有相同的催情作用，固然有點匪夷所思，但也看出不管「言情」或「重慾」，這三本書在當時有被視爲風月調教之書的情形。而〈姚兒牽馬〉一則，東門生與其妻金氏討論到趙大里的性器官時，有一句「今定請他去合薛敖曹比試一試。」，〔註18〕可見《如意君傳》這個肉具雄偉的角色「薛敖曹」的影響力。後又有〈兄弟同門及第〉一節，寫東門生、金氏、趙大里三人交合，有一段金氏要二人合姦她的敘述：

> 我曾見那時節春意圖兒裏，有個武太后和張家兄弟，兩個做一個同門及第的故事兒。你兩個是好兄弟，正好同科，就學張家兄弟，奉承我做個太后罷。〔註19〕

明顯可見有《如意君傳》寫武后召張昌宗、張易之爲內寵，三人聯床同樂的影子。相較之下，《浪史》〔註20〕與《如意君傳》的關係則不如《繡榻野史》，大概因爲它受情慾風格的傳奇小說影響較深的緣故。浪子見到崔鶯鶯請他代爲明冤時，對崔鶯鶯的外貌有一段描述：

> 浪子驚訝道不已，自思道：「奇哉怪哉，怎的許多年紀，恰似三十多歲者，吾聞武曌年八十一歲，還似三十多年紀，大抵尤物相類如此。」〔註21〕

這用了《如意君傳》的典故，此書對武則天的描述如下：

〔註16〕〔明〕呂天成《繡榻野史》，頁157。

〔註17〕第一本書是文言情慾小說，第二本書是文言才子佳人小說，第三本書則是文言帶著濃厚情慾成分的才子佳人小說；就性愛描寫露骨程度與所佔篇幅而言，《如意君傳》大於《三妙傳》，《三妙傳》又大於《嬌紅記》。

〔註18〕〔明〕呂天成《繡榻野史》，頁111。

〔註19〕〔明〕呂天成《繡榻野史》，頁325。

〔註20〕本文引文採自《浪史》者，爲陳慶浩等人編輯，大英百科公司出版的《思無邪匯寶》的整理本，第4冊，1995年出版。

〔註21〕《浪史》，頁246。

> 時后已七十，春秋雖高，齒髮不衰，豐肌艷態，宛若少年。頤養之餘，慾心轉熾，雖宿娼淫婦，莫能及之。〔註 22〕

還有一處文字相同，《浪史》第十三回〈神將軍三入紅門，女眞主生死立地〉有「滿身麻翻，腦後森然，莫知所之」（頁 110）而《如意君傳》亦有「且勿動，我頭目森森然，莫知所之」等語。〔註 23〕可見《如意君傳》影響《浪史》的痕跡。上述用典與文字相同，可視爲《如意君傳》被後來的情慾小說創作者閱讀甚至參考的證據。

除了《如意君傳》，大約與《繡榻野史》同時流行幾部文言中篇小說，如《花神三妙傳》也有相關連之處。最早提出《繡榻野史》受《花神三妙傳》影響的是陳益源教授，他認爲《繡榻野史》受《如意君傳》、《花神三妙傳》的影響還大於來自《金瓶梅》的影響。〔註 24〕以文言文書寫的《花神三妙傳》和白話的《繡榻野史》的情慾書寫比較起來，《花神三妙傳》顯然程度上含蓄委婉而不及《繡榻野史》敘述酣暢淋漓，而且在篇幅上來看，《繡榻野史》無疑是標準的情慾小說，而《花神三妙傳》前半固然講述白景雲與錦娘、瓊姐、奇姐三人求歡的曲折過程，而後半則風格大變，錦娘割股療親，奇姐遇賊寇兵臨城下，則自刎以全死節，所以應視其爲明代以才子佳人爲題材的小說中敘述風格稍偏向情慾書寫者。即使二書有這樣的差異，在描寫女子受到煽動而慾望勃發，那種對情慾活動欲迎還拒、愛懼交織的心理上，卻有一些相似之處，只是受限於語言（文言與白話）而詳略有別而已。如《花神三妙傳》寫到白景雲初次與瓊姐交歡時，瓊姐的反應與《繡榻野史》中，大里與金氏交歡之餘，順便對在旁的婢女阿秀開苞的描寫，二者神似之處頗多。以下是《花神三妙傳》：

〔註 22〕〔明〕徐昌齡《如意君傳》，頁 46。

〔註 23〕〔明〕徐昌齡《如意君傳》，頁 57。

〔註 24〕陳益源〈淫書中的淫書——談《金瓶梅》與豔情小說的關係〉，《古典小說與情色文學》（台北：里仁出版社，2001 年），頁 75。
此說還牽扯出一個《繡榻野史》與《金瓶梅》之間誰影響誰的問題。陳氏此說是假設《金瓶梅》成書早於《繡榻野史》，但考慮到在《金瓶梅》作者與成書時間在學術界還沒有公認的定讞之說，與近來研究者注意到《金瓶梅》受《嬌紅記》（梅節）、《如意君傳》（劉輝）、《懷春雅集》（陳益源）等書的影響，或許也有可能是《繡榻野史》影響了《金瓶梅》；徐朔方〈中國古代個人創作的長篇小說的興起〉提出這項觀點，徐文收入《小說考信錄》（上海：上海古籍出版社，1997 年），頁 367、381～382。質言之，目前《繡榻野史》成書時間已大致確認清楚了，所以這項問題當有待《金瓶梅》有公認的的成書時間時即可水落石出。

生堅意求歡。女（瓊姐）兩手推送，曰：「妾似嫩花，未經風雨。若兄憐惜，萬望護持。」……生護以白帕，瓊側面無言。採擷之餘，腥紅點點；檢視之際，無限嬌羞。正是：一朵花英，未遇遊蜂採取，十分春色，卻來舞蝶侵尋。只見：容如秋月，臉斜似半面嫦娥；神帶桃花，眉蹙似病心西子。……生欲採而女欲罷採，女欲休而生未肯休。神思飛揚，如風之搏柳；形骸留戀，如漆之附膠。……斯時，錦（娘）、奇（姐）在旁竊視，莫不毛骨悚然。〔註25〕

這段敘述將瓊姐害怕初交時生理的疼痛與心理恐懼表露無遺，而過程中男性因快感的催逼而忘記憐香惜玉地盡情逞欲，透過含蓄的暗示性文字點出來，但連在旁窺伺者都「毛骨悚然」，可見絕非溫柔以待。再看《繡榻野史》，阿秀一開始擔心過於疼痛，說「趙官人東西大得緊，要弄的疼，只是弄不得。」又說「我看娘合趙官人弄，我也動心，只是恐怕當不起。」果不其然，真的與趙大里交合時，她疼痛難當。書中如此描述此段：

大里便挺腰把龜一送，阿秀就叫天叫地起來，道：「痛得緊，輕些！慢些！」塞紅把阿秀腳狠命一拍，大里一送，突的一聲，竟進去大半個龜頭。阿秀道：「不好了！射殺我了。」只見鮮血噴出。阿秀叫道：「娘，說聲定用饒了。裡頭就像刀割的一般，盔將開又像裂開一般，眞個痛得緊了。」……大里又一送，秃的一聲，把一個大龜頭，都放進去了。阿秀頭和手腳亂顛起來，道：「如今戲殺了，痛得緊，眞個難過，血流出來，夾龜子流下，滴滴的不住。」……阿秀道：「不好了，再不要動了。」大里不管，著實抽了五六十抽。只見滿地血流，眼淚汪汪的亂滾，面像土色，漸漸的死去了。〔註26〕

儘管阿秀與大里交合過程如此痛苦難當，但當她醒來，另一位較熟習此道的婢女塞紅調侃她如此受難時，她回答：「我再將息兩日，與趙官人輕輕慢慢的弄幾遭過來，比你快活些哩！」〔註27〕這與瓊姐好合之後即表明因用正式的婚姻來追溯證成二人偷歡的合法性不同，阿秀在不服氣的稚嫩口吻中，呈現一種追求快感的慾望。

〔註25〕〔明〕赤心子吳敬所編輯《繡谷春容》（杭州：江蘇古籍出版社，1994年），頁184。

〔註26〕〔明〕呂天成《繡榻野史》，頁197～202。

〔註27〕〔明〕呂天成《繡榻野史》，頁203。

綜合本節所述，不只《浪史》受到明代傳奇小說影響，《繡榻野史》也受到文言傳奇小說《如意君傳》影響的痕跡，而從《繡榻野史》某些單一情節描述的雷同上，也可以看見它與《花神三妙傳》的關聯。

第二節　《繡榻野史》與《浪史》情節、文字雷同情況之比較

一、《繡榻野史》、《浪史》同列情慾小說排行榜

《浪史》、《繡榻野史》是著名的情慾小說，在當代即被視爲淫書。張譽，號無咎父，在《天許齋批點北宋三遂平妖傳》的序言認爲：

> 聞此書傳自京都一勛臣家抄本，即未必果羅公（羅貫中）筆，亦當出自高手，非近日作《續三國》、《浪史》、《野史》等鴟鳴鴉叫，獲羅名教者比。〔註28〕

又有清初劉廷璣《在園雜志》卷二第一零七條〈歷朝小說〉謂：「至《燈月緣》、《肉蒲團》、《野史》、《浪史》、《快史》、《媚史》、《河間傳》、《癡婆子傳》則流毒無盡。」〔註29〕晚清以來的禁毀書目中，這二本書也一直名列榜上，〔註30〕近來學者也不乏視二者爲「淫穢」情慾小說者，〔註31〕可見二書有關情慾內容

〔註28〕〔明〕羅貫中《北宋三遂平妖傳》（成都：巴蜀書社，1995年，《明清小說叢刊》依《天許齋》爲主之整理本），頁455。另外，映旭齋版本的〈批評北宋三遂新平妖傳敘〉張無咎批評《繡榻野史》：「如老淫土娼，見之欲嘔。」見黃霖、韓同文選注《中國歷代小說論著選》（南昌：江西人民出版社，1990年），頁241。

〔註29〕〔清〕劉廷璣《在園雜志》（北京：中華書局，2005年，《遼海叢書》爲底本之整理本），頁84。

〔註30〕道光17年（1837）蘇郡設局收毀淫書目、道光24年（1844）杭州府設局收毀淫書目、同治7年（1868）江蘇巡撫丁日昌查禁淫詞小說書目均著錄這二本書。

〔註31〕孫琴安：「中國小說的性描寫，若以詳細和具體來說，要超過《繡榻野史》的，恐怕還不多見。《癡婆子傳》、《桃花豔史》、《春燈謎史》等均不能與之相比，即使現代西方的性小說、性讀物，充其量也不過如此。」魏崇新在〈《浪史》：赤裸裸鼓吹性欲享樂的色情小說〉的副標題中已經表明他對此書的看法，又在〈《繡榻野史》：不堪寓目的穢書〉，一連用四個「最」形容《繡榻野史》的淫穢。孫文見《中國性文學史（下）》（台北：桂冠，民國84年），頁276。魏文見李時人、魏崇新、周志明、關四平著《中國古代禁毀小說漫話》（上海：漢語大詞典出版社，1999年），頁301、312。

的開放程度，無分軒輊，甚至二書都參雜許多吳語融入敘述當中，〔註 32〕過去蕭相愷已點出二者關係匪淺，〔註 33〕但還沒有較深入的研究，所以筆者擬從二者在情節、文字的比較切入，釐清二者糾纏不清的瓜葛。也由於情慾小說是瞭解明代小說發展必要的一環，〔註 34〕希望從二者比較的結果上，可以對晚明情慾小說的成書與文獻遞嬗的情形，見其一斑。

二、《繡榻野史》與《浪史》偷情情節裡角色描寫的比較〔註 35〕

《浪史》與《繡榻野史》都有男主角與女性偷情的情節。《浪史》裡是「浪子」梅素先與李文妃；《繡榻野史》是趙大里與金氏。而二書裡「兩人初度交歡」有許多雷同之處。

（一）金氏與李文妃都是有夫之婦，而在與男性偷歡之前都偷窺過對象的性器官，也都夢見過春夢。

《繡榻野史》中，金氏想著姘頭趙大里而有生理反應被丈夫東門生發現，向東門生自陳道：「你前叫我同他坐了吃飯，我看他嘴臉身材，十分愛著他，前日天氣煖，他不穿褲子，看見那話兒硬骨骨的跳了起來。」再比較《浪史》裡浪子刻意要引誘李文妃，所以常常故意在她簾外走過，而李文妃因爲浪子常常走過，所以簾子也就不收起來了。而那簾外剛好有一間廁所，於是浪子「便於廁中，斜著身子，把指尖挑著麈柄解手，那婦人乖巧，已自瞧見這麈柄。」（頁 56）而《繡榻野史》裡金氏的春夢是這樣描述的：

> 東門生進到房裡，金氏睡了方醒轉來，正要走下床來，東門生摟住叫：「我的心肝，直睡這一日。」把手去摸摸，驚問道：「怎麼𨑨這等濕的？」金氏笑道：「你方纔說了這許多話去，只管夢見戲，因此

〔註 32〕錢乃榮：〈《肉蒲團》、《繡榻野史》、《浪史奇觀》三書中的吳語〉，《語言研究》1994 年第 1 期（總第 26 期），頁 136。

〔註 33〕蕭相愷：「《浪史》與《繡榻野史》之間，似乎有某種淵源，這不僅因爲兩書均單寫床第間事…」接著並舉二書「拿北方少數民族打趣的無聊戲謔」，説明二書雷同之處。事實上，二者或情節或文字運用都有更多相似之處，本文目的就在對此進一步探究，以呈現晚明情慾小說之的關係。見氏著《珍本禁毀小說大觀——稗海訪書錄》（鄭州：中州古籍出版社，1998 年），頁 174。

〔註 34〕陳大康：《明代小說史》（上海：上海文藝出版社，2000 年），頁 476。又齊裕焜：《明代小說史》（杭州：浙江古籍出版社，1997 年），頁 310～311。

〔註 35〕本節著重在二書情節相似導致內容文字也雷同的例子，只有情節要素相同或文字相同的討論，留待下文繼續申論。

上這等濕的。」（頁 118）

再看《浪史》：

李文妃）…自家去房裡睡了，方纔合眼，只見浪子笑嘻嘻走將進來。婦人道：「心肝，你來了麼？」浪子應了一聲，脱去了衣服，走到床上就要雲雨，那婦人半推半就，指著丈夫道：「他在這裡不穩便，吾與你東床去耍子兒」，浪子發怒，望外便走，婦人急了，連忙掰住，睜開眼看時，卻原來是一夢也。（頁 63）

（二）金氏與李文妃和偷歡對象的性行為也有許多雷同之處。

二位男性不僅要生理上的快感，也要滿足視覺上的歡愉，於是行房過程，不准吹熄燭火，燈火通明，一看究竟。《繡榻野史》：

（金氏）裝不肯的模樣，道：「且慢些。」就動身要去吹烏燈火，大里慌忙遮住道：「全要他在此照你這個嬌滴滴模樣兒」（頁 123）

《浪史》裡浪子要李文妃在他面前一件件都脫了衣服，最後只剩下內袴，李文妃道：

「到床上去，吹滅了燈火，下了帳幔，那時除去。」

浪子道：「火也不許滅，幔也不許下，袴兒即便要脱，這個緊要的所在，倒被你藏著。」（頁 68）

（三）二女初次偷情後的心理反應

《繡榻野史》裡金氏與《浪史》的李文妃都有一個無法讓她們得到性滿足的丈夫。二角色也各在歡暢之後，向情郎抱怨自己丈夫的不濟事。《繡榻野史》這樣寫道：

金氏道：「東門生一向戲我，來得快，像雄雞打水一般，他只來了就鼈，這一夜裡再不硬了，怎學得你這等妙，眞是個活寶，憑你結髮夫妻也丟在腦後了。」（頁 140）

且看《浪史》李文妃感慨自己的丈夫王監生不濟，她說：

「我那王郎止有二三寸長，又尖又細，迭了三五十次，便做一堆，我道男子家都是一樣的。」

接著讚美了浪子的性具的雄偉與性能力的高強，恨不得與浪子作了夫妻，她繼續說：

夜夜夢你，不能夠著實，若當初與你做了夫妻，便是沒飯吃，沒衣

穿，也拚得快活受用。（頁 70）

李文妃的反應在金氏也是如此，且看：

金氏方纔開眼，摟住大里叫：「我的親親心肝，幾乎射殺了我。」且看了大里，道：「我的風流知趣心肝，這個纔是我的老公，恨天怎麼不把我做了你的老婆？」（頁 134）

（四）離別前的最後溫存，女主角與情郎口交。

《繡榻野史》：

（趙）大里送到房門邊，又做金氏親五個嘴，嘖得金氏舌頭辣焦焦的，又把毴捏弄，指頭摟進去，狠命挖幾下，金氏也扯了大里不放，蹲倒身，把口來咬[illegible]一口，叫：「我的心肝，待我咬落了纔快活。」（頁 140）

《浪史》：

（浪子與李文妃）兩個不忍相別，婦人把玉柄偎在臉上，吮咂一回，咬嚼一回，不肯放下，道：「你須再來，吾與你便是夫妻了。」（頁 71）

綜合這五項比較之後，在以偷情爲主題的情節裡，二書角色的行爲、對話的內容與目的幾乎是一模一樣的，而且二書還有幾個部分，屬於情節橋段上的雷同，以下即以對此的研究來展開。

三、《繡榻野史》與《浪史》「偷情/戰爭」情節的比較

《繡榻野史》裡以趙大里與金氏之間偷情爲主題的情節幾乎佔了四分之一，〔註 36〕上文只是略舉其中二書角色刻畫相同的部份，〔註 37〕爲了凸顯二書情節雷同的證據，筆者將二書雷同的的情節歸納出某些橋段，並比較橋段裡的內容文字。以下以《繡榻野史》的立場，將「偷情」故事化約爲三橋段：初戰、備戰、再戰，並持此與《浪史》比較。之所以將橋段以「戰爭」表示，是因爲二書都出現二次偷情聚會與介於中間的一次休息，而這些聚會都是由

〔註 36〕《繡榻野史》趙大里與金氏的偷情算是核心事件，由此再引起下個核心事件，就是金氏報復大里的母親麻氏的事件。以篇幅而言，即使不將事件成因、衍生的插曲算進去，總共 340 頁裡，本事件（75 頁）約佔百分之二十。

〔註 37〕以上二書的對照是集中在《繡榻野史》金氏與趙大里初次交歡與《浪史》裡浪子、李文妃初次偷情描寫手法的相似上。在此要繼續探討的是《繡榻野史》金氏、趙大里的偷情故事的三要素也同樣出現於《浪史》中，而且因爲三要素的制約，儘管文字內容不全然一樣，但是很多描寫的焦點、手法卻是一樣的。

許多性交競爭所組成，而且都不約而同地譬喻性交爲「戰爭」，而且二書男女角色都汲汲營營、千方百計要取得床幃上的勝利，所以用「戰爭」名之，是很貼切的選擇。〔註38〕

《浪史》第二十回〈潘娘一度一愁，梅生三戰三北〉至第二十二回〈梅生這番得計，嬌娘兩次魂飛〉與《繡榻野史》的趙大里與金氏初次偷歡的情節走向，也是如出一轍。首先，初次男性角色浪子、趙大里都因太過興奮而不濟事，第一次偷歡的三次交媾中短時間內就射精，無法使女性角色寡婦潘素秋、金氏達到歡暢的高潮，而遭到嘲笑。《繡榻野史》這段的描寫是：

> 那時金氏興已動，著實就鎖起來，一個狠命射進去，一個也當得起。緊抽數十抽，眞個十分爽利，大里兒便大洩了。
>
> 金氏笑道：「好沒用！好沒用！」
>
> 大里笑道：「我的心肝，不要笑我，我的𪓟是午間硬起，直到如今，心中眞等得緊了，…，如今第二遭，你便見我的本事。」（頁125）

而在《浪史》的描寫是：

> （潘素秋）户中淺塞得緊。浪子狠命送了二三十次，不覺大洩如注。素秋道：「好沒用也，卻是一個空長漢子，怎麼便洩了，我丈夫多則三五百抽，少只二三百抽，我尚嫌他不久，你卻更沒用哩。」（頁146）

而浪子也有趙大里一樣的托詞，他說：

> 不干我事，卻纔被你擔閣多時，動興久了，故此洩得快些，第二次管教你求和告饒也。
>
> 素秋道：「便依著你，只看第二次，決一個勝負。」（頁146）

接著，二書男女角色都再重複類似的性交比賽，而男性角色一直接連「敗

〔註38〕韓南（Patrick Hanan）也注意到情慾小說中這樣的現象，他認爲「性的滿足與『性的攻擊戰中，誰主浮沉？』之間，彷彿只有一線之隔，所有論及的六本小說中（筆者案：《如意君傳》、《金瓶梅》、《繡榻野史》、《癡婆子傳》、《昭陽趣史》、《肉蒲團》），男女主角都陷入一種玩笑式的競爭，有些還是較爲嚴肅的競爭，……在一些書中加插的詩詞歌賦中，雲雨之事往往給比喻成決鬥或者交戰，其目的無非是迫使對方屈膝投降。」韓南的觀察所得與筆者所見略同，而這樣戰爭譬喻的背後，所代表的意涵，例如其性心理爲何？應是值得深入探究的問題。韓文〈中國愛慾小說初探〉，《聯合文學》第四卷十一期（1988年9月），頁26。

北」，如描寫趙大里討饒地說：「我如今用討饒你了，我實倦得緊，不會硬了，明日晚頭再做心肝射哩。」（頁 136）；浪子也被潘素秋搞得「那柄兒卻連敗了幾次，就把他當做親爺相叫，也硬不起，便硬起，也就痿了」（頁 148），於是才相約第二次「交戰」，男性角色為了防止自己第二次還是「敗北」，都使用了春藥助陣。浪子是使用「金鎗不倒丸」，後被識破再用「相思鎖兒」（頁 149、155），終於達到目的；趙大里則是用方上人的採戰之藥，男性用了可以使陰莖「長大堅硬，通宵不跌倒」（頁 148），而女性用了則會「陰戶緊燥，裡面只作酸癢，快樂不可勝言，陰精連洩不止。」因此大里果然用春藥得逞，使得金氏雖然得到高潮，但是性器官也「腫痛難過」、「如生毒調膿的一般」（頁 209）。

《浪史》的處理則曲折了一些，〔註 39〕潘素秋想逞慾極，所以到達高潮處就昏死了過去，《浪史》描述她「已昏昏的不知了。浪子便接過一口氣，也不見醒。」（頁 156）而金氏被趙大里用藥的反應，也是「只見金氏面皮雪白，手腳冰冷，口開眼閉暈去。」（頁 177）而且兩位女角色下體的「陰精」也都流洩不止。〔註 40〕趙大里所用的春藥會有嚴重的副作用，就是陰戶腫脹，幾日不消，除非用用甘草水洗陰戶，否則腫脹難消。而且若多用的話，「此藥能損壽，多用則成弱症也。」（頁 148～149），幾乎毫不令人意外的，後來金氏「子宮不收」，「成了怯弱的病症」後來「骨髓流乾，成了一個色癆死了。」（頁 331）；《浪史》的潘素秋則是在浪子春藥的威力下達到兩次高潮，整個人昏死過去，也沒了氣息，底下陰精流洩不止，好不容易救了回來，卻「傷了神骨」（頁 159），種下後來病死的禍根。

歸納起來，二書都以戰爭譬喻這二大場以偷情為主題的情節，為了為簡明扼要地呈現他們的共同進行的情節橋段：初戰、備戰、再戰，將上文所述與概念以圖表呈現出來，並穿插二書稍有差異的枝節。〔註 41〕

〔註 39〕首先要聲明的，是這些枝節並無損重要情節要素的存在與敘述模式。潘素秋看破梅素先第一次用春藥的詭計，用計破了梅素先的春藥功效。她先與浪子先猜謎飲酒，等浪子輸了，用「冷水」解了春藥的藥效，浪子察覺「那時放手，已飲了半杯，把這藥味都消了。」（頁 150），果然潘素秋仍無法暢懷，第二次浪子又服了一丸名「相思鎖兒」的春藥，而且等到深夜才去，不吃她那裡的東西，果然得逞。

〔註 40〕《浪史》，頁 158。《繡榻野史》，頁 177。

〔註 41〕圖（一）裡的三個黑方框，表示初戰、備戰、再戰的三項情節要素。橢圓指標框是各書相對應的章節；正方指標框是各書在三橋段下旁生的枝節，無關

圖（一）　《繡榻野史》、《浪史》「偷情/戰爭」情節橋段雷同圖

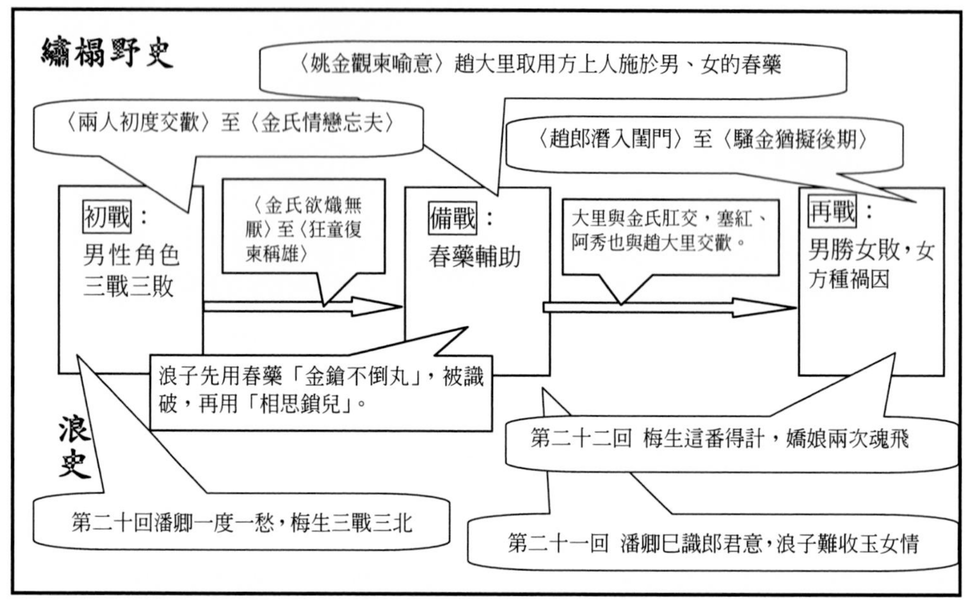

二書高度的相似性，在情節橋段之外也可看見。上文所述，是因採用同樣的情節橋段，導致二書在文字上令人有似曾相識之感，但除此之外，在細部的描寫方面，二書也有多處相同。譬如潘素秋陰戶生有痣，書中這樣描寫：

> 當下素秋脱了衣服，露著話兒，叫浪子撫弄，浪子看時，只見那話兒果然生得有趣，白嫩無比，卻似腐花兒，略有幾根短毛，户邊卻有一痣。（頁 146）

《繡榻野史》裡也有描寫金氏之痣：

> 大里把𣯫抽出來，又把口來餂咬一回，且仔細看弄，見𣯫門邊有個黑痣，笑道：「我決中了。」」（頁 133）

爲求簡明，使讀者一見即可瞭解，筆者將二書情節橋段、文字雷同歸納爲下表。

整書劇情發展之洪旨，但可視爲二書「大同」之下的「小異」。

表一　《繡榻野史》、《浪史》「偷情／戰爭」情節橋段、文字雷同整理表

書名／情節文字	繡榻野史	浪史
情節	初戰：趙大里、浪子都三戰三敗，都與女性角色相約再戰。	
	備戰：趙大里、浪子都採用春藥助威。	
	再戰：趙大里、浪子都使女性角色因高潮而昏死，且因縱慾而種下病因。	
文字	都描寫女性角色陰戶旁邊的黑痣。	
	趙大里用方上人之藥；浪子用金鎗不倒丸、相思鎖兒。	
	交歡前，男性角色都先下跪告饒求歡。〔註 42〕	

《繡榻野史》裡金氏與趙大里偷情的故事，在《浪史》中以不同的方式出現二次，一見於描寫浪子與李文妃偷情的文字，一是以三橋段爲核心，出現在《浪史》的其他章回中。此次儘管和《繡榻野史》相比，篇幅小了許多，但仍然也明顯看出二書情節的一致性，也因爲情節的一致，所以導致部份內容雷同的程度也很高。以上的論證，再次肯定了二書雷同的情形。

四、《繡榻野史》與《浪史》「引誘」「替身」情節的比較〔註 43〕

《繡榻野史》中金氏引誘寡婦麻氏，引起她的性慾，並要麻氏在黑暗中代替她，與假冒「鄔相公」的東門生行房。〔註 44〕這一情節在《繡榻野史》篇幅頗長，敘述文字也很多，其中，還插入一段金氏以四季之「春情、夏燠、秋寂、冬寒」藉以道出麻氏守寡之孤苦，頗爲深入不說，在情慾小說中也頗特殊。〔註 45〕若暫時甩開這些內容而只留骨架，筆者將其化約爲：引誘、

〔註 42〕《繡榻野史》，頁 155；《浪史》，頁 156。

〔註 43〕本節著重於二書情節要素相同的論證上，所以不著重內容文字的相同上，文字的相同，留待下一節再加以述論。

〔註 44〕事實上，這是一道計中計，麻氏是被金氏設計引發春情而失節。金氏爲使麻氏毫無顧慮，於是騙她與她行房的是金氏自己的姘頭「鄔相公」，黑暗中金氏起床撒尿，麻氏就上床來代替她，如此麻氏以爲保全了她的守寡；「鄔」使人聯想到諧音「無」。

〔註 45〕這段情節從〈麻婆誤入牢籠〉起，至〈麻婆許嫁姚生〉，總共 51 頁，約占整書篇幅的五分之一。另外要說明的，是本文採用的標題是醉眠閣本所獨

替身二部分，並分析角色行爲與目的，歸納四種不同的角色類型：提議者、策劃者、執行者以及受害者。持此觀照《浪史》全書，會發現引誘在第十一回、第十五回，替身在第二十四回，二書的情節模式與角色類型分析如下。

引誘在《繡榻野史》是金氏拿著類似今天自慰棒的緬鈴強行讓寡婦麻氏接受，使麻氏漸漸在快感的催逼下，褪去了心防，接著金氏就趁勢而入，積極與麻氏展開同性愛撫，使麻氏壓抑良久的情慾渴望有如水壩洩洪，答應了金氏後來的計謀。在《浪史》中，婢女紅葉受浪子的龍陽對象陸姝之託，拿著「春意圖」讓小姐動興，小姐動興之餘，紅葉也與她發生同性愛撫。二書的角色都在這情節中使用了情趣用品，也都有發生同性愛撫的情事。

替身在《繡榻野史》金氏使麻氏首肯與自己的姘頭「鄔相公」交歡，以享受魚水之樂，但「鄔相公」實是東門生假扮，但麻氏不知情。《浪史》中，龍陽陸姝終於小姐王俊卿諧好，王俊卿主動問起陸姝關於浪子性器官的好處，陸姝的描述使王俊卿有意與浪子交歡，陸姝即提出請王俊卿假冒紅葉的方法，而他再慫恿浪子與紅葉偷情，但其實是與王俊卿交合。同時，整起事件對浪子而言，他受欺騙而假以「陸姝」的身份，與「紅葉」（實是王俊卿）偷情，知情的是陸姝、王俊卿；這和《繡榻野史》麻氏很相似，因爲就其立場而言，她在被欺騙的情況下，同意以假冒「金氏」接受與「鄔相公」交合。對照二書的角色，在這相同的情節中，《繡榻野史》的東門生大約類似於《浪史》的王俊卿，因爲他們都是整個計謀知情的執行者；金氏同於陸姝、王俊卿，因爲他們共同具有提議者、策劃者的性質；麻氏同於浪子，因爲他們都是不知實情的受害者。爲簡單呈現二書的對應關係，筆者畫成圖（二）加以呈現：

有，另一種德堂本則沒有這些標題；雖然據研究，種德堂本較接近此書原貌，但是爲顯示情節的進行，醉眠閣每則的標題是頗爲適用的工具，所以若除去每則標題、則後題詞、内文評語與斷略，分一、二卷爲上卷，三、四卷爲下卷，再補上五陵豪長序及插圖，則《思無邪匯寶》所刊的醉眠閣本就是已經校勘的種德堂本，基本上就能免除了版本混淆的問題。

圖（二）　二書「引誘」「替身」相似度對照圖

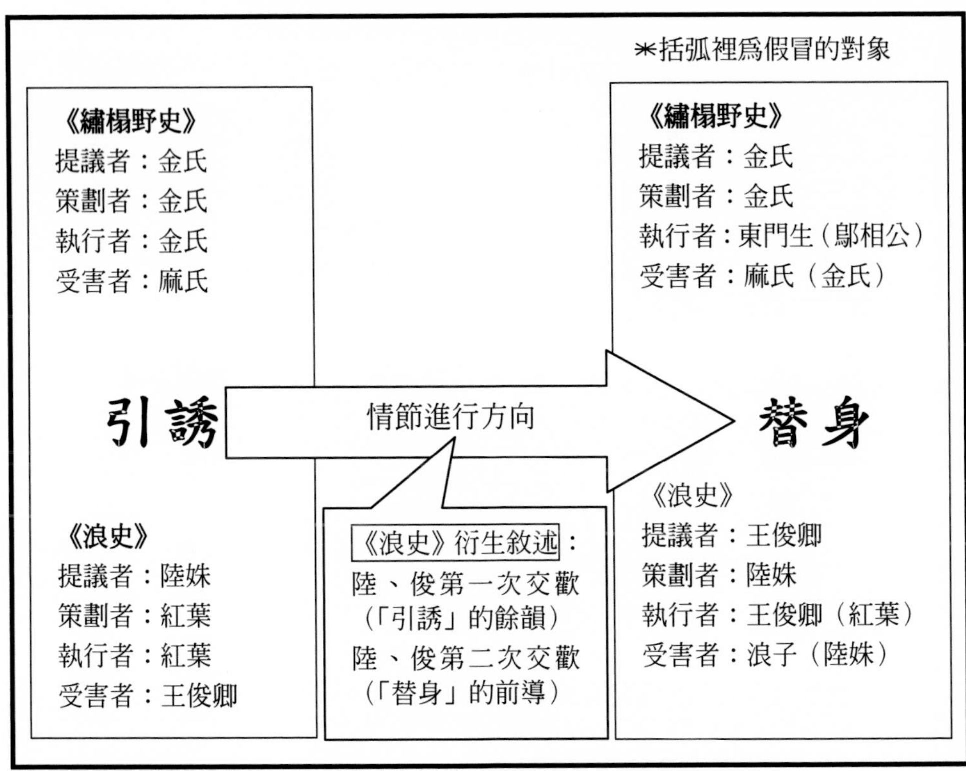

以下對圖（二）略加說明。二本書的二項情節裡的角色關係可以用提議者、策劃者、執行者、受害者劃分清楚，而在放在同一分類的角色，即使有所不同，但它在情節裡的作用是一樣的。換句話說，二書構成情節的橋段不變，只是以《繡榻野史》的立場而言，角色的對應關係改變而已。例如在引誘裡，麻氏約同於王俊卿，而陸姝提議、紅葉策劃與執行，二人整合即是金氏這一角色的作用。值得注意的，是陸姝與王俊卿的第一次交歡，沒有對應《繡榻野史》，直到陸、俊第二次交歡才引出替身的情節，二書角色的對應關係才改變成如圖所表現的。經由以上的述論，相信對二書中引誘與替身情節的一致，應該毫無疑義了。

五、《繡榻野史》、《浪史》雷同文字的比較

上文所論，不是相似度極高的情節，導致角色行爲與描寫近乎相同，就是情節橋段一模一樣，只是內容與敘述順序不一樣而已。換句話說，二書情

節方面有許多幾乎一樣的地方。因此，本節所論，著重在描寫文字的相同或相近上，而爲了凸顯出二書文字相同之處，以粗體字與底線標明出來。

表二　《繡榻野史》、《浪史》相同文字對照表

<table>
<tr><th>《繡 榻 野 史》</th><th>《浪 史》</th></tr>
<tr><td>「五百年風流業冤」（頁 161，評語）〔註 46〕</td><td>「五百年相思業債」（頁 56）</td></tr>
<tr><td>金氏又扯住大里⿺毛几道：「怎麼有你這一根棒槌樣長的，鋸子樣糙的東西，塞進毴心裡，眞個滿毴都是⿺毛几筋塞住，再沒一些漏風擦不著的處在，妙得緊。」（頁 138）</td><td rowspan="2">浪子道：「我比常人不同，常人又瘦又短，又尖又蠢，納在戶中，不殺痛癢，引得婦人正好興動，他倒停了。我這卵兒又長又壯，又堅又白，放進去，沒有一些漏風處，弄得婦人，要死不得，要活不得，世上沒有這張好東西。」（頁 90）</td></tr>
<tr><td>金氏道：「…你的⿺毛几比別人不同，⿺毛几也有五樣好，五樣不好，你的⿺毛几，再沒有短小軟彎尖的病，只有長大硬渾尒的妙處，實放他不落。」（頁 139）</td></tr>
<tr><td>（金氏）只見陰精大洩。原來婦人家的陰精，……，顏色就如淡桃紅色一般，不十分濃厚；初來的時節，就像打噴嚏一般，後來像清水鼻涕一般，又像泉水汩汩的沖出來。（頁 163）</td><td>那時陰物裡溜了一席，這不是濃白的了，卻如雞蛋清，更兼一分淡胭脂色。（頁 69）</td></tr>
<tr><td>（金氏）陰精裡頭湧來，滾滾流出，接了半茶盞，大里看他顏色紛（粉）紅，又像鴨蛋清一般，盛在茶鍾裡，洋洋的，又香又潔。（頁 167）</td><td rowspan="2">這夫人卻興動良久，陰水淫滑，流淋不止，浪子叫夫人仰身睡下，掮起一對小小金蓮，將一杯兒承在下面，取一杯酒兒沖將下去，這些淫水兒乾乾淨淨，和酒兒都在杯中。浪子拿起，一飲而盡。（頁 238。）</td></tr>
<tr><td>大里道：「我要把酒鍾放在心肝毴裡，灑了酒吃，一發快活。」（頁 175。）</td></tr>
<tr><td>「Ｙ油」（頁 194）〔註 47〕</td><td>「釭油」。（頁 221）</td></tr>
</table>

由表（二）這些文字相似的程度來看，我們可以得知《繡榻野史》、《浪史》不僅在角色刻畫、情節運用上有相同之處，連文字的雷同也多到不容忽視。

另外還有一種文字相類似的情形：二書不約而同地對角色有相同的性別觀點。《浪史》第三十回述浪子去濠州見義兄鐵木朵魯，囑咐妻子李文妃可以與自己的龍陽通姦，免得寂寞，李文妃則趕緊解釋她不會如此之類云云。此

〔註 46〕此爲醉眠閣本《繡榻野史》評語之一，據研究摘自《西廂記》。陳慶浩等人所作《繡榻野史・出版說明》疑此版本爲天啓、崇禎間刻本。《浪史》刊刻時間實早於此（約 1592～1620），但本條不可看做《繡榻野史》抄襲《浪史》，因爲稍後二書的《海陵佚史》，整本書的評語也均是摘自《西廂記》，這應視爲一種當時小說界的一種特殊文學現象。

〔註 47〕《繡榻野史》、《浪史》裡趙大里、浪子與女子肛交時，對肛門分泌物的描寫。

回回末評語，又玄子評說：

> 雖是楊花性，也有良心兒，越是貪花婦，越多撇清語，信然。（頁206）

同樣的，《繡榻野史》也有兩處出現「撇清」等言論，如〈趙郎得遇嬌娃始末〉裡，描述東門生要妻子金氏陪龍陽大里吃飯，金氏不肯，浪子勸她，正文之上的批語，曰：「養漢婦人專會撇清。」（頁107）而在〈金氏思赴陽臺約〉裡，二人的對話也談到了「撇清」。東門生慫恿妻子金氏與龍陽趙大里通姦，金氏如此回答：

> 金氏笑道：「只好取笑，怎麼好當眞？決使不得。」
>
> 東門生道：「這些婦人家，慣會在丈夫面前撇清，背後便千方百計去養漢，你不要學這樣套子。」（頁118）

二書在不同的橋段裡，卻有幾乎一樣的角色對話與行爲，二書角色的對等性也很明顯，〔註48〕可見這二本書關係絕對很緊密。又玄子「信然」一語，似乎暗示著這是一般流傳的性別觀點（儘管是不平等的），而非他所自創，因而可能是作者從別的書上看來（如《繡榻野史》），或者是當時男性的性別觀點。由於成書時間接近，所以自然也是同一時空文化下的產物。

第三節　《繡榻野史》與《浪史》所呈現的晚明情慾小說文獻遞嬗之情形

關於二書的成書時間，目前的研究成果，《繡榻野史》較《浪史》具體得多。學界對此二書成書時間也各有一些看法。認爲《繡榻野史》較早的，如黃霖認爲《浪史》的作者又玄子應該與馮夢龍（1574～1646）同時，應是明末清初人；又如徐朔方提出《繡榻野史》作者實爲呂天成之父呂胤昌。他懷疑呂天成「一個少年可能有這麼熟爛的性生活經驗，而且如此放縱地將它形諸筆墨嗎？」再加上呂天成寄給沈璟指正的十種傳奇中，有三種是其父呂胤昌所作，據此徐氏加以推論「可能是怕影響官聲，父親把作品掛在兒子名下，又可以爲兒子帶來文名」。〔註49〕不過，這個說法還屬於假設階段，還沒有毫

〔註48〕在這橋段裡，金氏等於李文妃；東門生等於浪子；趙大里等於陸姝。

〔註49〕徐氏從王驥德《曲律》卷四謂《繡榻野史》是呂天成「少年遊戲之筆」，而呂天成又未滿四十而卒，所以歷來學者都定其寫作《繡榻野史》時間爲二十歲

無爭議的證據予以支持，而且即使晚明縱慾風氣頗盛，但衛道人士的勢力仍然不小，〔註 50〕怎麼會有父親不考慮此書被視爲「淫書」的危險，而拿來替兒子求取文名呢？所以且擱置這項說法，筆者仍持呂天成少年創作《繡榻野史》的說法，其所著的《繡榻野史》約成書於萬曆二十三年（1595）或二十五年（1597）。〔註 51〕《浪史》則是「萬曆中後期的作品」，〔註 52〕而認爲《浪史》可能早於《繡榻野史》的，如陳大康在《明代小說編年史》則認爲《浪史》的出版當在於「萬曆二十年（1592）至泰昌元年（1620）之間。」〔註 53〕其上限還早於《繡榻野史》。陳慶浩指出明清白話小說情節互相因襲情況很頻繁，而且情慾小說更是如此，〔註 54〕所以二書有如此多的雷同，本不足爲怪，可是因爲二書成書時間有所重疊，而結局的風格卻大不相同，〔註 55〕往往會令人忽略二書許多情節、文字雷同的事實。例如李夢生即指出這二類結局是「中國淫穢小說的兩大壁壘」，〔註 56〕儘管有人早已指出《繡榻野史》的「以

左右，而徐氏疑其年少經驗未足，正是基於此。見徐朔方：〈中國古代個人創作的長篇小說的興起〉，《小說考信錄》，頁 384。

〔註 50〕對《繡榻野史》的評價，可以參考前引文張無咎《新刻平妖傳・序》、劉廷璣《在園雜志》，而且又是清代中葉以來禁毀書單的常客，其評價可以說是毀多而譽絕少，基於此「求取文名」的說法應有再商榷的必要。

〔註 51〕陳慶浩主編《繡榻野史・出版說明》，頁 15。吳書蔭〈呂天成和他的作品考〉中將《繡榻野史》繫於萬曆二十三年（1595），早陳慶浩所認定者二年。吳文收入〔明〕呂天成著、吳書蔭校註《曲品校註》（北京：中華書局，1994 年），頁 438。

〔註 52〕陳慶浩《浪史・出版說明》，頁 16。

〔註 53〕陳大康以《浪史・序》提到「《西遊》之放而博」，而據目前所知《西遊記》最早刊本世德堂本之年爲上限，以張無咎（譽）在《新平妖傳・序》的署年爲下限。陳文見《明代小說史》附錄〈明代小說編年史〉，頁 777。又李夢生以張無咎之序，《浪史》列於《繡榻野史》前，推論此書至遲作於萬曆年間，以序文順序暗示《浪史》早於《繡榻野史》，這實屬推測之辭，因爲若要序文順序論先後，那麼〔清〕劉廷璣《在園雜志》的排序，不僅《繡榻野史》在《浪史》前，作於清初的《肉蒲團》還冠於所有情慾小說之前，所以用序文所討論的順序來判定各書先後順序，實在不是可靠的科學方法。李文見氏著《中國禁毀小說百話》，頁 84。

〔註 54〕陳慶浩《思無邪匯寶・叢書總序》，收入《思無邪匯寶》各書內，本文引自〔明〕呂天成《繡榻野史》（台北：台灣大英百科股份有限公司，1995 年），頁 6。

〔註 55〕《繡榻野史》除了東門生削髮入空門懺悔淫罪之外，其餘三人都因縱慾而亡，且入畜道；《浪史》則只有潘素秋、趙大娘、陸姝因淫罪而亡，餘皆得道登仙。

〔註 56〕李夢生在此對舉爲「壁壘」的二種類型，一種是直接讚許肉慾，以《浪史》爲代表；一種是在肉慾中明白果報輪迴，跳脫三界，以《肉蒲團》爲代表。若將《繡榻野史》放在李夢生的分類中，自是屬於後者，而若不以動機、效用論，而以時間論，《繡榻野史》自是早於《肉蒲團》。見氏著《中國禁毀小

淫止淫」是勸百而諷一，〔註 57〕而《浪史》在序言中則是用「至情」偷渡「色情」，〔註 58〕但這裡要深究的不是他們眞正的動機與效用，而是他們面對什麼樣的道德論述，導致他們要如此自欺欺人，用種種的策略去緩衝、抵制、消解這些存在於作品內、外的道德壓力，所以二書所蘊藏的不同的情慾論述值得深入挖掘。

《繡榻野史》和《浪史》畢竟是二部不同的作品，除了結局，自然還有些差異存在。從二書敘述主線來看，《繡榻野史》是按照著時間與因果關係敘述不同的事件，屬於簡單的線型敘事手法；《浪史》則是在浪子個人豔遇作爲故事主線之外，安排了龍陽陸姝與堂妹王俊卿偷情情節作爲旁支，除此之外，《浪史》每段豔遇情節的接合都頗爲牽強，不如《繡榻野史》事件之間的因果關係很強烈，〔註 59〕令人懷疑作者又玄子是見獵心喜而將許多他鍾愛的「豔

說百話》，頁 87。

〔註 57〕魏崇新從《繡榻野史》卷首〈西江月〉談起，說明《繡榻野史》作者用色空觀念勸誡人們節欲禁欲，但「自然是沒有任何說服力的」，並對「以淫止淫」說，加以批判。他認爲這「幾乎是所有色情小說家慣用的狡辯之詞與遮羞布，似乎有了這種招牌他們就可以逃掉『誨淫』的惡謚，其實這不過是『此地無銀三百兩』的聲明。」見李時人、魏崇新、周志明、關四平著《中國禁毀小說漫話》（上海：漢語大辭典出版社，1999 年），頁 318。

〔註 58〕又玄子：「天下惟閨房兒女之事，人爭傳誦，千載不滅，何爲乎？情也，蓋世界以有情而合，以無情而離，故夫子刪《詩》，而存〈扶蘇〉、〈子襟〉，不廢〈桑間〉、〈濮上〉之章已。今可以興觀，可以群怨，寧非情乎？蓋忠臣孝子未必盡是眞情，而兒女切切，十無一假，則《浪史》風月，正使無情者見之，還爲有情。情先篤於閨房，擴而充之，爲眞忠臣，爲眞孝子，未始不在是。噫，可傳也。客曰：『俚詞粗句，安足以語雅道？』又玄子曰：『不不也。今之人開卷無味，便生厭心，一見私情比昵之事，便恨其少，況山林野人，不與學士同其眼力。有通俗可以入雅，未有入雅可以通俗。』噫，則此書正以是傳也。《西遊》之放而博，《水滸》之曲而謀，於情無當，總不如《浪史》之情而切也，意可傳也，遂付之梓，以公天下之有情無情者。」其與晚明李贄、湯顯祖標榜「眞」與「至情」的關連，請參看看本文第二章的第三節。引文見〔明〕又玄子：《浪史》（台灣：台灣大英百科，1995 年，《思無邪匯寶》本），頁 39。

〔註 59〕《浪史》的主線是浪子與李文妃的偷情關係，其間浪子與趙大娘、其女妙娘以及潘素秋的交歡，都是因爲與李文妃的偷情空檔，安插進來的。龍陽陸姝與浪子堂妹王俊卿的性關係，則與浪子、李文妃偷情的情節，在時間上平行，敘述者用「話說兩頭」的方式，分別敘述。而這些另外開啓的故事旁支，後來都草草結束，趙大娘病死、女兒嫁人、潘素秋也病死，自己的堂妹嫁人、龍陽陸姝也是病死，用這樣的方式讓角色退出故事之外，顯得突兀。最後回到李文妃身上，故事卻無以爲繼，於是再接上浪子與鐵木朵魯妻安哥偷情的故事，以及後續的舉家成仙的發展。

遇」橋段塞入自己的著作中。因此，《浪史》儘管在單獨橋段裡敘述情節很流暢自然，但是整體故事卻令人有拼湊的觀感。如在「引誘／替身」這具有因果關係的情節裡，在《繡榻野史》中均是緊接著相連屬的敘述，而在《浪史》卻是在浪子流連於李文妃、寡婦潘素秋之間的敘述主線穿插出現，分散在《浪史》第十一回、十二回前八分之一、十四回後八分之一、第十五回前八分之七、二十三回全部，還有第二十四回全部。從這角度而言，《浪史》的敘事手法似乎比《繡榻野史》複雜，而且考慮到《浪史》對這二項情節無疾而終的處理方式——王俊卿、紅葉經歷完這情慾之旅，王俊卿隨即嫁人，而紅葉也隨之嫁去其夫家，似乎有點爲了故事的離奇而刻意旁生枝節。不僅此例，還有上述「偷情／戰爭」情節裡，《浪史》並不像《繡榻野史》將「偷情」視爲敘述的情節主線，反而在潘素秋與浪子同歡後，草草在第二十六回〈潘素秋臨死寄眞容，梅彥卿遙祭哭情婦〉的前半回，讓潘素秋因縱慾得病而亡，這使人懷疑《浪史》作者又玄子不以塑造角色爲優先，而是他參考許多其他的情慾小說，考量各書各種情節裡的情慾活動程度的多寡，然後再決定哪些情節交織在自己的故事主線裡，使其浪子的際遇更顯離奇。這可以從他的《浪史‧凡例》當中看出端倪。又玄子說：

> 一、小說家何嘗千計，凡有詩詞，無非襲取舊惡俗套，所以累同者多，深爲可厭。是書也，凡詩俱係集唐，間有新詞，咸依古韻古體，並不抄竊一字。
>
> 二、小說家多載冷淡無聊之事，湊集成册，遂使觀者聽者懵然睡去，即有一二豔事，亦安能驚醒陳摶之夢耶？此書篇篇豔異，且摹擬形容，色相如生，遠過諸書萬萬。（頁 39）

我們看過這二條〈凡例〉，可以感受到作者意欲創新的企圖，否則他也不會在第三條自鳴得意，說「是書一出，當使洛陽紙貴，懸之都門，非千金吾不售也。」等這種話。〔註 60〕試問如果又玄子沒有看過其他小說，如何知道其他小說「襲取舊惡俗套」呢？而改採以集唐詩句、不抄竊一字的方法來創新呢？又如果他不是看過類似的男女言情的小說，他怎麼會立志要寫「篇篇豔異」、「色相如生」的重口味小說來刺激讀者呢？使得其書在豔情描寫方面「遠過諸書萬萬」呢？這二條資料可以旁證作者創作此書，胸中已有許多豐富的資源供其援用。也因爲是《浪史》作者又玄子這種以奇爲務、以色爲尚的創作

〔註 60〕《浪史》，頁 39。

態度，所以產生了角色隨著情慾活動結束，而草草在作品中消失的情形。

若仔細拿《浪史》與晚明和之前的各類書籍比較，《浪史》的確與它們有許多神似之處，也印證了又玄子處理情節、佈局全書結構的心態。例如，此書整體「公子獵豔成仙」的模式，來自於成書於嘉靖、萬曆間的一批傳奇小說，如《天緣奇遇》、《李生六一天緣》等，也有部份情節因襲於《剪燈新話》。〔註61〕另外，成書於萬曆末年，約在1573至1620之間的《海陵佚史》，其中有一部份的情節和《浪史》一樣，那就是浪子買通替李文妃篦頭的侍詔張婆子，請她幫助與李文妃偷情，這和《海陵佚史》海陵王買通女侍詔以通定哥一樣。〔註62〕這一橋段，後來多爲許多話本小說所利用，如《三言》中〈蔣興哥重會珍珠衫〉一篇，薛婆受陳商的賄賂引逗王三巧相類似。〔註63〕《浪史》第十七回浪子與錢婆子設計引誘潘素秋，其角色行爲與語言聲口，顯然從《水滸傳》、《金瓶梅》中王婆謀計潘金蓮的十件挨光計而來。〔註64〕而且《浪史》回末幾乎都有作者「又玄子」或「童癡」的批語，時常因景生事、隨手拈來一些相關的故事或笑料，以達到插科打諢的效果。如第十八回末評語，作者講了一個和尚騙取有夫之婦的故事，這個故事最早來自話本小說《簡帖和尚》，〔註65〕也見於托名唐寅所作，實爲萬曆時作品的《僧尼孽海》，其中〈雲遊僧〉所記載僧海潮、僧惠明、和尚吳員成等故事，也與《浪史》回末評語一致，都是將自己的私人物品用計送進婦女閨房啓丈夫疑竇而出己妻，奸僧蓄髮還俗再娶的故事；還有第十六回末評語提到〈馮燕傳〉，這載於（唐）沈亞之《沈下賢文集》卷四《雜著》裡，又見於馮夢龍《情史類略》卷四、陸容《菽園雜記》卷三京城少年殺校尉妻。〔註66〕總計全書四十回，共有三十六回有回末評語，而其中有十一回直接或間接引用了當時的話本小說故事與角色，可見作者對話本小說的興趣濃厚。雖說這些故事或許不全是《浪史》的故事來源，但《浪史》吸收了許多故事與橋段的要素，而後再鎔

〔註61〕陳益源：《元明中篇傳奇小說研究》，頁242、245。又見本文的附錄一。

〔註62〕二書之間也存在著誰借鑒誰的問題，但是本文不擬在此討論，以免失焦。

〔註63〕魏崇新：〈《浪史》：赤裸裸鼓吹性欲享樂的色情小說〉，見李時人、魏崇新、周志明、關四平：《中國古代禁毀小說漫話》，頁303。

〔註64〕魏崇新：〈《浪史》：赤裸裸鼓吹性欲享樂的色情小說〉，《中國古代禁毀小說漫話》，頁303。

〔註65〕魏崇新：〈《浪史》：赤裸裸鼓吹性欲享樂的色情小說〉，《中國古代禁毀小說漫話》，頁303。

〔註66〕石昌渝主編《中國古代小說總目・文言卷》，頁89～90。

裁入自己的創作當中，也可以說《浪史》的原創性是較不足的，並顯示出作者又玄子對當時流行的通俗小說、話本、笑話十分熟悉。

《繡榻野史》較早的種德堂刊本（萬曆 36 年，1608），同時也是較接近原作的版本。〔註 67〕此本形式上分爲上下二卷，若與大概刊於天啓（1621～1627）、崇禎（1627～1644）〔註 68〕年間的《繡榻野史》醉眠閣本比起來，醉眠閣本在形式上分爲四卷，每卷又爲若干則，則後有詞，詞後有評，評後有斷略，但斷略並非每則均有，且行文間有時會有眉批。這些眉批部分摘自《西廂記》，如「醮著些兒麻上來」、「正是五百年風流業冤」等，這反映了當時《西廂記》流行，小說評點與讀者的喜好之所在。〔註 69〕《繡榻野史》的「評」，對於書中的角色與其行爲，時而帶著欣賞，時而帶著譴責，立場並不一致。譬如〈主家不正〉一則，寫東門生引誘、撮合其妻金氏與龍陽趙大里通姦，帶有譴責的意味的評曰：「男子漢不能自振剛常，反爲兒女作狐媚。」〔註 70〕相反的，在〈開關迎敵〉一則，寫大里因前次陽力不濟，遭受金氏嘲笑，故施用春藥，與前次交歡，判若二人，所以評語曰：「非復吳下阿蒙。」〔註 71〕而與「評」搖擺的立場不一樣的，是「斷略」的立場從頭到尾都很一致，都是以道德的角度譴責各個角色，如〈傳柬求婚〉，斷略曰：

> 余謂人情不甚相遠，有甚相遠者，明之蔽也。東門生僻溺二豎，不能預正外内之防，反使妖男豔女共飲雜坐，目挑心招，已無丈夫之氣，而親爲牽引，恬不自怪，非下愚不移者乎？殆所繇與正家之道悖矣。（頁 116）

又如〈夫妻籌策雪恨〉一則，斷略曰：

> 嗟夫，趙氏大里，非唯不友也，而亦不子矣，溺於婦人，過度狠毒，致令女戎之禍，延及慈幃。語云：「美色人人好，皇天不可欺。我欲淫人婦，人將淫我妻。」誠哉是言也。（頁 225）

值得注意的，是此則斷略的對通姦所遭報應的觀點，也見於清初的情慾小說

〔註 67〕陳慶浩《繡榻野史・出版說明》，收入〔明〕呂天成《繡榻野史》，頁 20～21。

〔註 68〕陳慶浩《繡榻野史・出版說明》，收入〔明〕呂天成《繡榻野史》，頁 16。

〔註 69〕陳慶浩〈繡榻野史・出版說明〉，收入〔明〕呂天成《繡榻野史》，頁 17。

〔註 70〕〔明〕呂天成《繡榻野史》，頁 114。

〔註 71〕〔明〕呂天成《繡榻野史》，頁 159。

《肉蒲團》。〔註 72〕除了部分眉批與《西廂記》有關之外，《繡榻野史》的「評」與「斷略」，不管立場如何，大都是即事立論，這點與《浪史》的評語常常將其他故事安插進來，差異甚大。《繡榻野史》醉眠閣本中的題詞與晚明春宮圖也頗有關連。高羅佩認爲晚明江南流行的春宮畫，如《花營錦陣》、《素娥篇》、《鴛鴦秘譜》等，其上的題詞是抄自《繡榻野史》，但陳慶浩認爲實際的情況應恰好相反，是醉眠閣本的編纂者將詞從春宮圖抄入書中。〔註 73〕陳慶浩指出「各則後之詞，部分爲評論或敘述，皆配合情節，可視爲本書有機成分外，又有不少和故事無關，與當時流行的春宮冊子，如《花營錦陣》、《素娥篇》、《鴛鴦秘譜》等之題詞相近。就目前掌握的資料，《花營錦陣》中的〈如夢令〉、〈望海潮〉、〈鳳樓春〉、〈解連環〉、〈醉扶歸〉、〈後庭宴〉和〈撲蝴蝶〉七首詞與《鴛鴦秘譜》中〈晝堂春〉、〈卜算子〉兩詞皆見於《繡榻野史》，有些詞文字不大一樣，特別是〈望海潮〉和〈醉扶歸〉兩首，差別較大。有若干《花營錦陣》和《繡榻野史》相近的詞，又同時與《素娥篇》的詞相近。又有〈謁金門〉一詞，同見於《素娥篇》、《繡榻野史》中，有半闋相同，卻不見於《花營錦陣》。」〔註 74〕陳慶浩並提出解釋，這情況是因爲春宮圖的題詞是配合畫面的描寫文字，不是隨意增入與畫面無關聯的的點綴性的韻文，而醉眠軒本《繡榻野史》和春宮冊相近的詞，大多和情節不吻合，可知非配合內容的創作，而是自別處抄入的。〔註 75〕

《繡榻野史》影響清代的情慾小說《怡情陣》，而從《怡情陣》將《繡榻野史》對金、女眞等攻擊戲謔語去看，《怡情陣》改編時間必在清代。更動之處，臚列於下：〔註 76〕

〔註 72〕如此書第十九回〈孽貫已盈兩處香閨齊出醜，禪機將發諸般美色盡成空〉，男主角未央生發現自己的妻子玉香被權老實賣給顧仙娘爲娼妓，玉香自盡，自己思量起來，說：「我起先只說，別人的妻子該當是我睡的，我的妻子斷斷沒得與別人睡的，所以終日貪淫女色，要討盡天下的便宜，哪裡曉得報應之理，如此神速。我在那邊睡人的妻子，人也在這邊睡我的妻子；我睡別人的妻子還是私偷，別人睡我的妻子竟是明做；我佔別人的妻子還是做妾，別人佔我的妻子竟是爲娼！這等看起來姦淫之事是做不得的。」〔清〕李漁《肉蒲團》（台北：大英百科公司，1995 年，《思無邪匯寶》整理本），頁 479～480。

〔註 73〕陳慶浩〈繡榻野史・出版說明〉，收入〔明〕呂天成《繡榻野史》，頁 17。

〔註 74〕陳慶浩〈繡榻野史・出版說明〉，收入〔明〕呂天成《繡榻野史》，頁 17。

〔註 75〕陳慶浩〈繡榻野史・出版說明〉，收入〔明〕呂天成《繡榻野史》，頁 17。

〔註 76〕以下三點，見蕭相愷《珍本禁毀小說大觀——稗海訪書錄》（鄭州：中州古籍出版社，1998 年），頁 83。

一、人名全都改過，且增一小厮俊生而去麻氏之婢小嬌，謂六人皆以縱慾死。

二、易趙大里（相當於此書中之井泉）之母麻氏爲井泉之妻玉姐，並添上井泉通藍玉泉之妻一大段情節（六、七兩回），大概是「江西野人」覺得，讓趙大里之母與姚同心（東門生）通，且母子一起淫亂，太傷人倫，這才動比較大的手術。

三、刪去韻語，增加回目，使其符合章回小說的形式。

另外，《怡情陣》的作者「江西野人」疑與《春燈迷史》「青陽野人」爲同一人。〔註77〕若是，則《繡榻野史》直接影響者，又將添一例。而《繡榻野史》也曾在清初李漁的《肉蒲團》的第三回〈道學翁錯配風流婿，端莊女情移輕薄郎〉、第十四回〈閉戶說歡娛隔牆有耳，禁人觀沐浴此處無銀〉與《如意君傳》、《癡婆子傳》一齊出現過，而且都被視爲風月助興之書。〔註78〕特別要說明的，是（清）雲遊道人編次的《燈草和尚傳》中，《繡榻野史》可能也出現過。陳慶浩據孫楷第《中國通俗小說書目》「文中引《野史》、《豔史》，蓋亦清初人作」一語，認爲《野史》即《繡榻野史》，而《豔史》即《隋煬帝豔史》，〔註79〕而台北雙笛國際出版社的《燈草和尚・序言》則認爲《野史》是《株林野史》。但遺憾的是，本書目前現存各版本，均看不見孫楷第所言引書之處，究竟《野史》是否即是《繡榻野史》，仍尚待來日新的文獻才能加以確認。〔註80〕

第四節　小　結

《繡榻野史》與明代文言傳奇小說的淵源沒有《浪史》來得深，它相對地較具原創性。透過角色描寫、「偷情/戰爭」、「引誘」與「替身」以及雷同文字等四方面的比較，呈現了《繡榻野史》與《浪史》雷同的情形，二書成書

〔註77〕陳慶浩〈繡榻野史・出版說明〉，收入〔明〕呂天成《繡榻野史》，頁23。

〔註78〕陳益源〈淫書中的淫書——談《金瓶梅》與豔情小說的關係〉，收入氏著《古典小說與情色文學》（台北：里仁出版社，2001年），頁67。

〔註79〕陳慶浩〈燈草和尚傳・出版說明〉，收入〔清〕雲遊道人編次《燈草和尚傳》，頁15。

〔註80〕陳慶浩指出本書納入《思無邪匯寶》前，北京大學圖書館馬廉舊藏之清和軒刊本、日本東京大學狩野文庫《燈花夢全傳・和尚緣》刊本、天津人民圖書館周紹良舊藏之抄本《醒世和尚奇緣》，還有周越然舊藏之清刊小字本，尚未收集、勘定。陳慶浩〈燈草和尚傳・出版說明〉，收入〔清〕雲遊道人編次《燈草和尚傳》，頁17。

年代又大部分重疊，而二書流傳至清代又各自影響一干情慾小說，〔註 81〕假若不清楚《繡榻野史》與《浪史》的關係，而至看到二者結局差異之大，而將二書劃歸互不通氣的二大壁壘，那歸於二書影響下的清代情慾小說，難免分派有誤，所以分析二書情節與文字的雷同，對理解二書對後來情慾小說影響的系譜，應有所幫助。

《繡榻野史》與《浪史》的結局差異很大；與《繡榻野史》屬同一類型的，前或有《金瓶梅》，後有《肉蒲團》，也因爲這些書中的角色大都因色欲而亡，也因而開啓了「以淫止淫」的敘述策略，儘管歷來不乏人譏此實爲勸百而諷一，但是撇開動機與效用不談，這樣的結局寫法，背後所隱藏的情慾論述，就非常值得探索，而與《繡榻野史》結局相反的《浪史》，它用如何地異於「以淫止淫」的敘述策略，而改以「至情」偷渡色情，爲自己小說辯護。以上種種，在解決了二書雷同的細節後，可以做更深入的探討，而且也說明了明清情慾小說在情節、文字多有因襲雷同的情況下，但因整體架構、結局的差異，仍可以呈現不同的情慾論述。

經由上述的比較，我們可以發現通俗類書的編刊，使文言小說中的情慾書寫向白話小說拓展，對於情慾小說的產生，具有推波助瀾的作用。〔註 82〕在白話情慾小說方面，這二書許多雷同的情節文字，也讓我們了解晚明情慾小說彼此因襲的具體情況。

〔註 81〕《繡榻野史》直接影響了江西野人的《怡情陣》；《浪史》據目前研究成果，直接影響者尚不顯著，但是其承繼發揚「公子獵豔登仙」的整體架構，尤其是結局的處理，卻爲清代許多情慾小說所套用，如《繡屏緣》、《濃情秘史》、《巫山豔史》、《鬧花叢》等，所以就間接的影響力來論，不可謂不大。

〔註 82〕陳慶浩：「此類文言中篇（《嬌紅記》、《鍾情麗集》、《花神三妙傳》、《天緣奇遇》等流），到萬曆年間發展出白話的才子佳人小說和豔情小說兩大流。」見陳慶浩〈思無邪匯寶・叢書總序〉，《思無邪匯寶》（台北：大英百科股份有限公司，1995 年），頁 5。

第四章　呂天成與《繡榻野史》

沒有作者，就沒有所謂作品。後結構主義者喊著「作者已死」，〔註 1〕意欲將作品的解釋權從作者手中奪回讀者手裡，使得作品成爲意義開放的「文本」，因而讀者可以擺脫作者投注在作品內的意圖（假設眞的有此意圖的話），建構自己的閱讀觀感。相反的，最愛從作者入手去詮釋作品的，在中國古典文學裡有「文如其人」的道德式批評（Moral-Philosophical）〔註 2〕以及作品成爲作者傳記註腳的傳記式批評（Historical-Biographical）；〔註 3〕西方則有馬克斯主義與部份新馬克斯主義批評家，特別喜愛從作者的身份、階級去「發現」其作品中的社會、政治的美學意識，其僵化者更無限上綱，使文學批評成爲政治實踐的手段。〔註 4〕可以想見，「作者已死」的效果是將剪斷作者與其時代的社會經濟話語的臍帶，讓讀者就語言本身分析其語言遊戲的法則。明乎此，「作者已死」的主張並非是一種現代存在物，而是「構成主體性的話語實踐的一種結果。」〔註 5〕但若暫且拋開作品的解釋權歸屬的問題，細想作者「逝去」之後，讀者將無法深究與作者深切相關的批評概念，如主題的構思、題材的選擇與提煉、決定作品的形式與結構，還有採用何種語言風格來創作等

〔註 1〕羅蘭・巴特（Roland Barthest）《寫作的零度》（台北：桂冠圖書公司，1998 年），頁 ix、218～220。

〔註 2〕王先霈主編《文學批評原理》（武昌：華中師範大學出版社，2000 年），頁 84～86。

〔註 3〕Wilfred L. Guerin, Earle Labor, A Handbook of Critical Approaches to Literature, Oxford University,2004 ,pp.22-25.

〔註 4〕黃霖、許建平等著《20 世紀中國古代文學研究史・小説卷》第二章〈1949~1976 年的小説研究〉第四節〈庸俗社會學〉（上海：東方出版中心，2006 年），頁 37～42。

〔註 5〕Frank Lentricchia & Thomas McLaughlin 編、張京媛等譯《文學批評術語》（香港：牛津大學出版社，1994 年），頁 157。

等，而我們又將如何回答「它是誰寫的？又為何而寫？他寫給誰看？他的目的何在？對方（讀者）有沒有反應？還有反應的狀況如何？」等等這些對於文學批評具體且重要的問題呢？〔註 6〕因此研究作者，對於想要深刻而周延地瞭解作品仍是必要的。

中國古代通俗文學作者往往沒有留下眞實姓名，尤其以情慾小說為甚，大概一來是多少忌憚衛道者的輿論攻擊，二來躲避官方禁毀的處罰，而少有確切的作者資料，論者也只能從其書的出版書坊、序跋、內文「夫子自道」的訊息與成書時代去拼湊出創作歷程，所以這造成研究情慾小說作者與創作過程的困難，而與一般禁毀的情慾小說不同的，是《繡榻野史》的作者斑斑可考，即晚明的戲曲作家暨批評家呂天成。透過呂天成，我們可以瞭解晚明情慾小說創作過程之一隅。

第一節　呂天成的家世、師承與交遊

呂天成之所以在文學史上留名的原因，是因為他寫了《曲品》；這是一本品評明代傳奇作家和作品的專著。根據王淑芬的整理、研究，《曲品》著錄明代傳奇創作二百一十二種，其中僅有二十一種為《永樂大典戲文目》、高儒《百川書志》、徐文長《南詞敘錄》和晁瑮《寶文堂書目》所著錄。〔註 7〕根據吳書蔭的考察，《曲品》著錄的這些劇作，今有傳本者九十九種，存有散齣或零支曲文者五十二種，全佚者六十四種。〔註 8〕正因為《曲品》保存了這許多傳奇作家和劇目的材料，且成書年代除了晚於《南詞敘錄》之外（《南詞敘錄》作於嘉靖三十八年，1539 年），其餘各種著錄明代傳奇劇作家與作品者，其實仍以《曲品》最早，稍晚的祁彪佳《遠山堂曲品》即是以《曲品》為藍本，更別說清代黃文暘的《曲海目》、近人王國維《曲錄》，以及今人傅惜華《明代傳奇全目》，皆在若干程度取材、引用於《曲品》。〔註 9〕

呂天成生長在書香世家，其曾祖父為明嘉靖朝大學士呂本，呂天成出身官宦之家，他之所以關注通俗文學，和家庭與親友的薰陶有關。他的曾祖父

〔註 6〕張雙英《文學概論》（臺北：文史哲出版社，2004 年），頁 18、82～99。

〔註 7〕王淑芬《呂天成《曲品》戲曲觀之研究》（台北：政治大學中國文學研究所碩士論文，1994 年），頁 5。

〔註 8〕吳書蔭〈呂天成和他的作品考〉，收入〔明〕呂天成著、吳書蔭校註《曲品校註・附錄三》（北京：中華書局，1994 年），頁 433。

〔註 9〕王淑芬《呂天成《曲品》戲曲觀之研究》，頁 5。

呂本（弘治十七年至萬曆十四年，1504～1586），字汝立，號南渠。嘉靖二十八年（1549）入內閣，官至少保兼太子太傅、禮部尚書、武英殿大學士，謚文安。〔註10〕

祖父呂兌（嘉靖十九年生，1540，卒年不詳），字通逋，號柏楊。承父蔭爲中書舍人，歷禮部精膳司主事。祖母孫鐶，是南京禮部尚書孫昇的女兒。其弟（也就是呂天成的外舅祖）孫鑛〈壽伯姊呂太恭人七十序〉云：「姊自髫年習書，常憶昔先夫人教姊爲詩，鑛從旁聽，雖不解音律，而稍知其意，姊啓鑛良多。又姊好觀史籍，從諸嫂侍先夫人商討古今豪傑事，甚有丈夫之概」（《月峰先生全集》卷八）。〔註11〕因此，我們可以知道呂天成有一位能寫詩，喜歡閱讀歷史典籍，又加上「孫太夫人好儲書，於古今戲劇，靡不購存。故勤之汎濫極博，所著傳奇，始工綺麗，才藻煜然。」〔註12〕因此在祖母的影響下，呂天成從小就受到良好的教育，並對戲曲小說產生興趣，呂天成後來的創作與戲曲批評奠定深厚的基礎。

父親呂胤昌（嘉靖三十九年生1560，卒年不詳），字玉繩，又字麟趾，號姜山。他與戲曲大家湯顯祖、孫如法，均是同科進士，與當時戲曲界的名家張鳳翼、汪道昆、屠隆、梅鼎祚以及龍膺等交遊，〔註13〕其父嗜書成癖，特別喜愛小說，呂胤昌曾與舅舅孫鑛討論小說（見《孫月峰先生全集》卷九〈與玉繩論小說家書〉）；外舅祖孫鑛與表伯父孫如法對呂天成的創作生涯也頗多啓發。孫鑛（嘉靖二十二年至萬曆四十一年，1543～1613），字文融，號月峰，萬曆二年（1574）進士，官至南京兵部尚書。他是當時著名的古文家，以評點經史著稱。他也喜愛詞曲，幼年得見曲家陳鳴野，長大又與徐渭交遊，因而工戲曲音韻之學，長於「析字之陰陽」。〔註14〕呂天成所受孫鑛的影響，在他《曲品》卷下所標舉的「南戲十要」，就是承自孫鑛。呂天成說：

> 我舅祖孫司馬公曰：「凡南戲第一要事佳；第二要關目好；第三要搬出來好；第四要按宮調，協音律；第五要使人易曉；第六要詞采；第七要善敷衍；第八要各腳色分得匀妥；第九要脱套；第十要合世

〔註10〕吳書蔭〈呂天成和他的作品考〉，收入其《曲品校註・附錄三》，頁424。

〔註11〕吳書蔭〈呂天成和他的作品考〉，收入其《曲品校註・附錄三》，頁424。

〔註12〕〔明〕王驥德（？～1623）《曲律》卷四〈雜論〉第三十九下，收入《中國古典戲曲論著集成（四）》（北京：中國戲曲研究院編，1959年），頁172。

〔註13〕〔明〕呂天成著、吳書蔭校註《曲品校註》，頁425～427

〔註14〕吳書蔭〈呂天成和他的作品考〉，收入其《曲品校註・附錄三》，頁425。

情，關風化。持此十要，以衡傳奇，靡不當矣。」〔註15〕

這「十要」也成爲呂天成評論作品的依據，由此可見呂天成對其外舅祖的推崇與所受的影響。

孫如法（嘉靖三十八年至萬曆四十三年，1559～1615），字世行，號俟居，別號柳城。因諸父孫鑛的影響，他少年就「頗解詞曲，興至則曼聲長歌，繞梁振木」。他還幫助沈璟改正其作品的韻句，「吳江沈光祿（沈璟），即公所疏救者，林居講詞曲之學，東南風雅士咸推爲詞隱先生（沈璟）。公觀其所著論詞、曲譜等書，悅之，遂取其新舊傳奇數十帙，皆改正韻句。」〔註16〕也常常與呂天成、王驥德商榷詞學，「先生謫歸，人士罕見其面，獨時招余（王驥德）及鬱藍生（呂天成），把酒商榷詞學，娓娓不倦」，〔註17〕因此，兩人「于陰陽二字之旨，時大司馬暨先生指授爲多。」〔註18〕對呂天成來說，如此家世，賦予他「風貌玉立，才名籍甚，青雲在襟袖間」〔註19〕的家庭生活，所以沈璟〈寄鬱藍生雙調詞〉稱呂天成是「守相國傳家風教。」〔註20〕

在師承方面，沈璟（嘉靖三十二年至萬曆三十八年，1533～1610），字伯英，號寧庵，別署詞隱生，江蘇吳江人。萬曆二年（1574），沈璟二十二歲考中進士，任兵部職方司主事，次年告病還鄉。萬曆七年（1579），沈璟任禮部儀制司主事，升員外郎。萬曆十年（1582），丁憂。萬曆十四年（1586），沈璟上疏請立儲，要求從早設立皇太子，並給皇長子的生母王氏以貴妃封號。當時鄭貴妃專寵，皇長子地位岌岌可危。確定皇位繼承人，安定時局，在古代不失爲國家大計，沈璟卻因此受降職三級處分，調爲行人司正。〔註21〕從此，沈璟便過著「屏跡郊居，放情詞曲」的生活，開始他二十年的戲曲創作生涯。

沈璟對呂天成有深遠的影響，呂天成是他的弟子，沈璟自己的作品交由

〔註15〕〔明〕呂天成著、吳書蔭校註《曲品校註》，頁160。

〔註16〕見《姚江孫氏世乘》卷六錢櫝《光祿卿俟居孫公傳》，轉引自吳書蔭〈呂天成和他的作品考〉收入其《曲品校註‧附錄三》，頁427。

〔註17〕〔明〕王驥德《曲律》卷四〈雜論〉第三十九下，收入《中國古典戲曲論著集成（四）》，頁171。

〔註18〕〔明〕王驥德《曲律》卷四〈雜論〉第三十九下，收入《中國古典戲曲論著集成（四）》，頁171。

〔註19〕〔明〕王驥德《曲律》卷四〈雜論〉第三十九下，收入《中國古典戲曲論著集成（四）》，頁172。

〔註20〕吳書蔭輯〈呂天成研究資料彙輯〉，收入其《曲品校註‧附錄二》，頁407。

〔註21〕徐朔方〈沈璟年譜〉，收入氏著《晚明曲家年譜》第一冊（杭州：浙江古籍出版社，1993年），頁287。

他編審刊刻，而他也是呂天成作品的指導批評者，所以王驥德說呂天成「最膺服詞隱（沈璟），改轍從之，稍流質易。然宮調字句平仄，兢兢毖眘，不少假借。」〔註 22〕這也可以從呂天成爲其師作品《義俠記》所寫的序看出來。其云：

松陵詞隱先生表彰詞學，直剖千古之謎，一時，吳越詞流，如大荒逋客、方諸外史、桐伯中人，遵奉功令唯謹。〔註 23〕

而且呂天成也將沈璟的劇作列爲上之上品，稱他爲「千秋之詞匠」，對其首部傳奇《紅蕖》，讚其「曲白工美」;《埋劍》則是「描寫交情，悲歌慷慨」;《雙魚》則是「書生坎坷之狀，令人可慘動」;《合衫》則是「曲極檢質，先生最得意作也」，〔註 24〕但呂天成也沒有因爲對沈璟愛載與敬仰，而放棄藝術品評的原則，即使是老師的作品，他也會指出他所認爲的缺點，如他指出沈璟的《義俠記》，儘管「激烈悲壯，具英雄氣色」，但仍有「武松有妻，似贅。葉子盈添出，無緊要。西門慶亦欠闘殺」等瑕疵。〔註 25〕當時呂天成二十八歲，爲沈璟寫序的他已經累積了「操千曲而後曉聲，觀千劍而後識器」的能力和見識。〔註 26〕

王驥德，字伯良，號方諸生，約生於嘉靖三十六年至嘉靖四十年之間（1557～1561），卒於天啓三年（1623），會稽人（浙江紹興府），尚有方諸僊史、玉陽生、玉陽僊史、秦樓外史、伯驥等字號。〔註 27〕王驥德是徐渭的弟子，與沈璟也過從甚密，曾爲沈璟的《南九宮十三調譜》作序。他與呂天成交情深厚，「勤之童年便有聲律之嗜。既爲諸生，有名，兼工古文詞。與余稱文字交垂二十年，每抵掌談詞，日昃不休。」〔註 28〕王驥德《曲律》的完成，也引

〔註 22〕〔明〕王驥德《曲律》卷四〈雜論〉第三十九下，收入《中國古典戲曲論著集成（四）》，頁 172。

〔註 23〕〔明〕呂天成〈義俠記・序〉，收入〔明〕呂天成著、吳書蔭校註《曲品校註》附錄一〈呂天成遺文輯存〉，頁 397。

〔註 24〕呂天成將沈璟、湯顯祖二人並列「上之上」，見氏著、吳書蔭校註《曲品校註》，頁 28～29、37、201、203、205、207。

〔註 25〕〔明〕呂天成著、吳書蔭校註《曲品校註》，頁 207。

〔註 26〕二十八歲的推斷來自於《義俠記・序》呂天成「萬曆丁未」的署年，而說他「觀千劍」，是因爲他二十歲（1599）開始從事戲曲創作（《曲品・自序》:「弱冠好塡詞」），三十一歲（1610）《曲品》完稿，這十二年的期間，他不僅創作戲曲，同時也到處蒐羅、閱讀戲曲（《曲品・自序》:「每入市，見新傳奇，挾之以歸，笥漸滿」）。

〔註 27〕王淑芬《呂天成《曲品》戲曲觀之研究》，頁 34。

〔註 28〕〔明〕王驥德《曲律》卷四〈雜論〉第三十九下，收入《中國古典戲曲論著

起呂天成修訂《曲品》草稿的念頭。《曲品・自敘》言：

> 今年春，〔註 29〕與吾友方諸生劇談詞學，窮工極變，予興復不淺，遂趣生撰《曲律》。既成，功令條教，臚列具備，眞可謂起八代之衰，厥功偉矣！予謂生曰：「曷不舉今昔傳奇而甲乙焉？」生曰：「褒之則吾愛吾寶，貶之必府怨。且時俗好憎難齊，吾懼以不當之故而累全律，故今《曲律》中略舉一二而已。」予曰：「傳奇侈盛，作者爭衡，從無操柄而進退之者。矧今詞學大明，妍媸畢照，黃鐘瓦缶，不容溷陳；《白雪》《巴人》，奈何並進？子愼名器，予且作糊塗試官，冬烘頭腦，開曲場，張曲榜，以快予意，何如？」生笑曰：「此段科場，讓子作主司也。」予歸檢舊稿猶在，遂更定之。〔註 30〕

由此可見，王驥德在呂天成身旁切磋、砥礪戲曲學，爲《曲品》的出版助上一臂之力之外，也可從對話中，看出兩人的情誼。也因此呂天成年未四十，溘然而逝，王驥德不勝悲傷，作了〈哭呂勤之〉套曲，其中〈榴花泣〉：「鍾期已逝，有指不需彈。嗟流水共高山，破青琴只合付潺湲，料知音再覓應難。風流呂安，這些時哭殺嵇中散。慘淒淒鶴怨猿驚，恨悠悠天上人間。」〔註 31〕更見知音已逝之哀痛。

總的來說，呂天成生長在一個對戲曲小說等通俗文學有濃厚興趣的家庭裡，即使如孫鑛以古文評點聞名，〔註 32〕他也不排斥戲曲、小說，在仕業有成，行有餘力，還頗有一番研究，以致呂天成對於字音之陰陽、論曲十要，都直承外舅祖而來。而與他文字相交二十年的王驥德，相互鼓勵、砥礪不說，他也見證了呂天成的祖母藏書，對呂天成所造成的影響，「孫太夫人好儲書，於古今劇戲，靡不購存，故勤之泛瀾極博。」〔註 33〕這個環境讓他得以有較

集成（四）》，頁 172。

〔註 29〕據呂天成敘尾的「萬曆癸丑」可知爲萬曆四十一年（1613），呂天成三十四歲。

〔註 30〕〔明〕呂天成著、吳書蔭校註《曲品校註》，頁 1。

〔註 31〕吳書蔭〈呂天成研究資料彙輯〉，收入〔明〕呂天成著、吳書蔭校註《曲品校註・附錄二》（北京：中華書局，1994 年），頁 416。

〔註 32〕〔清〕邵友濂修、孫德祖等纂《餘姚縣志》卷十七〈藝文志上〉著錄孫鑛《評經》十六卷、《評史記》百三十卷、《評漢書》七十卷、《紹興府志》五十卷、《韓非子節鈔》二卷、《翰苑瓊琚》十二卷、《書畫跋》六卷、《坡公食飲錄》二卷、《居業編》四卷、《居業次編》五卷、《今文選》十二卷、《排律辨體》十卷。從著錄可以看出孫鑛著作的內容，主要是評點並與舉業相關。見是書光緒二十五年刊本，影中央研究院歷史語言研究所藏本，頁 276。

〔註 33〕〔明〕王驥德《曲律》卷四〈雜論〉第三十九下，收入《中國古典戲曲論著

多的條件喜愛通俗戲曲、小說，也具備了創作與評論的能力與見識，儘管他仍然被期待在科場上有所斬獲，但在此環境下，他相對具有更多的資源、空間以創作、評論通俗文學作品。

《曲品》在今天最重要的價值是戲曲史料價值，它保留了劇目與其內容說明，還有作者傳記資料，以及呂天成的品評，〔註 34〕並且對古代戲曲理論也有所貢獻。〔註 35〕由此可見，呂天成在文學史上一直是以戲曲理論家的面貌出現的，他的情慾小說一直沒有受到重視，是他生平裡聊備一格的紀錄。遑論他的作品被認爲是明確記載「因勢利導」是爲「以淫止淫」的觀點的情慾小說，〔註 36〕而至於《繡榻野史》是由文人創作、擺脫說書人口吻與客觀敘述的意義，〔註 37〕更是無人深究。所以研究《繡榻野史》不僅可以豐富小說史的內容，也可以爲呂天成的研究補闕。

第二節　《繡榻野史》作者「呂天成」

呂天成，字勤之，號棘津，別署鬱藍生、竹癡居士；浙江餘姚人。生於萬曆八年（1580）卒於萬曆四十六年（1618），年三十九歲。〔註 38〕相較於呂

集成（四）》，頁 172。

〔註 34〕葉德均〈曲品考〉，收入氏著《戲曲小說叢考》（北京：中華書局，2001 年），頁 152～153。

〔註 35〕吳書蔭〈呂天成和他的作品考〉，收入〔明〕呂天成著、吳書蔭校註《曲品校註・附錄三》（北京：中華書局，1994 年），頁 434。

〔註 36〕黃霖、韓同文《繡榻野史序》的說明，認爲「這半篇文章提出一個『因勢利導』說，就值得注意。這個觀點對以後也產生了影響。」見氏選注《中國歷代小說論著選》（南昌：江西人民出版社，2000 年），頁 206。

〔註 37〕陳慶浩：「《繡榻野史》爲目前所知中國第一部文人創作的白話長篇小說。文字難免幼稚粗糙，但幾乎完全擺脫白話小說中說話人口氣和主觀敘述的方式，用第三人稱客觀敘述方式描寫。即書末談及故事來歷及評論，作者仍置身事外，與一般主觀敘述之白話小說，大異其趣。」，收入石昌渝主編《中國古代小說總目・白話卷》（太原：山西出版社，2004 年），頁 458。《繡榻野史》本藏本卷一有一段「入話」，可從「看官，這是《繡榻野史》的引子，尚未說到正傳。要知如何，下卷便見。」等語得知。這段「入話」自然是說書人口吻，但是由陳慶浩所判斷最接近原作的《繡榻野史》種德堂本，沒有這段入話，而且本藏本的特殊之處，是「一般坊間重印古小說，特別是豔情小說，多作刪削，極少改編，更少增補。」（陳慶浩《繡榻野史・出版說明》，頁 23。）所以陳慶浩認爲是書擺脫說書人口氣之語，應是就種德堂本所下的判斷。

〔註 38〕吳書蔭〈呂天成和他的作品考〉，收入其《曲品校註・附錄三》，頁 421。

天成戲曲評論家與戲曲學家的面貌，呂天成身爲情慾小說作者的面貌，則模糊許多。所以本節將著重在連結呂天成的生平與他的情慾小說上。據吳書蔭的研究，他考出呂天成的生平繫年，〔註39〕今筆者在此基礎上，並增添說明，以示呂天成生平大概。

萬曆八年庚辰（1580）

呂天成生。

凌濛初生（1580～1644）。〔註40〕

萬曆二十二年甲午（1594），十五歲。

開始嗜曲。

同年，沈璟增補蔣孝舊譜《南九宮十三調曲譜》有成稿。〔註41〕

萬曆二十三年乙未（1595），十六歲。

作小說《繡榻野史》、《閑情別傳》。〔註42〕

萬曆二十五年丁酉（1597），十八歲。

同王驥德訂交，從孫如法學詞學。

萬曆二十七年己亥（1599），二十歲。

開始從事戲曲創作，作《神女記》、《戒珠記》、《金合記》傳奇。

湯顯祖於萬曆二十六年（1598），完成《牡丹亭》。〔註43〕

萬曆三十年壬寅（1602），二十三歲。

《曲品》初稿成。

李贄自殺（1527～1602）。

祁彪佳生，受《曲品》影響而作《遠山堂曲品》，曾評呂天成劇作。

馮夢龍刊行《先秦諸子合編》。袁宏道自是年陸續刊行自己的著作。

〔註39〕吳書蔭〈呂天成和他的作品考〉，收入其《曲品校註・附錄三》，頁438～439。

〔註40〕標楷體字爲筆者的增補。所增補者，依吳文治《中國文學史大事年表》，選與呂天成的家世、師承、交遊有關者，以及文壇、社會大事擇要添入，期能對呂天成生平有更立體的歷時性認識。吳文治《中國文學史大事年表（下）》（合肥：黃山書社，1993年），頁2329。

〔註41〕吳文治《中國文學史大事年表（下）》，頁2356。

〔註42〕陳慶浩認爲《繡榻野史》應作萬曆二十五年（1597）左右，見氏著《繡榻野史・出版說明》，收入〔明〕呂天成《繡榻野史》思無邪匯寶本，頁15。

〔註43〕吳文治《中國文學史大事年表（下）》，頁2363。

神宗下詔，禁以小說俚語入奏議。〔註44〕

萬曆三十一年癸卯（1603），二十四歲。

鄉試落第。傳奇《三星記》、《神鏡記》

和《四相記》，作於萬曆二十八年（1600）至此年之間。

過訪沈璟，適沈璟外出，作雙調〈江頭金桂〉套曲贈之。〔註45〕

萬曆三十二年甲辰（1604）

馮夢龍在沈德符處見《金瓶梅》抄本。〔註46〕

萬曆三十四年丙午（1606）

沈璟《南九宮十三調曲譜》出版，並以一帙寄

山陰王驥德。〔註47〕

萬曆三十五年丁未（1607），二十八歲。

爲沈璟校訂《義俠記》，並作序。

萬曆三十七年己酉（1609），三十歲。

傳奇《雙棲記》、《四元記》、《二婬記》、《神劍記》和《雙閣畫扇記》，作於萬曆三十一年（1603）至此年之間。

萬曆三十八年庚戌（1610），三十一歲。

改訂《曲品》成。

其師沈璟卒（1533～1610）。

袁宏道卒（1568～1610）。〔註48〕

萬曆四十一年癸丑（1613），三十四歲。

增補《曲品》成。

外舅祖孫鑛卒。

萬曆四十三年乙卯（1615），三十六歲。

〔註44〕吳文治《中國文學史大事年表（下）》，頁2368。

〔註45〕徐朔方〈沈璟年譜〉，收入氏著《晚明曲家年譜》第一冊（杭州：浙江古籍出版社，1993年），頁312。

〔註46〕吳文治《中國文學史大事年表（下）》，頁2372。

〔註47〕徐朔方〈沈璟年譜〉，收入氏著《晚明曲家年譜》第一冊（杭州：浙江古籍出版社，1993年），頁313。

〔註48〕吳書蔭〈呂天成和他的作品考〉，收入其《曲品校註・附錄三》，頁434。

表伯父孫如法卒。

萬曆四十四年丙辰（1616），三十七歲。

與史頡庵、宋瞻庵等結社唱和，作《紅青絕句》。

萬曆四十六年戊午（1618），三十九歲，卒。

傳奇《李丹記》、《藍橋記》，作於萬曆三十八年（1610）至此年之間。

呂天成四十歲不到的生命，著作卻很豐富。除了大家廣爲熟知的《曲品》，他還有《煙鬟閣傳奇十種》：《神女記》、《金合記》、《戒珠記》、《神鏡記》、《三星記》、《雙棲記》、《四相記》、《四元記》、《二婬記》、《神劍記》，還有《雙閣記》、《李丹記》、《藍橋記》。〔註49〕他的劇作在當時即有刻本，馮夢龍《太霞新奏》卷五云：「予唯見其《神劍記》，譜陽明先生事。其散曲絕未見也，當爲購而傳之。」〔註50〕

呂天成的雜劇作品，據王驥德《曲律》卷四所載約「二三十種」，〔註51〕可考知名目者，僅八種：《齊東絕倒》（即《海濱樂》）、《秀才送妾》、《勝山大會》、《夫人大》、《兒女眞》、《兒女債》、《耍風情》、《纏夜帳》，和《姻緣帳》。沈璟稱這些雜劇「各具景趣，數語含姿，片言生態，是稱簇錦綴珠，令人徬徨追賞。」（《致鬱藍生書》）〔註52〕目前除了《齊東絕倒》存於《盛明雜劇》中，其餘作品都已經佚失了。另外，他還有詩集《紅青絕句》一卷。〔註53〕至於小說，他除了《繡榻野史》之外，還有已經亡佚的《閑情別傳》。〔註54〕

呂天成還校訂過二十八種傳奇作品，如《拜月記》、《荊釵記》、《牧羊記》、《白兔記》、《殺狗記》、《千金記》、《雙忠記》、《香囊記》、《紫釵記》、《還魂

〔註49〕吳文治《中國文學史大事年表（下）》，頁2381～2382。

〔註50〕吳書蔭〈呂天成研究資料彙輯〉，收入〔明〕呂天成著、吳書蔭校註《曲品校註・附錄二》，頁417。

〔註51〕〔明〕王驥德《曲律》卷四〈雜論〉第三十九下，收入《中國古典戲曲論著集成（四）》，頁167。

〔註52〕吳書蔭〈呂天成研究資料彙輯〉，收入〔明〕呂天成著、吳書蔭校註《曲品校註・附錄二》，頁406。

〔註53〕《紅青絕句》也有作《青紅絕句》，今依呂天成〈紅青絕句題詞〉改，此文收入吳書蔭《曲品˙校註》附錄一〈呂天成遺文輯佚〉，頁398。

〔註54〕舒穆〈閑情別傳〉，收入石昌渝主編《中國古代小說總目・白話卷》（太原：山西出版社，2004年），頁428。

記》、《南柯夢》、《邯鄲夢》、《明珠記》、《紅拂記》、《祝髮記》、《竊符記》、《虎符記》、《灌園記》、《浣紗記》、《彈鋏記》、《五鼎記》、《觴記》、《分鞋記》、《存孤記》、《分鞋記》、《合鏡記》。所以由他擔任沈璟《義俠記》的校讐工作，可以說是非常適當的人選。〔註 55〕

呂天成所校訂、編輯、出版之書，似乎不止傳奇戲曲，而遍及其他。他的外舅祖孫鑛寫給他的信〈與呂甥孫天成書牘〉中，先是提到「愚所看《范史》，尚未盡精奧，甥孫所看，付來一印證之。甥孫今於《晉書》耶？此書愚往年曾看過，有圈點，但無評語耳。」〔註 56〕後則有二書出版的消息，「甥孫所輯《晉書僻搜》、《范書錄隱》，渴欲得觀。近復有何新刻出？」〔註 57〕那麼前次提及的閱讀，應是爲出版而作的準備。孫鑛也會提供一些出版的建議，「顧須仔細校定，不錯字，斯爲善本耳」，〔註 58〕他還會提議出版計畫，「邢崑田《平倭》刻，寄覽，若甥孫肯纂之，以續《鴻猷》之未盡，亦一正務也。」〔註 59〕觀察到孫鑛前與呂天成多談及書籍內容與善本，甚至說「但開卷自有益，貴以意攝之，正不必問其近舉業否也」，〔註 60〕呂天成在鄉試之前（萬曆三十一年，1603，呂天成年二十四），似乎從事著出版業，或至

〔註 55〕吳書蔭〈呂天成和他的作品考〉，收入其《曲品校註・附錄三》，頁 437。

〔註 56〕此文收入孫鑛《孫月峰先生全集》卷九，轉引自吳書蔭〈呂天成研究資料彙輯〉，《曲品校註・附錄二》，頁 409。

〔註 57〕此文收入孫鑛《孫月峰先生全集》卷九，轉引自吳書蔭〈呂天成研究資料彙輯〉，《曲品校註・附錄二》，頁 409。

〔註 58〕此文收入孫鑛《孫月峰先生全集》卷九，轉引自吳書蔭〈呂天成研究資料彙輯〉，《曲品校註・附錄二》，頁 410。

〔註 59〕此文收入孫鑛《孫月峰先生全集》卷九，轉引自吳書蔭〈呂天成研究資料彙輯〉，《曲品校註・附錄二》，頁 410。

《鴻猷錄》，高岱撰。成書於嘉靖三十六年（1557）。本書初刻於嘉靖三十六年，後收入《紀錄匯編》、《叢書集成初編》、《景印元明善本叢書十種》。該書凡 16 卷，爲紀事本末體，所錄凡六十事，每事標四字爲題，前敘後論。該書記事起自至正十三年（1353）朱元璋起兵，止於嘉靖三十一年（1552）追戮仇鸞。與日本有關的篇目爲「四夷來王」、「平處州寇」、「平固原寇」、「平江西寇」、「平郴桂寇」、「再平蠻寇」等。

邢崑田〈平倭〉，可能指〈贈大司馬邢昆田平倭奏凱序〉、〈邢司馬平倭凱旋序〉、《嘉靖平倭祇役紀略》、《平倭錄》等書，收入任夢強《明代基本史料叢刊・鄰國卷》（北京：線裝書局，2005 年）。

這二書都與嘉靖、萬曆初期的倭亂有關，可見呂天成、孫鑛也頗關心時事。

〔註 60〕此文收入孫鑛《孫月峰先生全集》卷九，轉引自吳書蔭〈呂天成研究資料彙輯〉，《曲品校註・附錄二》，頁 409。

少有意操此業；而後孫鑛給呂天成的信，轉而評論呂天成場文的優劣，而少談及書，即使有談，也是談與舉業有關的書文，如：

> 時藝自是切務，今留心於此，亦得矯偏之意。若構句多庸，則又須以古書濟之。《左傳》、《國策》、《莊子》、《史記》，若取所善者，日置案頭吟繹，每下句必須合於此四籍之軌，以此與時體相參，用左、馬之辭，發程、朱之意，豈不度越時流哉！〔註61〕

孫鑛並且鼓勵呂天成，寫道：「秋闈獎賞是來科大捷之兆，愚聞亦稍喜慰」、「今若沉潛經術，取青紫如拾芥耳！」〔註62〕可見他心目中對呂天成職涯的首選，仍是希望他走向功名之路，因此，後來呂天成沒有在科場繼續得意，老大以後，回想起來，頗覺有違長輩的期盼，而對自己的詞曲愛好產生動搖（詳後）。不過，分析孫鑛寫給呂天成的信，我們可以發現，呂天成同時還扮演著出版者的角色，於是他不僅是戲曲、小說的讀者、創作者、評論者、戲曲學家，同時也是傳播者，並且興趣廣博，還旁及經史、時事。呂天成是出版從業者，此一角色的浮現爲呂天成的研究忝列一筆紀錄。另一方面，這也說明爲何他的情慾小說《繡榻野史》在萬曆二十三年（1595）或萬曆二十五年（1597）創作之後，萬曆三十八年（1608）即出現福建建寧書坊「種德堂」的刊本；孫楷第曾言《繡榻野史》說：「此等書籍，最易散亡，而原本今猶存於天壤間，殊爲異數，抑自小說板刻上言之，亦可謂異書矣。」〔註 63〕這或許是呂天成從事出版業的意外收穫。

攤開《繡榻野史》的研究史，呂天成和《繡榻野史》聯繫起來的是在馬廉舉出王驥德《曲律》卷四〈雜論〉證據之後，其上記載著「勤之（呂天成之字）製作甚富，至摹寫麗情褻語，尤稱絕技。世所傳《繡榻野史》、《閑情別傳》，皆其少年遊戲之筆。」〔註64〕而確定下來。王驥德與呂天成「文字交垂二十年。每抵掌談詞，日昃不休」，〔註65〕故其言應當可信。在此之前，對其作者闕疑者頗多，如魯迅《小說舊聞鈔》的案語就說「(《繡榻野史》)

〔註61〕此文收入孫鑛《孫月峰先生全集》卷九，轉引自吳書蔭〈呂天成研究資料彙輯〉，《曲品校註．附錄二》，頁 411。

〔註62〕此文收入孫鑛《孫月峰先生全集》卷九，轉引自吳書蔭〈呂天成研究資料彙輯〉，《曲品校註．附錄二》，頁 411。

〔註63〕見氏著《日本東京所見小說書目》（臺北：鳳凰出版社，1974 年），頁 68。

〔註64〕〔明〕王驥德（？～1623）《曲律》（臺北：藝文印書館，民國 56 年，《百部叢書集成》影印《指海》本），卷四，頁 21、22。

〔註65〕〔明〕王驥德（？～1623）《曲律》卷四，頁 21、22。

曾於十年前見上海翻印本，文筆庸穢，殆贋作也。」〔註 66〕而孫楷第也在《中國通俗小說書目》卷四〈明清小說〉認為《繡榻野史》「考為呂天成作，則出名士之手，而文殊不稱。」〔註 67〕對於他們的懷疑，陳慶浩在《思無邪匯寶》本的《繡榻野史・出版說明》均一一解釋清楚了。約成於萬曆三十六年前後（1608）的種德堂本《繡榻野史》與上海坊刻本雖然有所不同，但大體情節仍一致，差異不到「贋作」的程度；而醉眠閣本《繡榻野史》裡隨意割裂文句、加以分則等非作者親為的「加工」，或許是孫氏認為「文殊不稱」的原因。〔註 68〕馬廉指出王驥德《曲律》卷四的記載後，其後接受此說者日眾，直到徐朔方的說法出現，才增添變數。徐氏認為此書是呂天成的父親呂胤昌所作，掛於其子名下，以添文名。〔註 69〕此說未周之處，前文已述，此處不贅。〔註 70〕祁彪佳評呂天成的劇作「語以駢偶見工，局以熱豔取勝」，〔註 71〕可知呂天成某些劇作以寫情慾風格見長。祁彪佳與呂天成是同時人，其評也與王驥德稱呂天成「摹寫麗情褻語，尤稱絕技」〔註 72〕之語相符合，更加強呂天成為《繡榻野史》作者的可信度。〔註 73〕如祁氏《遠山堂曲品》評論呂天成劇作《耍風情》為「傳婢僕之私，取境未甚佳，而描寫已逼肖矣。」〔註 74〕又如《纏夜帳》則是「以俊僕狎小鬟，生出許多情致。寫至刻露之極，無乃傷雅！」〔註 75〕最明顯涉及情慾內容是《二

〔註66〕魯迅《魯迅小說史論文集》（臺北：里仁出版社，1992 年），頁 314～315。

〔註67〕見氏著《日本東京所見小說書目》（臺北：鳳凰出版社，民國 63 年），頁 175～176。

〔註68〕陳慶浩：「此本（種德堂本）五陵濠長敘署戊申秋日，明代最後的戊申為萬曆三十六年，前於此之戊申為嘉靖二十七年（1548），呂天成仍未出生，自不可能有《繡榻野史》一書；後於此已入於清，故可定此敘寫於萬曆三十六年。」又「醉眠閣本分則，各則長短不一，並不是按故事情節分出段落，只是隨意割裂，似乎目的是為了加入則末的詞。……聯繫原書作者呂天成是當代才子，而抄入之詞多與情節不合，也有理由相信並非原作。這或可解孫楷第的疑惑？」見氏著《繡榻野史・出版說明》（臺北：大英百科公司，1995 年，《思無邪匯寶》整理本，第 2 冊），頁 18、20。

〔註69〕徐朔方：〈中國古代個人創作的長篇小說的興起〉，《小說考信錄》，頁 384。

〔註70〕參看本文第三章第二節。

〔註71〕吳書蔭〈呂天成研究資料彙輯〉收入其《曲品校註・附錄二》，頁 418～419。

〔註72〕〔明〕王驥德《曲律》卷四〈雜論〉第三十九下，收入《中國古典戲曲論著集成（四）》，頁 172。

〔註73〕吳書蔭〈呂天成研究資料彙輯〉收入其《曲品校註・附錄二》，頁 415。

〔註74〕吳書蔭〈呂天成研究資料彙輯〉收入其《曲品校註・附錄二》，頁 420。

〔註75〕吳書蔭〈呂天成研究資料彙輯〉收入其《曲品校註・附錄二》，頁 420。

姪》，祁氏評曰：

> 不知者謂呂君作此，實以導淫，暴二姪之私，乃使人恥，恥則思懲矣。搆局攢簇，一部左史，供其謔浪，而以淺近之白、雅質之詞度之，此鬱藍遊戲之筆。〔註 76〕

而這評語與憨憨子的醉眠閣本《繡榻野史・敘》所言都帶有「以淫止淫」的思維。其曰：

> 余將止天下之淫，而天下已趨矣，人必不受，余以誨之者止之，因其勢而利導焉，人不必不受也。〔註 77〕

無獨有偶，沈璟〈致鬱藍生書〉對《二姪記》的評語，也可以看出此劇實涉情慾頗深。其曰：

> 縱逑穠褻，足壓王（實甫）、關（漢卿），似一幅白描春意圖，眞堪不朽。〔註 78〕

而沈氏此評也與種德堂本《繡榻野史・小敘》所見略同。敘者五陵豪長曰：

> （《繡榻野史》）其態如畫，言復婉肖，而事亦佹奇。挑燈據床，娥嬌裸侍。嘻！何必愼卹膠偎紅倚翠耶？絕勝陽臺佳景一百幅矣。〔註 79〕

「白描春意圖」、「陽臺佳景一百幅」等譬喻都已經明白揭露《二姪》是一齣風月之作，也說明瞭作者採用的技巧是屬於直露的白描、狀景體物的方式，而非採用詩詞傳統中，以含蓄的譬喻來表達男女情慾的互動。另一方面，其戲曲批評者也與小說敘者都呈現同樣的思維，這樣的一致性，不應該是巧合。考慮吳書蔭認爲此劇應作於萬曆三十一年（1603）至三十七年（1609）之間，還晚於呂天成創作《繡榻野史》的時間（約 1595～1597）；劇名「二姪」顯是二位女性角色的風月故事，這讓人聯想到呂天成有可能拿《繡榻野史》中的金氏、麻氏爲藍本，因爲晚明小說改編爲傳奇戲曲的情況很普遍，〔註 80〕可

〔註 76〕吳書蔭〈呂天成研究資料彙輯〉收入其《曲品校註・附錄二》，頁 418。

〔註 77〕〔明〕憨憨子《繡榻野史・序》，頁 95。

〔註 78〕〔明〕呂天成著、吳書蔭校註：《曲品校註・呂天成研究資料彙輯》（北京：中華書局，1994 年），頁 406。

〔註 79〕〔明〕五陵豪長《繡榻野史・小敘》，頁 96。

〔註 80〕孫楷第考出許多中篇文言傳奇小說（孫謂之「詩文小說」）「流傳既廣，知之者眾。乃至名公才子，亦譜其事爲劇本矣。」而陳益源又具體考論出「根據元明中篇傳奇小說改編的戲曲至少有二十四部之多。」孫語見氏著《日本東京所見小說書目》（北京：人民出版社，1991 年第三刷），頁 127。陳文見氏著《元明中篇傳奇小說研究》（九龍：學峰文化公司，1997 年），頁

惜現在呂天成的傳奇劇作十三種全部亡佚了，否則就可以查考呂天成小說與戲劇匯通的情況了。不過，我們仍可從呂天成對戲曲傳奇的一些與小說藝術要求的共通處，看出他對小說創作的觀點。《曲品》曰：「有意架虛，不必與實事合；有意近俗，不必作綺麗觀。」〔註 81〕可見他認爲虛構是必要，寫實也是必要的。他有感於「博觀傳奇，近時爲盛。大江左右，騷雅沸騰。吳浙之間，風流掩映。」但卻「當行之手不多遇，本色之義未講明。」〔註 82〕因而論起「當行」「本色」，其論頗爲鞭闢入理，曰：

> 當行兼論作法，本色只指填詞。當行不在組織餖飣學問，此中自有關節局段，一毫增損不得，若組織正以蠹當行。本色不摹剿家常語言，此中別有機神情趣，一毫妝點不來，若以摹剿正以蝕本色。……果屬當行，句調必多本色矣；果具本色，則境態必是當行矣。〔註 83〕

呂氏「當行」在其創作論中牽涉頗廣。從「組織」、「關節」、「局段」、「增損不得」的字眼來推論，呂氏「當行」應該與謀篇佈局、角色安排等作品的形式與結構有關。〔註 84〕至於「本色」是指語言（文字）風格，若配合呂氏《曲品》的評語，可知其「本色」是要求作者不應刻意追求語言（文字）的俚俗來達成質樸的效果，也不應刻意流露才學以製造雅正典麗的風格，應該以生動地彰顯角色的「機神情趣」爲標準，太過與不及，都會變成刻意的「妝點」，而沒有「自然感人」的效果。〔註 85〕

呂氏的「當行」、「本色」也實踐在《繡榻野史》中。故事結構完整，沒有不合理的地方，而且一事牽連一事，在以表現床第之事爲務的情慾小說，有一定的難度，其開創的情慾情節更影響了同時與後來的情慾小說；〔註 86〕而從「本色」言之，主要四位角色各有四種面貌、四種聲口行爲，形成四種

309～310。

〔註 81〕〔明〕呂天成著、吳書蔭校註：《曲品校註》，頁 1。

〔註 82〕〔明〕呂天成著、吳書蔭校註：《曲品校註》，頁 22。

〔註 83〕〔明〕呂天成著、吳書蔭校註：《曲品校註》，頁 22～23。

〔註 84〕吳書蔭：〈呂天成和他的作品考〉，《曲品校註．附錄三》，頁 453。

〔註 85〕〔清〕李漁（1611～1680）認爲「『機趣』二字，填詞家必不可少，『機』者，傳奇之精神；『趣』者，傳奇之風致。少此二物，如泥人土馬，有生形而無生氣。」見氏著《閒情偶寄》卷一（上海：上海古籍出版社，2000 年），頁 36。

〔註 86〕《繡榻野史》影響同時小說《浪史》，詳見本書第三章；影響後來的小說，詳見本書第八章。

典型。〔註 87〕呂氏「本色」論的實踐還可以從《繡榻野史》中熟練的吳語使用看出來，呂天成生於餘姚，吳語正是他習慣的方言，並且與官話混雜使用，但是讀來仍非常通暢自然。〔註 88〕

呂天成（1580～1618）整個成長過程，也與李贄（1527～1602）的生涯發展在時間上也有些重疊。李贄思想成熟且重要的著作，都在呂天成青年成長時期出版。如《焚書》於萬曆 18 年（1590）刊成，時呂天成十一歲，萬曆二十年（1592），李贄評點《忠義水滸傳》於萬曆二十七年（1599）進行，呂天成二十歲，從事戲曲傳奇創作，〔註 89〕而李贄壓軸作品《藏書》六十八卷也在是年於南京出版。筆者得說明的，是將呂天成與李贄、湯顯祖的思想主張放一起討論，主要是著眼於當時二人的主張影響力的廣泛與深遠，而在這股風潮下，呂天成有些文字與二人主張有些相類似之處，而非強調李贄、湯顯祖直接影響到呂天成。

李贄作品的風行與暢銷，當時有記載其盛況，曰：

> 無論通邑大都，窮鄉僻壤，凡操觚染翰之流，靡不爭購，殆急於水火菽粟也已，……，咳唾間非卓吾不歡；幾案間非卓吾不適，……，全不讀四書本經，而李氏《藏書》、《焚書》，人挾一册，以爲奇貨。〔註 90〕

呂天成或當在其列。因爲後來（萬曆三十五年，1607，距李贄獄中自刎五年）他爲沈璟校訂戲曲傳奇《義俠記》所寫的序中也透露出他對李贄思想、文章的景仰：

> 昔李老子序《水滸》，謂嘯聚諸人皆大力大賢，有忠有義之疇，足爲國家幹城腹心之選，其持論抑何快也！〔註 91〕

因而他評《義俠記》的理路也與李贄《忠義水滸傳》如出一轍。呂天成說：

〔註 87〕關於《繡榻野史》的結構、創作手法、題材選擇以及角色塑造，請參看本書第五章的析論。

〔註 88〕錢乃榮〈《肉蒲團》、《繡榻野史》、《浪史奇觀》三書中的吳語〉，《語言研究》第一期（上海：上海大學，1994 年），頁 136～159。

〔註 89〕據吳書蔭的考證，呂氏之《神女記》、《戒珠記》以及《金合記》作於此年。見氏著〈呂天成和他的作品考〉，收入〔明〕呂天成著、吳書蔭校註：《曲品校註‧呂天成遺文輯存》，頁 438。

〔註 90〕朱國楨《湧幢小品》卷十六「李贄」條（北京：文化藝術出版社，1998 年），頁 374。

〔註 91〕〔明〕呂天成著、吳書蔭校註：《曲品校註‧呂天成遺文輯存》，頁 398。

且武松一萑苻之雄耳，而閭里少年靡不侈談膾炙。今度登場，使姦夫淫婦、強徒暴吏，種種之情形意態，宛然畢陳。而熱心烈膽之夫，必且號呼流涕，搔首瞋目，思得一當以自逞，即肝腦塗地而弗顧者。以之風世，豈不溥哉？彼世之簪珮章縫，柔腸弱骨，見義而不能展其俠，慕俠而未必出乎義，愧武松多矣。然讀此不亦興起而有立志乎？〔註 92〕

這種強調文藝作品因有感動人心的力量所延伸的教化功能，也可以在李贄〈忠義水滸傳序〉中見到，如：

故國有者不可以不讀，一讀此傳，則忠義不在《水滸》而皆在君側矣。賢宰相不可不讀也，一讀此傳，則忠義不在《水滸》，而皆在於朝廷矣。兵部掌軍國之樞，督府專閫外之寄，是又不可以不讀也，苟一日而讀此傳，則忠義不在《水滸》，而皆爲幹城心腹之選矣。〔註 93〕

而更有耐人尋味的，是憨憨子的《繡榻野史・敘》所揭櫫的「以淫止淫」的觀點，也正是著眼於小說敘事那股的撼動人心的力量來作爲其理論依據的。〔註 94〕儘管呂天成沒有與李贄交遊，但正如呂天成師事沈璟那樣，但很顯然的，他的某些論點也沾染到李贄學說的特色。

除了受到李贄學說的影響，呂天成也沐浴在湯顯祖所代表的主情文藝風潮下。儘管呂天成是屬於沈璟的吳江派，與湯顯祖所代表的臨川派在文藝理論的主張上有所齟齬，〔註 95〕但呂天成在《曲品》裡仍對湯顯祖頗爲推崇。〔註 96〕

〔註 92〕〔明〕呂天成〈義俠記序〉，此文收入吳書蔭《曲品校註》附錄一〈呂天成遺文輯佚〉，頁 397。

〔註 93〕〔明〕李贄《焚書・續焚書》（北京：中華書局，1975 年），頁 109～110。

〔註 94〕強調作品感動人心的力量，對於題材的態度是趨近於中性的，所以不同於文藝作品「載道」論，二者有意義與手段上的差別，因爲廣義來說，情慾小說提倡者的「以淫止淫」論是以作品具有感動人心的力量爲理論依據的。他們的邏輯思維因爲瞭解到色情感動人心既深且烈，所以「以其人之道，還治其人之身」，用角色慘痛的下場來達到「止淫」的目的。

〔註 95〕呂天成算是晚湯顯祖一輩，但是其父呂胤昌（玉繩）與老師沈璟就是因爲直接刪改湯顯祖的《牡丹亭》，以致展開吳江派與臨川派的理論之爭。

〔註 96〕呂天成《曲品》卷上評湯顯祖的〈紫釵〉、〈還魂〉等，頗爲推崇，曰：「仍《紫簫》者不多，然猶帶靡縟，描寫閨婦怨夫之所，備極嬌苦，直堪下淚，眞絕技也。杜麗娘事，果奇。而著意發揮懷春慕色之情，驚心動魄。且巧妙疊出，無境不新，眞堪千古矣。」又從評論沈、湯二人的言論：「天壤間應有此兩類人物。不有光祿，詞硎新；不有奉常，詞髓孰抉？倘能守詞隱先生之矩矱，而運以清遠道人之才情，豈非合之雙美者乎？」可見呂氏對沈湯二人的優劣湯顯祖《牡丹亭題詞》曰：

> 天下女子有情，寧有如杜麗娘者乎？夢其人即病，病即彌連，至手畫形容，傳於世而後死。死三年矣，復能溟莫中求得其所夢者而生。如麗娘者，乃可謂有情人耳。情不知所起，一往而深，生者可以死，死可以生。生而不可與死，死而不可復生，皆非情之至也。夢中之情，何必非眞？天下豈少夢中人耶！必因薦枕而成親，待掛冠而爲密者，皆形骸之論也。〔註 97〕

可見湯顯祖的「情」有濃厚的理想主義色彩，並且在「情」「理」的對舉中去詮釋「情」的含意。〔註 98〕《牡丹亭》無遮蔽地表彰了情欲的內涵，成爲晚明社會日常關注的中心。「主情論」的提出，將過去對心性本體的關注轉向情欲，而其主要表達場域與理論關注範圍已由過去的文人詩文轉向了戲曲小說，並且在戲曲小說與相關評論中，使情欲本體提高到一個前所未有的認識高度。〔註 99〕

在晚明這樣的話語語境裡，呂天成是戲曲理論家，並且也是創作實踐者。他身處萬曆戲曲、小說作品與理論豐富、高漲的時期裡，接受戲曲是表達世俗經驗與情欲的一個場域，所以他的「少年遊戲之筆」（王驥德《曲律》卷四）——《繡榻野史》，也應是這種觀念下的創作實踐。

呂天成對自己的「少年遊戲之筆」似乎多少帶點後悔的意識。即使說「人不輕狂枉少年」，但呂天成卻因爲太過投入戲曲小說的創作，以致妨礙自己的舉業。雖不至於玩物喪志，但這可以視爲一個後悔的起點。呂天成《曲品・自敘》說：

> 予舞象時即嗜曲，弱冠時好塡詞。每入市，見新傳奇，必挾之歸，笥漸滿。〔註 100〕

因此他興起要蒐羅戲曲傳奇諸作，建立一「曲藏」的雄心，但因爲「多不勝收」

長短。頗爲知悉，共同推崇，是以二人同爲「上之上」品。見氏著《曲品校註》，頁 29、37、220～221。

〔註 97〕〔明〕湯顯祖（1550～1616）《牡丹亭・題辭》（北京：人民出版社，1993 年），頁 1。

〔註 98〕顧易生、王運熙《中國文學批評史》（上海：上海古籍出版社，1991 年），頁 560～61。

〔註 99〕黃卓越：《明代中後期文學思想研究》（北京：北京大學出版社，2005 年），頁 231～232。

〔註 100〕〔明〕呂天成著、吳書蔭校註《曲品校註》，頁 1。

且「彼攢簇者，收之汙吾篋」，〔註 101〕他於是放棄這樣的企圖，而改寫戲曲評論，也就是《曲品》初稿，但又因「意不盡，意多未當」而放棄了。〔註 102〕接著他說出對於自己溺於小技而耽誤前程的懺悔之語：

十餘年來，余頗爲此道所誤，深悔之，謝絕詞曲，技不復癢。〔註 103〕

這十餘年是自他《曲品》草成的「壬寅歲」（萬曆三十年，1602）到他寫下這篇的「癸丑」年（萬曆四十一年，1613）爲止。這期間他創作諸多傳奇，也爲沈璟校訂《義俠記》，但也遭遇鄉試落第。這樣的懊悔的情緒也呈現在他在萬曆四十四年（1616）的《紅青絕句・題詞》裡，因爲他的好友王驥德寄給他《紅閨麗事》、《青樓豔語》等豔詩，他的社友史頡庵慫恿他也回以七言絕句，他答應之餘，提起筆來卻遲遲無法下筆，他說：

春雪淡旬，小齋愁臥，夢迴泚筆，忽忽不知作何語。因憶二十年前，兒女情多，差能解人意，今澹然入道，若元亮之賦《閑情》，非其質矣。〔註 104〕

可看出呂天成應社友之邀，準備做起豔麗風格的詩，但對此春景卻「忽忽不知作何語」。二十年前的他十七歲，正是兒女情長、傷春悲秋的年紀，最愛「爲賦新詞強說愁」。但現在已經看淡紅塵以求道，寫這些豔詩，正如同陶淵明寫《閑情賦》的宗旨一樣，是「檢逸辭而宗澹泊，始則蕩以思慮，而終歸閑正。將以抑流宕之邪心，諒有助於諷諫。」（陶淵明《閑情賦並序》）所以即使呂天成認爲《紅青絕句》即使流於冶艷，但其內容絕對是「思無邪」的，甚至帶有反面教材的諷諫作用；這樣的邏輯自然與「以淫止淫」相通，而呂天成那種面對物換星移，「深悔之」卻又「無言以對」的表現，其中的心境轉變，不可謂不大。

呂天成的反省是有原因的。事實上，對於他的情慾戲曲（如《二婬記》）與情慾小說，依目前文獻，只有其師沈璟與同門王驥德、祁彪佳讚譽有加，其舅公孫鑛對於這位甥孫的往來詩詞書信，內容無非有關舉業文字，如「時藝中大有妙致，儒生境界固不惡，出仕後當自知之。」、「秋試在目前，努力專一，作中式之文，不作刻窗之文，此是直截功夫。」（孫鑛《月峰先生全集》卷九〈與呂甥孫天成書牘〉）無一提及傳奇戲曲與小說，而這還是長輩的耳提面命，馮夢

〔註 101〕〔明〕呂天成著、吳書蔭校註《曲品校註》，頁 1。
〔註 102〕〔明〕呂天成著、吳書蔭校註《曲品校註》，頁 1。
〔註 103〕〔明〕呂天成著、吳書蔭校註《曲品校註》，頁 1。
〔註 104〕〔明〕呂天成著、吳書蔭校註：《曲品校註・呂天成遺文輯存》，頁 398。

龍就在《太霞新奏》卷五王伯良〈哭呂勤之〉後直接批評呂天成，說：

> 伯良（按：即王驥德）《曲律》中，盛推勤之，至並其所著《繡榻野史》、《閑情別傳》，皆推爲絕技。余謂勤之未四十而夭，正坐此等口業，不足述也。〔註 105〕

毫無疑義的，馮夢龍認爲呂天成壯年夭折是因爲寫「淫書」造業而遭天譴。可見儘管作者、立場接近的評論者抬出「以淫止淫」的辯護招牌，但是反對者的道德話語不僅讓「以淫止淫」無法成爲面對輿論時的免死金牌，更應視爲這話語所造成的壓力就是「以淫止淫」策略產生的原因。呂天成回首向來蕭瑟處，自己所鍾愛並戮力爲之的戲曲創作與理論，還有一些遊戲筆墨——《繡榻野史》與一些風月詩詞，不僅讓他鄉試落榜，也無心於舉業，父執輩的失望不說，還要擔心輿論的批評。考慮諸此種種，他的後悔應非信口雌黃，而是由衷感發。

第三節　小結：呂天成在情慾小說史上的意義

研究者曾對情慾小說的作者作初步的分類，呂天成屬於非營利的勸懲類。〔註 106〕這種從市場角度的分類頗能切合晚明通俗小說已經商品化的現實。但呂天成作爲少數「指證歷歷」的情慾小說作者，這樣的分類法能透露給我們的訊息實在是太少了。基於此，本章首先述論呂天成的家世、師承和交遊，次論呂天成的生平、作品與若干活動，復次論及《繡榻野史》的研究史，將呂天成爲其作者的事實確定下來。其中，指出呂天成研究中的缺漏，呂天成在文學史上長期是以戲曲傳奇的理論家的姿態出現，他的情慾作品長期被忽略，這也造成二造的研究成果懸殊且不相聯繫的情形。於是打破二造研究的隔閡，將呂天成各種文學表現爲一個整體加以研究，發現呂天成的戲曲理論與《繡榻野史》頗有些關連，而呂天成也有一些情慾題材的傳奇作品，這些作品在接受的過程中可以說是毀譽參半，這些立場對立的批評不是建立在戲曲理論的標準上，而是在對情慾題材的態度差異上，也因此與道德有關。

〔註 105〕〔明〕呂天成著、吳書蔭校註：《曲品校註》，頁 417。

〔註 106〕李明軍認爲情慾小說的創作動機可分爲「營利」與「非營利」兩大類，「非營利」又分爲自娛、勸懲與言志，而呂天成《繡榻野史》則屬勸懲而作的類別，但李氏也特別指出「情慾小說創作的自娛、勸誡和言志動機往往揉合在一起。」見氏著《禁忌與放縱——明清情慾小說文化研究》（濟南：齊魯出版社，2005 年），頁 103、106、108。

這樣的評價連結到呂天成對自己的人生路途「執溺」與「後悔」，呈現呂天成對自己作品態度轉變的歷程。而呂天成身處在李贄、湯顯祖主張流行的時期裡，他也頗激賞李贄、歎服湯顯祖的文章、作品，也可以從這裡看出時代的脈動。

我們透過呂天成一窺晚明江南一批無名作家創作的情慾小說的歷程——儘管不是唯一的歷程。我們可以發現，情慾小說作者多不署眞名是有理由的，因爲除了呂天成的老師與好友，其他人對他充滿情欲風格的作品，並沒有好評，由此可以推知情慾小說作者在創作時，內心與外在的道德壓力之大，而爲了緩和這股壓力，一方面是靠著情慾小說的市場利潤引誘著某些人投入創作，〔註 107〕因爲有利可圖而寧可背負罵名，這時不署眞名，可以暫時躲掉一些麻煩；一方面，以「以淫止淫」、「因勢利導」這種帶有目的論色彩的策略，想藉此緩解所採取手段的爭議性，至於「以淫止淫」的目的是什麼呢？自然是裨益風化。但是「以淫止淫」不管是作爲託詞，或者是眞正的策略，這個說法在當時不接受的人，大有人在。不過，作爲情欲文學的現象來看，仍有必要分析此舉的社會意義。〔註 108〕

〔註 107〕這也說明了呂天成爲何沒有再繼續創作情慾小說，因爲從他蒐購戲曲作品，欲建立一「曲藏」(《曲品・序》) 的雄心來看，他似乎沒有經濟上的壓力，但是他的確不排斥情欲題材，因爲沈璟與王驥德對他戲曲作品的評論中，我們可以看見他有關情欲題材的作品，如《二婬記》之類。

〔註 108〕筆者以爲「以淫止淫」現象，表達了晚明社會大多數人對過度的情欲的態度，在「不可濫淫」的道德要求下，少數人若欲表述過度的情欲，唯有透過將它與高級目標比附在一起的方法，以作爲對道德壓力的回應。在晚明情慾小說中，《繡榻野史》是用「以淫止淫」，使目的攸關風化；《浪史》則是以「至情」偷渡色情（見其序），觀諸今日的色情出版品，爲其辯護者援引的理由，其一是禁毀違背言論自由，其二是色情建構個人主體性所必要的部分，都有比附高級目標爲策略的趨勢。見本文第一章註 4。

第五章　《繡榻野史》的內容分析

本章是《繡榻野史》的內部研究，包含題材、角色、角色關係轉變的意涵、結構、敘述手法與《繡榻野史》的時空型。

第一節　《繡榻野史》的題材選擇

題材，對作者而言，乃是他採用來表達情意、思想和想像的材料；而如果以作品的角度來看，它便是編織作品的主要材料了。〔註 1〕理論上，任何人事物都可以成爲作家表達其所思所感的材料，但在作家付諸筆墨之前，它們充其量只能算是「素材」而已。因爲每一位作家都會有自己獨特的性格與經歷，並且每一次的創作也都有其特定的動機和原因；作家也必須思考如何才能恰當且有效地將心中的想望、對外的感觸表達出來，所以在確定作品的主題之後，作者就必須選擇素材，並將其提煉成作品的題材了。就某種程度而言，作家的獨特性格、經歷與動機固然有可能促使他選擇特殊的題材加以創作，但是我們也要考慮到對作品而言，這種獨特性也會是一種侷限。這是因爲選擇了某種題材後，同時也放棄了其他題材的可能性了。由此可見，作家選擇題材所必須付出的機會成本，促使他不可能對一毫無意義的題材進行創作。換言之，作者對某一題材的選擇與捨棄都是有意識的。以此擴大來看，題材作爲文學表述的前沿，即使是對想像的人或事，也從來不是和政治、意識型態等問題完全分開的。〔註 2〕所以當「情慾」被這些晚明小說的作者採納

〔註 1〕張雙英《文學概論》（台北：文史哲出版社，2004 年），頁 84。

〔註 2〕Frank Lentricchia & Thomas McLaughlin 編、張京媛等譯《文學批評術語（Critical

成爲創作的題材，我們除了從作者個人的角度（像本書第四章所探討的）來探討此一範圍的題材的意義之外，我們也不能不從社會、文化的角度來探討「情慾」成爲題材的意義。

即就小說史本身也可以看出任何在公領域涉及「情慾」的敏感程度。「情慾」成爲小說史的題材、納入學者的視野也是上個世紀最後十年的事情。晚明的情慾小說，在現代學者研究裡，一般隸屬於世情小說的支流。中國古典小說以題材與內容加以區分的話，可以分爲歷史、神怪、世情與俠義公案小說；〔註3〕這些題材被古代小說作者納入創作素材的範圍，以及各題材代表作的出現——宣告此一題材的正式成立。世情小說《金瓶梅》被視爲此一題材的代表作，其經典地位大約在清初就被確定下來了，但是它涉及情慾書寫的部分卻一直飽受爭議。例如在二十世紀九十年代，中國的一般讀者還是看不到它的全本，還是經過處理的所謂「潔本」——「潔」的這一稱謂，已經定讞了二種情慾書寫，濃淡有別的《金瓶梅》在道德上的評價差異。這一觀念即使在《金瓶梅》已經經典化了，「潔本」的那種刪去法的驗證方式與所代表的那種反對色情的思維，仍繼續存在著。〔註4〕然而，大體上，現在《金瓶梅》中的情慾書寫已經被同情的理解了。夏志清認爲現代學者理解到它「擺脫歷史和傳奇的影響，去獨立處理一個屬於自己的創造世界，裡邊的人物均是世俗男女，生活在一個眞正的、毫無英雄主義以和崇高氣息的中產階級環境裡」〔註5〕是一個小說發展上的里程碑，並且那種「耐心地描寫一個中國家庭卑俗而骯髒的日常瑣事」是一種革命性的改進。〔註6〕仔細玩味這二段話，可以說《金瓶梅》等世情小說在《三國演義》、《水滸傳》等歷史與英雄的題材之外，成功地以市井生活爲題材創作小說。《金瓶梅》的情慾書寫是一種革命性的改進，令我們不禁思考它意義不是在於爭辯它是否爲色情（pornography），而是

Terms for Literary Studt）》（香港：牛津大學出版社，1994年），頁17。

〔註3〕中國小說史編委會〈中國小說史叢書·前言〉，收入孟昭連、寧宗一《中國小說藝術史》（杭州：浙江古籍出版社，2003年），頁1。

〔註4〕陳平原認爲只要將情慾書寫的刪去，是否會破壞原本小說的價值與脈絡；若否則此書即不屬於色情小說，而若是則屬之。陳平原認爲這方法可以作爲判定色情小說的公式。見氏著《看圖說書》（上海：復旦大學出版社，2003年），頁53。

〔註5〕夏志清《中國古典小說史論》（南昌：江西人民出版社，2001年），頁171。至於在西門府生活的人算不算是西方所謂的中產階級，甚至是中國式的中產階級，這都是還有帶商榷的，但這並非本章論題，只是特此提出澄清而已。

〔註6〕夏志清《中國古典小說史論》，頁171。

情慾書寫在納入小說寫作的範圍後，這一人性不可或缺的領域如何被作家表述；還有作家在以情慾爲題材後，他將無可避免地意會到此一題材在公領域的敏感度，所以這一世故的意會必定造成作者除了在規劃公私界限的地理空間設置有所調整之外，也還影響了文本的思想價值與敘事規範。〔註 7〕換言之，作者採用「情慾」爲題材時，那時代公領域對此一題材的態度將會影響他如何表述這一題材。因此我們在面對晚明的情慾小說時，我們必須考慮到這一層影響在作者塑造角色、調整結構與敘事手法上所發揮的作用，而不專以經典之作的角度去看待其角色、結構與手法等美學技巧，因爲這樣做對於關照晚明情慾小說的特殊性無異是緣木求魚。所以本章就是要探討「情慾」成爲題材後，對作者操作敘事規範的影響，也就是其對角色、結構以及敘事手法的影響。

《繡榻野史》的題材其實就是描寫情欲活動，但細究之下，與其他的情慾小說比較，還是有一些差別。向楷認爲情慾小說有三種題材類型：一是歷史類，以描寫宮廷穢亂爲藉口，增添許多情欲描寫在歷史人物身上，如《如意君傳》寫武則天、《昭陽趣史》寫趙飛燕、合德事；二是以「民間男女的性愛生活爲題材」，；三是「以男子的同性戀爲題材」，如《龍陽逸史》、《弁而釵》、《宜春香質》。〔註 8〕很明顯的，《繡榻野史》屬於第二類。但若將清代以前，明初以後，第二類型題材的情慾小說，加以比較，還是可以發現一些不同。例如《繡榻野史》其實是以誘妻出軌、偷情、龍陽、寡婦失節等爲題材，這就和《癡婆子傳》專寫上官阿娜偷情不太一樣，更別說《僧尼孽海》專寫僧人、尼姑犯戒、誘姦、迷姦、騙婚等，以種種犯罪情事的題材；《玉閨紅》以閨貞小姐因父親得罪權貴，流落窯子的題材，反映出明末下層社會窯子怵目驚心的情況，而其性虐待的描述，也是明清情慾小說所僅見；〔註 9〕《別有香》集合情慾與神怪兩類題材，寫出以情慾活動爲主的作品；《戴花船》、《歡喜冤家》是晚明擬話本小說，取材豐富、多面。這顯現出晚明情慾小說儘管格調不高，但是題材多元，作者的創作活力十足，也呈現出晚明以降，情慾小說所具有商品性與市場的一個側面。所以若暫且擱置清初以後部分陳陳相

〔註 7〕Keith McMahon, Causality and Containment in Seventeen-Century Chinese Fiction, Preface,（Leiden: E. J. Brill, 1988）, p.p.ix-x.

〔註 8〕向楷《世情小說史》（杭州：浙江古籍出版社，1998 年），頁 186～188。

〔註 9〕陳慶浩《玉閨紅・出版說明》，收入〔明〕東魯落落平生著《玉閨紅》（台北：大英百科有限公司，1995 年），頁 277。

因的作品不論，《繡榻野史》在第二題材類型裡，偷情、龍陽、寡婦失節等題材，也可見於其他情慾小說，但丈夫「誘妻出軌」後又「獻妻予龍陽」，這種題材在萬曆中期相對地比較少見。

總之，情慾題材在晚明之前相對不被文人所看重的文類中，找到書寫的空間。對照不同作品所表述的相同題材即可清楚呈現，《僧尼孽海》與一般的史料筆記中記載的通姦、誘姦公案，不僅在於詳略有別，也在於《僧尼孽海》增重、渲染了原本筆記裡的情慾題材，而原本被筆記列爲重點的敗德之懲罰，在情慾小說中的程度與篇幅均被限縮；情慾小說也轉化了歷史記載，誇大其中的情慾素材，如《如意君傳》就增添了許多正史文本不屑也不堪記載的情慾想像；《海陵佚史》更是以前金罵後金，在展示淫亂，同時又大加撻伐淫亂的矛盾中，偷渡國族主義的復仇。最後，情慾小說作者不從其他文類尋找題材，而是直接從生活當中提煉出情慾成分，寫文人情慾活動的《繡榻野史》正是如此。

第二節　《繡榻野史》的角色塑造

一、關於情慾小說角色研究術語：角色的類型、典型、性格與形象

小說裡的角色使事件得以呈現，儘管小說裡的角色與眞實世界的他們並不完全相同。所以從比較的角度來看，眞實的人與角色的差別在於「它們」具有「片面性」、「透明性」、「自由性」與「變化性」的特質。〔註 10〕若從美學的角度看小說中的角色，佛斯特認爲從刻畫人性之深刻與否、表現人性面向多寡而言，角色有立體、扁平之分。〔註 11〕雖然這樣的二分卻不對立的方法簡潔而易

〔註 10〕所謂「片面性」是指小說裡的角色雖然有主要、次要、陪襯等之分，但無論是哪一種，都與「眞實世界」裡的人物不完全相同。此外，小說主要是爲了陳述某些事件，小說裡的角色雖然是讓事件能夠具體化的基礎，但在「小說」中並無法，也沒有必要把他們生活裡的點點滴滴都記錄下來。因此，出現在小說裡的人物，其實只是他們的一部份面貌，只是「片面」的他們而已。「透明性」是指小說裡的角色當然後眞實人物一樣可以有特定的外貌、言語和行爲。但卻有一個最大的差別，就是：他們是「透明的」，也就是他們內心世界可以一五一十地完全暴露在讀者眼前。「自由性」是指在眞實世界中，人物當然必須隨著時間順序成長，來經歷遭遇、表現言行，但在小說裡的角色則不一定非如此不可，他們可以應事件的需求來出現。張雙英《文學概論》（台北：文史哲出版社，2002 年），頁 143～144。

〔註 11〕佛斯特（E.M. Forster, 1879～1970）認爲就小說角色在上可以區分爲二種，一

於瞭解，但是不滿其不夠細緻圓滿，馬振方又提出「尖型角色」加以補充。因爲「尖型」角色的出現乃是因爲扁平角色「實際上亦多所變化，未必只是一個單純概念的化身」，且將扁平角色等同於類型角色，不允許類型角色有性格上的歧異，但實際上類型角色也未必單純，且可有多面向的開展。〔註 12〕所以要討論小說中的角色，我們不妨從「類型」開始入手。

現代文學理論持之以批評小說角色的概念是察其「典型」與否；其「典型」，則是從 typical 而來，扼要而言，指的是以鮮明的個性，概括地反映某種社會生活本質和規律的藝術形象；同時兼有鮮活獨特的個性與深刻充分的共性。在程序上，是以個性體現共性，從個別反映一般，自現象揭示本質。〔註 13〕換言之，角色的塑造即是兼具「個別性」與「普遍性」而亟欲成就典型性的過程。王瓊玲認爲角色若要符合典型性，必須「包括藝術概括與個性化，也包括藝術虛構與藝術誇張」也就是作家經由藝術設計將「生活中某一類人的性格特徵集中概括到一個人身上，並予以誇大、加深與特殊化。」〔註 14〕使得角色既充分展現「類型」的普遍性，又讓角色的個別性不爲普遍性所掩沒，如此才可名之爲「典型」角色。

除了「類型」、「典型」的術語，關於小說角色還有「性格」一詞。角色「類型」與「典型」是一種文學傳統累積與歸納後的結果，也就是那是一套「如何」表述某「種」角色的陳規與美學標準；「性格」與「形象」則是一種具有高度擬人化暗示的術語。「性格」常用來指稱人的人格特質，因爲其是一種精神姿態，是一個人應對他所身處的環境所表現的天性與品質，它是一個人行爲的模式（behavior pattern）。〔註 15〕王瓊玲認爲性格有狹廣之分；狹義的性格是指「一個人對人、對事以及對自己的態度與行爲方面較爲穩定的心理特徵」，廣義的性格是指「以較爲寬泛的描述語，指稱個人所可具有的興趣、能力、氣質等各種心裡趨向的概稱」且性格有「社會化過程因素的介入，故從生活面看，必顯示

種爲立體人物（round charater），另一種扁平人物（flat character）。佛氏認爲「一本複雜的小說常常需要扁平人物與立體人物出入其間。兩者相互襯托的結果可以表現出更準確的人生眞相」，但「扁平人物在成就上無法與立體人物相提並論」。見氏著《小說面面觀》（台北：志文出版社，1995 年），頁 92、96、98。

〔註 12〕林保淳《古典小說中的類型人物》（台北：里仁出版社，2004 年），頁 2。

〔註 13〕林保淳《古典小說中的類型人物》，頁 5。

〔註 14〕王瓊玲《明清傳奇名作人物刻畫之藝術性》（台北：台灣書店，1998 年），頁 101。

〔註 15〕阿德勒著、歐申談譯《性格學》（台北：開山書店，1972 年），頁 9。

出某種與社會的文化構成相符應的樣態。」〔註 16〕所以當用來做爲小說角色研究的術語時，有明顯地擬人化傾向，同時也是說明此一角色的某種人格特質刻畫深刻、逼眞而具有高度說服力。例如：《三國演義》的「三絕」——諸葛亮的忠、關雲長的義以及曹操的奸——即是常常被學者、大眾所研究並且津津樂道的。可見某小說角色被論及其性格時，同時也是認同了此一角色某種甚至是多種的人格特質，而這樣複雜而具有說服力的角色往往也會被讀者認爲是某種類型角色的代表——因此往往也成爲典型角色了。換句話說，只有被讀者認同的小說角色才會被討論其性格。但是情慾小說往往被認美學價值低落，其角色刻畫也非常「扁平」，其中的角色或許可以歸納出某些類型，但是若要成爲某種典型，以及認爲其成功地塑造角色的性格，大概會有一些讀者頗不同意，因爲情慾小說專注地描寫角色在床笫間的行爲，此特色先天地限制角色發展的某些可能性。所以要研究情慾小說的角色類型研究是可以的，要探究其典型性可能就會遭遇許多困難；〔註 17〕這些困難正顯現了「典型」這一術語並非對所有的小說角色及其類型是放諸四海皆準而一體適用的。

角色的類型分析是現實主義典型論引入中國學壇後的事。〔註 18〕中國長篇小說大都是長期文化積累型的作品，〔註 19〕所以作品中主要角色的形象迭有變化，研究這些角色的變化不僅認識作品藝術技巧的進步，也對作品的成書歷史有不小的幫助。另外「類型」既然是一種文學傳統長期累積、歸納後的結果，它自有一個演變的歷程：一個類型之始以及這一類型達至相對穩定程度的歷程。若放在《繡榻野史》來看，要在此展開情慾小說的角色類型研

〔註 16〕王瓊玲《明清傳奇名作人物刻畫之藝術性》，頁 102～103。

〔註 17〕許多人會以《金瓶梅》作爲反駁，認爲其角色呈現某種類型的典型性，如潘金蓮是淫婦的典型。這項說法之所以不能作爲「情慾小說的角色難以研究其典型性」的反駁，其原因是許多人已不再視《金瓶梅》爲情慾小說，而潘金蓮之所以成爲「淫婦」典型的立體角色也不僅僅是因爲其書中的情慾書寫，而是它還描寫了許多床笫以外的日常瑣事與人際互動，使得批評者有其他資訊對其性格做出更多解讀。也因爲《金瓶梅》遠比當時一般情慾小說豐富的特質，使得一些批評家（如高羅佩）認爲它是一本 erotic novel，而非 pornographic novel（見氏著《中國古代房內考》（台北：桂冠，1994 年）頁 303）。

〔註 18〕黃霖編《20 世紀中國古代文學研究史．小說卷》（上海：東方出版中心，2006 年），頁 317。

〔註 19〕《三國演義》、《水滸傳》、《西遊記》在成書之前，都已經有長期流傳的故事以口頭或戲劇的方式傳播著；《金瓶梅》一般咸以爲是文人創作長篇小說的代表，但徐朔方認爲《金瓶梅》也是長期文化積累型的作品。

究也一定的困難，其困難在於它是屬於早期的情慾小說，屬於類型之始的階段。儘管串連情慾小說中角色的某一種或多種類型，研究其自晚明到晚清在不同文本中的轉變，分析變化的原因與意涵，未嘗不是一件有意義的研究目標，所以本章也會涉及歷時性的、跨文本的角色形象比較。

然而，對於題材敏感的情慾小說，這些對角色的批評術語還可以發揮作用嗎？葉晝批評《水滸傳》中的潘金蓮十分「肖像傳神」，可「當作淫婦譜看」，〔註 20〕可見潘金蓮這一角色達到了「淫婦」這一類型上的標準，也彰顯了潘金蓮的獨特個性，現在我們也普遍認爲潘金蓮是「淫婦」、「蕩婦」的典型。研究《金瓶梅》的大家魏子雲卻持相反的意見，他認爲《金瓶梅》的角色都是非典型的，甚至是反典型的。〔註 21〕他或許是指《金瓶梅》角色的非道德化傾向是作者有意突破長久以來受到史實及以道德觀念限制的角色塑造手法，而開闢了新的一種描寫小說角色的方式。孟昭連、寧宗一歸納明代小說角色的藝術技巧的變化趨勢，認爲到了《金瓶梅》出現，角色從傳統道德的化身一轉而可作非道德化的表述；〔註 22〕情慾小說的角色塑造也正符合這股趨勢。但是由於明顯可見的原因，情慾小說它本身所引起政治正確的敏感性，造成它有許多部分不符合現在一般的小說美學標準，所以持「角色」的概念去探求情慾小說中的角色塑造之典型，依此去深究情慾小說的美學，恐怕它得像《金瓶梅》一樣，歷經將近三個世紀「經典化」的歷程才行。因爲《金瓶梅》中的情慾書寫一直到 1986 年在中國召開的第二次全國《金瓶梅》學術研討會後，才對移除此書「淫書」的惡謚達成了共識，並且認爲情慾書寫的文字「只注重性器官的形狀和動作的描述，且重複多，少變化，不能在心理上、情緒上給人以美感的享受，因而是失敗的。」〔註 23〕故依此來看，純粹的情慾書寫本身似乎是一無可取的，但若是情慾書寫與深化主題、塑造角色和遞進情節相關，並且做到轉變當時的美學觀念，由寫生活之美變爲寫生活之醜，由寫人性之善美變爲寫人性之惡醜，〔註 24〕那麼這樣屬於整個作品之

〔註 20〕《容與堂本水滸傳》第二十四回夾批，頁 339。

〔註 21〕魏子雲《金瓶梅研究二十年》（台北：台灣商務印書館，1993 年），頁 262。

〔註 22〕孟昭蓮、寧宗一《中國小說藝術史》（杭州：浙江古籍出版社，2003 年），頁 264～286。

〔註 23〕黃霖、許建平主編《20 世紀中國古代文學研究史——小說卷》（上海：東方出版中心，2006 年），頁 364。

〔註 24〕黃霖、許建平主編《20 世紀中國古代文學研究史——小說卷》，頁 363、365。

有機組成的情慾書寫就變成可以接受的了。

但是這並不代表所有的情慾書寫乃至情慾小說是可以適用這種「反典型」的類型角色美學的。荷蘭漢學家高羅佩（R.H van Gulik, 1910～1967）就區分了色情小說與淫穢小說，他認爲《金瓶梅》是屬於色情小說的偉大作品，與《繡榻野史》、《肉蒲團》等淫穢小說之流不同，〔註 25〕雖然也有人認爲《肉蒲團》算是情慾小說中的較好作品了，〔註 26〕但無論如何，對於許多評論者、研究者而言，儘管他們所認定的「淫穢」標準不一，但是只要是被認定爲「淫穢」旋即喪失了美學上的功能。不過，我們可以從當前的討論中發現至少在二方面存在著可能的矛盾，可以給情慾書寫轉圜的餘地。那就是在小說中的情慾書寫與其他部分的組織方式，與如何才屬於「淫穢」的標準上。但是對於使用「刪去法」的讀者，〔註 27〕這樣粗暴的閱讀方法自然使得許多原本被視爲「淫書」的明清小說一樣翻不了身。而對於何者屬「淫穢」，這自然是人言言殊的；在克拉夫特・艾賓（Richard von Krafft-Ebing,1840～1902）的《性病態》（Psychopathia Sexualis）所記錄的 238 個個案而言，前面所述「不能在心理上、情緒上給人以美感的享受」的情慾書寫，對某些病患來說，不僅有心理、情緒上的美感享受，甚至是帶來快感的；「單手持書閱讀」（另一隻手用於自慰）就是對情慾小說具有強烈感染力的寫照。〔註 28〕可見小說是否涉及「淫穢」會隨著不同的讀者而產生不同的界定與反應，不過「淫穢」這一概念的存在，即在指涉無論它標準何在，它仍代表一種過度的、毫無節制的，甚至是「危險」的對情慾的態度、行爲以及論述。所以我們可以說，儘管言

〔註 25〕見氏著《中國古代房內考》，頁 303、《秘戲圖考》（佛山：廣東人民出版社，2005 年 6 月），頁 109。

〔註 26〕魯迅：「至於末流，則著意所寫，專在性交，又越常情，如有狂疾，惟《肉蒲團》意想頗似李漁，較爲出類而已。」見氏著《中國小說史略》，收入氏著《魯迅小說史論文集》，頁 165。

〔註 27〕將「情慾書寫」的部分刪去，看剩餘的部分在比例上的多寡以及是否還有價值來判定是否爲「淫書」的方法。見前註 23。

〔註 28〕如第四章〈一般病理學〉案例 12 記載著 36 歲身爲校長與七個孩子的父親的「Z」，他坦承 16 歲以後，對於「有關女人的淫猥文學與圖書會讓他在射精後感到滿足」。儘管本書的目的不是在記載這些，但是類似的紀錄卻頗爲常見。見氏著《性病態》（台北縣新店：左岸文化，2005 年），頁 95。「單手持書」等語，見盧梭《懺悔錄》，引自賴守正〈孤獨的肉體告白與靈魂控訴——薩德侯爵的浪蕩書寫〉，收錄薩德著、王之光譯《索多瑪一百二十天・導讀（二）》（台北：商周出版，2004 年），頁 24。

論尺度再開放，情慾小說對於某些讀者來說恐怕永遠是「淫穢」的。

經由以上各方面的論證，我們可以確定在情慾小說中，討論其角色的「類型、「典型」將會有所拘限；「形象」演變研究法必須在跨作品的比較中才能展現長處，而本文欲專注在單一作品上作角色分析。就角色性格而言，幾乎所有的情慾小說的角色，以佛氏的術語來說，都是扁平角色，就性格而論也就不夠豐富，因此也難以討論情慾小說角色的性格，所以本文處理方式，是將《繡榻野史》主要角色的描寫與其所屬類型中的典型角色做比較，若難有典型角色加以比較，則以專注於《繡榻野史》描寫角色的特點。另外，筆者也會著重在角色因情欲活動而導致的人際關係演變，因爲筆者認爲情慾小說描寫情欲活動，除了在放縱的程度大於其他作品之外，它的特點是情欲活動導致人際關係混亂，而違背人倫之網內的道德標準。

二、《繡榻野史》的角色：東門生、金氏、趙大里、麻氏

《繡榻野史》的角色總共有七位，主要角色有四位，即姚同心（號東門生）、金氏（東門生妻）、趙大里（東門生的同性戀對象）、麻氏（趙大里的母親），還有婢女三位；她們分別是屬於金氏的塞紅、阿秀，以及麻氏的小嬌。角色數量與《金瓶梅》、《紅樓夢》等長篇世情小說比起來自然是小屋見大巫，但是在這本二萬多字的小說中配置七位角色，並且篇幅與著墨都集中在東門生、趙大里、金氏以及後來出現的麻氏等四人的關係上，若與當時流行的文言情慾小說《尋芳雅集》、《天緣奇遇》、《李生六一天緣》以及白話情慾小說《浪史》裡，男主角在短短篇幅中動輒要與五、六位女性角色，甚至多達十二位女性角色發生關係，有些角色甚至只是在篇末聞其名，前面完全沒有任何描寫，可見呂天成如此安排可以算是有所節制且恰當的設計。

東門生是個住在揚州的三十歲秀才，原配魏氏已去世，因而娶了繼室金氏；金氏是十九歲時嫁給東門生，當時她長得「又白又嫩，標致得緊」(頁 104)，〔註 29〕現年二十一歲。趙大里則小東門生十二歲，現年十八歲。他是東門生見他「生得標致」(頁 104)，說服他當自己的同性戀對象，過著「日裡是弟兄，夜裡是夫妻一般」（頁 104）的生活，即使東門生原配魏氏死後，就以他塡補

〔註29〕 本章所採用《繡榻野史》內文均是採自《思無邪匯寶》版的《繡榻野史》，爲省繁冗，故不再下當頁註，只於引文後以括弧註明頁數。此套書由大英百科公司於 1995 年出版。

閨房生活的空白，即使與金氏新婚，仍然捨不得冷落大里。大里還有母親麻氏，是個在青春年少的二十歲就守寡的婦人，現年三十三歲，至今已經守寡十三年了，她這些年來「教大里讀書，十分緊嚴；照管自家身子，著實謹慎。」（頁 104）這些資料讓讀者得以構築出角色們的生活圖像：東門生是個住在繁華的江南大城揚州性好漁色的秀才，而他的性生活的主要對象是他的太太金氏與龍陽大里。呂天成在敘述這些基本資料的同時也推動著情節的進展，一開始，讀者就知道金氏「做女兒的時節，和小廝玩耍，有些不明不白的事」（頁 104），但是東門生卻不去計較，以略知見他凡事不過份計較的隨和個性，是一個注重享樂縱慾的「差不多先生」。大里這龍陽卻趁著走慣了東門生家內外房，「沒人疑忌他」，覬覦起金氏的美色來，而金氏原本就帶著水性，於是呂天成如此寫道：

> 大里因在他家讀書，常常看見金氏，心中愛他，道：「天下怎麼有這樣標緻的婦人，怎得等我雙手捧住亂弄不歇呢？」金氏也因見了大里，愛他俊俏，心裡道：「這樣小官人，等我一口水呑了他纔好。」兩個人眉來眼去，都有了心。（頁 105）

《繡榻野史》的第一個情節—金氏與大里通姦，就在二人有意且東門生容許與撮合下展開。

呂天成讓東門生這個一家之主是個性好漁色，但又隨和的秀才；對金氏則暗暗點出她性欲旺盛的淫婦性格，往往使人閱讀聯想到潘金蓮；〔註 30〕趙大里是個龍陽且依附東門生而生活，他扮演著禍起蕭墻的通姦者，其母麻氏塑造爲安分守禮的寡婦，也與金氏成了對比（儘管她後來受不了金氏的引誘），即使是婢女也是各有所異：「塞紅」年紀最長，最知男女之事，且食髓知味，半推半就，頗愛此道；「阿秀」年紀較輕，性啓蒙正逐漸綻放，看見東門生、金氏、大里等人的淫亂，也心搖旌動，在金氏命令下將被大里奪走處女；麻氏之婢「小嬌」，最晚進入這淫亂家園，僅與東門生發生關係，淫亂最少，所以最後結局較好。四個主要角色，三個次要角色，個個不同，可見《繡榻野史》的角色塑造在情慾小說中是屬於較爲用心思考的。以下再就呂天成的描寫，細部地分析這些角色。

〔註 30〕韓南（Patrick Hanan）：「《繡榻野史》和《金瓶梅》同氣連枝也是很顯然的。《繡》書男主角叫東門生，可能就影射著西門慶。…金氏，可能就影射著金蓮的名字。」見氏著〈中國愛慾小說初探〉，《聯合文學》第四卷十一期（1988 年 9 月），頁 20～21。

（一）東門生

呂天成一開始就寫東門生「眞個無書不讀，又曉得佛家道理，又要闞，要做些歪詩，又要吃酒，原是一個沒搭煞的人。」（頁 103）從中看得出東門生這個秀才是個無力而無意於科場求名的人，亦是個晚明江南常見的下層文人。這樣的設計在晚明的世情小說乃至情慾小說有其特殊之處，在於東門生並非歷史人物，也非英雄豪傑，〔註 31〕也不是西門慶那種破落戶出身，藉巧取豪奪地經商翻身的暴發戶。即使顧念到作者才性筆力的差異，我們也很難在東門生身上看到類似於西門慶的街頭智慧與對財、色的旺盛慾望，這是因爲初始的設定就不一樣的緣故；東門生作爲一個性能力日趨衰弱的秀才，〔註 32〕他不同於西門慶的侵略與征服，而是不斷委屈與求全：他將老婆讓與龍陽、偷婢女塞紅不成被奚落、享齊人之福時卻又欲振乏力，〔註 33〕儘管他宣稱要找「天下極妙的婦人，著實一幹，方纔暢快我的心。」（頁 108），但事實上，卻是力不從心而壯志未酬。東門生是秀才出身，照理說應該比西門慶多些書卷氣，但他也不是憐香惜玉、風流倜儻的才子，所追求的也非才貌雙全、知書達禮的佳人；必須指出的，是在《繡榻野史》成書之前，流行著一批刊印在通俗類書中的文言傳奇小說，它們可以說是明末清初才子佳人小說崛起的前身，其中有一部份小說，無論是風格或是故事情節，都傾向將才子佳人小說情慾化。〔註 34〕這也影響到晚明白話情慾小說，如《浪史》中的梅素先就是一個色情狂般的才子，以坐擁

〔註 31〕晚明的情慾小說不乏將歷史人物做爲小說角色的例子，如《如意君傳》以武則天爲主角，《海陵佚史》以金海陵王亮爲主角，倒是少見以英雄豪傑爲主角的例子，大抵英雄豪傑以忠義爲重，難容情慾納入書寫的主題了。明顯的例子是《水滸傳》的「武十回」。武松在此是作爲宣淫縱欲的懲罰者來加以終結，所以《金瓶梅詞話》裡，武松必須被支開，情慾主題才得以有發展的空間。

〔註 32〕在小說中他越來越偏好找幼女、寡婦等性需求較貧乏、性知識較低落的女性，才能以一逞雄風。

〔註 33〕指麻氏被金氏引誘失節之後，麻氏與金氏二人一起輪番向東門生求歡，東門生不濟，於是召回大里，引出以母換妻的情節。見《繡榻野史》，頁 292、316。

〔註 34〕這批中篇傳奇小說的故事情節大都不脫「大率才子佳人之事，而以文雅風流綴其間，功名遇合爲之主，始或乖違，終多如意」（魯迅語）的走向。在小說史的傳承方面，有《貫雲華還魂記》影響《西湖二集》、《五色石》等。本書第三章就說明了白話情慾小說《浪史》就承襲了部分傳奇，如《尋芳雅集》、《天緣奇遇》、《花神三妙傳》、《李生六一天緣》的情慾書寫風格，使《浪史》成爲白話的、情慾的才子佳人小說。見陳益源《元明中篇傳奇小說研究》（九龍：學峰文化，1997 年），頁 56～59。

佳人爲畢生職志。若二者比較起來，《繡榻野史》的東門生可以說是空有秀才之名，卻無才子之實，而整個故事情節走向完全與情慾化的才子佳人小說南轅北轍，因此在這個窩囊的秀才形象上，東門生可以說是對才子的反諷，自然也不是走西門慶那種流氓外加商人的性格。

「東門生」此一角色完全刺破才子佳人式的白日夢，也沒有西門慶那種靠著經濟力由貧轉富的氣魄，它充其量只是一個在固定在社會階層所設定好位置的下層文人，不上不下地杵在沒有出路的位置上，充滿尷尬與無奈。東門生的形象就是在呈顯這種尷尬與無奈，從自動自發戴綠帽到參與引誘麻氏，無一不是被動地反應別人的需求與要求，唯一一次主動與麻氏婢女小嬌發生關係，卻引起金氏、麻氏的妒意與不滿，被罵個狗血淋頭，在奴婢前丟盡顏面。東門生的平生大願就是享盡豔福，但事實上卻飽經挫折與屈辱，這樣的反諷技巧對比出情慾小說中的才子的滑稽可笑。

《繡榻野史》在情慾小說中出現較早，「東門生」的角色形象被後來的情慾小說所接受，因爲形成了一種情慾小說所獨有的角色類型。在繼續深究後來的情慾小說如何接受「東門生」這一角色類型之前，我們來看「東門生」窩囊形象是如何刻畫的。

東門生爲了撮合金氏與趙大里通姦，他刻意在金氏誇讚趙大里的性能力超越常人，引得金氏心猿意馬，「骨頭都酥了去」（頁 113）。等到金氏要與趙大里相會時，怕東門生見怪，東門生還說：「我要你做的，決不怪你，決不笑你，我就同你出去。」（頁 120）一付雙手奉上妻子，一心一意要戴綠帽的模樣。分析起來，東門生的大方是因爲三項原因：

（一）**東門生愛龍陽**。這在他與大里商量讓大里與金氏交歡的一段對話可見。當趙大里讚美金氏美貌，表達羨慕東門生之意，東門生回答說：

> 「我肯，有甚麼難？當初蒼梧饒娶了老婆，因他標致，就讓與阿哥。難道我不好讓與阿弟麼？」
>
> 大里笑道：「哥若做蒼梧饒，與小弟便是陳平了。只不知阿嫂的意怎的？」
>
> 東門生道：「婦人家都是水性楊花的，若論阿嫂的心，比你還要些哩！你便晚頭依舊在這書房裡睡了，我就叫他出來。」
>
> 大里連忙作了兩揖，道：「哥有這樣好心，莫說屁股等哥日日戲弄，

便戲做搗臼一般直衕捅，也是甘心的，這好意思，怎麼敢忘記了，
我且去望望娘又來。」（頁 109～110）

東門生話裡不僅首肯，而且還頗樂見其成，大里興奮之餘，不忘自己的龍陽本色，趕緊投桃報李，立下了用自己的身體提供性報償的承諾。可見對於女色男色都熱衷的東門生，可以說是「失之東隅，收之桑榆」了。

（二）**東門生性能力有損，無法滿足金氏的性慾**。東門生因爲「年紀小的時節，刮童放手銃斲喪多了，如今年紀長來，不會久弄。」（頁 107）沒有辦法常常滿足金氏，所以讓年輕力壯又有本錢（巨大的性器官）的大里幫忙解決金氏的性慾。

（三）**東門生有偷窺癖**。在《繡榻野史》醉眠閣本〈東生竊窺興動〉中，描寫東門生偷窺大里與金氏的性交，並且一邊自慰，而且心理不平衡地說：

這樣一個標致的老婆，等他這樣脫得光光的，拍了爽利戲射，瞞誆自家躲差，那知道這樣折本，白白送他燥脾胃，著實有些氣他不過。只是愛金氏得緊，又是送他出來的，把老婆丟去憑他了。（頁 130）

東門生「折本」一語，生動地描述他的不平衡，但因爲自己的性能力不足，無法滿足金氏，又怕隨著大里的成熟與自己的衰老，此消彼長，日久恐生變，只好出此下策。作者給東門生這進退兩難的處境還消遣「他」不夠，讓「他」偷窺完後慾火焚身，瞥見婢女塞紅熟睡，趁機侵犯她以洩欲，結果因爲剛才已經在偷窺時自慰過了，因而「陽氣不濟」，東門生的性器官「像蜒蝣一般」惹得塞紅嘲笑，使東門生這奴僕的主人又羞又急，但性器官卻不聽使喚地更不濟事，「像個綿花團了」，塞紅還不忘利嘴地數落東門生：「這樣個沒用的東西，也要我累這個名頭！」「我便合你睡，就像宮女合內相睡，只好咬咬摸摸，倒弄的人心糟，有甚麼趣兒？」（頁 131、133）。沒有西門慶的霸氣凌人，也沒有才子的吟風弄月，被婢女嫌棄的「東門生」形象在晚明萬曆時期的情慾小說中可謂獨一無二。作者精準地刻畫男性的焦慮（anxiety）。和東門生萎弱一樣，大里的強大，都是一種嘲諷，嘲諷對男性雄風的想像，男性對自己的性能力充滿了各種幻想與焦慮。這在清初李漁的《肉蒲團》中表現的更明顯。〔註 35〕在《繡榻野史》裡，東門生幾乎是走到哪裡都會被消遣一番，如他去見大里的母親麻氏，說要引薦大里一個教席。麻氏指桑罵槐地

〔註 35〕彭小妍〈「中國性文學的罪與罰」座談紀要〉中的發言，收入陳益源《古典小說與情色文學》（台北：里仁出版社，2001 年），頁 409。

諷刺東門生這種專好男色的人。呂天成這樣描寫：

> 天殺的，不好了！不好了！近來我兒子新搭上兩個光棍，一個人是瓊花觀前姓常名奮，人都叫他做越齋，專好小官，因此把甚麼越王嘗糞的故事起個號兒；一個人是迷樓腳邊，金巡漕的公子金蒼蠅，人都叫他做隘宇。也是極好的小官，因此提句「糞蟲隘裏鑽」的俗話兒。（頁 231）

用「常奮」諧音「嘗糞」，用「金蒼蠅」愛鑽「隘宇」暗諷好男風者愛玩後庭。打趣的是，東門生回答「這常奮是房下的近鄰，金蒼蠅是房下的內姪」，作者讓東門生和這些「嘗糞」、「金蒼蠅」關係匪淺。讀者在閱讀這篇小說時，幾乎隨處都可以看見這位一家之主的生活挫折。不僅在家庭生活與情慾活動中他充滿挫折，在社會活動中他也佔不了上風，即使在情慾小說著墨不多的情況下，我們還是可以從以下的描寫看出端倪：

> 卻說東門生吃了午飯，正要睡覺，只見學裡差個齋夫來，叫道：「明日學院到淮安去，打這裡經過，就用到瓜州地方去接。」
>
> 東門生忙叫餘桃取巾出門去，對金氏道：「今日晚頭我不得回來了，等他走來，你就留在房中宿了，一發便當。」（頁 150）

這時趙大里事先知道東門生有學政得接待，所以正整裝待發，他要趁東門生不在家，用春藥要向金氏復仇。〔註 36〕當東門生出門要去接待學政，恰巧遇見大里，發現他不需要去，心裡自然明白大里一定會去找他的妻子交歡。這一段是如此描寫的：

> 東門生走到街上，正好遇著大里，說道：「學院過，我學中有名的，定用去接，不得回家，你可去麼？」
>
> 大里方說撞見齋夫的緣故。
>
> 東門生因輕輕道：「你既不去，我已吩咐他備了床鋪等你，著夜進去就是了，他（金氏）眞個惱你不過哩。」（頁 154）

對著自己的龍陽說自己的妻子已經準備好要與他交歡了，儘管東門生的語氣有點不情願、不自在，這種對話還是詭異地令人匪夷所思。這與現在一般人刻板印象裡的男同性戀不同：男同性戀總是刻意地凸顯與複製異性戀男女的

〔註 36〕大里在先前的交媾中「敗」給了金氏而受到嘲笑，他於是想要以更「強」的性能力，「征服」金氏。關於《繡榻野史》將性交譬喻爲戰爭，這在認知心理語言學上有何重要意涵，將在本書第六章討論。

模式。〔註 37〕東門生作爲主動者，而大里作爲被動者，二者所呈現陽／陰的性別象徵秩序的結構應是不可動搖的；現代學者宋耕對此情形，透過對《情史・情外類》的研究，〔註 38〕指出不同於西方的異性戀／同性戀的二元對立結構，中國古代社會對同性戀相對地較爲寬容，他宣稱這是因爲同性戀的主動方與被動方被納入陽／陰的二元象徵秩序結構裡（宋氏強調陽／陰不等於男／女），也因爲這樣的行爲可以被收編在象徵秩序結構裡，所以說明了它不會對既有的性別秩序構成威脅。〔註 39〕但是顯然的，東門生似乎感受到某種莫名的壓力使他半推半就地向自己的龍陽獻出自己的妻子，儘管上文已經就內文分析出三項原因，但是東門生的獻妻行爲事實上隱含著一種維持人際資本平衡甚至獲利的策略。

在討論《繡榻野史》中交換者的行爲與策略之前，先就禮物介於慷慨與私利的性質加以探討。法國學者牟斯（Marcel Mauss, 1872～1950）根據人類學者對於毛利（Maori）等古老社會的習俗所做的研究，觀察到一種由贈送/接受禮物的習俗或儀式所構成的「全面性的報稱系統」（the system of *total prestations*）。〔註 40〕在這些社會中，經濟利益的產生與獲得多半透過贈與物品或提供服務，也就是送／收禮物的行爲來進行。任何私人擁有的財物或人力都在送／收禮物的範圍之內，而這種全面性的餽贈活動，除了經濟上的交流之外，更扮演著穩固社會秩序與社會關係的角色。〔註 41〕依照所贈物品的數量與價值，送／收者雙方在團體、宗族、部落內產生相互關係，藉著與他

〔註 37〕李銀河《同性戀亞文化》其〈性生活〉的「角色問題」一節（北京：今日中國出版社，1998 年），頁 161～163、169。

〔註 38〕《情史》爲馮夢龍所編，收錄歷代筆記小說與其他著作有關「情」的故事 870 篇，分爲 24 類，集中國古代「情」文化之大成。是書卷二十二〈情外類〉收男風故事 39 篇。

〔註 39〕宋耕〈從《情史・情外類》看「情」的本質〉，收入辜美高、黃霖編《明代小說面面觀》（上海：學林出版社，2002 年），頁 345、348～350。

〔註 40〕Prestation 爲法文，表示「利益、服務」等意義。牟斯的《禮物：古老社會中交換的形式與功能》（The Gift: Forms and Functions of Exchange in Archaic Societies）英譯者康尼森（Ian Cunnison）未將此字譯爲英文，但根據文意註解說明「此字用以指示任何被當作禮物送出，或是用來交換的一項或一系列的事物，無論它是出於自願或是義務。它包含了服務、娛樂等，以及物質上的東西」。見 Marcel Mauss 著，汪宜貞、何翠萍譯《禮物：舊社會中交換的形式與功能》（台北：遠流，1989 年），頁 11～12。

〔註 41〕Marcel Mauss 著，汪宜貞、何翠萍譯《禮物：舊社會中交換的形式與功能》，頁 95～96。

者的社會關係來建立主體的地位與身份，甚至是不同的社會階級。

牟斯認爲送禮者與收禮者之間的禮物交流，其實是由「義務」所規範的社會契約。〔註 42〕在這些報稱系統中，人人都有「贈禮」、「收禮」與「回禮」的義務。〔註 43〕送禮者必須給予實質或象徵的禮物來確定其社會地位；同時，收禮者亦有接受此禮物的義務，因爲拒絕禮物「無異於宣戰。是一種斷絕友誼和交往的表示。」〔註 44〕回禮時若禮物不等值（實質性或象徵性的），或沒有回禮，都會被視爲違反規矩。因此表面上無償贈予的禮物，其實在「贈禮」、「收禮」以及「回禮」的過程中，實質上充滿「交換」的意涵，而大方送禮者在「全面性報稱系統」因爲會受得回報，世故地算計「交換」後的所得往往才是眞正的動機與目的，所以「贈禮」具有「利己」的性質。〔註 45〕法國社會學者布赫迪厄（Pierre Bourdieu, 1930～2002）由此延伸出「象徵資本」（symbolic capital）的支出與累積的概念。〔註 46〕除了「象徵資本」之外，Bourdieu 還提出「經濟資本」、「文化資本」以及「社會資本」等概念，而「象徵資本」是其他三種資本綜合後所產生、累積的信用和權威，這種力量展現在名望與認同上遂形成一套規矩。「象徵資本」使我們了解到，許多道德規範不只是方便進行社會控制，高人一等的「象徵資本」（如禮遇），其本身就是擁有實際效果的社會優勢，因此大方贈送禮物者，其實無形中累積了「聲望的額度」（credit of renown）。

根據前面的述論，東門生運用餽贈自己的妻子來籠絡已非往日少年而日漸成熟茁壯的大里；同時也用大里高漲的性能力來安頓金氏強大的性慾，這樣做可以避免三方面長期摩擦的不滿，因爲大里不告而與金氏通姦，只是時間早晚的問題，是難以避免的；而金氏慾望「蓄極則洩，閟極則達」，強力禁

〔註 42〕Marcel Mauss 著，汪宜貞、何翠萍譯《禮物：舊社會中交換的形式與功能》，頁 22～24。

〔註 43〕Marcel Mauss 著，汪宜貞、何翠萍譯《禮物：舊社會中交換的形式與功能》，頁 22～24。

〔註 44〕Marcel Mauss 著，汪宜貞、何翠萍譯《禮物：舊社會中交換的形式與功能》，頁 23。

〔註 45〕Marcel Mauss 著，汪宜貞、何翠萍譯《禮物：舊社會中交換的形式與功能》，頁 70。

〔註 46〕見 Bourdieu,P.著、王志弘譯〈論象徵權力〉、〈社會空間與象徵權力〉，收入夏鑄九、王志弘編譯《空間的文化形式與社會理論讀本》（台北：明文書局，1994 年），頁 190、442～446。又見朋尼維茲著、孫智綺譯《布赫迪厄社會學的第一課》（台北：麥田，2002 年），頁 72～73。

止的結果只會是招致更多的通姦與不堪，先行餽贈算是未雨綢繆的安排。當東門生允許大里與金氏通姦時，大里稱許東門生有成人之美外，也趕緊應許了自己的後庭作爲回報。除了大里的讚許與「回報」之外，金氏的「回報」更是使得東門生獲得他餽贈之前更大的收穫。金氏原本沈迷於大里的強大性能力，心向著大里，希望大里是自己的丈夫，〔註 47〕後因嘲笑大里，遭大里用藥報復而傷身，「毴內的肉是這樣燥裂破碎的」，東門生心疼不已，細加照料，金氏氣憤大里之餘，又轉而感念東門生：

> 金氏看了東門生，洗得這等殷勤妥帖，撲地流下淚來。
>
> 東門生驚問道：「因甚麼？」
>
> 金氏含著眼淚道：「婦人家養漢，是極醜的事情，丈夫知道老婆不端正，又是極恨的，不是殺，定是休了。我如今弄出這樣極醜的形聲，你又不殺我，不離我，又怕我要死，煎藥我吃，又是這樣當直我，你難道比別人各樣的心，只因愛我得緊，方肯是這樣？你愛了我，我倒愛了別人，我還是個人哩？叫我又羞又恨，怎麼過得？我決弔殺了。」
>
> 東門生摟住，也流淚道：「我的心肝有這等正性，倒是我污了你的行止，我怕你病，安排藥等你吃，你倒要弔死，若心肝死，我也死了，再不要是這樣話，古人說得好：『成事也不說了。』」（頁 224）

自此，金氏回心轉意回到東門生身邊，並且因爲報復的奸計得逞，爲東門生「賺」進了大里的母親麻氏。東門生一開始的贈妻行爲，引起後來各個角色一連串的性活動，但在東門生看起來頗爲挫折的一連串遭遇中，除了傳達作者的反諷之外，「贈妻」爲東門生漸漸「回收」一些有形、無形的利益：有形的是他仍然保有龍陽的服務、他得到妻子回心轉意，還多了一位寡婦可以發生性關係；無形的是，在小說故事的進行中，東門生的在家庭中人際關係的位置獲得提升。由於《繡榻野史》是情慾小說，這些轉變是透過角色的性行爲進行的，在小說的倒數四分之一，東門生不耐金氏、麻氏給他的齊人之福，遂召回在外教書的大里，隨後「交換」——這正是贈送的眞正意涵——各自的性交對象，於是形成東門生與麻氏、大里與金氏的組合，這一場相互的交

〔註 47〕在《繡榻野史》醉眠閣本〈金氏情濃訴衷〉一則中，大里與金氏第一次交歡後，金氏感到滿足「摟住大里叫：『我的親親心肝，幾乎射殺了我。』且看了大里，道：『我的風流知趣心肝，這個纔是我的老公，恨天怎麼不把我做了你的老婆？』（頁 134）。

換／贈送後的人際關係位置升降，角色間有一段對話道盡四人關係的轉變。大里先接到召回他的信，當他知曉事情始末，他說：

> 我的娘被他射了，與我扯直，也罷也罷，我歸去，只要他的老婆嫁與我，我便叫他一聲晚爹叔罷。（頁 318）

「扯直」一語透露牟斯「贈送理論」中的公平性原則，而在交換／贈予之後，東門生的地位從龍陽轉換為繼父。當四人以新的關係聚在一起，其對話透露出這樣的轉變源自於交換／贈予的行為。彼云：

> 大里對東門生道：「你眞像個爹。」
>
> 東門生笑道：「不是爹，怎麼你有媳婦？」
>
> 麻氏道：「我也說不出了。」指金氏道：「把他配與你罷。」
>
> 大里笑道：「自古道得好：『𣯶不弄要瘦，𣯶不弄要臭。』如今他的東西等娘僭了，一定也有些臭，只是我的𣯶眞個瘦得緊了，如今兩家合做一家親，我添了個爹，娘又得個媳婦，纔是好哩。」（頁 318）

這一交換／贈予，幾乎所有角色的相對人際關係之位置都改變，為求明確，以下面兩張圖來呈現各個角色的關係。圖（三）為「《繡榻野史》角色初始關係圖」，呈現出在故事一開始時的角色間的人際關係之位置。〔註 48〕

圖（三）　《繡榻野史》角色初始關係圖

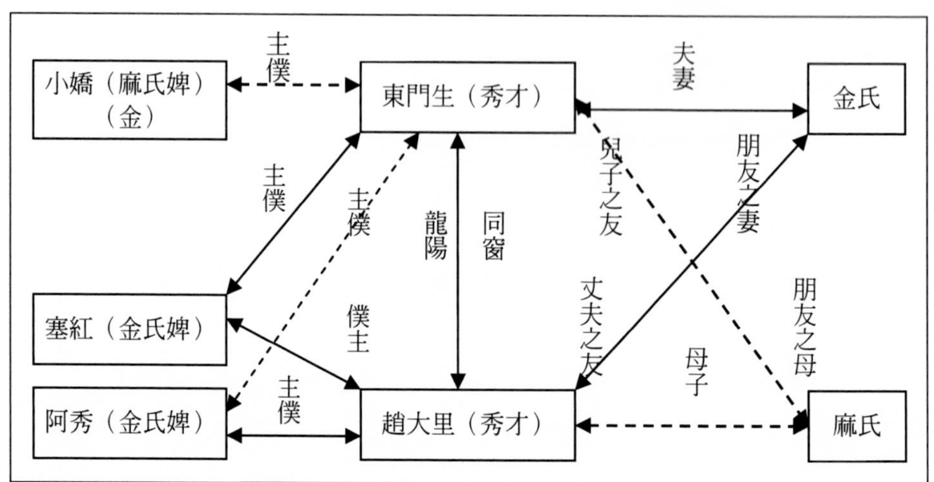

〔註 48〕圖（三）、圖（四）的標號說明：黑實心雙箭頭指二者有性關係發生，黑色虛線雙箭頭指二者無性關係發生。

而在召回大里之後，其變化以圖（四）「《繡榻野史》角色發展後關係圖」呈現。

圖（四）　《繡榻野史》角色發展後關係圖

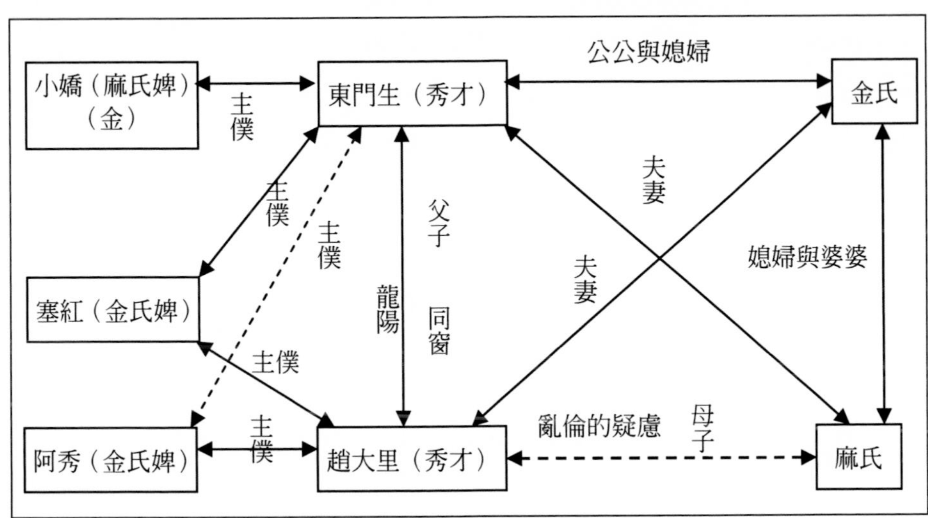

透過圖（三）、圖（四）的比較，可以清楚地發現若以東門生爲準，他除了對奴僕而言還是主人之外，對大里而言，他是繼父；對原配金氏而言，他是公公；對麻氏而言，他是丈夫。大里與金氏是夫妻關係；麻氏與金氏是婆媳關係。在中國傳統社會「父爲子爲綱，夫爲妻綱」所代表的「三綱」、「五倫」人際關係和倫理準則下，我們可以說，東門生的贈予妻子的這項行爲，使他佔據了角色之間人際關係的最高位置。

「東門生」這個情慾小說的要角的反諷性也是在他所佔據的這個「三綱」、「五倫」的位置上彰顯出來。因爲東門生之所以能獲得這個維繫倫理綱常的關鍵位置的原因，是因爲他透過「贈妻」這個破壞原本人際關係架構的舉止，並且在性關係上做出犧牲、妥協後，才得以獲致。換言之，他採取獲致位置的手段，正是他後來的位置所要反對、抵制的。

這個位置，可以說是東門生在「全面性的報稱系統」中所受到的回報，也可以解釋爲何這位男主角在小說的結局中逃過一劫。四位主要角色中，東門生的「下場」是悔悟出家；麻氏「冒風死了」，死後被陰司罰做母豬；金氏「骨髓流乾，成了一個色癆死了」，死後罰變成母騾；大里「遇了疫氣，忽然死了」，死後變成公騾；婢女塞紅、阿秀嫁人後被轉賣成妓女，只有小嬌，東門生爲她「揀一個小人家的清秀兒郎」嫁了。小嬌的倖免是因爲她得爲出家的東門生延續香火，將麻氏生的姚家骨肉扶養長大。幾乎所有的角色都死亡，而他卻是以出家作爲懺悔種種淫亂行爲的方法而倖存下來，而且在中國傳統道德常給予縱慾者沒有後代的懲罰下，得以讓姚家香火延續，東門生的「回收」的利益不可謂不大。東門生的贈妻予龍陽、換妻等行爲，以及後續的處置，除了成就他的大方之外，也顯現他的隨和，他所累積的「象徵資本」，在小說裡以「陰騭」的形式呈現。書中有一段描寫死後的麻氏、金氏、大里所變成的母豬、母騾、公騾來找東門生，討論起一場交易，可以顯示「象徵資本」的運用方式。

> 那母豬道：「閻王怪我失了節，後頭又生兒子，罰我變做豬，等我常常生產得苦。」
>
> 母騾子道：「閻王怪我喜歡弄，又喜歡野老公。又道大里專把一根大[illegible]來弄，刻毒了人的老婆，罰我兩個都變做騾子。母騾子是極要弄的，只不能夠弄，公騾子的[illegible]又是極大的，只是一世再不得和母騾子弄。」
>
> 公騾子道：「好苦好苦，只好在路上趕來趕去，再不能夠像活的時節，一雙兒快活。今且因我的娘還思想你，特特的同來托夢哩！」
>
> 東門生又驚又哭，問道：「我饒得罰麼？」
>
> 公騾子道：「前日陰司裡問這椿官司，且道你容縱老婆養漢，要罰做龜！我替你狠命爭起來，道：『都是我們三人不是，不要連累了他，我的骨頭，也多謝他收回了，這就是極大的陰騭勾當了』。判官查看簿子不曾完，只見收骨食的事果然是眞的。
>
> 閻王道：「你們三個，都是吃著他過，還不報得他哩。後頭要把母豬等你殺吃了，我們兩個騾子要等你騎，方算報得完哩。」（頁 334～336）

東門生經由他們的提醒，請法師爲他們懺悔罪過，也不再騎騾、吃豬肉。不久，三人又托夢，告訴東門生他們的罪變輕了，可以再投胎爲人。

布赫迪厄認爲「象徵資本」會與物質資本一樣，有所運用與增減，也可以與其他三種資本（經濟、文化、社會）互相滲透、轉化。〔註 49〕東門生之所以

〔註 49〕布赫迪厄著、宋偉航譯《實作理論綱要》（台北：麥田，2004 年），頁 119。

受到禮遇而免除罪過，是因爲他一直做出某種程度的贈予與付出，而且在《繡榻野史》裡，這種「象徵資本」是可以抵銷在道德上的虧損的。這種「抵銷」當然也是一種「交換」。東門生運用金錢請來禪師爲麻、金、趙三人「抵銷」罪業；後以出家消除他自己的罪業，當他出家後改名爲「西竺」，「東門生」原本所得到的人際關係的高位也隨之消散。前者是以經濟資本「交換」象徵資本，後者則以社會資本「交換」另一種象徵資本：消業。東門生的種種資本運用，不僅讓他免於一死，並無須淪爲畜道受罪外，他還保存了姚家的血脈。中國古代傳統相信縱欲無度者必遭報應，更甚者會殃及子孫。〔註 50〕東門生卻在此以其象徵資本作爲交易的籌碼，換取免去應有的報應。引文中判官查簿子，發現東門生之陰騭後的種種功過相抵的處置，這一意象已經顯示道德可以像會計一樣，道德的收入與支出是可以有結餘、平衡與赤字的，〔註 51〕所以在意象上的向度而言，晚明情慾小說《繡榻野史》所宣示「以淫止淫」的策略，卻因爲做爲懲罰的報應，其公平性遭到象徵資本的可交易性之侵蝕而失去說服力。另一方面，《繡榻野史》也揭示：良好道德本身即是一種象徵資本，是可以運用贈予

〔註 50〕縱欲過度者會遭受的報應，在中國傳統民間流傳的勸善書中常常可見，如〈文昌帝君天戒錄〉：「吾奉金闕至尊之命，於每月寅卯日，按行酆都地獄，考定天下有罪人民事實，見夫黑籍如山，皆是世人一生罪案。其間作惡多端，……更有造作淫書，壞人心術，死入無間地獄，直至其書滅盡，因其書而作惡者，罪報皆空，方得脫生鬼國。幽幽冥冥，不見三光，餐風臥冰，皮膚慘裂，雖遇仙佛，不能救度。淫書之爲害，世人不知其禍甚大。本以名閨淑媛，識字知文，或綠窗晝靜，或青燈夜闌，展卷視之，魂搖魄蕩，不禁慾火之焚，遽成奔竊之行，致節婦失節，貞女喪貞。或有聰明子弟，秀而有文，一件此書，遂污識想，或手淫而不制，或目挑而苟從，小則斲喪元陽，少年夭折，大則瀆亂倫紀，不齒士林。若夫巧作傳奇，當場演出，教習孌童，熟視淫態，亂人清操，不可勝數，識其所由，皆淫書之爲害也。奈何士子以夙世之慧根，握七寸之管，不思有功於世，積福於身，徒造無窮之孽，於上帝之怒，自蹈於冰淵火坑而不恤，深可悲也。」（《遠色編》卷上）在文學的表述上，西門慶在床帷間脫陽而死，其驚悚的意象，令論者津津樂道，而後西門家破散敗亡，也常被認爲是縱欲之果報的最佳的例證。

〔註 51〕包筠雅（Brokaw, C. J.）認爲晚明流行著一種功利主義的道德觀點，它具體呈現「功過格」這種勸善書上。包氏以劉宗周《人譜‧自序》爲例，劉氏對袁黃等流的「功過格」中的功利主義提出批評，其弊病在使用者獲得回報後，容易忽視道德修養，「得魚而忘罟，獲兔而棄網」，功利思想並不會像袁黃的功過體系表明的那樣促使人繼續行善，事實上，功利思想會使人不能專心致志地實踐眞正的、一致的善。見氏著《功過格——明清社會的道德秩序（The Ledgers of Merit and Demerit: Social Change and Order in Late Imperial China）》（杭州：浙江人民出版社，1999 年），頁 134。

／交換的形式來轉化、滲透至經濟、文化以及社會資本上，那麼反過來，經濟、文化與社會等資本也可以交易「道德」此一象徵資本。當道德成爲貨幣一般的概念爲人所認知，貨幣交易所產生的「匯差」則決定了《繡榻野史》其他角色的下場：他們之所以落得如此，也許並非報應，而是不善於做道德上的會計而已。經由禮物「交換」理論的分析，《繡榻野史》中的角色塑造也表現出晚明「功過格」的道德功利主義。

「東門生」爲我們展現了晚明升遷無望的下層文人在情慾活動面的形象。在中國笑話書裡，文人階層佔最多數，所以要明白文人在中國社會裡一般人所習見的形象爲何，從笑話書裡可見一斑。〔註 52〕但笑話書裡的文人形象其實是頗爲不堪的，不是信口雌黃、滿口別字的「狗教師」、「驢監生」，就是迂腐僵化、名實不符的「酸書生」、「窮秀才」。〔註 53〕其原因在於位卑奉薄，因而促成「三重失落的人生」，這是指儒學超越流俗的性格、儒生學以爲己的態度之消逝；文人重文輕藝，除了教書、寫作，沒有其他謀生之技能，此即是文人社會性的失落，以及實質政治權力的失落。〔註 54〕「東門生」的形象又爲這三重失落添增私領域主導權的分化。「東門生」的下層文人形象反諷了當時小說中的才子形象，才子在文學形象的表現中常具優勢地位而主導一切，不僅功勳卓著、妻妾成群，甚至還羽化登仙；「東門生」與此恰恰相反，反而更貼近當時下層文人的現實遭遇，而且也提供了笑話書裡不同面向的文人形象——在情慾活動裡的狀況。

明代的情慾小說中有類似東門生獻妻予龍陽的情節，如《浪史》第二十八回〈梅彥卿開門揖盜，陸閏兒暗裡偷閑〉、第二十九回〈閏兒大鬧銷金帳，文妃十面用埋伏〉，就有浪子梅素先將李文妃讓予龍陽陸姝的情節，也許是「東門生」這個反諷的形象太成功，《繡榻野史》之後許多情慾小說都接受這個形象以及東門生獻妻的情節，「幾乎形成一個公式了」。以下列舉的情慾小說大都是清代作品，清代的情慾小說一向被視爲較缺乏原創性，〔註 55〕「東門生」

〔註 52〕龔鵬程〈腐儒、白丁、酸秀才——市井笑談裡的讀書人〉，收入淡江大學中文系編《人物類型與中國市井文化》（台北：台灣學生書局，1995 年），頁 1。

〔註 53〕龔鵬程〈腐儒、白丁、酸秀才——市井笑談裡的讀書人〉，收入淡江大學中文系編《人物類型與中國市井文化》，頁 2～6。

〔註 54〕龔鵬程〈腐儒、白丁、酸秀才——市井笑談裡的讀書人〉，收入淡江大學中文系編《人物類型與中國市井文化》，頁 9～13。

〔註 55〕劉愼元認爲「清代豔情小說遠離了文藝的成分，……，寫手只知照著前期的文本依樣畫葫蘆，書商只想趕快出書上市換錢」，再加上清初才子佳人小說大盛，所代表的形象類型也就陳陳相因了下去。如《桃花影》中，魏玉卿是丘慕南的同性戀對象，將其妻花氏交給魏玉卿；《桃花豔史》中，白守義之龍陽「姜勾本」，爲得其歡心，甘心獻上妻妾；《歡喜緣》中，吳蕊爲崔隆之龍陽，任吳蕊與其妹與妾交歡；《碧玉樓》、《春情野史》中，王百順、點子漢外出時，甚至把妻妾丫鬟交給自己的同性戀對象。〔註 56〕

呂天成在情慾小說裡創作一個文人形象，「它」成功地反諷文言小說中的才子形象——無論在國家、社會、家庭乃至性能力上，〔註 57〕也突破西門慶所代表市井文化的角色形象。這樣的角色形象在《繡榻野史》之前是幾乎看不見的，而「東門生」形象成功地在清初情慾小說中開枝散葉，也傳承了主角將嬌妻獻龍陽的情節。也從角色的「贈予」活動展開「禮物交換」的理論分析，發現東門生以退爲進地獲得了人際關係的最高位以及大方、隨和的象徵資本，而這些資本的交易即是「他」在道德算計當中倖存下來的關鍵，因此「以淫止淫」的宣示背後，其實暗藏了道德虧損的補救措施。古今眾多讀者懷疑此宣示之嚴肅性，而其不可信之處，即在於情慾小說裡種種資本皆具有交易性，在功過相抵之後，對角色的道德懲戒變得薄弱，對讀者的震撼性也就大大降低了。

（二）金　氏

金氏在小說中被塑造成「淫婦」類型的角色。筆者擬將她與淫婦的典型角色《金瓶梅》中的「潘金蓮」一起比較。因此，也就產生了「專在性交，又越常情，如有狂疾」的《繡榻野史》，與明代世情小說經典《金瓶梅》是否可以放在一起比較的問題。從作者動機：「作者之於世情，蓋誠極洞達，凡所形容，或條暢，或曲折，或刻露而盡相，或幽伏而含譏，或一時並寫兩面，使之相形，變幻之情，隨在顯見，同時說部，無以上之」，〔註 58〕乃至作品篇幅、主題：「故

小說作者紛紛以此爲創作方向，而清初書商可持晚明情慾小說舊版自印自銷，如此即有可觀利潤，冒著虧本的風險，投資在不確定銷路且違法（有清對小說的禁毀比明爲盛爲烈）的新作上。故書商頂多要求三流寫手抄改舊作，長此以往，惡性循環，創品質量每況愈下。見氏著《明清豔情小說的承繼、發展與影響》（嘉義：南華大學文學所碩士論文，2002 年），頁 180、184～187。

〔註 56〕李夢生《中國禁毀小說百話》（台北：建宏出版社，1996 年），頁 99～100。

〔註 57〕如《天緣奇遇》中的祁羽狄，其前後與三十一女有性關係，又是金榜探花，且綏靖強寇與叛亂，又得報殺父之仇，可謂文武全才，妻妾成群，這與《繡榻野史》的「東門生」可說是強烈對比，因爲東門生只是個秀才，全無事功，因爲性能力不足，唯一的嬌妻還要與龍陽分享。

〔註 58〕魯迅《中國小說史略》，收入氏著《魯迅小說史論文集》（台北：里仁出版社，

就文辭與意象以觀《金瓶梅》，則不外描寫世情，盡其情僞，又緣衰世，萬事不綱，爰發苦言，每極峻急，然亦時涉隱曲，猥黷者多。」〔註 59〕兩書的差距都非常的大；《金瓶梅》是經典，而《繡榻野史》則是末流，而且在當時《金瓶梅》就受到袁宏道、謝肇淛的推崇，而《繡榻野史》除了作者師友，謂此爲其「少年遊戲之筆」，其餘評論幾乎是毀多而譽少，那麼這麼大的差距，如何可比呢？筆者著眼的是二書的情慾書寫。魯迅曾解釋《金瓶梅》之所以被貼上「淫書」的「惡謚」，是因爲後來的讀者，不考慮它正反映當時的淫靡世情，才有那些情慾書寫，反而「略其他文，專注此點」〔註 60〕所造成的。筆者當然不是視《金瓶梅》爲淫書，而是將專注在情慾書寫上，就趨近同質的情慾書寫部分，將潘金蓮這位在文學接受史成爲淫婦典型的角色，與《繡榻野史》中描寫金氏的部分，做出一番比較，之所以如此處理，是考慮到二書目前所知的初刊本時間接近，但潘金蓮此一角色在讀者接受歷程中，漸漸成爲淫婦角色之典型，而金氏卻沒有成爲典型，所以爲了探究二者差異的原因，才作此比較。

呂天成描寫金氏年輕時就與家中的年輕奴僕有些情慾行爲，〔註 61〕並且在性技巧上是「家學淵博」——父親的妻妾是青樓女子，所以耳濡目染，習得了一身的「女人本事」等，〔註 62〕可以看出來。但是和另一中國古典文學上的淫婦典型：《金瓶梅》中的潘金蓮比較起來，金氏所謂「奸夫」趙大里是自己的丈夫東門生刻意介紹、撮合的，與潘金蓮始對小叔武松有意，後嫁西門慶，「她」又私琴童、偷陳敬濟；賣給了王婆後，連王潮也沒有放過。可見潘金蓮所有偷情行爲，都會違背既得利益者的意願與利益，但金氏都是在獲得既得利益者的允許下才進行偷情的行爲，所以與潘金蓮有很大的差別：潘金蓮毋寧是更主動地滿足自己的性慾，而金氏雖同具強烈的性慾，但是卻不致於背著東門生通姦，而是等待東門生給予「她」違背禮法的通行證。因此，《繡榻野史》在這方面寫

1992 年），頁 162。

〔註 59〕魯迅《中國小說史略》，收入氏著《魯迅小說史論文集》，頁 164～165。

〔註 60〕魯迅《中國小說史略》，收入氏著《魯迅小說史論文集》，頁 165。

〔註 61〕〔明〕呂天成《繡榻野史》：「東門生…略打聽得金氏做女兒時節，和小廝們玩耍，有些不明不白的事。東門生也不計較這樣事。」（頁 104）。

〔註 62〕〔明〕呂天成《繡榻野史》寫東門生要金氏使出全部工夫，讓大里在「她」裙下稱臣，金氏說：「實不相瞞，我家爹爹有兩個小老婆，一個是南院的小娘，一個是杭州私窠子出身的，常常在家內和嬸嬸、嫂嫂、姑姑、姊姊們說笑話兒，也賣弄女人本事，我儘曉得些。我恐怕壞你精神，不捨得簸弄，若我肯做，隨他鑌鐵風磨銅羚羊角金剛鑽變的屣，放進我的毴裡，不怕他不消磨哩。」（頁 113～114）。

了金氏許多「尊重」東門生之處，例如東門生不在家，「她」就不好意思與大里交歡；〔註 63〕而且在東門生的隨和縱容下，金氏對於自己的慾望到顯得很坦白與直率。東門生先向金氏形容大里的性器官之過人與性技巧之高超，引得金氏念念不忘，後來東門生主動提出要「她」與大里交合，「她」乍聽之下，先說「只好取笑，怎好當眞，決使不得」（頁 118），後又坦陳向東門生說：「我的心肝，我要養漢，只怕你怪。你若不怪，我的心不瞞你說，那一刻不是要和他弄的。」（頁 118）接著金氏還叨叨地說著之前「她」與大里同桌吃飯，因對著大里遐想，弄得自己慾火焚身的經過，完全不怕東門生會吃醋。接著，書上如此描寫東門生允許金氏與大里交歡的前一刻：

> 金氏摟了東門生笑道：「…你如今當眞不怪我，今晚我便出去，只是我和你好得緊，便把心裡事都說與你知道了，你切不可肚裡冷笑我。」
>
> 東門生道：「是我要你做的，決不怪你，決不笑你，我就同你出去，他等許久了。」
>
> 金氏道：「且慢些！且慢些！那也不曾洗得。」
>
> 東門生笑道：「你只管睡，早不起來洗，倒上轎穿耳朵，這是要緊的，待我替你洗。」便把金氏毴做好捏弄，摟洗了一回。
>
> 東門生道：「可惜這樣一個好毴　，等他受用。今晚只許你和他戲一遭，便要進來。」
>
> 金氏笑道：「不去由你，去了由我，便多一遭，也管我不得了。」（頁 120）

金氏的直率與坦白在於「她」全然沒有去設想東門生也許是在試探「她」，更可能的是東門生起始同意後來反悔；金氏沒有去考慮到這些可能性，就一股腦兒地向東門生作情慾告白。等到獲得同意之後，「她」便毫無顧忌地開始準備「她」的偷情前置作業，且聽到東門生有點惋惜的話時，還一副「大丈夫一言既出」的口吻，說出「去了由我」這樣的話來，除了表現渴求性慾的滿足之外，也道出金氏執意探索自己的情慾世界，開闢新的情慾天地。自此以後，描寫金氏的文字轉而聚焦在「她」種種性交技巧與對性慾的渴求。這轉變的關鍵就在這一段裡。當東門生一同意「由你去」，金氏就開始展現情慾「由

〔註 63〕在《繡榻野史》醉眠閣本〈淫娃自弄風情〉一則，東門生因將接待學正而不在家，要金氏與大里自便，金氏拒絕說：「你不在家，我絕不幹這樣的事。」（頁 150）後來在東門生堅持催請下，金氏才首肯。

我」的形象，而在此之前，這在金氏身上是看不到的。且看這段緊接上段引文的描寫：〔註64〕

> ……拭燥（毬）了起來，金氏要穿褲。
>
> 東門生笑道：「不用穿了，左右就要脱。」
>
> 金氏笑道：「**不要亂話，婦人家全是男子漢來扯褲兒下的時節有趣，你不知道這裡頭的妙處。**」當便穿衣完了。
>
> 東門生又捏了金氏的脚，道：「眞個小得有趣，你可換了紅鞋，少不得要擱起大里肩頭上，等他看看也動興。」
>
> 金氏即將紅鞋換了，**又叫東門生去到床頭席下拿了汗巾來**。
>
> 東門生道：「**你眞個停當拿本錢的。**」便尋來遞與金氏，手扯了手，到書房門邊。
>
> 金氏笑道：「**實有些羞人，難進去**。」
>
> 東門生道：「整日見的，你見了他自然不羞了。」就**推著金氏**，走到書房邊，東門生叫大里開門，道：「今晚你倒快活，**實費了我千萬斤的力氣**，方安排得他出來。」**便把金氏推進房去，東門生忙把門反扣了**，道：「**我自去不管了**。」
>
> **金氏故意將身往外退**。大里摟住…就親一個嘴道：「我的心肝，如今沒處去了，定用憑我弄了。」（頁120～123）

我們可以從這一段看到關於金氏與東門生的兩個部分。一是金氏的手段，如故意穿著褲子、拿汗巾，除了顯現「她」躍躍欲試之外，也洩露出「她」是個「不爲也，非不能也」的性愛高手，但從「實有些羞人」等語，可看出「她」對即將進行的偷情行爲仍保有一絲羞恥心。二是從「推著金氏」、「千萬斤的力氣」與「把門反扣」等描寫，可看出東門生幾乎是堅定、毫不遲疑地將金氏送入趙大里的懷抱。因此，我們可以說，若金氏成爲一個淫婦，這肇始於其夫東門生的成人之惡。

東門生的隨和之惡，和《金瓶梅》裡的妻妾莫不以西門慶馬首是瞻，處處奉承、討好他的情況是很不一樣的；而描寫「被動型」淫婦金氏和潘金蓮那種「連進三丸」的「主動型」淫婦有相當大的差異。若對比七十九回〈西門慶貪慾喪命，吳月娘失偶生兒〉的潘金蓮會更明顯：

〔註64〕引文的粗體字與底線爲筆者所加，目地是凸顯描寫金氏轉變的文字細節。

> 那婦人便去袖內摸出穿心盒來打開，裡面只剩下三四丸藥兒。這婦人取過燒酒壺來，斟了一鐘酒，自己吃了一丸，還剩下三丸。恐怕力不效，千不合，萬不合，拿燒酒都送到西門慶口內。醉了的人，曉的甚麼？合著眼只顧吃下去。那消一盞熱茶時，藥力發作起來，婦人將白綾帶子拴在根上，那話躍然而起，婦人見他只顧去睡，於是騎在他身上，又取膏子藥安放在馬眼內，頂入牝中，只顧揉搓，那話直抵苞花窩裡，覺翕翕然，渾身酥痲，暢美不可言。又兩手據按，舉股一起一坐，那話坐稜露腦，一二百回。初時澀滯，次後淫水浸出，稍沾滑落，西門慶由著他掇弄，只是不理。婦人情不能當，以舌親於西門慶口中，兩手摟著他脖項，極力揉搓，左右偎擦，麈柄盡沒至根，止剩二卵在外，用手摸之，美不可言，淫水隨拭隨出。比三鼓天，五換巾帕。婦人一連丟了兩次，西門慶只是不泄。龜頭越發脹的猶如炭火一般，害箍脹的慌，令婦人把根下帶子去了，還發脹不已，令婦人用口吮之。這婦人扒伏在他身上，用朱脣吞裹龜頭，只顧往來不已，又勒勾約一頓飯時，那管中之精猛然一股冒將出來，猶水銀之淀筒中相似，忙用口接咽不及，只顧流將出來。初時還是精液，往後盡是血水出來，再無個收救。西門慶已昏迷去，四肢不收。婦人也慌了，急取紅棗與他吃下去。精盡繼之以血，血盡出其冷氣而已。良久方止。〔註 65〕

從潘金蓮起，「淫婦」這一角色類型的意涵，不僅是「她」對於倫常的破壞，還有「她」對於男性健康的傷害，更重要的，是爲了滿足性慾無所不用其極的性格。晚明情慾小說有一現象，許多小說壓制男縱欲狂與淫婦的方式，都是在給予角色死亡的結局，或至少使其性生命結束。如西門慶、潘金蓮之死，以及《癡婆子傳》的上官阿娜出家爲尼。〔註 66〕這很容易讓讀者有這樣的印象：男性作者塑造筆下「淫婦」性慾執念的方式，就是無所不用其極地將「她」

〔註 65〕〔明〕蘭陵笑笑生著、梅節校訂、陳少卿鈔閱《夢梅館本金瓶梅詞話．卷八》第七十九回〈西門慶貪慾得病，月娘墓生產子〉（香港：夢梅館，1998 年），葉九至十一（頁 216～218）。

〔註 66〕又如《如意君傳》中的武則天的性生命隨其政治生命結束而告終，其男寵薛敖曹卻因對慾望有所節制，並且勸武則天將政權回歸李家，而獲得了反對「牝雞司晨」的主流文化價值所給予的象徵資本，因此薛敖曹的結局是飛昇成仙。最極端的例外，是《浪史》中的梅素先，「他」毫無節制自己的性慾，但是卻得到成仙的善果。

的性慾恐怖化、深淵化，並援引當時流行於禮教文本、醫學文本的論述來增加對讀者的恫嚇成效。〔註 67〕這在某種程度上，表示作者的情慾書寫還是沒有逃離當時道德論述的法力，僅僅只是就情慾書寫來增加與道德論述之間的張力，以探索其彈性空間之所在。

但是呂天成塑造的金氏形象所採取的策略卻並非完全如此。前有所陳，東門生之所以沈湎於淫樂而不亡，是因爲「他」善積聚、運用各種資本以換取一己不死，雖然性生命也隨出家而結束，但是東門生從死到不死、從落畜道爲龜到「明了心，見了性」的僧人，已經表述了「道德」的可交易性與道德的虧損是可以彌補的情況。金氏最後縱欲而死，並淪爲母騾，只能說「她」不善積聚與運用資本而已。更進一步說，資本化的道德與其可交易性，降低了極端道德主義的嚴肅性、本質性，以致於《繡榻野史》在處理金氏的性慾時，沒有採取將其性慾恐怖化、深淵化的策略，相對比較健康。如金氏第一次與大里交歡後，心滿意足地向東門生說：

> 「他這根𡳞，不瞞你說，眞是（實）極妙的，一射進毴裡，就覺爽利殺人。」（金氏）摟住東門生道：「我今晚還要和他一睡，我的心肝肯不肯？」
>
> 東門生笑道：「引你不得的，就<u>像是小娃子吃糖，吃了一塊，又要一塊的</u>，再去也不妨，只恐我的心肝吃力。」（頁 142）

就譬喻的角度而言，同樣是形容女性的性慾，《繡踢野史》小孩吃糖的意象，實在比「腰間仗劍斬愚夫」、「骨髓枯」的意象來得親切可愛多了。她也不像潘金蓮，爲求滿足不擇手段。她有學過一些性技巧，號稱「隨他鑌鐵風磨銅羚羊角金剛鑽變的𡳞，放進我的毴裡，不怕他不消磨哩」（頁 114），可見「她」對此技頗有信心，但是她卻怕損害了東門生的健康，而不願意使用。〔註 68〕不僅「她」的性慾與技巧沒有讓男性角色健康受損，反而「她」因大里的自

〔註 67〕《金瓶梅》的作者緊接著插入一段教化訓飭，其云「看官聽說，一己精神有限，天下色慾無窮。又曰：「嗜慾深者生機淺」，西門慶只知貪淫樂色，更不知油枯燈滅，髓竭人亡。正是起頭所說：二八佳人體似酥，腰間仗劍斬愚夫。雖然不見人頭落，暗裡教君骨髓枯。」（頁 218）而禮教文本、醫學文本與小說的互相滲透，詳請參見本書第六章第四節。

〔註 68〕〔明〕呂天成《繡踢野史》卷一〈主家不正〉中金氏道：「賣弄女人本事，我儘曉得些，我恐怕壞你（東門生）精神，不捨得簸弄。若我肯做，隨他鑌鐵風磨銅羚羊角金剛鑽變的𡳞，放進我的毴裡，不怕他不消磨哩。」（頁 114）

尊心作祟，用春藥導致身體受損，這時「她」因爲復仇心切，才展現出工於心計的那一面，設想出讓大里的母親麻氏失節的計謀。對比起來，潘金蓮唯恐生了官哥的李瓶兒會將「她」的地位搶去，處處想方設法，明槍、暗箭齊發地欺負、恐嚇李瓶兒以及西門慶的骨肉官哥兒，使得官哥兒在對貓的恐懼中病死，進而促使李瓶兒悲傷成疾，逐步邁向死亡。〔註 69〕在此，金氏是被動的復仇，而非潘氏的主動出擊，所以無論是動機、手段，都比不上潘金蓮心狠手辣。甚至當東門生點破大里在金氏身上用了藥，使金氏欲仙欲死，「陰精大洩」，但被下藥的人卻會「漸漸的黃瘦要死」，金氏卻回答：「若論我精來的時節，這樣快活，便死了也甘心的。」(頁 217) 一副只在乎大里愛不愛「她」，能不能滿足「她」的口吻，毫不在意自己所受的傷害。後來東門生分析大里用藥這件事，其實表現了大里「再沒有一些兒愛你的情意」(頁 219)，金氏才因此由愛生恨，而東門生見縫插針，加緊對金氏細心照料，使得她回心轉意。

在金氏對大里復仇這段描寫裡，我們才得以看見金氏較工於心計的另一面。在復仇的這件事上，她因爲恨大里傷了「她」的健康，所以決定毀壞大里母親麻氏十三年的貞節。壞人名譽自然是很嚴重的事，但是金氏的著眼點並非名譽，而是性行爲上的平衡。因爲「她」原始的計策是她引誘麻氏與東門生假扮的「鄔相公」交歡；金氏在這裡騙麻氏說「鄔相公」是自己的奸夫，等她與鄔相公交歡到一半去上廁所時，要麻氏假裝自己去和鄔相公交歡；她一不拆穿，二不告訴外人，若非麻氏與東門生後來情動於衷，發出聲響，否則其他人並不知道麻氏已經失節了。事後，麻氏食髓知味，纏著東門生不放，金氏也願意和麻氏一起分享自己的丈夫，也沒有四處宣揚麻氏失節的醜事，可以看出金氏的本意只是藉著麻氏略略教訓大里而已。這也是使這個角色比起潘金蓮等厚道許多之處。

潘金蓮感受到宋蕙蓮有可能成爲西門慶第七房的威脅，同時，宋蕙蓮的丈夫「來旺」不甘於自己的妻子與西門慶私通，喝醉酒大罵西門慶，瘋言酒語牽連了潘金蓮，「她」遂告訴西門慶，最初想打發他去杭州做生意，後來來旺夤夜入宅抓賊，卻被栽了一把刀子在手上，被誣賴想要謀殺西門慶，使得西門慶將「他」送進大牢。宋蕙蓮念著夫妻一場，希望西門慶放來旺出來，讓「他」另娶（她自己好扶正），但是經過潘金蓮一言語挑弄，來旺還是遞解原籍了。

〔註 69〕夏志清《中國古典小說史論》（南昌：江西人民出版社，2001 年），頁 193～196。又浦安迪（Andrew H. Plaks）《明代小說四大奇書》（北京：三聯書店，2006 年），頁 80～81、86～93。

> 到晚，西門慶在花園中翡翠軒書房裡坐的，正要教陳經濟來寫帖子，往夏提刑處說，要放來旺兒出來。被金蓮驀地走到跟前，搭伏著書桌兒，問：「你教陳姐夫寫甚麼帖子？」西門慶不能隱諱，因說道：「我想把來旺兒責打與他幾下，放他出來罷。」婦人止住小廝：「且不要叫陳姐夫來。」坐在旁邊，因說道：「你空耽著漢子的名兒，原來是個隨風倒舵、順水推船的行貨子！我那等對你說的話兒你不依，倒聽那賊奴才淫婦話兒。隨你怎的逐日沙糖拌蜜與他吃，他還只疼他的漢子。依你如今把那奴才放出來，你也不好要他這老婆了，教他奴才好藉口，你放在家裡不葷不素，當做甚麼人兒看成？待要把他做你小老婆，奴才又見在；待要說道奴才老婆，你見把他逞的恁沒張致的，在人跟前上頭上臉有些樣兒！就算另替那奴才娶一個，著你要了他這老婆，往後倘忽你兩個坐在一答裡，那奴才或走來跟前回話，或做甚麼，見了有個不氣的？老婆見了他，站起來是，不站起來是？先不先，只這個就不雅相。傳出去，休說六鄰親戚笑話，只家中大小，把你也不著在意裡。正是上梁不正下梁歪。你既要幹這營生，不如一狠二狠，把奴才結果了，你就摟著他老婆也放心。」幾句又把西門慶念翻轉了，反又寫帖子送與夏提刑，教夏提刑限三日提出來，一頓拷打，拷打的通不像模樣。〔註70〕

潘金蓮的分析，讓西門慶轉念，除了將有過過節的來旺推向家破人亡的悲劇中之外，西門慶還覺得潘金蓮處處為他設想，可謂一箭雙雕。「她」不因此停手，讓宋蕙蓮得逞，還繼續操弄人際關係。書上又如此描寫：

> 這潘金蓮見西門慶留意在宋蕙蓮身上，乃心生一計。在後邊唆調孫雪娥，說來旺兒媳婦子怎的說你要了他漢子，備了他一篇是非，他爹惱了，才把他漢子打發了：「前日打了你那一頓，拘了你頭面衣服，都是他過嘴告說的。」這孫雪娥聽了個耳滿心滿。掉了雪娥口氣兒，走到前邊，向蕙蓮又是一樣話說，說孫雪娥怎的後邊罵你是蔡家使喝的奴才，積年轉主子養漢，不是你背養主子，你家漢子怎的離了他家門？說你眼淚留著些腳後跟。說的兩下都懷仇忌恨。〔註71〕

〔註70〕〔明〕蘭陵笑笑生著、梅節校訂、陳少卿鈔閱《夢梅館本金瓶梅詞話・卷三》第二十六回〈來旺兒遞解徐州，宋蕙蓮含羞自縊〉，葉八至十（頁75～77）。

〔註71〕〔明〕蘭陵笑笑生著、梅節校訂、陳少卿鈔閱《夢梅館本金瓶梅詞話・卷三》

潘金蓮不是深謀遠慮的謀略家，但是善於鼓動舌簧，見縫插針地搬弄是非。在處處有矛盾、衝突的大宅院的人際網絡裡，這也算是難得的求生本事了，而宋蕙蓮因西門慶言而無信，又被孫雪娥所刺激，便上吊自殺了。

相較之下，金氏也有好強使勝的脾氣，但是「她」並沒有斷送了誰的性命。作爲一個「淫婦」類型的角色，金氏的確沒有潘金蓮的心狠手辣，在「淫婦」必備的強烈性慾上，二書作者表現出來的形象也有很大的差異；金氏遭受大里下藥荼毒，與其說「她」腰中仗劍，毋寧更像是個受害者。考慮到《繡榻野史》相對於《金瓶梅》，在篇幅上差距頗大，前者是短篇白話小說，後者是章回小說，《金瓶梅》當然在情節上增添了許多的細節、曲折，讓角色更具體、豐富，呈現出人性的更多層次，所以或許《繡榻野史》若發展成長篇小說，金氏說不定也會往潘金蓮的個性靠攏，可是必須注意的，是呂天成爲角色定下的基調一開始就不同於潘金蓮。「她」的強烈性慾是透過大里這位性愛超人才相益得彰，「她」的通姦是原配丈夫的牽線、成全下才產生，所以「她」成爲「淫婦」的兩大要件都是被動的，唯一主動的一次行爲是報復大里而誘騙麻氏。潘金蓮則恰恰相反，「她」的性慾被表述地既旺盛又恐怖，「她」又處處展現爭強好勝的個性，甚至爲達目的不擇手段。

潘金蓮是古典小說中的「淫婦」典型，金氏則不是，相對於潘金蓮，「她」比較趨近於扁平角色。《繡榻野史》受限於篇幅以及題材，金氏不可能成爲像潘金蓮那樣的典型角色；夏志清批評潘金蓮，說「她爲了確保在西門慶家的被寵地位而耍弄的種種奸詐、殘酷的計謀，都不過是爲便於穩固地得到性的快樂。床笫之事以外，她什麼都看不見」。〔註 72〕如果《金瓶梅》是以床笫內外的慾望流衍來展現晚明的世情，那麼《繡榻野史》的作者可以說只讓讀者看見「床笫以內」的事情，床笫之外的金氏、乃至於大里、東門生、麻氏還做些什麼，作者沒有描寫，讀者自然永遠看不到。情慾小說的題材之特殊就在於此：角色的描寫僅侷限在性活動上，所以單要靠《繡榻野史》的情慾書寫中讓金氏「立體」起來，恐怕是緣木求魚的，所以換句話說，用「立體」「扁平」之分的角色概念來分析情慾小說的角色，其所得無幾，而這正是此概念的侷限。儘管在角色塑造上，金氏不如潘金蓮成功，但是情慾小說角色的價值並不在於她／他典型與否，而在於角色的特殊性——讀者可以在此題材內

第二十六回〈來旺兒遞解徐州，宋蕙蓮含羞自縊〉，葉十六（頁 83）。

〔註 72〕夏志清《中國古典小說史論》，頁 202。

看角色豐富、詳盡的情慾活動，可以看見在情慾活動的角色之人際關係與活動時的心理——這在其他題材中是較難看見的。

因此，二個角色的對比，仍具有意義。我們發現「金氏」這個「淫婦」之所以「淫」，僅僅只是「她」汲汲於追求性方面的享受而已。但單單如此，「她」年紀輕輕就因性病而亡，且落入畜道贖罪（趙大里也是，東門生因爲持有「道德」的象徵資本而逃過一劫，麻氏失節更不在話下）。和潘金蓮比起來，可見「淫婦」之「淫」的程度有輕重之分，但是付出的代價卻一樣大，難怪在道德與情慾的強大張力之下，只要一破壞了平衡，就像洩洪一樣，無所不爲了。金氏曾經在一陣高潮後，脫口說具有享樂主義色彩的話，「她」曾說:「做人一世，也圖個快活」(頁 250)、「眞要做甚麼神仙，便是刀在頭上殺，也只是快活」(頁 165)，可見爲了快感，「她」可以連命都不要；潘金蓮無疑也是追求性快感的，但是「她」不只單單追求性快感本身，「她」還把西門慶對她寵愛與縱容當作是在西門府裡展示自己權力的證據。〔註 73〕

金氏在小說裡完全沒有西門府那樣的環境，讓「她」有如潘金蓮的生存焦慮與相隨的野心，東門生沒有體力和財力去臨幸、供養成群的妻妾，金氏沒有競爭的對手，即使後來出現麻氏和「她」共享東門生，這一半也是出自「她」的主意，甚至後來爲了得到更適合自己的性伴侶，「她」不惜主動降格成爲麻氏的媳婦，這對於愛爭勝的潘金蓮來說是辦不到的。種種對比後的跡象都顯示出，金氏即使屬於「淫婦」的角色類型，作者表現「她」的方式與潘金蓮是大相逕庭的，金氏讓我們看見「淫婦」的角色類型可以被表述成更健康的另一種方式，而並非都得向潘金蓮的典型性靠攏，也讓我們看見不同於受《金瓶梅》影響的一干小說作者，甚至是讀者，〔註 74〕《繡榻野史》用令人賞心悅目的意象——「小孩吃糖」去理解與認同女性性慾。禮教文本乃至醫學文本上，還有許多情慾小說上都是少見的，〔註 75〕基於此，《繡榻野史》

〔註 73〕夏志清《中國古典小說史論》，頁 192～200。

〔註 74〕潘金蓮的性慾被恐怖化的形象在小說接受史有根深蒂固的影響力，夏志清不經意地用「雌蜂王」、「黑寡婦」來形容潘金蓮的勃勃性慾；「雌蜂王」用荷爾蒙來控制整個蜂群，「黑寡婦」會在與公蛛交配之後，將公蛛攻擊致死，以作爲自己孕育下一代的養分，這種將性慾異化的譬喻，其中明顯隱含著對潘式性慾與手段的恐懼。見氏著《中國古典小說史論》，頁 202。

〔註 75〕醫學文本中是以傳宗接代作爲維繫情慾合理性的策略，追求快感的情慾活動不是被禁止，就是認爲有損健康，這些觀念具體呈現在醫學文本與小說文本中的疾病的隱喻裡。見本書第六章第四、五節的析論。

這種表述「淫婦」的方式的確給了我們閱讀情慾小說時不少啓示。

（三）趙大里

趙大里是東門生的同性戀對象，十三歲被東門生哄來當小官，及近弱冠，仍與東們生維持同性戀關係。平日東門生忙時，大里也與揚州城內其他愛好龍陽者處串門子，做些風月勾當，是個耽溺肉慾的角色，並且垂涎東門生續絃金氏，後得東門生成全。因第一次不敵金氏索求與性技巧，遭到訕笑，第二次便以會傷身體的春藥對付金氏。導致金氏展開復仇計畫，東門生推薦大里在外坐館，金氏引誘麻氏來到東門生家住下就近照顧，並與其同床，引動其情慾，讓麻氏失節於東門生並且嫁給「他」，後東門生無法應付金氏與麻氏，遂召回在外教書的大里，大里遂娶了金氏，三人在已經是新的繼父與繼子、翁與媳的關係下同床交歡，被蒙在鼓裡的麻氏發現，大聲嚷嚷，遂將姚府的淫亂敗露了出來，東門生等無法再安居於揚州，遂遷往「業堆山」居住。最後，大里也在麻氏、金氏因病而亡後，也染上癘疫死了。

早在周代就有男同性戀的記載，男同性戀在古代中國有悠久的歷史，〔註 76〕以致於「龍陽」此一同性戀代名詞的典故用法。明代也盛行男風，文學上亦頗多表述，崇禎年間就有《龍陽逸史》、《宜春香質》以及《弁而釵》等三本專門以男同性戀爲題材的小說。此風所及，其他情慾小說涉及男風的也不少。張在舟認爲《繡榻野史》是屬於以異性戀爲主，但是其間摻雜男色的描述，〔註 77〕這就造成趙大里此一角色的男色形象與其他情慾小說之男色形象的差異。

首先，趙大里的身份就比較特殊，他本身是個秀才，與東門生一樣都是在科舉上沒有成就的下層文人，這與當時眾多的男風來源不一樣，〔註 78〕而

〔註 76〕在《逸周書》中就有「美男破老，美女破居，武之毀也」的記載，劉達臨與張在舟認爲這是周代即存在男色的證據。見劉達臨《中國古代性文化》（銀川：寧夏人民出版社，1993 年），頁 165。又見張在舟《曖昧的歷程：中國古代同性戀史》（鄭州：中州古籍出版社，2001 年），頁 55～56。

〔註 77〕張在舟將男色小說分爲三類。一是專門以男色爲主題與內容的，以《龍陽逸史》、《宜春香質》、《弁而釵》爲主；二是以異性戀爲主，但是因爲小說的情慾題材與社會上的男色氛圍，所以有摻雜男色的描述，如《金瓶梅》、《繡榻野史》；其三是《型世言》、《檮杌閑評》等世情小說，因爲涉及世情，所以男風既然爲社會普遍現象，自然會寫入小說。第四類是《三國演義》、《水滸傳》、《西遊記》等以歷史、英雄、神怪爲題材的小說，由於題材的緣故，所不易有男色的描寫。見氏著《曖昧的歷程：中國古代同性戀史》（鄭州：中州古籍，2001 年），頁 263～264。

〔註 78〕張在舟歸納了明代社會與文學中男色的來源。其分爲一、社會下層；二、農民軍；三、仙鬼。其中社會下層又分獄吏、兵卒、剃頭匠、乞丐，加上其所

這種現象也反映到男色情慾小說，譬如《宜春香質》裡的男色角色多爲下層市民：〈風集〉的孫義原爲館生變做小官（男娼）；〈花集〉的單秀言賣網巾爲生；〈雪集〉的伊自取是個孌童，〔註 79〕又《龍陽逸史》第一回的裴幼娘是個小官（男娼）、第二回的小翠亦是，第三回的唐半瑤也是小官……可以說整本小說都是以小官以及其恩客、牽頭（掮客）爲主的故事。〔註 80〕另外一本男色情慾小說《弁而釵》分〈情貞記〉、〈情俠記〉、〈情烈記〉以及〈情奇記〉中的男風角色，則多爲書生，或者身爲小官但卻頗負才藝，其對象若非秀才，即爲探花，即使還未有功名，日後也在男色暗助下登科金榜。〔註 81〕論者都同意《龍陽逸史》、《宜春香質》以批評小官「重錢財輕情義」爲目的；《弁而釵》則是基於「情感」的超越性而肯定男同性戀的關係。〔註 82〕比較來看，「趙大里」的身份趨近於《弁而釵》，而其行爲比較像是《龍陽逸史》與《宜春香質》中的小官，但是「趙大里」又有一些特別之處，以致於無法完全地歸入這兩種龍陽角色類型的其中之一。

在前面「東門生」的角色討論中，提過男主角「獻妻予龍陽」在晚明乃至清代的情慾小說已經成爲一種模式，這模式基本上已經說明「龍陽」並非現代意義的男同性戀，而只是具有同性之間的性行爲，其間並沒有愛情存在；龍陽角色還是貪愛女色，基本上還是異性戀。李夢生對此龍陽角色類型做一番歸納，他認爲「中國小說寫同性之間關係的作品，其主角間的關係，與今天所說的同性戀有很大程度的不同。……其中屬於主動角色的，一般都喜歡

專論的男娼「小官」、戲員「小唱」（筆者案：《宜春香質》、《龍陽逸史》中的男色多屬此類，而《弁而釵》裡的男風角色則傾向以下層文人居多），但沒有下層文人這一項，所以「趙大里」的身份在晚明情慾小說中頗爲特殊。見氏著《曖昧的歷程：中國古代同性戀史》，頁 224～235。

〔註 79〕《宜春香質》〈月集〉的鈕俊在宜男國被選爲昭儀，又在聖陰國歷經磨難，最後遇佛去其孽根，送入火輪中，鈕俊驚醒，原來爲南柯一夢。這具神怪色彩的男色情慾小說，由於想像成分居多，故不像其他分集中的男風角色，其身份具有反映世風的意義，故不列入討論。

〔註 80〕陳慶浩、王秋桂編：《思無邪匯寶》之《龍陽逸史》「出版說明」（台北：大英百科出版公司，1994 年），頁 15～21。

〔註 81〕陳慶浩、王秋桂編：《思無邪匯寶》之《弁而釵》「出版說明」，頁 15～17、19。

〔註 82〕蕭涵珍引述吳存存《明清社會性愛風氣》、康正果《重審風月鑑——性與中國古典文學》以及張在舟《曖昧的歷程：中國古代同性戀史》的意見的綜合歸納。見氏著《晚明的男色小說：《宜春香質》與《弁而釵》》（台北：政治大學中國文學研究所碩士論文，2004 年），頁 6。此也見於李夢生《中國禁毀小說百話》（台北：建宏書局，1996 年），頁 222～223、227、232。

通過男子後庭洩慾，從而不喜歡與女子交合。甚至不惜把妻妾趕走、讓人淫樂；但他與所洩慾的對象並沒有眞正的情感，總是處於主導地位上。其中屬於被動角色的，一般都是弄臣、男伎一類人，他們的身份與丫鬟或妓女沒有兩樣；如果有些身份的，在將自己後庭供人淫樂的同時，總是酷愛女色，淫人妻女。」〔註 83〕以東門生與趙大里之間的行爲來看，我們都知道熱戀的人，其情感會具有排他性與獨佔性，那麼「他們」之間的確沒有熱戀存在的證據，因爲顯而易見的，東門生既喜女色亦愛男風，由於自己的性能力不足，爲了籠絡金氏與大里才出下策，允許二人交歡。所以東門生並不完全符合李夢生歸納的主動角色，而大里儘管符合被動角色的特徵，但是他的秀才身份，使他不至於落至丫鬟、妓女的階層，甚至在某些情節中，東門生與趙大里的地位是不相上下的，在醉眠閣本《繡榻野史》卷四〈兄弟同門及第〉一則裡，描述東門生、金氏與趙大里三人一起行歡作樂，金氏道：

> 我曾見古時春意圖裡，有武太后和張家兄弟，兩個做一個同門及第的故事兒，你兩個是好兄弟，正好同科，就學張家兄弟，奉承我做個太后罷。（頁 325）

金氏就自比武則天，東門生、趙大里就變成了其男寵張易之、張昌宗，原本在東門生與趙大里之間的主動、被動角色，在金氏的要求與譬喻之下消失了。因此，《繡榻野史》所呈現的龍陽關係，有異於上述的歸納。

蕭涵珍以《弁而釵》、《宜春香質》爲主，歸納了「情感」、「金錢」、「恩情」與「君權／軍權」等四種男色類型，〔註 84〕並進一步發現，龍陽關係以「情感」最被正面接納，而以「金錢」奠基的關係則是負面、否定的評價。而恩情關係，則是採包容與理解的態度。〔註 85〕然而持此衡量東門生與趙大里的關係，「他們」並沒有夫妻般的情感，雖然「他們」過著「日裡是弟兄，夜裡是夫妻一般」（頁 104）的生活，而當東門生得知大里在常奮、金蒼蠅處，當其小官，東門生也會「心裡吃醋」（頁 232），但事實上，東門生當時找來大里只是爲了「死了老婆，卻得大里的屁股頂肛」（頁 104）。就金錢上來論，大里跟專業小官（男娼）也有所分別。東門生並沒有透過買賣而擁有大里，大里可以隨自己意願去跟隨其他的男性，如上所述的常奮等人，就是大里自己

〔註 83〕李夢生《中國禁毀小說百話》，頁 222。
〔註 84〕蕭涵珍《晚明的男色小說：《宜春香質》與《弁而釵》》，頁 89～131。
〔註 85〕蕭涵珍《晚明的男色小說：《宜春香質》與《弁而釵》》，頁 130。

去投靠的。但東門生有提供大里一定程度的日常開銷，不過與貪錢愛色、以龍陽營生的小官有很大的差距。〔註 86〕另外，就恩情方面來看，東門生既無解救大里於危難水火之中，所以也無法納入恩情的關係模式裡。透過沈德符《萬曆野獲編》所記載的「契兄弟」風俗，這對於我們理解東門生與大里的關係，將有所助益。沈德符云：

> 閩人酷重男色，無論貴賤妍媸，各以其類相結，長者爲契兄，少者爲契弟。其兄入弟家，弟之父母撫愛之如壻；弟後日生計及娶妻諸費，俱取辦於契兄。其相愛者，年過而立，尚寢處如伉儷。至有他淫而告訐者，名曰曌奸，曌字不見韻書，蓋閩人所自撰。其昵厚不得遂意者，或相抱繫溺波中，亦時時有之。此不過年貌相若者耳。近乃有稱契兒者，則壯夫好淫，輒以多貲娶姿首韶秀者，與講衾裯之好，以父自居，列諸少年於子舍，最爲逆亂之尤。聞其事肇於海寇，云大海中禁婦人在師中，有之輒遭覆溺，故以男寵代之，而酋豪則遂稱契父。〔註 87〕

王振忠視「契兄弟」爲「擬親制下的人際關係契約」。〔註 88〕他也認爲「契兄弟」雖然起於閩南，但是在明清北傳的趨勢，成爲「某官——小官」的男色模式的原型。〔註 89〕《繡榻野史》的作者呂天成是餘姚人，而故事背景發生在揚州，正是「契兄弟」風氣北漸的必經之途。《繡榻野史》沒有明說二人是「契兄弟」的關係，但是一些蛛絲馬跡透露，東門生一定程度地包辦了趙大里的食衣住行，而「契弟」大里的義務就是要對「契兄」隨時提供性服務，這與純粹買來當小官，甚至扮女裝入室爲妾〔註 90〕而所形成的關係是很不一樣的。前已申論，東門生之所以讓妾於大里，是因爲自己滿足不了金氏的性

〔註 86〕從醉眠閣本《繡榻野史》卷四〈懺悔解免果證〉中，金、麻、趙三人在地府受審，閻王說：「你們三個，都是吃著他過，還不報得他（東門生）」等語（頁336），可知東門生實是支付三人與姚家上下日用開銷的人。

〔註 87〕〔明〕沈德符《萬曆野獲編補遺》卷三〈風俗〉「契兄弟」條（北京：中華書局，2004 第一版四刷，據「扶荔山房」排印點校本），頁 902～903。

〔註 88〕王振忠〈契兄、契弟、契友、契父、契子——《孫八救人得福》的歷史民俗背景解讀〉，《漢學研究》第 18 卷第 1 期（2000 年 6 月），頁 166～173。

〔註 89〕王振忠〈契兄、契弟、契友、契父、契子——《孫八救人得福》的歷史民俗背景解讀〉，頁 173～178。

〔註 90〕如《弁而釵．情奇記》敘李又仙因遇劫而落入南院接客，被匡時設計贖身，李感念匡時恩惠，遂許諾侍候三年。適時匡妻膝下無子，要匡時納妾，於是又仙半女裝爲妾，嫁入匡家。

慾，也同時籠絡大里繼續當他的龍陽。從他可以自由去找常奮等其他契兄，可見這種人際契約的約束力並不是非常的強大與穩固。

總的來說，「趙大里」呈現了與其他男色情慾小說不太一樣的角色關係。「他」對東門生並沒有宛若異性戀般的感情，同時「他」儘管貪圖金氏美色，但是也非小官那樣騙色之外，還謀財害命，至於恩情與君／軍權的龍陽關係模式，則離《繡榻野史》的模式更遠了，不過，東門生與大里的關係還是建立一定程度的利益交換之上，形成與當時社會流行的「契兄弟」相類似的權利、義務關係。這特殊的關係模式也造成趙大里的角色形象與《弁而釵》、《宜春香質》以及《龍陽逸史》裡種種龍陽角色不一樣的原因。

（四）麻　氏

麻氏是趙大里的母親，今年三十三歲，十六歲時生了大里，二十歲時，丈夫死去，守寡至今。麻氏的出現是因爲作者，想要陳述他對寡婦慾望與禮教交戰的掙扎以及痛苦。麻氏在主要角色裡，出場最晚、篇幅最短，但卻是不可或缺的一環，也是因爲「她」的行爲，使得故事走向結局。

麻氏代表的是「寡婦」的角色類型。「她」丈夫早死，守寡多年，本想終身守節，後被金氏哄到東門生家裡，飲酒睡去。在金氏用性器緬鈴兒的撥弄下，性慾高漲。這時「她」又想守節，又被性慾所纏，非常矛盾痛苦，由於她的丈夫性功能很弱，在怨曠多年，況且又在緬鈴（一種女性自慰器材）的刺激下，最後終於熬忍不住，理念被性慾所戰勝，與東門生交媾起來。孫琴安認爲這段心理過程寫得相當細膩眞實，也許可以說是全書心理描寫最好的段落之一。〔註 91〕這一段仔細鋪陳，金氏先勸酒量不佳的麻氏喝酒，後邀麻氏同床共眠，金氏並與麻氏談一些有關男女交歡的話題，引得「她」心浮氣躁。等麻氏睡去，金氏將緬鈴放入麻氏的性器官裡，並且腳壓住麻氏四肢，讓「她」動彈不得；麻氏感到緬鈴的作用，醒轉過來。這裡，作者運用層遞的修辭法，讓麻氏從心動到完全不再顧慮禮教對「她」的要求。《繡榻野史》如此敘述：

> 只見緬鈴一發在裡頭鑽滾。麻氏便是極正經的人，到這時節，也有些難忍了。
>
> 麻氏道：「罷了！罷了！大嫂弄得我酸殺人了。」

〔註 91〕孫琴安：《中國性文學史（下）》（台北：桂冠文化事業公司，1995 年），頁 277。

金氏手卻不拿去挖出，心裏道：「這婆子**心動了**。」

因對麻氏道：「有甚麼妙處？若男子漢把𨳒放進㞗裏，抽千百來抽，這透骨酸麻，比這個賽𨳒頭還十分爽利哩。」

麻氏笑將起來道：「大嫂，你忒說得村，難道男子漢抽得這許多？」

這時節，麻氏說這句話，心裡也有些亂了，**卻有二三分火動**。（頁248）

金氏再繼續向麻氏說男性可以給予女性的性歡愉。但麻氏根據自己過往與丈夫交媾的經驗，認爲那是不可能的。金氏則繼續誇讚男性所給的性歡愉，麻氏耳聽淫詞，身體下部的性器官又有緬鈴發揮作用，讓「她」更進一步地失去克制力。

金氏笑道：「婆婆一向被公公騙了，**做人一世，也圖個快活纔好**，方才公公的是有名的，叫做『望門流涕』，又叫做遞『飛帖兒』。這等說，便是硬也不十分硬，放進㞗裡，一些也沒趣的，婆婆眞苦了半世。」

麻氏道：「裡面麻癢得緊，拿出來了說。」

金氏道：「放在裡頭正好，不要動他。」

這時節，麻氏也有**五六分火動**了，那騷水只管流出來。（頁250～251）

金氏趁勢繼續說與男性交合的歡愉，說：

金氏道：「婆婆差了，我們婦人家生了一個㞗，有無數好處，癢起來的時節，癢得舌頭裡流涎，麻起來的時節，癢得口兒裡裝聲。都因那𨳒會抽、會撬。奴家常常和丈夫弄一遭，定弄得快活。又有一個表兄弟，和奴家有一手兒，常常走來望我，偷閒就和他弄弄，不要說別的，只是他一根𨳒對了奴家的東西，竟是盡根一篤，篤在奴家㞗心裏，竟快活得死去了。奴家不瞞婆婆說，死去了一歇，方才醒轉來，渾身都是麻癢的。奴家尾　骨裡一陣酸，就汩都都流出紅水來了，眞個是快活殺了。」（頁252～253）

接著金氏還說若不與男性交媾，將會造成「陰氣閉結」的大病，接著就提出要麻氏與「她」在黑暗中調換，讓麻氏與東門生假扮的鄔相公交合的計畫。小說如此描寫麻氏的反應：

麻氏口裡也不應，卻是因緬鈴又鑽，村話又聽得多了，**火一發有七**

八分動了。（頁 254）

又如：

麻氏道：「我守了十三年的寡，難道今日破了戒麼？」（頁 256）

從一二分、三四分心動，到最後七八分，甚至破戒的歷程，麻氏的寡婦角色在禮教與情慾掙扎、交戰的歷程描寫的絲絲入扣。作者還讓金氏陳述一段寡婦守寡之難的言論，對比麻氏被引誘的心路歷程，會發現作者其實頗同情寡婦有情有慾卻沒有調劑的空間，處境堪憐。且看金氏之言：

> 婦人守節，初起頭，還熬得，過了三四年，也就有些身子不快活，一到春裡來，二三月間，百花齊放，天氣和煖，又弄得人昏昏倦倦的，只覺得身上冷一陣、熱一陣，腮上紅一陣、腿裡又震一陣，自家也曉不得這是思量丈夫的光景。二十多歲，年紀又小，血氣旺，夜間容易睡著，也還熬得些，一到三四十歲，血枯了，火又容易動，春間夜裏蓋夾被，翻來覆去，沒個思量，就過不得了。
>
> 夏間洗浴，洗到小肚子，偶然挖著，一身打震，蚊蟲聲嚶嚶的，扢蚤又咬，再睡不安穩。汗流下大腿縫裡，漸得半癢半痛，委的難過。
>
> 秋天風起，人家有一夫一婦的，都關上窗兒，坐了吃些酒兒，幹些事，偏自家冷冷清清，孤孤悽悽的，月亮照來，又寒得緊，促織的聲，敲衣的聲，聽得人心酸起來，只恰得一個人兒摟著睡。
>
> 一到冬天，一發難過，日裡坐了對著火爐也沒趣，風一陣、雪一陣，只要去睡了，冷颼颼，蓋了綿被，裡邊又冷，外邊又薄，身上又單，腳後又像是冰一般，只管把兩腳縮了睡，思量熱烘烘摟一個在身上，便是老頭也好。
>
> 思量前邊纔守得幾年，後頭還有四五十年，怎麼捱得到老，有改嫁的，體面不好，叫人睡的，那個人又要說出來，人便要知道，如今婆婆假裝了奴家，好耍子和他弄一夜，等他著實幹得婆婆快活，也強如緬鈴弄癢，也不枉了做人一世。（頁 258～263）

從春天到冬天，道盡守寡的孤苦心境。若是就角色刻畫的角度，這些話若由麻氏自訴委屈，會使麻氏這個角色更加完整。麻氏聽完這些話，對金氏說：「如今被你哄得我心動，我也顧不得丈夫了。」（頁 263）又形容麻氏「十分火動」，笑道：「我恨當初錯嫁了老公，白白誤了我十多年青春了。」（頁 264）

在此之前，金氏曾向麻氏問起會不會想死去的丈夫，麻氏說：「怎麼不想！只是命苦沒奈何了。」並對金氏道：「睡罷了，不要問甚麼。」（頁 242～244），兩邊對話比較起來，麻氏的心境在禮教與情慾之間拔河的張力一鬆弛，所有的性慾一股腦兒地傾洩出來，才會有這麼大的轉變。若說《繡榻野史》裡角色心境變化最大的，非麻氏莫屬了。

對於明代寡婦的眞實處境，費絲言認爲明代的貞節觀念不僅變得更爲嚴格，實踐上也更爲激烈，〔註 92〕而社會上也出現一些反省的聲音，清人沈起鳳的《諧鐸》卷九有〈節婦死時箴〉一則，敘述：

> 荊溪某氏，年十七，適仕族某，半載而寡，遺腹生一子，氏撫孤守節；年八十歲，孫曾林立。臨終召孫曾輩媳婦，環侍床下，曰：「吾有一言，爾等敬聽……爾等作我家婦，盡得偕老白頭，因家門之福；倘不幸青年寡居，自量可守則守之，否則上告尊長，竟行改醮，亦是大方便事」。眾愕然，以爲昏髦之亂命。氏笑曰：「爾等以我言爲非耶？守寡兩字，唯言之矣；我是此中過來人，請爲爾等達往事。……我居寡時，年十八；因生在名門，嫁于宦族，而又一塊肉累腹中，不敢復萌他想；然晨風夜雨，冷壁孤燈，頗難禁受。翁有表甥某，自姑蘇來訪，下榻外館；我于屏後覷其貌美，不覺心動；夜伺翁姑熟睡，欲往奔之。移燈出户，俯首自慚。回身復入，而心猿難制，又移燈而出；終以此事可恥，長嘆而回。如是者數次。後決然竟去，聞灶下婢喃喃私語，屏氣回房，置燈桌上。倦而假寐，夢入外館，某正讀書燈下，相見各道衷曲；已而攜手入幃，一人趺坐帳中，首蓬面血，拍枕大哭，視之，亡夫也，大喊而醒。時桌上燈熒熒作青碧色，譙樓正交三鼓，兒索乳啼絮被中。始而駭，中而悲，繼而大悔；一種兒女之情，不知銷歸何處，自此洗心滌慮，始爲良家節婦。向使灶下不過人聲，帳中絕無惡夢，能保得一身潔白，不貽地下人羞哉？因此知守寡之難，勿勉強而行之也。」命其子書此，垂爲家法。含笑而逝。〔註 93〕

〔註 92〕費絲言《由典範到規範：從明代貞節烈女的辨識與流傳看貞節觀念的嚴格化》（台北：台大出版委員會出版，1998 年），頁 275～298。

〔註 93〕〔清〕沈起鳳著、伍國慶標點《諧鐸》卷九（長沙：岳麓書社，1986 年），頁 133。

這位八旬老婦的天人交戰，其實與麻氏一樣。可以看出老婦看似開通的言論背後，其實是過來人的辛酸與忠告，也呈現寡婦的生涯其實是宛如走在禮教與情慾各執一端的繩索，在高空狂風中獨行。也似乎暗示，若作了抉擇，就不要後悔，但事實上，真實社會的女性處境，她們的選擇不多。〔註94〕因此，《諧鐸》用「首蓬面血，拍枕大哭」亡夫的形象，在開明的外表下，行勸誡之實。《繡榻野史》麻氏一步一步地重燃慾火，以及金氏娓娓道出寡婦春夏四季之淒苦，對比起來，作者似乎厚道的多。

第三節　《繡榻野史》的結構與敘述手法

一、《繡榻野史》的情節和故事

若以組織架構的角度來看，「故事」和「情節」是小說的兩大支柱。其中，「故事」（story）可稱爲「小說」的骨幹，它是由若干「情節」連結而成的。至於「情節」（plot），則是運用技巧的手法把若干較小的事件組合而成。若小說像一棵樹，那麼「故事」就像是「樹幹」，而「情節」則爲這棵樹的「枝葉」；因此，它們兩者的關係不僅緊密到無法分開，而且擁有相互輔襯的作用。〔註95〕

以下我們將視《繡榻野史》爲一個「故事」；而「故事」則是由若干個「情節」組合而成。因此，我們可以將《繡榻野史》這部作品的「故事」，依其所敘述的內容的先後順序，用「情節」爲單位的方式勾勒出來。〔註96〕

（一）在萬曆癸巳年間（1593），在揚州有一個秀才，名爲姚同心，自號「東門生」，他今年三十歲，還是個秀才。他娶過老婆，容貌醜陋，原配在他二十五歲時死了。他要找來標致的小秀才趙大里，當他的龍陽對象，兩人相差十二歲，今年大里已經十八歲了。東門生二十八歲時，娶了繼室金氏，金氏出嫁時是十九歲少女，有白嫩的肌膚、標致的美貌，東門生看了很喜歡，就備了盛禮娶過門了。因此，他也不在乎金氏還在家裡時，曾經跟僕役有過親密行爲的過往。趙大里的母親麻氏，十六歲時生了大里，二十歲時變成寡

〔註94〕費絲言《由典範到規範：從明代貞節烈女的辨識與流傳看貞節觀念的嚴格化》，頁292。

〔註95〕張雙英《文學概論》（台北：文史哲出版社，2002年），頁147。

〔註96〕張雙英以爲「情節」是指某地在某一時間中所發生的事情；也就是說，「情節」等於某一時、空裡所發生的事件。見氏著《文學概論》，頁148。

母，對於自己的名節清白，看得很重要，是年，麻氏三十三歲。

（二）東門生已經娶了金氏，但是仍常與大里在一起交歡。因此，大里出入內外室非常方便。東門生請了金氏、大里，三人同桌吃飯，大里、金氏兩人眉離眼去，都起了慾火，於是大里將筷子掉在地上，偷偷捏弄金氏的腳尖；金氏也拿起一個楊梅，咬了半邊，剩下半邊，大里趁東門生不注意時，偷去吃了。後來，東門生與大里閒聊這幾年來性愛的樂趣，大里委婉地講出對金氏的愛慕，東門生聽完慨然允諾，同意金氏與大里交歡。東門生回去和妻子金氏談，金氏見東門生願意割愛，也就興高采烈的清洗身體、梳妝打扮，準備和大里交歡。

（三）大里第一次和金氏雲雨，由於太過興奮，所以一下子就射精了，被金氏嘲笑，大里又重新振作，使出渾身解數，使得金氏不斷達到性高潮，直呼要大里做她的老公，並使出自己在家時向父親做妓女的妻妾學來的性技巧，施用在大里身上。事畢，兩人對彼此的性器官品頭論足，排上次第，並且相約下次交歡。

（四）東門生在金氏與大里交歡時，躲在窗外偷窺並自慰，回房途中，看見婢女塞紅正在沈睡，趁金氏不在，就去輕薄她，沒想到剛才在窗戶邊就已經洩精，無力與塞紅交歡，遂被滿心期待的塞紅奚落一番，說東門生的性器官像「棉花團」，與他性交像跟太監交歡一樣無趣，東門生於是怏怏作罷。

（五）金氏別過大里，回到東門生房裡，繼續跟東門生戲弄，東門生聽得大里體力不濟的事由，寫一封信去嘲笑他，大里也回了一封信，宣示要與金氏一決雌雄。下午，東門生因爲學官來巡視，要去接待，所以晚上不在家，路上遇到大里，要大里直接進金氏房。大里因爲昨晚被嘲笑，爲了今日扳回局面，他使用方上人給他的春藥。此春藥男性用了可使性器官「長大堅硬，通宵不跌倒」，女性用了卻會「陰精連洩不止」，用多了更會造成「弱症」、「損壽」。而金氏在等待大里的空檔，則細緻地清洗了自己的性器官與肛門，並且因爲想到昨晚與大里的美妙，感到慾火難耐。

（六）大里出現在門房外，金氏要他下跪才可允許他進來。一進去金氏的閨房，看見裡面陳設雅致，擺放著許多古玩、古董、仇十洲（英）的春宮圖之外，還有許多情慾小說；大里讚嘆像是南京名妓馬湘蘭家的布置。接著，兩人就脫得精光，大里將春藥放進金氏的性器官中，兩人交媾一陣子，藥性發作，金氏不斷從性器官洩出大量的陰精三次，全身酸軟無力。吃晚飯時，兩人邊吃邊交媾，金氏不支暈去，醒來後，命令在旁的婢女塞紅、阿秀爲大里口交，並且代四肢無力的金氏與大里交交媾，塞紅首當其衝，也是被大里弄得暈去，也流出陰精一茶鍾。大里並要求與金氏肛交，而脫出她的「洞宮」（肛門外翻）。接著，大里因爲春藥作用，要求與婢女阿秀交媾，但年紀嬌小的阿秀難以忍受大里巨大的性器官，非常疼痛難，最後下體流血暈去，大里才作罷。金氏在旁恢復了力氣，再與大里交媾，大里喝了碗冷水，發了藥性才射精。金氏送了大里，才看他轉彎，就暈倒在床上；大里回到家，也感到疲憊，在書房裡全身赤裸地睡去。

（七）東門生接待完學官，回家途經大里家，進去書房，看見赤裸的大里，隨即雞姦他。回到家，發現金氏精神委靡不振，性器官大創，便知道受到大里春藥的毒害，大嘆天殺的。金氏兀自倘佯在大里給的性歡愉中，東門生分析起大里的藥，對女性身體的傷害，加上塞紅在旁搬弄是非，東門生細心照料，金氏對東門生回心轉意，對大里轉喜爲怒，並設下復仇大計，準備騙取大里的母親失去貞操。

（八）金氏要東門生調開大里，遠離他的母親麻氏。東門生於是將湖州一個教職介紹給大里，並要大里母親前來東門生家同住，他的妻子會視她爲婆婆，彼此好照顧。麻氏不疑有他，於是大里離開家鄉，麻氏住進姚府。

（九）金氏要東門生假裝去外鄉找親戚，其實是在家裡僻靜處躲起來。金氏並舉宴，頻頻向麻氏敬酒，麻氏不勝酒力，遂先欲休息，並且答應金氏同床、脫衣以及共枕的要求，沒有起疑心。金氏趁麻氏熟睡，將自慰器材（緬鈴）放進去麻氏的性器官內，勾起她的性欲，並且開始講一些誘惑麻氏的話。諸如勾起麻氏守寡的淒苦，並訴說與男性性交所帶來的歡愉，最後還恐嚇若不與男性交歡，將會陰氣閉結而生病；麻氏在酒精、緬鈴還有金氏的話語輪番發揮效力下，一分二分地漸漸心動，一步一步地走向失節邊緣。最後同意了金氏的提議：當金氏與姘頭鄔相公交歡時，趁金氏起身解手時，她假裝金氏與鄔相公交歡。

（十）隔夜，東門生假裝是金氏的姘頭鄔相公，與她交媾。金氏果然依約起身佯裝小解，被勾起性慾的麻氏就上床與東門生（鄔相公）交歡。東門生怕自己又無法持久，事先吃了壯陽藥品；麻氏則是久無享受魚水之歡，於是兩人一拍即合，沈醉在性愛的歡愉裡。麻氏一時情動於衷，主動告訴東門生她的眞實身份，並希望自己可以再嫁鄔相公，東門生（鄔相公）也承允了婚事，此時，金氏現身，點燈而眞相大白，麻氏害羞，知道自己受騙失節，便問起二人原因，金氏遂告知大里用春藥刻毒了她的身體。此後，麻氏、金氏一起「享用」東門生，但是東門生原本就非性能力高強之人，兩人都覺得不足，也心有不甘。東門生也漸漸不耐煩金氏、麻氏的性需求，他把目標放在麻氏新帶來的婢女小嬌身上。他設宴款待麻、金二人，玩行酒令，結果麻、金都輸給東門生，一連喝了許多杯，均不勝酒力而睡著，而在旁邊服務的塞紅、阿秀等人也都被賜了酒，也都昏昏睡去了。東門生就趁此機會與小嬌交媾，兩人溫存後，倦而合抱同眠。此時，阿秀因正尿急醒來，看見東門生與小嬌同眠，叫醒塞紅，塞紅遂叫醒、並威脅偷情的兩人，東門生迫於無奈，只好與塞紅交合，以性的歡愉讓她保密，然而金氏卻在此時醒來，看見這一幕，氣得給了塞紅二個巴掌，對東門生又打又罵，麻氏也醒過來，一起加入打罵東門生的行列。麻氏和金氏事後思量，覺得東門生能夠一人給她們的性歡愉，畢竟有限，於是修書叫在外的大里回來。

（十一）大里回來後，與金氏成親；麻氏則嫁給東門生。東門生成了大里的繼父；金氏則成了東門生的媳婦。一日，東門生看見金氏與大里二人卿卿我我的樣子，遂提議三人同床，並騙麻氏說自己去和外面朋友喝酒。當晚三人同床狂歡，聲響驚動了麻氏，麻氏遂過來察看，醋勁大發，氣得大聲責罵三人，使得三人同床聯歡的事傳出了姚府。適逢學官出巡至揚州，有人投訴東門生、趙大里行止有虧，東門生等舉家遷往「業堆山」住。

（十二）此後，麻氏爲東門生生了兩個兒子，生活了三年，夜夜狂歡，冒風死了；金氏性交太頻繁與劇烈，弄得子宮不收，沒有生下小孩，而且身體越來越孱弱，常夢見與鬼交媾，到二十四歲時，因骨髓流乾，成了色癆死了。趙大里去北京欲報考科舉，卻沒想到自己的醜事也傳到北京去了，於是打道回府，回程途中卻中了疫氣死了。塞紅、阿秀嫁人後，被賣去當妓女。一日，東門生夢見麻氏變成的母豬、大里變成的公騾與金氏變的母騾來找他，告訴他每個人都因爲生前淫亂的罪業在地獄裡受罰，並告訴東門生死後的懲罰，但是因爲東門生有其他的善行，因此功過相抵了。東門生醒來感到悔悟，遂到「即空寺」請法師來爲三人懺悔罪過。小嬌也嫁個好人家，兩個東門生的骨肉就交給小嬌夫家照顧。東門生自己仍覺得不足，遂去「即空寺」出家，法名爲「西竺」，蓋了間庵，在裡面吃齋唸佛，並以自己的事勸誡世人，有好事的人，聽了他的故事，就寫了一本通俗小傳以警世戒俗。

二、《繡榻野史》的結構〔註 97〕

如上所述，呂天成這部《繡榻野史》的故事便是由這十二個情節所結合而成。小說的結構並不複雜，用第一個情節說明故事發生的時間（萬曆癸巳年）、地點（揚州）以及各個角色的年紀、身份與概況，例如讀者可以在第一個情節裡，得知東門生是秀才，男風女色兼愛；金氏是年輕貌美的淫婦；麻氏是年輕守寡的寡婦；大里則是跟東門生有龍陽關係的「契弟」。第一個情節裡，沒有特別角色行爲，像是劇本一開始的角色簡表，略略敘述各個角色的基本資料。

故事的推動就以角色之間的性活動爲貫串時間的主軸，同時也是描寫的主體。既然小說描寫的主體是角色的性活動，而性活動在故事裡的長度大約晚上到天明，或是整個下午，又或是一整天，所以具體的角色與情節的進行也都在性活動裡。因此，《繡榻野史》裡的故事時間有一個現象：在沒有性活動描寫時，時間跨越的幅度大，如第一個情節介紹個人資料時，我們可以知道各個角色在癸巳年以前的人生概況；又如倒數第十一、十二的情節裡，短短各個角色敗亡的描述裡，我們知道他們在業推山至少住了三年。〔註 98〕也就是說，《繡榻野史》的時間跨越幅度與性活動的描述成反比，即性活動出現，故事時間的進展越慢。這種對時間的特殊觀點，讓人依其邏輯延伸出一個假設：若角色持續、不間斷地進行性活動，照此時間觀，角色的時間進展將幾近於停頓，幾乎達到永恆。這樣時間觀將會在「時空型」的部分繼續討論。

說明了《繡榻野史》裡故事時間的運作，它可以說是發生在萬曆癸巳年

〔註 97〕這裡所說的「結構」，並非西方「結構主義」文論所定義之結構。「結構主義」文論，由於語言學家索緒爾的影響，注重語言（langue）系統及其包含的語音、語意和語法的規則，而「說話」（parole）則是賴此系統產生意義與功能的具體實踐。擴大來看，文化傳統也有其自身的體系，各體系又可化約出若干個結構上的特色，而這特色間都有關聯性存在；因此不斷地化約之下，將會有一個世界性的敘述模式；而任何文化活動即靠這種抽象系統建構而成。但本文的「結構」不是在尋找與化約出此定義下的結構，而是指「作品內部以某基準形成的佈局組織」。若以「情節」爲劃分的基準，則這些「情節」排列之順序，將自然形成作品之結構；若改以「角色」、「空間」爲基準進行劃分，將可獲得此基準下的作品結構。「結構主義」部分見佛克馬、蟻布思著《二十世紀文學理論》（臺北:書林出版社，1998 年），頁 43～71。本文「結構」之定義，則參考張雙英《文學概論》，頁 417。

〔註 98〕〔明〕呂天成《繡榻野史》醉眠閣本（台北：大英百科出版公司，1994 年），頁 331。

的揚州姚府裡一連串的龍陽、通姦乃至亂倫的事件。由於是描寫性活動爲主，所以整篇故事自然而然呈現出一種不斷追求享樂、滿足肉體慾望的氣氛。換言之，爲了角色永不饜足的慾望，在第一個情節介紹角色們的基本資料後，第二個到第十個情節，是東門生、金氏、大里與麻氏之間的通姦越演越烈的過程。在這個過程中，原本大里與東門生之間的龍陽關係改變，又多了奸夫與戴綠帽的丈夫的關係；金氏與大里交媾，破壞當時夫妻關係的道德要求——妻子要忠於丈夫；東門生輕薄塞紅不成，塞紅嘲笑東門生，這混淆了主上對奴婢的尊卑之別。可以看見，隨著性活動的增加，角色間的關係越來越不單純，越來越難以控制，變數越來越多；並且隨著慾望的擴大，所有的角色在得到快感的同時，也付出了代價與種下禍因，如金氏爲了享樂而身心受創；大里爲了盡興逞慾、展現雄風而遭到金氏的報復，他的母親因此陷入他人的設計而失去節操。第十一、十二的情節，姚府內的淫亂終於東窗事發，道德輿論使得她們無法繼續在揚州生活，逃到深山後，除了東門生，其他角色接連地因疾病而死去。經由第二個至第十個情節，與最後倒數二個情節對照，可以看出，作者欲通過角色們不斷升級的享樂，益加混亂的人倫關係，凸顯出他們所違背的社會道德，連結起與她們敗亡之間的因果關係。換言之，作者認爲他們之所以亡，乃導因於他們之所爲。

總的來說，《繡榻野史》的情節是由角色的情慾活動與性活動來開展的，作者不是單純地描述無止盡且單調乏味的性活動，而是藉由性活動來表現出角色無止盡的慾望、人際關係的混亂與僭越，〔註 99〕快感與享樂的「成癮性」與「抗藥性」，〔註 100〕還有這越演越烈的一切對他們生活所產生的負面影響。若能不要一直著眼於情慾書寫本身，而是看這些情慾書寫所牽動的情節，可以發現，作者其實運用一種不斷層層遞進、加強的方式，鋪敘出四個不同年

〔註 99〕在《繡榻野史》中，正常的龍陽關係、夫妻關係、主僕關係、婆媳關係、翁媳關係、母子關係以及父子關係，都因爲角色的性活動而產生一定程度的破壞與動搖。

〔註 100〕快感與享樂的「成癮性」與「抗藥性」是指對快感的追求不以此一次的經驗爲臨界點，在下一次的經驗中，必須對上一次的臨界點有所突破、超越，才可以得到類似的快感與滿足，身體的感官會麻痺於過去的臨界點經驗，轉而要求更高的臨界點，形成對快感的抗藥性，必須要有更多更猛的快感，才可以達到新的臨界點。這可在《繡榻野史》看出來。金氏原本有大里的交媾就滿足了，但經過一次後，第二次就比第一次臨界點更高，後來金氏還要三人聯床，可見快感與享樂的「成癮性」與「抗藥性」。

紀、社會身份、角色類型的人，因爲沒有對慾望進行合宜的反省與克制，因而被代表道德的終極審判——不可知的神秘力量——「地府」懲罰的故事。

若將《繡榻野史》的結構形象化，它的結構可以說是「直線式」的。若要更進一步地說明《繡榻野史》「直線式」結構的敘事動能，我們可以說它是「骨牌式」的。〔註 101〕這是因爲它在時間上是採順序法，還有基本上它的情節推動都是聯繫著角色的性活動走；一項性活動引起下一項性活動：東門生撮合金氏與大里第一次偷情引起第二次偷情，這又引起金氏設計引誘麻氏，麻氏的加入又引起東門生去偷麻氏婢女小嬌，此事又導致召回大里，大里的歸來，又引起東門生、金氏以及大里的三人聯歡，這又導致被排除在外的麻氏的反感，麻氏的喧鬧又導致姚府內第的淫亂東窗事發，最後導致舉家遷往「業堆山」，開始邁向敗亡。整體來看，《繡榻野史》的結構就像直線排列的骨牌一樣，一個情節直接牽引一個情節，這與中國古典小說中常見的綴段式與網絡式結構不一樣，比較接近於單體式的結構，而這也常常運用在「表現某種盛衰消長人生哲理的小說」上。〔註 102〕這種結構的好處，是對於角色的個性之發展與遭遇之歷程，還有情節變化的趨勢，都能清楚呈現出因果關係，讓讀者留下鮮明的印象。它的壞處是失之單調。性活動的描述本來就很容易流於機械性，這點《繡榻野史》運用越來越誇張的淫亂內容來避免，在情慾小說中算是佳作，但是《繡榻野史》的結構無法避免敘事的單調感。另外，由於《繡榻野史》的結構是如此，所以「最後一張骨牌的倒下」應該是夾著前面的骨牌式的敘述力量，劇力萬鈞地結束，但我們看到的，是第十個情節到第十一、十二個情節的推進，落差極大，劇情轉折非常不自然，令讀者覺得突兀且草草結束，形成敘述的斷層，不能不說是一項重大的缺陷。

三、《繡榻野史》的敘述手法

在上一部分，從《繡榻野史》的結構，就有約略涉及其敘述手法，分則

〔註 101〕王平歸納浦安迪與楊義對於中國古典小說「敘事結構」的歸納，認爲以某種「外形」來表述結構是從文本的角度，從「表層」把握小說結構；而楊義所強調的「結構」一詞的「動詞性」，則是偏重於從小說深層把握結構。依此，筆者以爲若從「外形」掌握《繡榻野史》，其結構是「直線」的；若關注到深層的敘述動力，其結構是「骨牌式」的。見氏著《中國古代小說敘事研究》（石家莊：河北人民出版社，2003 年），頁 310～311。

〔註 102〕王平《中國古代小說敘事研究》，頁 347～348、362～363、375～376。

就《繡榻野史》的敘述觀點來探討其敘述手法。敘述觀點是敘述者（將事件以說或寫下來的「人」）和他所敘述的事件之間的關係上，也可視為「敘述者的心理過程」，〔註 103〕同時，敘事觀點也是「一部作品，或一個文本，看世界的特殊眼光和角度。」〔註 104〕《繡榻野史》作者選擇第三人稱全知的敘述觀點，其敘述者是在故事之外，使讀者在其視野下，可以瞭解全部事件的過程，包含人物的心裡的想法，但這是古典小說歷來慣用的敘述觀點；若和第一人稱而且採用「倒敘」法的情慾小說《癡婆子傳》比較起來，〔註 105〕更難顯特殊之處。除此以外，雖然造成客觀的效果，但是也造成較不容易感動讀者的缺點。〔註 106〕但是學者陳慶浩曾指出《繡榻野史》敘述觀點的特殊之處，在於它「幾乎完全擺脫白話小說中的說話人口氣和主觀敘述的方式，…。即使書末談及故事來歷及評論，作者仍置身事外，與一般主觀敘述之白話小說，大異其趣。」〔註 107〕這也就是說，《繡榻野史》在敘述觀點上的特殊之處，是它的客觀敘述。〔註 108〕

文言小說受史傳傳統影響，白話小說源於「說話」，二者都是使用第三人稱敘述觀點。〔註 109〕在白話短篇小說中，敘述者在講述正傳的前後往往都有開場白和收場語，在正傳的敘述中常常有中斷情節插入敘述者的詮釋或評論，作者在這個時候採用第二人稱，直接與讀者對話。〔註 110〕如《浪史》第五回〈俏書生夜赴佳期，俊嬌娘錦帳重春〉描寫到浪子梅素先與王監生的妻子李文妃偷情，情節進行到兩人赤裸裸地正準備性交，敘述者停止對角色的描述而插入評論道：

> 兩個興發難當，浪子把文妃抱到床上去。那婦人仰面睡下，雙手扶著麈柄推送進去。那裡推得進去，<u>你道怎的難得進去？第一件：文妃年只十九歲，畢姻不多時；第二件：他又不曾產過孩兒的；第三</u>

〔註 103〕張雙英《文學概論》，頁 140～141。

〔註 104〕楊義《中國敘事學》（北京：人民出版社，2004 年），頁 191。

〔註 105〕李夢生《中國禁毀小說百話》（台北：建宏出版社，1996 年），頁 42。

〔註 106〕張雙英《文學概論》，頁 159。

〔註 107〕石昌渝主編：《中國古代小說總目．白話卷》（太原：山西教育出版社，2004 年），頁 458。

〔註 108〕「客觀敘述」並非指敘述者乃至作者是超然物外，不帶任何主觀想法的，而是作者將自己的美學評價隱藏在情節結構和隱喻象徵中，讓讀者自行領悟而已。見石昌渝《中國小說源流論》（北京：三聯書店，1994 年），頁 45。

〔註 109〕石昌渝《中國小說源流論》，頁 44。

〔註 110〕石昌渝《中國小說源流論》，頁 46。

> **件：浪子這卵兒又大。因這三件，便難得進去。又有一件：那浪子卵雖大，卻是纖嫩，不比那一分不移的。**（《浪史》，頁 69）

引文粗體底線的部分，就是敘述者的評論。敘述者講完後，用一個「當下」回到情節裡。接著，在第六回〈梅彥卿玉樹輕頹，趙大娘翠眉勾引〉中，敘述者描述浪子與李文妃交媾後有些疼痛，又插入一段話：

> **你道怎的疼痛？**不知文妃的話兒小，浪子這柄兒大，他兩個一大一小，又不顧死活的，弄了一會，不覺擦傷了些，所以疼痛。（《浪史》，頁 73）

再舉例一段，這是浪子去找趙大娘探探偷情後的風聲。書中如此描寫：

> **你道他怎麼也看上了**？他是三十三四歲的婦人，一向沒有丈夫幹那話兒，見了這個俊俏小官人，又曉得他麈柄好處，更會風流，便十分愛他。當下對著浪子道：「……。」（《浪史》，頁，74～75）

可見《浪史》的敘述者要插入自己的話時，當然會變成第二人稱，直接與讀者對話，然後再用「當下」等時間副詞，連接回正在敘述的情節上。也就是說，在敘述者插入解說或評論時，角色間的對談或性活動是被中斷的，取而代之的，是敘述者的行爲與語言。故事裡的角色看不到也聽不到敘述者的評論，敘述者的話語和正在進行的事件各成一路，形成敘述者與讀者的傳播、接受關係。儘管這是白話小說的常態，但是敘述者太頻繁地出現，將會是干擾到情節進行，也會是對關心情節進展的讀者的干擾。

至此，令人好奇的是，《繡榻野史》是怎麼避免敘述者突然出現、中斷情節的進行呢？金氏與大里第一次交媾後，金氏對男女的性器官品頭論足器來，她說：

> 「**人說毴**有五樣好，五樣不好，好的是緊、暖、香、乾、淺，不好的**寬、寒、臭、濕、深**。我緊、暖，不消說，若是香，定用我的親親纔知道，若乾、淺的兩字，我自曉得沒分了，說有臭的，我只是不信。」
>
> 大里道：「心肝的毴，說緊也難道。」
>
> 金氏道：「不是我的寬，怎麼你這樣大𨶹，射進去得順流哩，你的𨶹比別人不同。**𨶹也有五樣好，五樣不好，你的𨶹再沒有短、小、軟、彎、尖的病，只有長、大、硬、渾、尜的妙處**，實放他不落。東門生一向戲我，來得快，像雄雞打水一般，他只來了就鼈，這一夜裡

再不硬了。怎學得你這等妙，眞是個活寶，憑你結髮夫妻也丟在腦後了。」（《繡榻野史》，頁 138～140）

底線粗字的部分，在《浪史》裡的處理方式就是交給敘述者去說明，而這裡則是巧妙地讓金氏娓娓道來，這樣處理自然是比敘述者跳出來議論來得流暢得多。但《繡榻野史》也不是沒有類似敘述者的插入說明，是書醉眠閣本〈狂童復柬稱雄〉一則裡有一個例子：

（東門生）寫完，叫小廝餘桃，分付他：「你可送這帖兒到書房裡，趙小相公收拆。」**原來餘桃是北京舊蓮子衚衕，學小唱出身，東門生見他生得好，新討在家裡炒茹茹的**。餘桃拿了帖兒，逕到書房裡來，正撞著大里梳頭，接了看完，呵呵的大笑。（《繡榻野史》頁 146）

這一描述裡，童僕「餘桃」首次出現，作者必須對這個新角色作個說明，於是透過敘述者插句話交代一下，作者沒有讓敘述者用第二人稱切入，但是就情節的進行與角色的活動而言，粗體底線那一句話是不具時間性的，這特性和《浪史》的敘述者說明一樣，是敘述者直接給讀者的訊息。

岡崎由美認爲白話小說的語言體制有三層基本結構：第一層是由故事角色發生的事件，是故事內容的世界；第二層是敘述體制上「說書人」把故事講給「聽眾」聽的假設關係；第三層是文學活動裡的作者把故事寫給讀者看的現實關係。〔註 111〕《繡榻野史》可以說將第二層的世界的疆域縮到最小，它讓敘述者直接出現的地方非常地少，大部分都是巧妙地藉角色自己敘述出來。這樣的敘述法就形成了客觀敘述的印象，也促成《繡榻野史》更爲流暢的敘述。儘管在中國古代小說中，客觀敘述的多寡不見得決定小說敘述技巧的優劣，但是從現代小說的敘述學所累積的經驗，讓我們知道要維持敘述者隱身在幕後，這是本身就是一定程度的技巧，且要作者一定程度的自我克制，因此，《繡榻野史》在敘述手法上是略勝一籌的。

第四節　《繡榻野史》的時空型

一、明清情慾小說的「時空型」研究概述

「時空型」（khronotop, chronotope）是巴赫金（Mikhail Bakhtin）獨創的

〔註 111〕岡崎由美〈明代長篇傳奇小說的敘述特徵〉，《93 中國古代小說國際研討會論文集》（北京：開明出版社，1996 年），頁 459。

俄文詞，用來概括和描述「文學所藝術地表現的時間和空間的內在聯繫性」。這個概念是用來分析小說敘述中的時間與空間框架的，同時也適用於更爲廣泛的文化範圍，包括各種語言文化中所蘊含的時空觀念。〔註 112〕而閨房、內室無疑情慾活動的主要場所，也是私領域的核心，這個空間也成爲情慾小說裡的空間場景，所以探究情慾小說如何表述這一空間，以及這樣的方式所具有的文化意涵，都有助於我們瞭解當時的情慾話語。因爲「空間」並非單純的場景，而是「社會關係」的產物，〔註 113〕也即是在特定時空中，人們透過社會互動所建構出來的，而且是與當時價值觀念、社會規範緊密相連的一個場域，那麼情慾小說中的角色活動是建構在何種空間意識之中？

黃克武探討《癡婆子傳》、《浪史》以及《肉蒲團》中的情欲空間及其文化意涵。發現女性角色常被限制在內闈裡活動，但空間的隔絕將伴隨著對它的逾越，所以「鑽牆踰穴」不僅是對空間的，也是禮教的逾越；面對空間的隔絕也發展出偷聽、偷窺的突破策略，但同時也揭露了因爲文明化的歷程，使得更衣、入廁、沐浴，乃至男女情慾活動的聲音與動作都是不可示人的。換句話說，「偷」一詞說明了何者爲侵犯隱私之行爲，也同時劃定了私領域的界線。空間與空間之間的聯繫，也需要媒介角色，所以三姑六婆、婢女、童僕都是最佳穿堂入室的人選，而從情慾空間的分享上，也看出情慾小說的空間的階級性，以呈現明清仕紳階層異性之間情慾活動爲主軸。〔註 114〕

空間的形式與意涵也會隨著時間而變化。王德威引用馬克夢（Keith McMahon）的研究，指出潛伏在敘述底下的「制約的辯證」（dialectic of containment）。所謂「制約」，它在地理空間上劃定了空、私界限，如道路是公領域，閨房是私領域；也包括調整、侷限文本的思想價值與敘述規範，〔註 115〕

〔註 112〕（俄）巴赫金（1895～1975）《巴赫金全集》第三卷〈小說的時間形式與時空體形式——歷史詩學概述〉（石家莊：河北教育出版社，1998 年），頁 274。也見劉康《對話的喧聲——巴赫汀文化理論述評》（台北：麥田出版有限公司，1995 年），頁 236。

〔註 113〕劉苑如、李豐楙《空間、地域與文化・導論》上冊（台北：中央研究院中國文哲研究所，2002 年），頁 248。

〔註 114〕黃克武〈暗通款曲：明清豔情小說的情慾與空間〉，熊秉真主編《欲掩彌彰：中國歷史文化中的「私」與「情」——私情篇》（台北：漢學研究中心，2004 年），頁 243～271。

〔註 115〕王德威《被壓抑的現代性——晚清小說新論》（台北：麥田出版，2003 年），頁 88。

如方誌上貞節烈女之記載，文本底層的文化就對其內容與敘述方式有所規定，也就是說「制約」規定了書寫者（必定也是習於某種文化素養的）什麼可以寫，什麼不行。由此，馬克夢認爲《金瓶梅》之類的情慾小說的僭越力量，只有通過制約的角度來理解，才能充分把握。〔註 116〕王德威進一步延伸此項研究。他認爲幽閉的花園或隱密的閨房（晚明浪漫與情色小說的時空型），被妓院（晚清狎邪小說的時空型）所取代。〔註 117〕這也正顯示了從晚明到晚清，同題材（但已不同類型）的小說，其時空型的變化。黃克武的研究爲我們勾勒了明清情慾小說中「時空型」的大貌與其特性；馬克夢的研究凸顯了文本內的時空型會受到文本外的話語的制約，以致於影響到文本的內容與敘述手法；王德威則說明了同題材的小說時空型的變化之大。

受到他們研究的啓發，筆者的研究取向是偏向馬克夢的方法，著眼點在於筆者文本內時空型的形式、特徵會顯示出作者所面對文本外的某一種話語（在情慾小說而言，通常是道德話語）的態度，還有不同作者且風格有所差異的文本，其時空型的意涵有可能是一致的。

二、《繡榻野史》的時空型及其意涵

《繡榻野史》裡所有角色的性活動是在封閉的家園裡展開，黃克武也已經指出明清情慾小說時空型所具有的封閉性質，〔註 118〕這個封閉性的空間裡的情慾活動，之所以可以持續進行，反而是依賴了文化所要求它的封閉性質，而使得外人無從打探其中的奧妙。所以當東門生、金氏與趙大里三人聯床夜戲，被排除的麻氏發出不平之鳴，終於將家園的風月機關洩漏出來，書上如此描寫：

> 只是鄰舍人家都有些曉得了，說：「有這等異事！」適值學院出巡到揚州地方，有一二學霸要首姚同心（即「東門生」）、趙大里行止有虧。大里慌了，就與麻氏、金氏商量，約了東門生，挈家兒逃走，到業堆山裡住了，起了六、七間小屋兒，團圓快活過日子。（頁 331）

從文學描寫中的空間而言，《繡榻野史》一干人等逃往深山，繼續維持終注定將崩毀的樂園，其山名曰「業堆山」，可見視情慾爲罪業的堆積。東門生一等

〔註 116〕王德威《被壓抑的現代性——晚清小說新論》，頁 88。

〔註 117〕王德威《被壓抑的現代性》第二章〈寓教於惡——狎邪小說〉，頁 85～161。

〔註 118〕黃克武〈暗通款曲：明清豔情小說的情慾與空間〉，熊秉真主編《欲掩彌彰：中國歷史文化中的「私」與「情」——私情篇》，頁 249～253。

人一住在這裡，「快活了三年」（頁 331），接著麻氏、金氏相繼病死，而當大里轉去北京寄籍科舉時，卻遇到這樣的遭遇：

（東門生、大里）就起身同上北京，早有鄉里把他兩個事情傳遍了。人都道，這兩個也不是個人，是個活禽獸，沒人肯見他，只得又起身回來。到德州地方，大里遇了疫氣，忽然死了。（頁 332）

東門生收了大里的骨食又回到「業堆山」。可見當封閉空間一旦被打破封閉，外界的道德輿論就會開始產生作用，而且角色只有永遠繼續留在封閉的空間，才能過生活，否則一踏入公領域，道德輿論就會檢驗其在私領域的言行。而耐人尋味的，是角色自身也知道自己的行爲是違背公領域的道德規範的，所以有意要將自己的淫行封鎖在家園裡。當麻氏要大聲嚷嚷時，其子大里的反應是：

大里恐怕聲響，只得做聲道：「娘便罷麼，**我家事幹，原沒有清頭，若等人曉得了，大家沒趣**。」（頁 329～330）

很明顯的，作者筆下的空間，呈現公領域的道德監控私領域的情慾活動的情形，這形成情慾與道德的拉鋸：私領域的言行永遠只有在私領域中才能受到完整的保護，一旦暴露到公領域中，將會受到全面且放大鏡式的檢驗，所以大里才希望自己人「沒有清頭」的醜事繼續封存、繼續在私領域暗中進行。可以看見，儒家的「愼獨」工夫論，在情慾小說中完全被忽略，角色瞭解自己行爲違背公領域的道德規範，但是角色認爲只要繼續隱瞞，縱慾與享樂的樂園就可以繼續維持下去。但是有趣的，是儘管作者似乎有意讓筆下的角色得到懲罰，但是檢驗其懲罰，其一是不見容公領域；其二是死後淪落畜道受苦受罪，作者「以淫止淫」的策略，若將其空間化，其實就是將封閉園地裡的淫靡之事洩露出來到公領域（出版、傳鈔等任何具有傳播意義的行爲）中，讓人看見縱慾者與亂倫者的下場，接受公評。可見，公領域裡的道德話語，不僅影響到作者的寫作策略，也影響到小說中的空間及其被表述的方式。但是作者的「以淫止淫」的道德辯證訴求，卻已遭到文本裡象徵等四種資本的可交易性解構，以致於情慾小說作者自己本身也受到公領域檢驗。沈德符《萬曆野獲編》卷二十五〈詞曲〉記「金瓶梅」一條資料，說明他自己拒絕出版《金瓶梅》的原因。他說：

吳友馮猶龍見之驚喜，慫恿書坊，以重價購刻，馬仲良時榷吳關，亦勸予應梓人之求，可以療饑。予曰：「此等書必遂有人板行，但一刻則家傳戶到，壞人心術，他日閻羅究詰始禍，何辭置對，吾豈以

刀錐博泥犁哉？」〔註119〕

沈德符僅僅只是被要求拿出原稿供人出版，他就已經感受到公領域的道德壓力，還有道德話語在其內心所產生的作用。因此，無論是文本內的公、私空間的道德、情慾拉鋸戰，或者，文本外現實社會裡，對情慾書寫乃至傳播，道德話語均對其施加壓力，並且產生影響。

另外一本和《繡榻野史》關係很密切的《浪史》，它們在情節、文字上有借鑒關係，但是在更高層次的風格上，《浪史》在沒有採「以淫止淫」策略，讓他的角色在結局一一遭到報應，反而是讓角色們一一歸列仙班，永別塵世，進入永恆的樂園。〔註120〕《浪史》的仙境，卻是嵌合中國古典文學中的遊仙主題，但是過去遊仙文學所具有「精神超越」與「肉體永恆」的意蘊，在情慾書寫的趨迫下，「精神超越」的洗滌消失，而「肉體永恆」進一步成爲人間享樂的延續。此外，從文學史上相似的主題來看，正始文人的遊仙詩背後，表達出一種對現實深切憂憤的情緒，也因爲這種情緒毫無在現實世界解決的可能，所以在文學中轉化爲遊仙的渴望。〔註121〕而康正果認爲這種傳統在情慾小說中已然變質，他說：

> 上述四部淫穢小說遵循了一個共同模式，即在大肆宣淫之後，生拼硬湊一個歸隱成仙的結尾，把淫穢與仙趣極不和諧地結合在一起。其實，從另一方面看，這些小說的內容也在很大的程度上爲我們具現了潛藏在「桃花洞」深處的東西。古代的遊仙文學同樣的滲透了追求享樂的貪欲，「夜夜御天姝」的仙境不過拉遠了與塵世的距離，省略了享樂的細節。隨著市井文化的興起，仙境日益失去魅力，「桃花洞」墮落爲風月場，仙子也變成了淫婦。性被描寫成越來越誘人的東西，同時又是致命的東西。偷情被誇耀成勝似「閨中佳境」的樂事，但又不暴露出報應的威脅。淫穢小說的末流於是提出了解決的辦法：在享盡肉欲之樂後，讓他帶上嬌美妻妾退入狂歡的桃源。

〔註119〕〔明〕沈德符《萬曆野獲編（中）》（北京：中華書局，2004第一版四刷，據「扶荔山房」排印點校本），頁652。筆者疑「吳友」爲「吾友」之誤，然所據排印本爲「吳友」無誤，未得他本校勘前，存此。

〔註120〕請參看本書附錄一。《浪史》的「仙境」結局，其傳統近則承襲自明中葉的文言傳奇小說，如《天緣奇遇》；遠則可追溯至中國的遊仙文學。

〔註121〕王立：《中國古代文學十大主題——原型與流變》（台北：文史哲出版社，1994年），頁201～225。

> 結局並不意味著享樂的終止，而是要給我們留下一個他永遠安享豔福的印象，因爲所有的「風月債」已被一筆勾銷了。〔註 122〕

歸納康正果的意見，退入仙境是爲了逃避報應，以及追求一個永遠安全的縱慾享樂之空間。但是從《繡榻野史》的公、私領域拉鋸戰，可知道德的話語在文本內外均無所不至，何以《浪史》會倖免於難？

「仙境」此一空間之所以被《浪史》作者沿用，是因爲「仙境」不受人間世俗的禮法羈絆，也無須對其負責，因此也無任何罪愆可言，但是對於飛昇的條件以及如何飛昇，作者也無法面對，因此一片空白。愈是想歸仙，愈是代表現實裡的禮教與欲望的衝突激烈而無解。與文學中的遊仙主題相較，儘管《浪史》盡全力描繪一享樂主義的天堂，無復憂苦，但沒有傳統遊仙主題中，返回人世，對欲望的了悟與棄絕的模式，所以沒有這層領悟，只能在文本虛構毫無文化根柢的仙境裡聊以自慰，無法辯證地向上昇華。

一個有趣的對照觀點，《浪史》所呈現的情慾空間，比較起來，毫無疑問地更加肆無忌憚。在《繡榻野史》中的近親亂倫疑慮，在《浪史》中子則不僅僅是疑慮，而是充分落實了，〔註 123〕而且敘述中絲毫不見任何焦慮，所以《浪史》中梅素先在亂倫後，通通歸列仙班，這似乎暗示著人世間的道德規範是個人難以規避的部分，即使在虛構的文本中，仍必須以超越的空間才得以逃脫罪愆。所以筆者認爲《浪史》的「仙境」空間不僅是只是逃避報應與追求永恆的享樂，這樣的表述更表明了作者對於筆下角色的淫亂行爲，無法找到與道德話語平衡點或對話空間，只能躲入一個比「業堆山」更行封閉的空間，使得自己私領域的情慾活動，不再受到道德話語的侵擾，但「仙境」虛無飄渺的虛構性，更透露了《浪史》中的情慾活動無法見容道德話語的無解難題。

第五節　小　結

在情慾小說的角色塑造上，論者常因爲小說結構平板，又耽溺於性交的鋪陳，外在環境上，又因作者、出版者急於射利，每每割裂文句，因襲成套、

〔註 122〕見氏著《重審風月鑑——性與中國古典文學》（台北：麥田出版社，1996 年），頁 295～296。

〔註 123〕梅素先在不知情的情形下，與自己的表妹「俊卿」交媾。見是書第二十四回〈佳人暗把寧王管，玉郎偷入銷金帳〉。

並抄錄文獻而無所轉化的文筆，所以角色形象的藝術性往往乏善可陳。這確是的論，但指某一部分的情慾小說，並非全部的情慾小說皆是如此。呂天成的《繡榻野史》就帶有濃厚的文人色彩，而若暫時把眼光離開「專在性交」（魯迅，1923）的情慾書寫，在字裡行間，各個角色對情慾的態度與面貌，其實是躍然紙上的，雖有論者詬病情慾書寫的誇張、失真，但小說中的世界本來不必也不能等於眞實世界。〔註 124〕而且也正是這種小說的情慾書寫擴展了中國古典小說題材的範疇，它在情慾書寫者的態度與書寫本身的內容上，達到在此之前任何文體與文類都無法企及的程度。所以「情慾」成爲小說的題材，而且以性活動的展現爲主要的表述方式，儘管清代以來被禁毀，近代以來被管制，直到現在還是有些讀者不贊同，但是我們如果能拋棄成見，仍能從其中分析出深刻的意涵。

分析了《繡榻野史》四位主要角色，我們發現東門生代表了龍陽關係中的契兄，而趙大里代表了契弟；金氏屬於「淫婦」類型；「麻氏」則是刻畫了寡婦類型。但複雜的，是這些角色的相互關係與行爲，在一連串偷情與設計引誘之後，「他們」的人際關係地位獲得改變，而透過牟斯與布赫迪厄的理論分析後，我們發現了《繡榻野史》中的道德是具有可交易性的，也因此東門生可以以「他」妥協、退讓後所獲得的象徵資本贖罪。

若將《繡榻野史》放在小說的角色類型來看，「東門生」是晚明小說中少見的類型，他不具備任何性能力超人的本錢，但仍貪戀男風女色，以致於「他」進退失據的形象，具有絕佳的反諷意義。也因爲「他」的成功，所以造成清代其他情慾小說的認同（或等而下之的抄襲），因而類似的情節不斷出現在其他作品上。

「趙大里」被塑造成性能力超人，在其他情慾小說相類似的角色，必定會展開獵豔之旅，但是「他」受限於「契兄弟」的龍陽關係，「他」只能在東門生允許會去與其妻金氏偷情。整部小說裡，他就被框限與金氏等一干婢女的性活動當中，這與其他具有強大性能力的角色差異頗大。舉《浪史》爲例，梅素先一人具備了東門生與趙大里的優點，但沒有二人的缺點，亦即是擁有東門生的地位與大里的性能力，但是沒有東門生低弱的性能力與大里的「契弟」身份。《浪史》所呈現的是一般情慾小說的男主角形象，所以可以說《繡榻野史》運用角色的「缺陷」，讓讀者看見情慾世界裡的階層與規則。

〔註 124〕張雙英《文學概論》（台北：文史哲出版社，2002 年），頁 142～143。

「金氏」作爲在情慾小說中不不可或缺的「淫婦」角色，作者如何表述「她」的性慾，是我們關注的焦點。在與《金瓶梅》的潘金蓮對比之下，二書迴然不同的意象，揭露了作者對女性性慾不同的態度。《繡榻野史》裡的女性性慾沒有被恐怖化而是正常化，金氏死後的懲罰主要是因爲「她」與「野老公」有性行爲（頁 334），違背了「婦德」，作者的處理方式反映的是當時禮教的觀點。但在筆者的現代角度閱讀下，發現金氏的偷情行爲都是被丈夫允許的，而禮教式的結局設計卻忽視這一點，呈現作者的偏向男性的性別觀點，但這也是所有情慾小說的通病。不過，《繡榻野史》女性性慾的正常化，對我們閱讀被妖魔化、異化的「淫婦」形象之外，提供了更正面的選擇，而也表示當時認知女性性慾的方式，不是只有戒愼恐懼面向。

「麻氏」呈現了一個寡婦失節的過程，精彩之處在於禮教與情慾的張力之繩，一旦往情慾方向繃斷，奔洩出來的慾望，往往使角色無所不爲。作者的矛盾之處，是他的敘述表示了他同情守寡之難，但是他仍在禮教式的結局裡懲罰了失節的麻氏。這矛盾的處置，顯現不是作者的超越時代之處，而是反映了當時思考貞節、反省守寡的風氣；事實上，作者在當時創作情慾小說，即是感染一種時代風氣的證據。

總的來說，情慾小說的角色在「專在性交」模式的羈絆下，我們只能在床帷裡看到角色的情慾活動，所以基本上，角色均是片面的，這是因爲小說題材所帶來的侷限，但是這情慾面向、性活動面向的角色描寫，卻是其他類型的小說中難以見到的，所以仔細分析四位《繡榻野史》主要角色，可以從角色人際關係地位的變化、角色類型之形象的跨文本比較，發現《繡榻野史》角色塑造特殊之處，也一改情慾小說角色千篇一律的既定印象。

《繡榻野史》是「直線骨牌式」的結構，方便它越來越升高的角色情慾活動，以時空型的角度來看，角色都在封閉的私領域保護之下，但一段洩露，情慾活動也一起告終，倒數一、二個情節的敘述急轉直下，角色紛紛敗亡，那股敘述情慾活動的勁道，在倒數第一、二情節裡，完全看不到，只有看見角色草草地死亡，又草草地贖罪，這實在是作者在結構、敘述上的敗筆。

作者在《繡榻野史》的「客觀敘述」跟熱衷於敘述情慾活動有關。敘述者不介入詮釋、說明，保持敘述的流暢性。敘述者退入幕後，不出來與讀者直接對話，在其客觀敘述中就不會像《浪史》那種「主觀敘述」一樣，「讀者」的概念不會被一直被提醒、激發出來，讀者宛若看畫卷，「其態如畫，言語復肖」（五陵豪長之語），這是客觀敘述所達到的效果。若從小說表述情慾活動的技巧來，還有開拓書寫的題材來看，這樣的情慾書寫也未嘗不是一種貢獻。

《繡榻野史》的時空型說明了道德話語在文本內外所張弛的無邊無際之網，而這張網也在情慾小說作者、傳播者的心中。儘管情慾小說的角色如何淫亂，如何地僭越道德規範，它們的時空型所呈現的是這些情慾活動是不見容於世，除了躲避掩藏，它們沒有提出其他可行的文化協商策略。但是若放在文學史中檢驗，晚明的諸多情慾小說，展現了情慾可以被這樣（猥褻地）書寫，而且受到（不敢公開）的讀者的歡迎，具有很大的市場價值，這無疑挑起道德話語的敏感神經，也難怪晚明以降，許多勸善書都製造了許多道德知識，要求禁絕創作、閱讀與出版情慾小說，並且用許多因果報應的例子來加以恐嚇。我們可以想見，與晚明情慾小說中的時空型一樣，現實生活中有關情慾小說的創作、出版與閱讀，都是得在私領域、檯面下暗中進行的，可見封閉的情慾空間，不僅在文本內，也存在於文本外。

第六章　《繡榻野史》中的「性交／戰爭」譬喻與其意涵

第一節　晚明情慾小說使用「性交／戰爭」譬喻的研究概述

我們在日常生活中說話乃至書寫，甚至建構人文社會科學理論的過程中，都會用到譬喻，可以說「譬喻」無所不在，因此，我們認知許多事物的方式都是透過譬喻。譬喻研究在現代研究中，與人類心智、語言認知科學，還有語言學結合起來，如虎添翼，可以轉而應用文學研究上；有一系列的研究證據，顯示譬喻性語言在心智作用中佔重要的地位，而且「文化」是譬喻認知的根本要素。〔註 1〕

明代嘉靖、萬曆逐漸興起的情慾小說，從題材與書寫的角度來看，它們正在實驗如何將情慾表述出來，而且只要閱讀過晚明情慾小說，除了其中採白描法的情慾書寫，一定會對大量使用各種譬喻來形容與性有關之內容，感到印象深刻，因此研究它們所使用的譬喻，以及其譬喻背後的意涵，就變成理解當時情慾文化的重要關鍵了。

許多學者對於情慾小說中特殊的譬喻使用法，早有所關注。陳益源〈食慾與性慾——明清豔情小說裡的飲食男女〉指出明清情慾小說為讀者表述出一個既把「人體當食物」，也視「男女如飲食」的「暴飲暴食的慾望世界」；其中飲

〔註 1〕 周世箴《我們賴以生存的譬喻·中譯導讀》（台北：聯經出版公司，2006 年），頁 17。

食與性慾的交流、互相增益，形成一個「暗藏玄機的飲食天地」；〔註2〕李明軍《禁忌與放縱——明清豔情小說文化研究》第四章第四節〈食與色——明清豔情小說中的世俗社會〉中，認爲「食色以及食色之關係，最好形象化闡釋是明清豔情小說」，而且其中「流露出男性中心主義的典型心態。」〔註3〕因此，從性別政治的角度來觀察、歸納情慾小說中的食、色現象，他獲得「男子以色爲食和以食爲戒甚至滅色」的結論；〔註4〕胡衍南在《飲食情色金瓶梅》的第四章，專論《金瓶梅》中飲食／男女的互動描寫，將《金瓶梅》中飲食與情慾交織的空間，娓娓道來，也論述了食物與性器官之間的互相隱喻的情況，〔註5〕並評論了其他情慾小說中的食物、性器官互爲譬喻的情況，認爲它們「使用的譬語往往只有形容詞的功能，而非別有用意，因此小說中食物與性交的互動並不強烈」，〔註6〕因此，胡衍南認爲它們使用譬喻是不自覺的。

在以戰爭譬喻性交的研究方面，高羅佩（1910～1967）率先指出明代的房中書通篇使用軍事術語，使得它很容易被誤認爲兵書。〔註7〕這顯示出房中術與情慾小說的關聯，學者研究成果頗豐，〔註8〕但是專門對其中以戰爭譬喻性交的情況作研究的，則比較少見，〔註9〕這些研究除了指出情慾小說對眞正房中術有所誤解之外，女性往往被塑造成性慾之破壞性與危險性的角色形

〔註2〕陳益源《古典小說與情色文學》（台北：里仁出版社，2001年），頁277～304。

〔註3〕李明軍《禁忌與放縱——明清豔情小說文化研究》（濟南：齊魯書社，2005年），頁225。

〔註4〕李明軍《禁忌與放縱——明清豔情小說文化研究》，頁246。

〔註5〕胡衍南《飲食情色金瓶梅》（台北：里仁出版社，2004年），頁175～240。

〔註6〕胡衍南《飲食情色金瓶梅》，頁225。

〔註7〕〔荷蘭〕高羅佩（Robert Hans van Gulik）所說的是《純陽演正孚祐帝君既濟眞經》。見氏著、楊權譯《秘戲圖考》（佛山：廣東人民出版社，1998年第1版第3次印刷），頁294。

〔註8〕胡衍南《飲食情色金瓶梅》，頁257～281。李明軍《禁忌與放縱——明清豔情小說文化研究》，頁167～189。魯德才《古代白話小說形態發展史論》（天津：南開大學出版社，2004年），頁291～292。王溢嘉《情色的圖譜》（中和：野鵝出版社，1995年），頁188～209。康正果《重審風月鑑——性與中國古典文學》（台北：麥田出版公司，1998年），頁17～55。鍾雯《四大禁書與性文化》（哈爾濱：哈爾濱出版社，1994年），頁416～433。〔美〕馬克夢《吝嗇鬼、潑婦、一夫多妻者——十八世紀中國小說中的性與男女關係》（北京：人民文學出版社，2001年），頁47～49、64～69。李夢生《中國禁毀小說百話》的〈僧尼孽海〉、〈昭陽趣史〉（台北：建宏出版社，1996年），頁124～130、136～141。

〔註9〕李明軍《禁忌與放縱——明清豔情小說文化研究》，頁180～189。

象。〔註 10〕

這些研究給後繼者許多啓發。關於情慾小說中飲食與情慾的譬喻互相指涉的情形，在跨文本的歸納研究，或專就某部、某篇情慾小說析論之後，使吾人對其使用情形有進一步地認識，且也畫出了這類型的譬喻在情慾小說中使用的整體輪廓，但是對這一現象進一步剖析，或其運作的原理的相關研究，目前似乎較爲少見。另外，將房中術與情慾小說中有關房中術的內容互相比較，並擴大談及春藥、性工具（如緬鈴）等性文化內容且跨文本的進行歸納，這樣的研究取向在泛覽博觀上頗有意義，但是欲在深度上耕耘時，則較無著力之處。而以性別理論來重構或解構這些父權文本，辨析其中各路話語的爭鋒或對話的情況，的確令人耳目一新，但是在此洞見外的不見，是它們所賴以爲分析基礎的角色形象、意象以及文獻意義，其實是建立在更基本的文本語言結構之上，所以筆者以爲更激進的重構與解構，應該從文本的語言結構上著手，而譬喻理論正適合處理充斥於情慾小說中的兩種譬喻：「性交／戰爭」、「食物／性器官」。援引譬喻理論，除了展現對研究方法與路徑的自覺之外，也希望這樣的嘗試，可以對理解情慾小說所獨創的世界有所啓發，而帶來更寬廣的研究視野。

第二節　雷可夫與詹生（Lakoff-Johnson）譬喻理論概述

1980 年，雷可夫（George Lakoff）與詹生（Mark Johnson）的《我們賴以生存的譬喻》（Metaphors We Live By）一書，揭示了「譬喻」不僅僅是修辭技巧，更是與我們的認知活動以及思維運作息息相關的媒介與方法，在我們自覺或不自覺的思維中無所不在。〔註 11〕大部分的概念體系本質上是譬喻性的，我們經由此一途徑建構了觀察事物、思考、行動的方式。普遍性、系統性、概念性是譬喻思維的三大特性：

一、普遍性：譬喻是語言的常態。經過長期約定俗成而進入日常語言並

〔註 10〕〔美〕艾梅蘭（Maram Epstein）《競爭的話語——明清小說的正統性、本眞性其所生成之意義》（南京：江蘇人民出版社，2005 年），頁 107～118。以下均作《競爭的話語》。

〔註 11〕Mark Johnson《我們賴以生存的譬喻・作者致中文版序》（台北：聯經出版公司，2006 年），頁 9。

使人們習以爲常。〔註 12〕

二、系統性：立基於我們的經驗，並且有系統地存在於我們的文化中。概念譬喻藏在各種名稱的背後：電腦介面的建構（如：桌面譬喻），以及將網路架構成「資訊高速公路」、「百貨公司」、「聊天室」、「拍賣場」、「遊樂場」等等。正因爲譬喻思維具有系統性，才使得這些應用成爲可能。〔註 13〕

三、概念性：譬喻表述涉及我們認識世界的方式，《我們賴以生存的譬喻》揭示了身體經驗在概念形成中的重要性。此一認識除了有助於瞭解人類思維運作的方式，更有助於瞭解各種文化間的特性與共性，更深入發掘我們的世界。〔註 14〕

《我們賴以生存的譬喻》並以實例歸納各種譬喻類型：方位譬喻（orientational metaphor）、實體譬喻（ontological metaphor）、結構譬喻（structural metaphor）等三個譬喻思維的基本類型：

一、方位譬喻

人類的空間方位感知是一種最基本的能力，空間經驗也是人在成長過程中較早獲得的基本經驗。空間方位來自於我們身體與外在世界的相互作用之經驗，由這些基本經驗而獲得的有關方位的概念，則是人類生存中最基本的概念。人生而有前後之別，面向前方，眼睛對著前方，肢體的構造也適合向前移動。因爲地心引力的關係，向上較向下費力。醒著或精神好的時候我們站、跳或直立行走，生病或疲累時坐下或躺下。於是「上」與「前」皆屬正面、積極的意象，而「下」與「後」則爲其負面。將這些原初的具體方位概念投射於情緒、身體狀況、數量、社會地位等抽象概念上，便形成「方位譬喻」。〔註 15〕

這些譬喻的來源域與目標域之關係並非任意搭配，而是有其事物性質和身體或文化經驗爲基礎的。例如情感（如幸福）與感覺中樞運動肌經驗（如直立）之間有成系統的相關性，下沉的姿勢主要與悲傷、失望有關；直立、跳躍的姿勢是積極的情緒狀況。這就形成方位譬喻的基礎。「I'm feeling up」、

〔註 12〕雷可夫（George Lakoff）、詹生（Mark Johnson），周世箴譯《我們賴以生存的譬喻》（台北：聯經出版公司，2006 年），頁 9～13。

〔註 13〕雷可夫、詹生，周世箴譯《我們賴以生存的譬喻》，頁 15～19。

〔註 14〕雷可夫、詹生，周世箴譯《我們賴以生存的譬喻》，頁 113～118。

〔註 15〕雷可夫、詹生，周世箴譯《我們賴以生存的譬喻》，頁 27～41。

「I'm feeling down」，「情緒高昂／情緒低落」等均源於此。此外還滋生出「質優居上」（如：上／下策、上等、上／下流）、「量多居上」（物價上漲／下跌）、「權優居上」（如：上級／下屬、高高在上／屈居下位）等各種譬喻概念網絡的延伸。〔註16〕

二、實體譬喻

「實體譬喻」是說，實體感知與思維將抽象、模糊的思想、感情、心理狀態等無形的狀況化為有形的實體。此類譬喻包含三個次類：（一）實體與物質譬喻。（二）容器譬喻。（三）擬人化。除了我們所熟知的擬人與實體譬喻，我們時時在用而不自知的有容器譬喻，因為我們是肉體存在的生物，通過皮膚表面與世界的其餘部分相連，並由此出發，經驗世界的其餘部分如身外世界。每個人都是個容器，有一個有界的體表與一個進出的方位。我們將自己的進出方位映射到其他具表層界限的存在物上。於是，我們也視它們如一個有內外之分的容器。〔註17〕

容器有裡、外、邊界，凡具有邊界特質的都可歸入容器譬喻範疇。容器譬喻可分為三個次類：（1）地盤；（2）視野；（3）事件／行動／活動／狀況。地盤譬喻的譬喻表達式如：出入境、出國、國內／外、出門／進門、離家出走等，以「邊界」為容器。〔註18〕

我們也會將無明顯邊界的事物範疇化為容器，如：山群、街角、障礙等。甚至將身體視為大小容器的群集，如：「心裡、眼中、離開我的視線、視野中、目中無人」等語。另外還有「參加／退出比賽、入會、漸入佳境、熱戀中（fall in love）」等也是將事件、行動、活動、狀況等視為容器，這也是抽象事物實體化的一種表現。〔註19〕

三、結構譬喻

至於「結構譬喻」，立基於我們的肉身體驗成系統對應。單純立基於肉身體驗的概念如：上下、進出、物體、物質等，屬於我們概念系統的基本面，

〔註16〕雷可夫、詹生，周世箴譯《我們賴以生存的譬喻》，頁39～41。
〔註17〕雷可夫、詹生，周世箴譯《我們賴以生存的譬喻》，頁47～61。
〔註18〕雷可夫、詹生，周世箴譯《我們賴以生存的譬喻》，頁53～57。
〔註19〕雷可夫、詹生，周世箴譯《我們賴以生存的譬喻》，頁56～58。

沒有這些概念簡直無法溝通，但這些單純肉身體驗的基本概念為數不多，常僅止於指涉與量化。在這些作用之外，必須藉助結構譬喻使我們將談論一種概念的各方面詞語用於談論另一概念。〔註 20〕

例如我們對「勞力是資源」(Labor ia a resource）以及「時間是資源」(Time is a resource）的文化共識。這二項與材料資源相關的譬喻在文化上植栽於我們的經驗。材料資源主要是原料或燃料，兩者均被視為服務於有目標的終點，燃料可以用於加熱、運輸，或製造產品的能源，原料可用於直接產生產品。這兩種情形均可以「量化」原料資源並賦予「價值」。在這兩種情形，決定其實現最終目標的，是原料的「類別」，而非其中某一個體或數量。例如，燒的是那一塊煤並不重要，只是要某「類」煤即可。因此，在這種譬喻下，「勞力」、「時間」就有「耗盡」的特性；勞力與時間是西方工業社會的基礎，儘管我們習焉不察，但它們二者均屬於結構譬喻。〔註 21〕

以上就是 Lakoff-Johnson「譬喻理論」大致的理論體系。另外，還有一些術語，介紹如後：

一、域的定義

「域」語義單位被描述為相當於「認知域」(cognitive domains)，因此，任何概念或知識系統（Knowledge system）均可視之為「域」，包括社會關係、話語情境以及多種方言等概念。〔註 22〕

二、譬喻映射（metaphorical mapping）〔註 23〕

（一）Correspondences（對應）

通過來源域理解目標域，意謂：我們看到來源域成分與目標域成分之間的某種對應。且再看 Mappings 條。

（二）Mappings（映射）

概念譬喻由來源域成分與目標域成分之間的一組概念對應（conceptual correspondences）來描述，這些對應，專業術語稱為「映射」。

〔註 20〕雷可夫、詹生，周世箴譯《我們賴以生存的譬喻》，頁 119～120。

〔註 21〕雷可夫、詹生，周世箴譯《我們賴以生存的譬喻》，頁 125～129。

〔註 22〕關於「域」的特性，還有「域」依存於語境、它具有層級性，它的分類有基本域、感知域等，詳情請參考周世箴《我們賴以生存的譬喻・中譯導讀》，頁 72～75。

〔註 23〕周世箴《我們賴以生存的譬喻・中譯導讀》，頁 75

（三）Entailments, metaphorical（譬喻蘊涵）與 Lexical（詞彙編碼）來自人們

對來源域成分的豐富知識，例如，「憤怒是容器中的加熱液體」，這個譬喻概念體現我們對容器中熱液體狀態之豐富知識，當這種來源域知識被帶到目標域，就成爲譬喻蘊涵。

以下第二節即是先歸納《繡榻野史》中的二種譬喻，再以「譬喻理論」展開分析。

第三節　《繡榻野史》中的「性交／戰爭」譬喻使用情況述論

雖然目前的研究都傾向認爲情慾小說中的戰爭譬喻是受到房中術的影響，但是《繡榻野史》受到房中術影響的跡象不明顯。它呈現戰爭譬喻的方式，是運用諧擬（parody）的技巧，將戰爭譬喻呈現在「戰書」上。故事裡大里和金氏將進行第一次性交，趙大里寫了信去誇口：

> 陽台之會若何？何古人云：「得金千金，不如季布一諾。」嫂之美，不啻千金；而兄之信，實堅於季布，即當披甲持戈，突入鴻門耳，先此打下戰書，呵呵。
>
> 東門生寫一個帖兒回道，取笑他說：「撒毛洞主，已列陳齊丘，若無強弩利兵，恐不能突入重圍耳。必得胡僧貢寶，方可求和也，此復。」（頁 115）

後來因爲大里早洩，其性能力沒有他之前誇口的厲害，東門生就寫了一封信去嘲笑大里。信如此寫：

> 吾弟三敗於金，可見南宋之弱矣。昔日跨鶴之興安在哉？屈首請降，垂頭喪氣，徽欽之辱，亦不是過。可笑！弟即當招兵買馬，捲士重來，以圖恢復。毋使女眞得志，謂我南朝無人也。（頁 144）

大里則回覆：

> 昨者輕敵，遂有街亭之恥，然亦佯敗以驕之。尊諭三伏，不啻巾幗見遺，令人怒氣勃勃。晚當被甲躍馬，誓與彼決一雌雄，必三犁虜廷，深入不毛，直搗其巢穴，而掃腥羶然後已。此復。（頁 146）

這樣的譬喻也影響到讀者的閱讀反應。《繡榻野史》的編者、注者以及評者，

都有意識到小說中以性交譬喻戰爭的情況，並且在下筆寫批評時，也沿用了這樣的譬喻。如〈開關迎敵〉、〈金人緩兵求解〉、〈遼金拱首伏降〉、〈將軍欲搗陰山後〉、〈趙宋直抵黃龍府〉、〈趙兵深入不毛回〉、〈少女知春還怯陣〉、〈少女臨戎求救〉以及〈遼金勉強迎戰〉的則目。〔註 24〕以下將涉及戰爭譬喻的注解之例，依情節先後排列出來：〔註 25〕

注：衛州吁東門之役三敗於金之恥也。〔註 26〕寫在〈騷婆始終未悟〉一則。

注：運籌帷幄中，決勝千里外。〔註 27〕寫在〈計引麻氏就養〉一則。

注：鄧艾懸崖西蜀失守。〔註 28〕寫在〈麻氏春心偶露〉一則。

注：大河以北無堅城。〔註 29〕寫在〈金氏乘機引誘〉一則。

注：眞心、淫性交戰不能自主。〔註 30〕寫在〈麻姬淫心益熾〉一則。

注：簞食壺漿以迎王師。〔註 31〕寫在〈(東門生、麻氏）講說眞情〉一則。

注：赤壁鏖兵相炬（拒）最久。〔註 32〕寫在〈騷婆貪戀扳援〉一則。

注：好十面埋伏。〔註 33〕寫在〈東門生計醉家人〉一則。

以下是評語的部分，如上依情節先後排列：

評：安排下十面埋伏。〔註 34〕寫在〈計引麻氏就養〉一則。

〔註 24〕〔明〕呂天成《繡榻野史》醉眠閣本，頁 157、187、189、191、193、195、197、199、205。

〔註 25〕《繡榻野史》醉眠閣本的讀者閱讀反應之記錄，有注解、評語與斷略三種，爲分別它們，會以「注」、「評」標明出來，但「斷略」沒有涉及戰爭譬喻與食物譬喻，它的書寫者是站在一個道德立場去批判角色的行爲，還有爲了可以瞭解「注」、「評」出現時大略的情節內容，筆者會在其後註明它出現在那一則故事裡，其則目可以幫助我們瞭解大意。另外，其分則的編者據信並非呂天成，而且「注」、「評」及「斷略」也非出自作者呂天成之手，故可視爲讀者接受、反應之文獻。見陳慶浩主編《繡榻野史・出版說明》，頁 16。

〔註 26〕〔明〕呂天成《繡榻野史》醉眠閣本，頁 217。

〔註 27〕〔明〕呂天成《繡榻野史》醉眠閣本，頁 233。

〔註 28〕〔明〕呂天成《繡榻野史》醉眠閣本，頁 246。

〔註 29〕〔明〕呂天成《繡榻野史》醉眠閣本，頁 248。

〔註 30〕〔明〕呂天成《繡榻野史》醉眠閣本，頁 256。

〔註 31〕〔明〕呂天成《繡榻野史》醉眠閣本，頁 280。

〔註 32〕〔明〕呂天成《繡榻野史》醉眠閣本，頁 285。

〔註 33〕〔明〕呂天成《繡榻野史》醉眠閣本，頁 300。

〔註 34〕〔明〕呂天成《繡榻野史》醉眠閣本，頁 147。

評：雖有殽函之固，不敢開關延敵矣。〔註 35〕寫在〈金人緩兵求解〉一則。

評：商女不知亡國恨，隔江猶唱後庭花。〔註 36〕寫在〈趙宋直抵黃龍府〉一則。

評：龍且半渡，已落淮陰計中。〔註 37〕寫在〈計引麻氏就養〉一則。

我們可以看出「戰爭」是來源域，而「性交」裡的各種情況是目標域，也可以發現「戰爭」的來源域成分與「性交」的目標域成分有某種對應。爲了清楚，我們將其呈現爲表（三）：

來源域	映射形式	目標域
戰爭	→→→→→→→→→→→→→→→→→→→→	性交
敵我	性交的雙方如敵對的兩造。	男女、男男、女女、人獸
備戰	性交的準備過程如備戰的狀態。	洗滌、更衣、妝扮、期待與緊張的心情
武器	性交時使用的器具如戰爭的武器。	情慾小說、春宮圖、春藥、性工具（緬鈴、鵝毛箍兒）〔註 38〕
戰術	性交的技巧如開戰攻擊時採用的戰術。	房中術
攻防	性交時的輕、重、緩、急如戰爭的攻擊、防守與撤退。	男女主、被動的判斷；動作激烈快速與輕柔緩慢之別
後援	性交時我方他人的加入有如戰爭時援軍的到臨。	某一方在旁意欲性交的人〔註 39〕
勝敗	性交後兩方的生理、心理狀態有如戰勝、戰敗與戰和。	男女之間，高潮與否及誰先高潮，還有體液分泌數量與頻率，以次數少者爲勝

透過表（三），我們可以看見戰爭與性交的實體對應關係，顯示出「戰爭是性交」的譬喻概念。顯然的，使用戰爭爲性交取譬的來源域，是以對戰爭的經驗域去理解、建構另一截然不同的性交經驗域。而基於「映射不是任意的，而是以身體與日常經驗及知識爲基礎的」，〔註 40〕從具體的「殽函之固」、趙（趙

〔註 35〕〔明〕呂天成《繡榻野史》醉眠閣本，頁 188。

〔註 36〕〔明〕呂天成《繡榻野史》醉眠閣本，頁 194。

〔註 37〕〔明〕呂天成《繡榻野史》醉眠閣本，頁 234。

〔註 38〕「緬鈴」見是書頁 246～247、265；「鵝毛箍兒」見是書頁 283。

〔註 39〕在這裡是金氏的婢女塞紅、阿秀。

〔註 40〕周世箴《我們賴以生存的譬喻・中譯導讀》，頁 77。

大里）宋遼金（金氏）等語，可以推知作者、批評者應該不是眞正的沙場老將，而是至少讀過、聽過「蹇叔哭師」、也知道宋遼金的征戰歷史，或至少看過、聽過類似《說岳全傳》的歷史演義小說，因而具備了來源域的知識，而且從他們刻意地引用了典故（如：簞食壺漿以迎王師），且割裂正經八百的經典語詞來譬喻私領域中的性交，可見他們是有意識的在進行諧擬的技巧，若他們若能通篇一貫地、深層地諧擬正經正典，將會是超越時代的作品，可惜的是，他們的諧擬比較像是在開玩笑，讓道德話語的磚牆暫時裂個縫，喘口氣而已。

從「詞彙編碼」與「譬喻蘊涵」角度看以戰爭譬喻性交；我們可以從性交概念被多少常規語言表達式編碼，來衡量性交語言之生成力的尺度。〔註 41〕像以上的舉例中，「南宋之弱」的「弱」、「大河以北無堅城」的「堅城」，還有「赤壁鏖兵相炬（拒）最久」的「鏖兵」和「久」等詞彙，都是「性交是戰爭」譬喻概念，如「性交後兩方的生理、心理狀態有如戰勝、戰敗與戰和」、「性交時的輕、重、緩、急如戰爭的攻擊、防守與撤退」的詞彙編碼。

「譬喻蘊涵」則將來源域的相關知識細節傳送至目標域，形成了性交的語言概念系統。這意謂當某一人使用戰爭譬喻性交，他即是用理解戰爭的方式去理解性交，而這會因爲目標域對來源域「角度攝取」（perspective taking）的關係，而造成洞見與不見。因爲這是一種角度偏向的選擇，也是我們認知特性的一種表現。〔註 42〕我們用戰爭去理解性交，其實只是運用戰爭的部分特質去瞭解性交的類似特質，其他相異之處就被忽視或隱藏起來。例如：雙方之所以爭戰，一定肇因於某種利益衝突，而性交的兩人是爲了獲取「快感」這種利益而與對方「合作」；又如：通常戰敗的一方，由於自尊心的關係，免不了對戰勝國帶著自卑又仇恨的心理，但是性交中戰敗的一方，反而是獲得更多、更深快感的人，甚至還希望繼續「戰敗」。〔註 43〕這說明了用戰爭來理解性交有其侷限性。承此，我們用一個概念去建構另一個概念時，往往只是局部建構，這反映當時的人一般認知事物時的角度攝取的特性。試想一個情況，是我們用「雙人舞」爲來源域來建構「性交」時，我們將不再以強、弱、勝、敗來理解性交，而可能是改以兩人之間和諧的氣氛、協調的動作、姿態的優美、互動的默契來重新建構性交的意涵。另外，「角度攝取」也會將人與

〔註 41〕周世箴《我們賴以生存的譬喻．中譯導讀》，頁 78。

〔註 42〕周世箴《我們賴以生存的譬喻．中譯導讀》，頁 86。

〔註 43〕金氏：「若論我精來的時節，這樣快活，死了也甘心的。」見〔明〕呂天成《繡榻野史》，頁 217。

人之間的認知歧異凸顯出來，瞭解對性交的角度攝取性，就可以觀察晚明情慾小說、世情小說乃至所有類型的小說，如何以譬喻表述性交，有助於建立當時的情慾話語的語言概念系統。有一個現象要特別提出來說明，就是用戰爭譬喻性交時，會產生性交戰利品的概念，所以《繡榻野史》的男女雙方都會吃對方的性分泌物。這使飲食不僅了維持生命、滿足享受的意義，而有了戰利品以及連帶的賞賜、掠奪等概念譬喻。

由《繡榻野史》運用「戰爭」作爲來源域建構「性交」的內涵，呈現作者理解性交的一個面向。會將性交譬喻爲戰爭，是因爲不論勝敗，頻繁的戰爭總是爲交戰雙方帶來傷害；而過渡的縱慾，不顧自身、對方的身心狀態，頻繁的性交，自然對彼此也是一種折磨，而非享受。作者選用「戰爭」譬喻「性交」自然呈現了他同意縱慾的這個面向，而選擇這面向不是由於他個人的創見，而是他所立足的文化所帶給他的影響。〔註 44〕將性交譬喻爲戰爭，來自於將縱慾的性交視爲損耗健康的文化；同時，情慾小說往往將這損耗表述爲疾病，所以下一節將討論性病與其隱喻，並透過這樣的討論，說明「性交／戰爭」背後的文化意涵。

第四節　養生與性病的隱喻：晚明醫學理論以及文學素材中的欲望觀念

蘇珊・桑塔格（Susan Sontag ,1933～2003）在《疾病的隱喻》（*Illness as Metaphor and Aids and its Metaphor*）對於疾病被社會文化所建構的的意涵，她一針見血地給予頗具啓發的箴言：

> 我並不想描述移民疾病王國並在那裡生活到底是怎麼一回事，只想描述圍繞那一處境所編造的種種懲罰性的或感傷性的幻象：不是描繪這一王國的實際地理狀況，而是描繪有關國家特徵的種種成見。我的主題不是身體疾病本身，而是疾病被當作修辭手法或隱喻加以使用的情形。我的觀點是，疾病並非隱喻，而看待疾病的最眞誠的

〔註 44〕雷可夫、詹生，周世箴譯《我們賴以生存的譬喻》，頁 129。明代的房中書《既濟眞經》也運用戰爭譬喻性交（高羅佩《中國古代房內考》，頁 294）；《浪史》許多情節、文字與《繡榻野史》雷同，自然也運用了此一譬喻；稍後於二書的《昭陽趣史》，一開始敘述雌狐與燕精都欲採補對方的元陰、元陽，也運用了此一譬喻，可見這種譬喻的運用，在晚明頗爲常見。

> 方式——同時也是患者對待疾病的最健康的方式——是盡可能消除或抵制隱喻性思考。然而，要居住在由陰森恐怖的隱喻構成各種風景的疾病王國而不蒙受隱喻的偏見，幾乎是不可能的。我寫作此文，是爲了揭示這些隱喻，並藉此擺脱這些隱喻。〔註45〕

隱喻所蘊含的社會想像是每個個體的標籤；它左右了觀察者的眼光，形成「心眼引導肉眼」的模式——讓我們自身的期望主導了觀察的結論。〔註46〕梅毒與房中術並存於晚明的醫學文本當中，也都有各自的知識話語與隱喻，本節的目的就是分析這些部份，以作爲進一步分析晚明情慾小說的性病與房中術部份時，一個可以與文學文本相互參照的知識系統。

梅毒在晚明蔓延江南乃至全國時，這種疾病即帶著對患者頗具敵意的社會想像；這種疾病在一般大眾眼中都跟性的濫交有關，而這種疾病即是對其行爲的懲罰。〔註47〕但矛盾的是，顯然與性有關的房中術卻是一向標榜可以增進閨房樂趣、健體養身，甚至還能使得子孫綿延。〔註48〕同時，房中術是晚明情慾小說常常出現的描寫對象，男子常藉著房中術在閨房中「稱霸」，而女子也運用房中術來追求高潮或養生目的的描寫也多可見。〔註49〕但醫學與文學畢竟有差距。王立即指出晚明情慾文學中的房中術「已失去原本純眞的理念與宗旨」，〔註50〕可見二種不同的情慾話語對話的結果。疾病的社會想像是與夭折、懲罰聯繫在一起；房中術的社會想像則表現爲一種與長壽甚至修練成仙有關的秘密知識。通過考察，中國男性的身體在儒家論述裡即是要節制、管理與經營的場域，而唐代房中術興盛，又受到明清「廣嗣」觀念的影

〔註45〕蘇珊・桑塔格（Susan Sontag）、程巍譯《疾病的隱喻》（上海：上海譯文出版社，2003 年），頁 5。

〔註46〕李貞德引用栗山久茂、王道環以及李建民的研究成果，歸納出三者都具有「心眼引導肉眼」的現象。見氏著〈醫療史到身體文化的研究——從「健與美的歷史」研討會談起〉，發表於「健與美的歷史」學術研討會（1999 年 6 月 11～12 日），頁 2～3。

〔註47〕蔣竹山：〈性、蟲與過癩——明清中國有關痲瘋病的社會想像〉，發表於「大漢技術學院通識教育中心六月份討論會」（2001 年 6 月 13 日），頁 2。

〔註48〕江曉原：《性張力下的中國人》（上海：人民出版社，1997 年），頁 47～61。

〔註49〕李夢生所論及的一百二十部在清代被禁毀過的小說中，情慾小說佔了很大部分。對於情慾小說一些慣用的套數，李氏頗爲注意，在各篇章裡有一些勾勒串連，如其論〈昭陽趣史〉旁及情慾小說涉及春藥、採戰者。見氏著《中國禁毀小說百話》（台北：建宏出版社，1996 年），頁 137～141。

〔註50〕王立編著《中國傳統性醫學》，頁 4。

響，但宋明以降儒、佛、道三教共同營造出一種以愼欲、節欲爲主的性文化，所以特別講究克制的工夫，並鼓勵男性在日常生活中進行自我監控；這二造不同目的的話語形塑明清男性的身體觀與性文化的認知，而這些被知識話語左右的眼光，在看待身體上形成一種洞見。〔註 51〕但有見即有所不見，對此，我們要問的梅毒與房中術的醫學文本裡的看似矛盾的知識話語其實卻進行的同一種基調，而這種基調正好與道德話語合流，在某種程度上共同抑制了情慾小說處理性行爲的基調，造成情慾小說的情慾話語總是不斷地採取先違規而「終歸於正」的書寫策略，也因此導致情慾與道德對舉的「德——色」批評模式。〔註 52〕

中國房中術的理論體系在漢代已經完成，而後即是不斷地在此架構內塡補更多的素材，甚至因爲文化氣氛的開放保守有別，有些朝代，房中術的專著幾乎銷聲匿跡。〔註 53〕高羅佩也在他著名的專著《中國古代房內考》裡指出，像《素女妙論》、《既濟眞經》、《修眞演義》等房中書，在晚明時期已鮮爲士林所知，一般情慾小說中的引用（如《金瓶梅》中對性交的詳盡描述），對房中術與道家煉丹的書只有模糊的了解。〔註 54〕江曉原對高羅佩的中國古代房中術研究中延伸，歸納房中術主要的臨床功能有促進閨房之樂、養生、優生學等方面；〔註 55〕經過他的考察，他也同意高羅佩的見解。但是像《昭

〔註 51〕熊秉眞：〈種子方與獨臥吟：明清的男性身體文化〉（Recipes of Planting the Seeds and Songs of Sleeping Alone：A Profile of Male Culture in Ming-Ching China）收錄於熊秉眞、王瓊玲、胡曉眞所編《欲掩彌彰：中國歷史文化中的「私」與「情」——私情篇》（台北：漢學研究中心，2003 年），頁 349～411。

〔註 52〕「德——色」對舉，見高桂惠《追蹤躡跡——中國小說的文化闡釋》（台北：大安出版社，2005 年），頁 178～211。

〔註 53〕王立：「於 1973 年至 1974 年出土的馬王堆漢墓的文物中，其中有現存最早的性醫學文獻，如《十問》、《天下至道談》、《合陰陽》等。它們吸收了陰陽天道觀，正面研究了性問題，並且建立了房事有益養生的學說，以及守陽不瀉的「玉閉」概念，甚至還發展成「還精補腦」的說法，構成中醫性醫學的框架。……（清代）對於房中術，在「嚴絕非聖之書」的禁令下，房中書基本上絕跡，房中術亦隨之基本消亡，從而給後世造成中國幾千年文明中的性封閉、性壓抑、性無知的錯覺。」見氏編著《中國傳統性醫學》（北京：中醫古籍出版社，1998 年），頁 5、8～9。

〔註 54〕見氏著《中國古代房內考》（台北：桂冠圖書股份有限公司，1994 年），頁 286～303。

〔註 55〕江曉原：《性張力下的中國人》，頁 54～61。

陽趣史》裡，狐精與燕精的爭鬥就呈現房中術中「採戰」的觀念，〔註 56〕與《怡情陣》逐字引用房中書《修眞演義》的部份內容，〔註 57〕以及《株林野史》有「按古房中書的原理而精心安排的情節」進而「證明產生這些小說的特定社會集團的成員仍很熟悉古房中書」，〔註 58〕可見儘管情慾小說作者對房中術的奧義了解並不深入，但是通俗的一般性理解卻是充斥在小說裡面。從研究情慾小說內容的角度來看，原本小說作者本不須過於爲其專業以外的知識負責，與其說小說本身是在傳播房中術的知識，不如視這些作者是以一種「道聽途說」的方式，傳播與建構一般大眾關於自己身體、情慾的話語，而這些經由情慾小說承載的話語就形成在醫學專業人士之外，一般人對自己身體、情慾的權威性、一般性看法。換言之，情慾小說所生產的知識話語形塑、鋪墊了一般讀者認識情慾活動的語境。而相對的，房中術等以「養生」、「子嗣」爲核心的醫學文本，醫學文本則是以戒愼的態度爲基調，處處可見對縱慾所造成戕害的警告，情慾小說毋寧以肉體的享樂爲宗旨。〔註 59〕所以探究這二種話語的相互對峙、相互生成的情形，應有助於了解情慾小說的情欲世界。

一、男性對快感的節制與對女性性慾的恐懼

晚明是一個對性愛禁錮與放縱並存的時代。生活於此時的醫藥家，大多具有儒學的基底，懷抱著「不爲良相，便爲良醫」之想，所以贊同「性也，爲後也，不爲色也」的儒家觀點，對房中術採取迴避的態度，尤其是「辭太近褻，故不收錄」。但是對於整個社會普遍存在的性問題、性疾病，身爲醫者又不得不提出對治之法，所以對於這些問題與疾病的討論，通常納入子嗣或者是養生的範圍裡，以讓社會縱欲風氣所造成的性問題與病症，在表象上符合儒家的規範。〔註 60〕萬全（1499～1582）《家傳養生四要》中〈寡欲第一〉有清楚的呈現。他以「夫食、色，性也，故飲食、男女，人之大欲存焉」肯定了情慾存在的合理

〔註 56〕李夢生：《中國禁毀小說百話》，頁 133、135～136。

〔註 57〕高羅佩：《中國古代房內考》，頁 299。

〔註 58〕高羅佩：《中國古代房內考》，頁 327。

〔註 59〕黃克武：〈暗通款曲：明清豔情小說的情慾與空間〉做了引人入勝的演繹，收錄於熊秉眞主編《欲掩彌彰：中國歷史文化中的「私」與「情」——私情篇》（台北：漢學研究中心，2004 年），頁 245～246。

〔註 60〕王立編著《中國傳統性醫學》，頁 255。

性，但同時爲免這合理性持續擴大而成了縱欲的口實，他趕緊加上一條但書爲「不孝有三，無後爲大」，將其收束在生育子嗣的範圍內，〔註 61〕而在保留了過去房中術注重養生的同時，卻諱言追求快感的興趣與方法，更遑論合理地追求快感可增進養生的論述會出現於此。萬全對慾望與養生的平衡是以節慾爲基調來進行的。他以孔子之言立論：「少之時，血氣未定，戒之在色。……少之時，氣方盛而易溢。當此血氣之盛，加以少艾之慕，欲動情勝，交接無度，譬如園中之花，早發必先痿。」〔註 62〕繼而論起具體的節慾之法，「何謂七損八益？蓋七者，女子之數也，其血宜瀉不宜滿。八者，男子之數也，其精宜滿不宜瀉。」〔註 63〕可見女子充盈有餘而懼其滿；男子保泰務足而恐其瀉，對男女情慾能量的態度明顯可見。基於此，男女在情慾所引起疾病的對治之法也不同。女子注重「耗氣調血」，而男子則關注「補氣固精」。〔註 64〕由於有感於精液有虞匱乏，這種基調也轉化在情慾小說中男子對女子的性恐懼，關於這一點，美學者馬克夢甚至頗具形象化的「吝嗇鬼」的概念來詮釋。〔註 65〕醫書與情慾小說對房中術的態度最大的不同正在於此，情慾小說致力於鋪陳房中術，其房中術儘管有養生的訴求，但實際上夾帶著二種目的——在角色上是滿足感官快感的目的；在作者與讀者上則是馳騁其想像，〔註 66〕於是萬密齋則指出少年縱慾無度是一場一連串的身體耗竭的過程，〔註 67〕最後再搭配傳說是呂洞賓寫就的房中書《既濟眞經》的詩偈：「二八佳人體如酥，腰間仗劍斬愚夫。雖然不見人頭落，暗中

〔註 61〕傅沛藩等主編《萬密齋醫學全書》（北京：中國中醫藥出版社，1999 年），頁 7。

〔註 62〕傅沛藩等主編《萬密齋醫學全書》，頁 7。

〔註 63〕傅沛藩等主編《萬密齋醫學全書》，頁 7。

〔註 64〕傅沛藩等主編《萬密齋醫學全書》，頁 7。

〔註 65〕〔美〕馬克夢《吝嗇鬼、潑婦、一夫多妻者——十八世紀中國小說中的性與男女關係》（北京：人民文學出版社，2001 年），頁 15～17、85～97。李明軍《禁忌與放縱——明清豔情小說文化研究》（濟南：齊魯出版社，2005 年），頁 182。

〔註 66〕高羅佩認爲房中術具體深入的內容與術語鮮爲人知。見氏著（Robert Hans van Gulik）《中國古代房內考》（台北：桂冠圖書股份有限公司，1994 年），頁 302～303。又學者指出晚明情慾小說對房中術其實沒有眞正的理解，只是援引其辭敷衍成文。見李明軍《禁忌與放縱——明清豔情小說文化研究》（濟南：齊魯出版社，2005 年），頁 185。

〔註 67〕「今之男子，方其少也，未及二八而御女，以通其精，則精未滿則先瀉，五臟有不滿之處，他日有難形狀之疾。至於半衰，其陰已痿，求女強合，則隱曲未得而精先泄矣。及其老也，其精益耗，復近女以竭之，則腎之精不足，取給於臟腑，臟腑之精不足，取給於骨髓。故臟腑之精竭，則小便淋痛，大便乾澀，髓竭則頭傾足軟，腰脊酸痛。尸居餘氣，其能久乎？」見傅沛藩等主編《萬密齋醫學全書》（北京：中國中醫藥出版社，1999 年），頁 8。

教君骨髓枯。」值得注意的是這首詩也在《金瓶梅》的卷頭出現，可見快感的誘人與使之忘我，若沒又加之強烈生命威脅的恫嚇，男性恐怕會追求了快感而失去了健康。這也呈現在晚明的情慾小說裡，縱慾無度的角色，往往沒有好下場，也因爲這首詩的連結，顯現晚明醫書與情慾小說中對房中術的態度與運用，儘管不一致，但是深層裡因爲對女性充沛情慾動能的疑慮，所產生恐懼的反應卻是齊一。所以清代《四庫全書總目》指出子部醫家類不收房中、神仙二家，因爲「後人誤讀爲一，故服餌導引，歧塗頗雜，今悉刪除。」〔註 68〕由此，官方正統排除了房中書的醫療合法性，或許多少是因爲明代中葉已降，上至皇帝下至百官，沈迷女色者不乏其人，是以引此爲鑑；而一般人對房中術的理解就往往被情慾小說所表現的採補所限，而房中術所追求的正面意義與欲營造的形象就越來越淡薄了。

二、疾病的隱喻：性病的污名化與道德的關係

梅毒何時傳入我國，歷來學者意見不一。根據大多數人的看法，傾向於16 世紀初歐亞航運貿易開拓後，將此病經廣州傳入中國，並引起流行。〔註 69〕這一觀點基本符合歷史事實，因爲在 16 世紀以前的大量醫籍中，雖然有一些關於淋病等性病記載，但無論從病名到症狀描寫，都不大符合梅毒的特徵。〔註 70〕直到晚明以前，這種疾病傳播尚未達到令人驚恐的地步，這也許是因爲古代人性交講求衛生，會在性交前清洗性器官，並且塗抹瓊脂凍一類的潤滑物，防止感染。但梅毒的流行卻給這種無所顧忌的生活投下陰影。〔註 71〕是以明代中期以後的醫書，或多或少都記載著梅毒的流行概要與治療方法，如俞弁《續醫說》（1545）「萆薢」條：「弘治末年，民間患惡瘡，自廣東人始。吳人不識，呼爲廣瘡，又以其形似，謂之楊梅瘡。若病人血虛者，服輕粉重劑，致生結毒，鼻爛足穿，遂成痼疾，終身不瘉云。」〔註 72〕這也延續了醫家認爲南方容易致病的方土觀；同時也呈現在梅毒病因的看法上。〔註 73〕如李時

〔註 68〕〔清〕紀昀總纂：《四庫全書總目》（石家莊：河北人民出版社，2000 年），頁 2591。

〔註 69〕范行準：《中國醫學史略》（北京：中醫古籍出版社，1986 年），頁 249。

〔註 70〕同註 69。

〔註 71〕高羅佩：《中國古代房內考》，頁 324。

〔註 72〕〔明〕俞弁《續醫說》10:9 下「萆薢」。

〔註 73〕梁其姿：《疾病與方土之關係：元至清間醫界的看法》，收入《生命與醫療》（北京：中國大百科全書，2005 年），頁 370。

珍《本草綱目》（1588）卷十八「土茯苓」云：

> 楊梅瘡古方不載，亦無病者。近時起於嶺表，傳及四方。蓋嶺表風土卑炎，嵐瘴薰蒸，飲啖辛熱，男女淫猥，濕熱之邪，積蓄既深，發爲毒瘡，遂致互相傳染，自南而北，遂及海寧宇，然皆淫邪之人病之。〔註 74〕

這裡說到梅毒的致病原因有二：一是自然的環境因素；一是人爲的行爲所致。這樣的看法也爲大部分的晚明醫家所接受，並且隨著梅毒的流行，此病症與治療被醫家所深入研究，在病因的認知上有越來越有偏向人爲因素的傾向；使得醫案對梅毒患者的修辭總是伴隨著縱情聲色的譴責，但同時因「爲病者諱」的職業道德，造成譴責與忌諱相互制約的情形。如王肯堂也說「或問：廣瘡（即梅毒）何如？曰：此肝腎二經濕熱。或色慾太過，腎經虛損，感邪穢之氣而成。或因下疳畜毒，纏綿不已而作。」〔註 75〕由上可見，李、王都已經注意到梅毒的感染是經由性行爲傳染的，而且二人或明舉或暗示是由於不適宜（男女淫猥）、過度（色慾太過）的性行爲所引起的。又如王肯堂的醫友繆希雍（1546～1627）也在其《本草單方》卷十六設「楊梅瘡」一類，也接受李、王的看法，他也認爲梅毒的病因是縱情聲色所致。〔註 76〕這樣的觀念也呈現在中國現存最早的講述梅毒的專著——《霉瘡秘錄》。作者陳司成活動於明末清初，長期在江南三吳一帶行醫，親歷明末梅毒的流行，也爲他的治療提供了大量臨床實踐的機會和豐富翔實的資料。〔註 77〕他在《霉瘡秘錄‧自敘》談到他行醫與專治梅毒的機緣，他說：

> 往余弱冠，與友人某某者同試虎林。彼狎邪青樓，而余不敢從，彼以爲迂也。北歸未幾，友臥病，心知有所中也，不敢彰其言，私倩

〔註 74〕〔明〕李時珍（1518～1593）、夏魁周校注：《李時珍醫藥全書》（北京：中國中醫藥出版社，1996 年），頁 585～586。

〔註 75〕〔明〕王肯堂（1549～1613）、陸拯校注：《王肯堂醫學全書》（北京：中國中醫藥出版社，1999 年），頁 1308。

〔註 76〕繆希雍（1546～1627）在說明治療梅毒失當（輕粉毒，即汞中毒）時，間接提及梅毒病因是「近有好淫之人，多病楊梅毒瘡」，見氏著《繆希雍醫藥全書》所收《本草單方》（北京：中國中醫藥出版社，1999 年），頁 601。

〔註 77〕陳司成約生於萬曆二十一年（1593），卒年不詳，但從其著述《霉瘡秘錄‧自敘》末的署年，可確知至少在崇禎五年（1632）以前與之後的一段時間（《霉瘡秘錄》的刊行是 1637 年之後），陳司成仍健在。見〔明〕陳司成、魏睦森主編《霉瘡秘錄評注》（北京：人民衛生出版社，2003 年），頁 177～183。

余商榷。余發先王遺書，及檢各家秘授，合治之乃瘥。……更見公子王孫，一犯其毒，終爲廢疾。嗟嗟，方書不言，言亦不悉，余甚愍之。因察氣運、天時、病原、傳染、嗜好，爰及或問、治驗、方法類成一帙，名曰《霉瘡秘錄》。〔註 78〕

晚明縱慾的風氣頗爲興盛，但是追求快感的背後卻是疾病與痛苦死亡的陰影。從一句「余不敢從」，表達了有識者明哲保身的態度，而這樣的態度卻被某些執迷不悟者視爲是迂腐，所以在晚明的縱慾風潮席捲下，縱慾者在快感來臨之前，染上梅毒的威脅似乎被遠遠地拋在腦後。這一方面是像陳司成這一類醫生的專業治療減緩了快感與致病之間的衝突，一方面是醫生爲病者諱的心態，使得記載治療梅毒的專業醫書中沒有將患者污名化的現象，使得人們可以正視疾病本身，不必要去擔負依附在疾病上的道德標籤。這樣的態度在陳司成論及梅毒的發病與傳播時最明顯，他說：

或問曰：霉瘡爲患，何自而昉乎？

曰：嶺南之地，卑濕而暖，霜雪不加，蛇蟲不蟄，諸凡污穢蓄積於地。遇一陽來復，濕毒與瘴氣相蒸，物感之則霉爛易毀，人感之則瘡瘍易侵，更逢客火交煎，重虛之人即冒此疾。故始謂之陽梅瘡云，以致蔓延傳染，所以娼家有點過之說，皆由氣運所使，因漸而致也。〔註 79〕

陳司成認爲人之所以感染梅毒是多重的因素所促成的；不僅與地理環境、氣候、五運六氣的變化，也與個人的免疫力有關，所以將責任推給妓女是過於苛責了。這樣的見解在《霉瘡秘錄》頗爲常見，如在〈總說〉中云「是證也，不獨交媾相傳。禀薄之人或入市登圊，或與患者接談，偶中毒氣，不拘老幼，或即病，或不即病而慘痛周身，或不作痛而傳於內室，或內室無恙而移患於子女、甥孫者。」此亦可證。陳司成由於豐富的臨床經驗與縝密的觀察，發現梅毒的傳播方式不惟男女之事一途，因而也避免了先前的醫者「皆淫邪之人病之」等論斷裡沈重的道德控訴。誠如蘇珊・桑格塔所言「任何一種被作爲神秘之物加以對待並確實令人大感恐懼的疾病，即使事實上不具傳染性，也會被感到在道德上具有傳染性」。〔註 80〕反之，當清楚瞭解病因與有效的治

〔註 78〕〔明〕陳司成、魏睦森主編《霉瘡秘錄評注》（北京：人民衛生出版社，2003 年），頁 1。

〔註 79〕〔明〕陳司成、魏睦森主編《霉瘡秘錄評注》，頁 23。

〔註 80〕蘇珊・桑塔格（Susan Sontag）、程巍譯《疾病的隱喻》，頁 7。

療之後，就可以避免偏見的產生。〔註 81〕

陳司成的《霉瘡秘錄》證明他在治療梅毒上承先啓後並有所突破，他有能力也有意識地避免加深「楊梅瘡」的隱喻化程度，一方面是爲病患避免不必要的心理負擔，另一方面很有可能爲了不想得罪他的客戶。《霉瘡秘錄・治驗》有一醫案，記載著一位十四歲處女患有此症，「小腹作痛」且「痛引腿膝」，諸醫誤診爲「屈腳腸癰」並且治療無效，所以延請陳氏診治，陳氏觀察到有一婢女「頸項瘡疤紫黑」而判斷這處女的梅毒是「其婢所傳也」。當處女的父親詢問是什麼病時，陳氏的反應是「予不明言」。陳氏一直等到七個月後，此女症狀加劇才治療此女。此時，陳氏才對其父「示以病因」並且詢問那位婢女是否患過梅毒，而那位婢女也證實了陳氏的懷疑。接著陳氏治療得法，「半月痛始定」、「至二十五日諸症皆癒。」〔註 82〕

細思這一醫案，我們不得不去思考爲什麼一個月就可以完成並有效的療程，陳司成要拖到七個月後才施行？儘管醫案中以「適他往」作爲說明，但是從「其父詢爲何疾，予不明言」的這個「不明言」才是主因。試想「屈腳瘍癰」與「楊梅瘡」對一位「室女」而言，哪一種病比較不會面臨道德上的難關呢？而「室女」之父會接受哪一種病呢？陳司成若當下如實回答，可能會遭到其父否認而拒絕治療，也就不可能有七個月後的複診，此女也很可能因此喪送了性命。再試想，「室女患楊梅瘡」這句話的反諷性正足以體現患者父親所面臨的尷尬與質疑，因爲這種病在眾人的認知裡，主要是由性交所傳染的。更進一步的，患上此病會使得「室女」在中國古代性別政治裡的婚姻優勢蕩然無存，因此陳司成得謹慎從事，甚至連本醫案的記載均無一字提及「霉」、「梅」與「楊梅」等詞，只稱「疾」、「瘡」而已，也正是從這裡看見陳司成「爲病者諱」的苦心孤詣與機關算盡。

相較於陳司成，一般儒士對於這類疾病可以說是懷著恐懼的態度，因此「戒色節慾」成爲晚明士人養生理論的組成要素。除了上一節談過的萬全之

〔註 81〕蘇珊・桑塔格：「只要這種疾病的病因沒有被弄清，只要醫生的治療終歸無效，結核病就被認爲是對生命偷偷摸摸、毫不留情的盜劫。現在，輪到癌症來成爲這種不通報一聲就潛入身體的疾病，……它將一直充當這個角色，直到有一天，像當初的結核病一樣，其病因被查明，其治療方法變得有效。」（頁 7）其論點可以進一引伸出當病因明瞭與治療有效，疾病的神秘性因此消失，依附其上的隱喻也就會豁然而解。但是若無法認知疾病被隱喻化的過程，只要新的疾病出現，同樣的隱喻化過程又會再重演，桑塔格此文即在解構此一疾病的隱喻神話。

〔註 82〕〔明〕陳司成、魏睦森主編《霉瘡秘錄評注》，頁 150。

外，呂坤刊刻於明萬曆二十一年（1593）的《呻吟語》卷三〈養生〉就認為「天地間之禍人者，莫如多；令人易多者，莫如美」，其中呈現對欲望過度的批判與對誘惑的抗拒。且因為「不美則不令人多。不多則不令人敗」所以他說「非不愛美，懼禍之及也」。〔註 83〕是以我們就不難理解他為何要說「盜為男戎，色為女戎。人皆知盜之劫殺為可畏。而忘女戎之劫殺。悲夫！」〔註 84〕來加以強調。而高濂刊於萬曆中葉的《遵生八箋》則是提倡一種對色慾恐懼的態度，頗具影響力與代表性。〔註 85〕他在是書〈色慾當知所戒論〉主張道：

故養生之方，首先節慾。慾且當節，況欲其慾而不知所以壯吾欲也，寧無損哉？〔註 86〕

又說：

嗟夫！元氣有限，人慾無窮。慾念一起，熾若炎火。人能於欲念初萌，即便咬釘嚼鐵，強制未然。思淫逸之所，虎豹之墟也，幽冥之徑也。身投爪牙，而形甘嚅嚙，無云智者勿為，雖愚者亦知畏懼。故人於欲起心熱之際，當思冰山在前，深淵將溺，即便他思他涉，以遏其心，或行走治事，以避其險，庶忍能戒心，則慾亦可免。此為達者言也。平居當熟究養生之理，守靜之方。秉慧劍，截斷塵緣；舉法眼，看破幻影。無為死可以奪吾身，清靜恬淡，悉屏俗好，勿令生反速就其死，定性存誠，務歸正道。〔註 87〕

但高濂也並非採取絕對絕對主義的禁欲者，他只是認為對色慾必須知所節制，這從是書第十三卷〈飲饌服食箋〉，他痛陳房中藥之害的言論可知；此文也提供了一項佐證，除了讓我們瞭解縱慾之風的流行程度之外，也可以見到晚明的人們為了追求快感所發展出來的醫藥知識與身體文化。他說：

飲食男女，人之大欲也，不可已，亦不可縱。縱而無厭，疲困不勝，

〔註 83〕〔明〕呂坤《呻吟語》（北京：華夏出版社，2007 年），頁 314。

〔註 84〕〔明〕呂坤《呻吟語》，頁 316。

〔註 85〕王爾敏認為《遵生八箋》「實為人人貴生養命之八項途徑，而飲食、醫藥、調攝、延年各佔一項。足可見出所循養生益壽之法，純為一種日常生活參考」，見氏著《明清時代庶民文化生活》（長沙：岳麓書社，2002 年），頁 46。

〔註 86〕〔明〕高濂《遵生八箋》卷九〈延年卻病箋（下）〉，收入段成功、劉亞柱主編《中國古代房中養生秘笈》（北京：中醫古籍出版社，2001 年），頁 428～429。

〔註 87〕〔明〕高濂《遵生八箋》卷九〈延年卻病箋（下）〉，收入段成功、劉亞柱主編《中國古代房中養生秘笈》，頁 429。

乃尋藥石以強之，務快斯欲，因而方人術士得以投其好，而逞其技矣。構熱毒之藥，稱海上奇方。入於耳者，有耳珠丹；入於鼻者，有助情香；入於口者，有沈香合；握於手者，有紫金鈴；封於臍者，有保眞膏一丸、金蒸臍餅、火龍符；固於腰者，有蜘蛛膏、摩腰膏；含於龜者，有先天一粒丹；抹於龜者，有三釐散、七日一新方；縛其龜根者，有呂公絛、硫磺箍、蜈蚣帶、寶帶、良宵短、香羅帕；兜其小腹者，有順風旗、玉蟾裩、龍虎衣；搓其龜者，有長莖方、掌中金；納其陰户者，有揾袯香、暖爐散、窄陰膏、夜夜春；塞其肛門者，有金剛楔。此皆用於皮膚，以氣感腎家相火，一時堅舉，爲助情逸樂。〔註 88〕

上文列舉的春藥可以說蔚爲大觀。以範圍論，五官、四肢乃至性器官，皆有相應的藥物；以應用方式論，口服、塗抹、塞填到綑綁，可謂五花八門。但是它們都有共通的目的，就是避免「縱而無厭，疲困不勝」而達到「助情逸樂」的效果。可見晚明縱情身色者，爲了追求快感可謂不遺餘力。高濂當然看出只求快感而無所節制對健康的戕害，所以他繼續申論道：

用不已，其毒或流爲腰疽，聚爲便癰；或腐其龜者，爛其肛門。害蟲橫焰，尚可解脫，内有一二得理，未必盡虎狼也。若服食之藥，其名種種，如桃源秘寶丹，雄狗丸，不可救解，往往奇禍慘疾，潰腸裂膚。前車可鑒，此豈人不知也！欲勝於知，甘心蹈刃。〔註 89〕

依高濂所言，當時的春藥儘管是催情極品，但往往帶有很強烈的副作用，遺毒於身體，造成健康與生命的嚴重威脅，毋怪高濂大聲呼籲「保生者，可不惕懼以痛絕助長之念！」另外，值得注意的是「疽」、「癰」乃至性器官的腐爛等描述，與梅毒的臨床症狀頗爲類似。晚明有許多著名的高官與文人死於床第，或者其死亡與性有很大的關係，例如張居正的死，沈德符《萬曆野獲編》記載云：

時大司馬譚二華（綸）受其術於仲文，〔註 90〕時尚爲庶僚，行之而

〔註 88〕〔明〕高濂《遵生八箋》卷九〈延年卻病箋（下）〉，收入段成功、劉亞柱主編《中國古代房中養生秘笈》，頁 409～410。

〔註 89〕〔明〕高濂《遵生八箋》卷九〈延年卻病箋（下）〉，收入段成功、劉亞柱主編《中國古代房中養生秘笈》，頁 409～410。

〔註 90〕案：陶仲文先以房中秘方得寵於明世宗嘉靖，後來又以此術授譚綸，譚綸再以此術邀寵於張居正。

> 驗，又以授張江陵相，馴至通顯以至今官。譚行之二十年，一夕御妓女而敗，自揣不起，遺囑江陵愼之。張臨弔痛哭，爲榮飾其身後大備，時譚年甫踰六十也，張用譚術不已，後日以枯瘠，亦不及下壽而歿。〔註 91〕

這事件讓沈德符不禁欷噓：「三十年間，一時聖君哲相，俱墮彀中」，〔註 92〕可見此事在當時士風民生的影響力。不獨大臣如此，當時赫赫有名的文士，也染有這類與性有關的疾病。據徐朔方的考證，屠隆死於梅毒，而寫題名爲〈長卿苦情寄之瘍，筋骨段壞，號痛不可忍，教令闔舍念觀世音稍定。戲寄十絕〉的十首絕句給屠隆的湯顯祖也是死於梅毒。〔註 93〕徐氏也注意到屠隆親友如張應文與胡文學等輩，對屠隆的死因曲意迴護，將屠隆寫成「白日飛升的成仙證道的形象」，〔註 94〕而沈德符《萬曆野獲編》卷二十三《王百穀詩》說：「時汪太函（道昆）介弟仲淹（道貫）偕兄至吳，亦效其體作贈百穀詩：『身上楊梅瘡作果，眼中蘿蔔翳爲花。』時王正患梅毒偏體，而其目微帶障故云。然語雖切中，微傷雅厚矣。」〔註 95〕以身患梅毒作爲懲戒的方式在通俗小說中也有所表現。如《警世通言》第十七卷〈鈍秀才一朝交泰〉中，描寫男主角馬德稱被仇人太監王振誣告其父馬萬群侵吞萬兩贓銀，懼有司奪產賠償，遂將家業交由損友黃勝掌管，以待來日沉冤昭雪。豈料黃勝旋即出首，全部家業被有司歸公，使得馬德稱窮愁潦倒。後來，黃勝買通鄉試，中了舉人，且過著「終日穿花街過柳巷，在院子裡表子家行樂」的日子，因此「嫖出一身廣瘡」，毒發而死；〔註 96〕主角馬德稱在一連串倒楣事之後，終於否極泰來，金榜題名並報仇雪恨。故事主旨是莫看輕正處在人生低潮的人，人總有時來運轉之時。其中濃厚的勸懲意味自不待言，黃勝的下場則坐實了當時患梅毒或其他性病是一種報應的觀點。〔註 97〕由以上可見，士人死於梅毒在

〔註 91〕〔明〕沈德符《萬曆野獲編（中）》（北京：中華書局，2004 第一版四刷，據「扶荔山房」排印點校本），頁 546。

〔註 92〕〔明〕沈德符《萬曆野獲編（中）》，頁 546。

〔註 93〕徐朔方：〈湯顯祖與梅毒〉，《文學遺產》2000 年第 1 期，頁 100～102。

〔註 94〕徐朔方：〈湯顯祖與梅毒〉，《文學遺產》2000 年第 1 期，頁 100～102。

〔註 95〕〔明〕沈德符《萬曆野獲編（中）》，頁 586。

〔註 96〕〔明〕馮夢龍，嚴敦易校注《警世通言》（北京：人民文學出版社，2008 年），頁 230。

〔註 97〕明代流行的許多勸善書都有勸人莫涉淫行的律則，如從南宋初期流行至今的《太上感應篇》所列舉的 160 條大小道德過失，就有戒人勿「見他美色，起心

當時是不甚光彩之事，同時也看出「情寄之瘍」在士人中頗爲流行，而身患梅毒也隱喻著患者具有某種道德缺陷，而梅毒在通俗小說中成爲一種報應的方式，是具有濃厚懲戒意義的意象。

從醫家到一般士人乃至尋常百姓，晚明的欲望觀念包藏著許多複雜的訊息。它承載著歷史社會文化的所賦予的傳統意義：在古代中國不特別強調性愛的快感，而是強調其節制的基本性格與技術性的那一面，以期能通過它達到「養生」與「廣嗣」的雙重目的。而晚明隨著縱慾之風的普遍，在許多批評縱慾風氣的文字記載中，恰可以從其反面去發現、思考晚明的人們因爲追求快感而偏離傳統的部份。這從以下幾方面呈現出來：首先，女性的性欲望被視爲對男性健康的重大威脅。儘管明代之前就有類似的觀點，但是在晚明特別地被加強了；其次，追求快感的負面隱喻藉由疾病與死亡來加以凸顯，並且沾染上敗德的色彩。本文透過梅毒與春藥二者的相關記載，述論這其中所牽涉到的隱喻，發現無論是晚明的醫學文本中，還是士人的筆記記錄裡，梅毒與春藥的隱喻意涵往往與死亡息息相關，而且其引起的死亡也帶有一種濃厚的懲戒意味。持此理解，重新去思考《金瓶梅》西門慶之死，他正是死於過度的縱慾與過量的春藥；《繡榻野史》裡的金氏也是因「色癆」而亡。考慮到在晚明情慾小說中縱慾與死亡是不斷出現的主題，〔註 98〕因此對此一隱喻的內容與其背景的理解，對於我們分析晚明的情慾小說是不可或缺的脈絡。

第五節　小　結

在《繡榻野史》中，床第變成戰場。其將性交譬喻爲戰爭的情況，是以戰爭的知識映射至性交上，換句話說，以戰爭的知識建構對性交的認知。作

私之」、「淫欲過度」等，否則「司命隨其輕重，奪其紀算，算盡則死。死有餘責，乃殃及子孫」。可見道德話語與縱慾風氣之間的張力。這種觀念也影響到醫者對致病的認知，梁其姿認爲「江南的醫家越來越多以這種穢氣來解釋各種疾病，並且將人爲的污穢也包括在內」，見氏著〈疾病與方土的關係：元至清醫界的看法〉，收入《生命與醫療》（北京：中國大百科全書，2005 年），頁 376。

〔註 98〕韓南（Patrick Hanan）在〈中國愛慾小說初探〉中對此有所概括與洞見。他認爲就中國人的倫常觀念而言，縱慾必定會走向敗亡，是「不旋踵禍及其身」的；不論角色的階級、身份，其結局通常是死亡，或者至少要付出一定程度的生命財產上的代價。以範圍論，除了自己，也旁及親人。因此韓南認爲歐洲情慾小說的縱慾價值觀，遠較中國同類小說徹底開放。見《聯合文學》第四卷十一期（1988 年 9 月），頁 19、27。

者這樣的選擇，並非是任意性的，而是立基文化環境中，所給予他的知識、訊息所做的選擇。因此，以戰爭譬喻性交具有反對過度縱慾的文化意涵，因爲過度的縱慾會帶來疾病，甚至死亡。

從性別研究的角度來看，將性交理解爲戰爭，也是將兩性關係的重要部分化爲戰場了，所以房中書的預設讀者幾乎都是男性，而房中書的兩大目的，「養生」（等而下之者，形成「採陰補陽」的「採戰術」）與「傳宗接代」，自然沒有深入理解女性情欲內容的意願與空間，也因此在面對女性與男性在情欲上的差異性，男性因爲害怕「戰敗」，而產生了將女性的性欲恐怖化的文化，也將女性性欲表述成令人心生畏懼的意象了。因此，「性交／戰爭」的譬喻，侷限了理解兩性關係的認知方式。

疾病在晚明的醫學文本與小說文本中，被對縱慾不同立場、態度的觀點所表述。人的性欲在這些文本中，大都採取節制的立場，而非鼓勵。合理的性欲是傳宗接代與養生，而非用來享樂。追求享樂的性交是不被允許的，即使在以縱慾內容，作爲道德突破窗口的情慾小說，縱慾者仍多因性致病而亡。但是情慾小說仍是當時眾多文本當中，唯一可以將性欲表述成放縱與享樂的傾向，而在其他文本對縱慾的禁制下，形成強烈的對比與張力，而縱慾所帶來的後遺症：疾病與死亡，就因此被反對的勢力貼上敗德的標籤，形成疾病的隱喻。這項隱喻會造成：凡因性而病、而亡者，在道德上皆有所缺陷，甚至在非情慾小說中，性病還成爲一種懲罰方式，去對付犯下非與縱慾有關之罪的角色。這樣隱喻造成以追求愉悅、享樂爲目的的情欲話語難產，而情慾小說作爲禁忌的突破口，也因爲強大的張力，將焦點放在道德話語的對話、交鋒上，而無餘力去建構更精緻的情欲話語之內涵。

第七章　結　論

回顧情慾小說的前人研究時，情慾小說的文獻被整理出來（如《思無邪匯寶》），而且也完成大多數的上游研究（如陳慶浩於《思無邪匯寶》的〈出版說明〉），已經是十多年前、上個世紀九零年代的事。在此之前，古典小說的情慾書寫研究，大多集中在《金瓶梅》，次及《肉蒲團》，而其他能見度低的情慾小說，不是沒有足夠流通的文獻可供研究，就是學術環境尚不容許進行此類研究。承此資源、時機，筆者的研究乃得以展開，飲水思源，不勝感激。

但情慾小說的研究，仍存有一些問題。要怎樣著手研究這些被視爲「末流」的小說呢？要如何說服他人不先入爲主地看待這些小說呢？寧宗一曾自陳自己在當年尚不如今日開明的環境下，研究《金瓶梅》的心境。他說：

> 普通讀者就少有面具，往往想怎麼說就怎麼說，比如對《金瓶梅》其實不少批評家未必沒有普通讀者的閱讀感受，但它們一旦寫成文章就冠冕堂皇了。儘管我們分明地感到一些評論文字的作假，一看題目就見出了那種做作出來的義正而詞嚴，可是這種做作本身說明了那種觀念眞實而強大的存在。…《金瓶梅》就成了一塊眞假心態的試金石，這也夠可笑的了。
>
> 就拿《金瓶梅》最惹眼的性行爲的描寫來說，必須承認，在我過去的研究文章就有僞飾。……我們既不能苟同以性爲低級去爲之佐料，也無法同意談性色變之國粹，當然我們對佛洛伊德的性本能說的被無限誇張也有許多保留意見，現在，也許經過一番現代化的開導，我們眞的認識到，性行爲所揭示的人類生存狀態，往往是極其

> 深刻的。因為，在人類社會裡，性已經是一種文化現象，它可以提高到更高的精神境界，得到美的昇華，絕不僅僅是一種動物性的本能。所以，我一直認為《金瓶梅》可以、應該必須寫性（題材、主旨、內容這樣要求），但是由於作者筆觸過於直露，因此時常為人們所詬病。但是，我更喜歡偉大的喜劇演員 W.C 菲爾茲的一句有意味的話：有些東西也許比性更好，有些東西也許比性更糟，但沒有東西是與之完全相似的。〔註 1〕

他說出了研究者研究情慾書寫的道德焦慮，以及隨之而來的世故妝點，還有研究環境改變後的反省與釋懷。研究世情小說經典《金瓶梅》尚且還經歷過這段歲月，那麼研究「專在性交」的「末流」，研究者的焦慮更不在話下，而且看到晚明以來，那麼多批評、禁毀情慾小說，勸誡、威脅、恐嚇、詛咒情慾小說作者的文獻之後，道德立場與色情立場之間的交鋒的消長、拔河的張力，躍然紙上，遂形成筆者以「情慾小說是當時道德的試金石」、「為何對情慾如此戒慎恐懼？」來思索情慾小說在當時文化中的定位。筆者當然知道這項思索是個大哉問，與其說這本論文是在回答這個問題，倒不如說這本論文是在為回答這個問題做奠定基礎的工作。

大體來看，情慾小說的研究正方興未艾，不僅經典作品中的情慾書寫重新被詮釋，能見度較低的作品的研究也正在展開，它有跨作品的文化研究，也有單一作品研究，在深度與廣度上，顯現情慾小說研究的活力與多樣。也是在這樣的經驗與基礎上，發現「資本主義萌芽」、「市民文學」等術語與其背後整套的作品詮釋觀點，對情慾小說的研究效力有許多問題，因為這些術語是被建構於詮釋世情小說的，所以當它們被拿來研究情慾小說時，會有些扞格不入。筆者在第二章〈晚明情慾小說產生的背景〉，盡量避免使用到這二個術語，以及不再運用這些詮釋觀點來探討《繡榻野史》的內容（第五章）。而衍生的另一項工作，就是建立一個術語「情慾小說」，以彌補當前所用的術語都有若干瑕疵的問題，而在整本論文的實際操作之後，在引用原文時，原文的術語自然照單全收，但最難改變的，是以「性（sexual）」為詞首詞義的術語，因為它已經深入當代日常用語當中，我們的思維與日常溝通都難以抹除它的蹤影。這當然是筆者的瑕疵，自當有修正的必要。

總的來說，筆者的研究路徑，是源自於陳慶浩先生的看法。他在《思無

〔註 1〕 寧宗一《傾聽民間心靈的回聲》（太原：山西古籍出版社，2003 年），頁 272。

邪匯寶・總序》說：

> 明清白話小說情節互相因襲情況嚴重，豔情小說更甚，若能分解構成各書相同或相類的故事情節，觀其流變，對了解各書之形成，彼此間的關係及其價值，也是有幫助的。〔註2〕

又說：

> 中國政治史料發達而社會史料較欠缺，明清小說是了解當時社會的重要材料。豔情小說除了提供當時一般社會的史料外，又特別反映了當時的性風俗、性心理等，為後人研究此一時期的性文化提供豐富的資料。〔註3〕

這啓發筆者建構出第三章與第五章、第六章的框架與想要進行研究的主題，但因爲千里之行，始於足下，所以筆者選擇《繡榻野史》做爲起點。《繡榻野史》之所以中選，是因爲它在專重慾的情慾小說中具有代表性，並且對後代專重慾的情慾小說有所影響。

本文的第二章從印刷產業的興盛、社會風氣的淫靡與李贄、湯顯祖思潮的影響等面向，探討情慾小說的興起。情慾小說興起，除了拜晚明出版業興盛之賜之外，從讀者的角度來看，情慾小說也擁有了出版商最注重的市場。情慾小說在晚明多是文人所寫，但讀者不限文人，還有商賈與一般市井百姓，這可以從情慾小說的取材多樣上，看得出來。因爲爲了市場各樣讀者的需求，才會汲取各種題材而將其創作爲情慾小說。最重要的一點，是情慾小說展現了情慾如何納入文學書寫的範圍，而且以猥褻的方式表述。儘管作品以外的現實創作環境，許多人仍對創作、出版與閱讀情慾小說大加撻伐，但是情慾此一題材仍在小說這一文體中札了根，且也茁壯起來了。換句話說，情慾在晚明相對不被文人所看重的文類中，找到書寫的空間。

在情慾小說作品逐漸增多的同時，晚明心學泰州學派一系，面對社會的轉變，他們也提出一些人性論的觀點，除了他們一直沒有妥善解決爲何「至情」可以達致「至德」的問題之外，在文學實踐上，湯顯祖的《牡丹亭》可視爲「至情」思潮的代表作，而在小說出版與思潮傳播上的關鍵人物，則是

〔註2〕陳慶浩《思無邪匯寶・叢書總序》，收入《思無邪匯寶》各書內，本文引自〔明〕無遮道人編次《海陵佚史》（台北：台灣大英百科股份有限公司，1995年），頁6。

〔註3〕陳慶浩《思無邪匯寶・叢書總序》，收入《思無邪匯寶》各書內，本文引自〔明〕無遮道人編次《海陵佚史》，頁6。

馮夢龍。馮夢龍的一系列創作、改編以及出版，都有欲以文學推動新觀點的教化的行動，如他的「情教說」。馮夢龍可說是面對此思潮，在文學表現上屬於比較正面的回應。當時一些情慾小說也因此高舉「至情」主張，來為筆下的角色辯護，並藉此偷渡、掩護色情，例如《浪史》，可說是「取法乎下」的負面回應。

第三章的焦點是在說明《繡榻野史》與《浪史》在情節與文字上的雷同。這雷同在二書結局差異之大的情況下，僅有蕭相愷提及，又加上二書成書年代接近，所以筆者選此二書深入探討。這一章小規模地整理二書的雷同情節，即是陳慶浩先生的啓發。這章的研究除了再次證明明代情慾小說因襲情形嚴重之外，今人的研究將它一樣結局形式的《肉蒲團》與《浪史》分列為二大壁壘，這樣的判斷當然很正確，但是容易令人誤會二書在情節、文字上沒有關聯，也提醒研究者，情慾小說在文獻上錯綜複雜的情形，可能會造成情節、文字多數雷同，但整體風格卻屬於不同類型的現象。而從《繡榻野史》和《浪史》來看，會造成這種現象的原因，是因為作者採用了不同的辯護策略；《繡榻野史》採用「以淫止淫」，所以讓縱慾者的下場幾乎都是死亡，《浪史》採用「至情」偷渡色情，所有的縱慾者幾乎都飛昇成仙。至於作者是否眞的「以淫止淫」，眞的相信縱慾即是至情的表現，筆者認為不是。筆者所著眼的，並非這是不是他們眞正的動機，而是視此為一種現象，去探究是什麼樣的社會道德壓力，讓他們得用這種策略來為自己的辯護。面對這個問題的觀察與看法，在本文第五、六章展現。

《繡榻野史》的作者呂天成是我們目前少數清楚知道的情慾小說作者。呂天成在文學史上是晚明曲論家的身份，他的《曲品》一再地被提及，但是他的情慾文學創作，在他其他文類的創作只剩下《齊東絕倒》的情況下，卻只是略略一題，在他三十九歲的人生中聊備一格而已。筆者於是介紹他的家世、師承與交遊，發現他具有接觸通俗文學的良好條件。呂天成的家世背景可謂書香門第，長輩都不排斥戲曲與小說，外舅祖孫鑛與父親呂胤昌都在正業之餘，參與戲曲與小說的閱讀與評論活動中。祖母孫鐶還收藏了許多歷史典籍與戲曲小說，讓呂天成可以自小泛覽博觀，也讓他養成收藏戲曲作品的習慣，奠定他日後創作《曲品》的基礎。而孫鑛、沈璟在評論戲曲標準與音律上都影響了呂天成，而呂天成的好友王驥德更是起了鼓勵的作用，呂天成的《曲品》之所以會重拾而加以修訂出版，就是因為王驥德完成了《曲律》。

在瞭解他的生平之後，《繡榻野史》是呂天成的少年遊戲之筆，而且在沈璟評論呂天成的戲曲作品，發現呂天成有不少以情慾爲題材的作品，而他晚年的詩集《紅青絕句》也是涉及情慾，顯然他並不排斥此類題材，一直持此爲素材來創作。他在科舉之路上並不順利，從孫鑛寫給他的信，可知他有從事出版業的跡象。這個跡象讓我們得以理解《繡榻野史》爲何在當時即有刊本，而且流傳至近代沒有散亡，孫楷第見此現象而稱此書爲「異書」。除了沈璟與王驥德外，大多數的人對《繡榻野史》都是批評的態度，甚至馮夢龍還認爲呂天成之所壯年一夕溘逝，是因爲受了此書的報應。呂天成晚年有感自己科舉無成，且長輩、師長相繼而亡，所以心態轉趨「澹然入道」，且對於自己因過於投入戲曲事業，還曾信心動搖，帶著後悔的意識。呂天成的生平，對於理解晚明情慾小說作者有所幫助，儘管大體來看，情慾小說的興起是因爲它在市場上有銷路，所以作者紛紛，出版者紛紛，但是呂天成不像是爲了金錢而創作情慾小說的人，由於沒有任何呂天成自陳創作動機的文字留下來，僅只有王驥德追記的一句「少年遊戲之筆」，並且考慮到呂天成「摹寫麗情褻語，尤稱絕技」（王驥德語），他或許是少年心性，爲了表現自己掌握情慾題材上的能力，而創作了《繡榻野史》。

筆者在進行第五章的內容分析時，一直在術語與方法上思考，因爲對一般世情小說可以順利進行的「典型」、「類型」、「圓形」、「扁平」、「形象」、「個性」等術語，在專重慾的情慾小說都會受到一定程度的限制。因爲專重慾的情慾小說「專在性交」，所以描寫角色的文字一般來說都很少，而且大多數不會比反映世情的情慾小說來得深刻。在一番思索之後，筆者發現情慾小說中的角色，往往會因爲情慾活動而造成人倫改變而失衡，而道德與秩序的維持，很大的部分是建立在穩健的人倫關係上，所以筆者援用了牟斯的禮物理論與布赫迪厄的資本交易理論，來看《繡榻野史》中人際關係的轉變，也從東門生這個角色上體現「道德」的可交易性，所以原本「以淫止淫」的邏輯，是縱慾者以死亡作爲違背人倫的懲罰，但是東門生卻在一連串的贈予中，獲得象徵資本，使得他得以持此抵銷掉原本要施加在他身上的懲罰。從這個角度來看，「以淫止淫」自然不是眞正落實在小說中，筆者也藉此說明了「爲何」會無法落實。值得注意的，是東門生躲掉縱慾者所應受的懲罰，並不代表在小說中的道德話語同樣可被慾望所抵銷，或者是減弱。因爲若視小說爲一框架，道德話語被表述地比較像是框架外守著唯一出口的終極判官與監視者，無論如何都得與它談判、交易；情慾話語在此框架中，無論如何都得接受此一規則；即它沒有制訂規則的權力，換言之，情慾小說儘管表現了縱慾與享樂的面向，但是基本上它是在一個被抑制的框架中，也就是若視情慾小說爲晚明人的慾望横流，在文學上的最壞示範，那麼它對道德話語的衝擊並沒有一般以爲的大。

這個框架，若用術語稱之，即爲「時空型」。《繡榻野史》「時空型」說明了情慾活動只能暫時存在於封閉空間之內，當它洩露於封閉空間之外，將會招致道德的懲罰；這在情慾小說中往往表述爲「報應」。而「報應」在呂天成筆下，是可以用種種資本抵銷的，但是卻無法取消交易，意即沒有辦法繼續擁有象徵資本，這是因爲「時空型」預設了過度縱慾是一種違背道德的罪過；而「以淫止淫」之所以無效，是因爲違背罪過的懲罰可以因交易而抵銷，但是角色無法「上訴」，超越框架而辯稱說：過度縱慾沒有違背道德。《浪史》是以「至情」來掩護縱慾，因爲多數角色的下場是飛昇成仙，乍看之下，它的時空型應該與《繡榻野史》不一樣，但是與《繡榻野史》的資本交易策略不一樣的，是《繡榻野史》選擇和道德話語談判、妥協，損失象徵資本以換取減輕懲罰，這是解決與道德話語拉鋸的問題；《浪史》的作法比較像是逃離現場，因爲它的結局無法處理縱慾與道德的關係，所以跳至空白與封閉的空間「仙界」中，去延續（在情節脈絡上）不斷重複的縱慾內容。因此，《浪史》的作法是取消問題，而沒有解決問題。

若將道德話語具體化爲禮法，《繡榻野史》與《浪史》儘管勇於衝撞，但是在調和禮法（公領域）與慾望（私領域）的衝突上，二書表現欠佳，所以除了展現對縱慾的各種想像，豐富了情慾文化的樣貌之外，它能給讀者在公、私領域中游刃有餘的啓發，或者描述禮法與慾望在個人身心上拉扯所造成的痛苦，這些面向都付之闕如，這或許是這些小說最大的限制所在。

從文化研究的角度看，不單單是《繡榻野史》，許多晚明情慾小說都充斥著以戰爭譬喻性交的情形，本章受《我們賴以生存的譬喻》啓發，以此書的部分術語與觀點，來研究《繡榻野史》中「性交／戰爭」譬喻及其意涵。由於戰爭作爲來源域，其相關的知識會映射到目標域「性交」上，也就造成以戰爭建構對性交的認知，因此「性交」具有了敵我、勝敗等概念，但由於「角度攝取」的緣故，來源域無法全面涵蓋目標域，只能局部建構，所以以戰爭譬喻性交，無法幫助我們認知兩性關係各個層面，而「性交」作爲兩性關係的一部份，以戰爭去理解性交，自然是以偏概全的，譬如用雙人舞來譬喻性交，就能呈現性交中的合作、協調等面向。戰爭譬喻同時也爲性交帶來了損耗、敗亡的概念，於是以戰爭譬喻性交，其意涵是過度的縱慾宛若頻繁的戰爭，會爲彼此帶來損耗，甚至死亡。因此，醫學文本中強調對性欲節制，反對縱慾的立場，也就其來有自。醫學文本對面情慾態度，認爲它應該規範在「養生」與「傳宗接代」的範圍內，此一立場的勢力強大，扼殺了以享樂爲目標的情慾文化內容被記載下來，儘管我們從批評文字、情慾小說中可以看見一部份展示，但是在道德話語的干預、滲透之下，縱慾者與疾病、死亡的關係，從醫學觀點變成道德觀點，以致於非縱慾的敗德者其懲罰是性病，這遂形成了疾病的隱喻：縱慾是道德的重大瑕疵，而有性病者，不僅僅是他的縱慾所致，也許是他有其他重大的道德瑕疵所引來的懲罰。事實上，追求性上的享樂是違反道德的，在今日已被視爲迷思，但是追求性上的享樂，而損害了人倫基礎，在今日仍是不被允許的，例如直系血親亂倫。性病隱喻也造成以追求愉悅、享樂爲目的的情欲話語難產，而情慾小說作爲禁忌的突破口，也因爲強大的張力，將焦點放在道德話語的對話、交鋒上，而無餘力去建構更精緻的情欲話語之內涵。

筆者藉由《繡榻野史》的研究，對於晚明情慾小說作爲當時道德的試金石，道德之網或弛張、或束合，但道德與色情對舉的模式不變；而隨著道德之網的一合一張，色情常以高級的目標來作爲逃脫的策略，如「以淫止淫」，目的是裨益教化，或將色情包裝成「至情」。而對縱慾的恐懼、排斥、禁制，則是來自戰爭的譬喻爲性交帶來損耗、死亡的概念，而損耗與死亡則導致疾病的隱喻。

至於本文的遺憾之處，在於《繡榻野史》的醉眠閣本有大量的「眉批」、「評」與「斷略」，由於考據結果認爲非作者所爲，所以可以視爲讀者閱讀情慾小說的資料，但本論文礙於時間與精力，沒有專章加以論述，其來日能加以增補。更長遠的展望，是希望可以逐步完成情慾小說相同或類似情節的歸納，逐漸釐清各書的形成、關係以及價值。

附錄一　《浪史》與明代傳奇小說的淵源

一、前　言

明代中期陸續出現了一批文言傳奇小說，其中有一些作品帶有濃厚的情慾色彩。它們幾乎都寄身於當時流行的通俗類書當中，如《繡谷春容》、《國色天香》等。自元代《嬌紅記》開枝散葉的文言傳奇小說，發展至約嘉靖、萬曆之間時，部分小說風格轉變，出現了一些情節涉及性愛或鋪陳性愛場面的小說，如《花神三妙傳》、《尋芳雅集》、《天緣奇遇》、《李生六一天緣》等，形成除了中篇傳奇小說的言情傳統之外，又增添了重慾傳統，而這些小說又影響了白話情慾小說。〔註 1〕如《浪史》的部分情節就是受了《李生六一天緣》這類型小說的影響，而由於《李生六一天緣》又承《花神三妙傳》、《尋

〔註 1〕陳益源教授認爲「明代中篇傳奇小說的發展自成系統」，且指出「自《懷春雅集》以降，嘉靖年間《花神三妙傳》、《尋芳雅集》、《天緣奇遇》三部中篇，顯然在寫作風格上起了不小的變化，……一男三女式的遇合和露骨的床笫描寫，使得作品的格調轉趨卑下，尤其《天緣奇遇》雖直承《嬌紅記》、《懷春雅集》而來，卻比《尋芳雅集》更加大膽地側重男女性愛的鋪述。」其間雖有《劉生覓蓮記》試圖轉變其風格，但「阻擋不了像《李生六一天緣》、《傳奇雅集》對《花神三妙傳》、《尋芳雅集》，特別是《天緣奇遇》的抄襲仿效。」以致於「《繡榻野史》、《弁而釵·情貞記》、《桃花影》、……、《浪史》等豔情淫穢小說，則受到《嬌紅記》及其以後的《花神三妙傳》、《天緣奇遇》等明代中後其以性愛描寫爲主者影響較烈。」由此可得出二項重點：一、《懷春雅集》以下的四部中篇傳奇開創了偏重豔情內容的風格，有別於元末《嬌紅記》言情的傳統；二、元明中篇傳奇小說不同風格的走向，對明末清初檯面上和地底下流行的兩類小說，均有帶頭作用。」見氏著《元明中篇傳奇小說研究》（九龍：學峰文化，1997 年），頁 304、307。

芳雅集》、《天緣奇遇》等一批約寫於嘉靖間的作品而來，〔註 2〕所以若以風格而言，《浪史》可以說大大發展了這些文言傳奇小說中屬於豔情的部分，也符合了明中篇傳奇小說影響明清白話小說的趨勢。〔註 3〕

《花神三妙傳》出現在萬曆年間的白話情慾小說《繡榻野史》裡，而且被視爲誨淫助興之書。〔註 4〕陳益源認爲此書直接受《嬌紅記》影響，卻未能承接蘊藉文風，它那一男三女的私通情事，跟《天緣奇遇》、《尋芳雅集》頗爲相似。也影響了《李生六一天緣》、《情義奇姻》、《傳奇雅集》、《雙雙傳》等書。〔註 5〕而《尋芳雅集》故事情節曲折，角色刻畫細膩是其長處，但它仍宣揚一夫多妻思想與過量描寫情慾的文字，是難以忽視的缺點。〔註 6〕至於《天緣奇遇》在情慾描寫方面，更是「將中篇傳奇小說的創作風氣帶上另外一條道路，並對明末清初的豔情小說造成很大的影響」，〔註 7〕而《李生六一天緣》又與《浪史》在情節上有許多雷同之處。〔註 8〕由以上可知，元明中篇傳奇自成系統，其中又由《花神三妙傳》開始傾向越來越濃厚的情慾描寫，而萬曆年間的白話情慾小說《浪史》，目前已知其與《李生六一天緣》的淵源，事實上，它與這批偏向濃厚情慾描寫風格的文言傳奇，還有整體情節架構的關聯，筆者本文即就此進行研究。

二、《浪史》成書時間與故事內容〔註 9〕

〔註 2〕陳益源《元明中篇傳奇小說研究》，頁 244。

〔註 3〕陳益源《元明中篇傳奇小說研究》，頁 305。

〔註 4〕〔明〕呂天成《繡榻野史》醉眠閣本〈開關迎敵〉一則，《繡榻野史》（台北：大英百科公司，1995 年，《思無邪匯寶》整理本），頁 157。陳益源也有提到這個情形，見氏著《元明中篇傳奇小說研究》，頁 186。

〔註 5〕陳益源《元明中篇傳奇小說研究》，頁 183～184。

〔註 6〕陳益源《元明中篇傳奇小說研究》，頁 193。

〔註 7〕陳益源認爲《天緣奇遇》上承《嬌紅記》、《懷春雅集》、《尋芳雅集》而來，而且影響了後來的文言中篇傳奇《李生六一天緣》、《情義奇姻》、《傳奇雅集》、《雙雙傳》、《五金魚傳》，對它紛起效尤。在白話情慾小說方面，《天緣奇遇》也與《杏花天》、《濃情秘史》、《桃花影》、《春燈鬧》、《鬧花叢》有著密不可分的關係。見氏著《元明中篇傳奇小說研究》，頁 201、212～215。

〔註 8〕陳益源《元明中篇傳奇小說研究》，頁 245。

〔註 9〕爲了便於接下來的討論，先說明《浪史》上游研究成果與介紹故事內容。由於本文的重點並非在探討《浪史》的版本，略述版本於此。重要的版本：
一、雙紅堂抄本。
藏東京大學東洋文化研究所。素紙白抄本，四十回，各冊回數不一，非

《浪史》又稱《浪史奇觀》、《巧姻緣》、《梅夢緣》，書共四十回，抄本署「風月軒又玄子著」，嘯花軒刊本或其他較後之版本作「風月軒入玄子著」，但應爲「又玄子」才是。又玄子，無考。他是作者，同時也是刻書者，與「童痴」、「惜花居士」以及「癡花居士」一起參與批點《浪史》，但以又玄子爲主批。

《浪史》成書約略的時間，從署「泰昌元年長至前一日隴西張譽無咎父題」的〈天許齋批點北宋三遂平妖傳・敘〉與薛岡《天爵堂筆餘》（刊於天啓七年，1627）皆提及此書。若將內證納入考慮，第十三回提到「發硍磯」，當時一般稱爲「佛郎機」，指西班牙、葡萄牙所製或仿製的火炮。佛郎機於正德、嘉靖間傳入中國，那麼成書時間，又應該在此之後。則《浪史》之作，當早於泰昌元年（1627），而且由於《浪史》有著受到文言傳奇小說《李生六一天緣》影響的痕跡，而《李》書是嘉靖至萬曆初期之間的作品，〔註 10〕如此可推知《浪史》爲萬曆中後期的作品，所以《浪史・凡例》指此書是「元人手筆」，當屬僞託。

《浪史》故事敘述，元至治年間，錢塘秀才梅素先，性喜風月，人稱「浪子」，與堂妹王俊卿二人過活。浪子先通過婢女春嬌的安排與王監生妻子李文妃通，再與先前藏匿他方便與李文妃私通的趙大娘交合，趙大娘還助浪子與其女妙娘通情，且三人聯床共歡。後王監生上京，浪子毫無忌憚與李文妃交歡，因而縱慾過度，返家安養。適王監生返，李文妃無浪子盡歡，以王監生當浪子逞慾求歡，王監生不濟而亡。浪子痊癒，又設計與寡婦潘素秋通，後來素秋縱慾得病，浪子只能返家。

陸姝是浪子的同性戀對象，年十六歲，先通浪子妹王俊卿之侍女紅葉，又得紅葉安排通王俊卿。王俊卿因求彼安排，與浪子行事，後來王俊卿出嫁，

照原底本的方式分冊。半葉九行，行十二字。書末有「花案」十一則，爲他本所無。

二、嘯花軒刊本

吳曉鈴及美國哈佛大學燕京圖書館皆有藏本。此書刊刻甚差，錯字亦多，回次亦有誤刻處。此書避康熙「玄燁」諱，故知爲康熙時或稍後的刻本。

三、活字本

藏日本東京大學東洋文化研究所雙紅堂文庫，其分卷、各葉行款一如嘯花軒本，實據嘯花軒本重排，而新增錯誤。此光緒年間排印本。

其他坊本還有清末京報房印活字本，書名《梅夢緣》、上海書局排印本等。詳盡的版本研究與本節所述，主要參考陳慶浩的《思無邪匯寶・《浪史》出版說明》（台北：大英百科公司，1995 年），頁 15～21。

〔註 10〕陳益源：《元明中篇傳奇小說研究》，頁 245。

紅葉陪去。

浪子再與文妃相聚，用計賄賂族長，讓文妃改嫁浪子，後得償宿願。婚後浪子仍與陸姝相通，並誘文妃亦與陸姝相通。

一日，浪子得世兄濠州司農鐵木朵魯邀約，乃赴濠州。文妃在家，與陸姝交歡過度，陸姝病死。浪子在鐵木朵魯處，與其侍妾櫻桃、文如先後相奸，安哥窺見三人交歡，不能自己，遂與之諧。鐵木朵魯有意棄世求道，贈浪子妻妾與家產，浪子則返家接文妃。回程時，浪子上岸賞月，遇見唐時人鄭恒與崔鶯鶯夫婦。鶯鶯告以元稹爲其從父母兄妹，元稹求婚不遂，作《會眞記》污衊鶯鶯，又經王實甫、關漢卿作戲劇傳之，故成千古不明之冤，望浪子爲其明冤。

鐵木朵魯付托安哥家事，即騎馬西去。浪子舉家遷回錢塘，與安哥、文妃三人聯床同歡，又二年，中進士，告病在家，娶七美人，與二夫人及十一侍妾。後見世事不可爲，與兩夫人計畫歸隱。在湖上山遇已得道的鐵木朵魯，指浪子名登仙籍，而眾妻妾均爲仙姬。自此，浪子自稱石湖山主，兩夫人爲石湖山君，與世隔絕。後其族侄於鄱陽湖中見彼已成仙，囑修潘素秋墓。

三、《浪史》繼承明代傳奇小說的辯誣情節與「公子獵豔」架構〔註 11〕

《浪史》第三十七回、三十八回崔鶯鶯請素先代向世人雪其被元稹《會眞記》污衊的情節，與《剪燈新話・鑑湖夜泛記》織女辯誣一節相類似。這些小說爲古人翻案文字，《剪燈新話》之後，有《剪燈餘話・長安夜行錄》。影響所及，又有《李生六一天緣》。〔註 12〕《浪史》不僅援用爲古人辯誣的情節，也傳承了偏重豔情的文言中篇傳奇的風格和情節模式。自《花神三妙傳》、《尋芳雅集》、《天緣奇遇》乃至《李生六一天緣錄》等，其豔情的筆墨一篇濃過一篇，甚至其中《天緣奇遇》還被《劉生覓蓮記》的作者批評「獸心狗行，喪盡天眞，爲此話者，其無後乎？」〔註 13〕《浪史》就延續這批中篇傳奇「公子獵豔」的

〔註 11〕本章引文採自《浪史》者，爲陳慶浩等人編輯，大英百科公司出版的《思無邪匯寶》的整理本，第 4 冊，1995 年出版。

〔註 12〕陳益源：《元明中篇傳奇小說研究》，頁 242、245。

〔註 13〕這是《劉生覓蓮記》作者藉筆下角色劉一春對《天緣奇遇》大量涉及豔情的文字，給予嚴厲的批評；《劉生覓蓮記》據陳益源的研究，較好的版本收入在通俗類書《國色天香》中。見〔明〕赤心子、吳敬所編《繡谷春容（含《國

情節大架構，只是在豔情的描寫超越許多。由《花神三妙傳》到《李生六一天緣》，內容多是男主角一夫多妻，處處享盡豔福，不僅才貌兼備，而且功成名就，並在人生的巔峰時，則思急流勇退，免去兔死狗烹之禍。甚至《天緣奇遇》、《李生六一天緣》裡，男主角與眾妻妾，最後名列仙班，在人間的種種享樂，並不會因爲死亡而終止，而且還福延子孫。〔註 14〕浪子也是如此，前後所通八位女子（陸姝爲孌童，所以不算），以當時一般道德標準來看，浪子先後與王監生妻子文妃、鐵木朵魯妻子安哥通姦，又誘使寡婦潘素秋失節，再加上他與趙大娘、其女兒妙娘三人同床聯歡，以及在不知情的情況下與自己的堂妹俊卿等種種亂倫情事，其中二人因與浪子同歡，直接、間接因他而亡，浪子與其他妻妾，到最後依然在鐵木朵魯的指引下，名登仙籍。而且由《浪史・凡例》第二條的文字來看，作者又玄子似乎有意爲之，其云：

> 小說家多載冷淡無聊之事，湊集成冊，遂使觀者聽者懵然睡去，即有一二豔事，亦安能驚醒陳摶之夢耶？此書篇篇豔異，且摩擬形容，色相如生，遠過諸書萬萬。（頁 39）

又玄子的品味似乎與《劉生覓蓮記》的作者正好相反，他反倒認爲「篇篇豔異」、「色相如生」才能勝過「諸書萬萬」，這樣肆無忌憚地公開表明內容以「豔異」爲尚者，在萬曆時期的豔情小說中頗爲少見。所以《浪子》的情節架構與《天緣奇遇》、《李生六一天緣》等同出一轍，但是由於對性愛描寫汪洋肆恣的程度，遠遠大於二書，且又是白話章回小說，所以它儘管與其多有類似之處，但仍應歸爲豔情小說。

四、《浪史》沿襲中篇傳奇的角色對話模式

從《浪史》角色對話間，常會發現角色談話內容與小說風格扞格不入的情形。這或許是因爲《浪史》作者蓄意建立更偏向豔情的風格，往往白描的描述性愛場面的動作與角色對話之後，角色忽然口吐雅言，行止有禮。如《浪史》第二十一回〈潘卿已識郎君意，浪子難收玉女情〉，寡婦潘素秋與浪子一陣雲雨之後，又回到文言中篇小說的話語當中——偷情失節之後，追證失節行爲的合法性，以確保名節與幸福。所以潘素秋突然「愀然不悅」，對浪子聲

色天香》》（杭州：江蘇古籍出版社，1994 年，據世德堂本之整理本），頁 97。

〔註 14〕《李生六一天緣》：「李有十子，一舉、二監、三廩、四附，又有四女，皆附青雲。」見〔明〕赤心子、吳敬所編《繡谷春容（含《國色天香》》，頁 289。

淚俱下，說：

妾年十七，便嫁陸家，纔及一年，夫君隨喪，當是時，妾舉目無人，孤守空房，直至於今，已二十一歲，不能定情，致有今日之事，知復何言，但世態無常，瞬息變更。今日雖樂，安知後日之悲？喪節隨人，末路難揣，是以悲耳。……蒲柳殘軀，已付情郎，今日之事，將憑郎君作主，勿使妾名實兩失，則雖死實所甘心。(頁 152)

與此段文字類似的動機與目的，在《花神三妙傳》、《尋芳雅集》、《天緣奇遇》中，常常可見，如《花神三妙傳》裡男主角白景雲與寡婦趙錦娘交歡過後，錦娘有感而發，對白景雲說：

錦娘不覺長吁，謂生曰：「妾之名節，盡爲兄喪。不爲栢舟之烈，甘赴桑間之期，良可醜也！君其憐之！但此身已屬之君，願生死不忘此誓。兄一戒漏洩，二戒棄捐，何如？」〔註 15〕

每當涉及這類敘述時，原本以白話敘述的《浪史》，其角色言談都會開始帶有文言文痕跡，或者直接變成文言文。更重要的，不僅是用字遣詞相近，還包括使用這種寫法，使得這種類型的角色刻畫在其他小說上得以延續。可見這批帶有濃厚情慾書寫的文言中篇傳奇，不僅在情節、整體結構上影響《浪史》，也在角色對話的文字上影響了《浪史》。

五、《浪史》與中篇傳奇的「近水樓臺」模式

所謂「近水樓臺先得月」，即買通目標女性角色身旁的婢女、待詔等親近之人，求其得一親芳澤的機會，這在明代中篇傳奇中屢見不鮮，如《尋芳雅集》裡吳廷璋爲得到王嬌鳳的垂青，四處打聽情報，當嬌鳳婢女請他畫枕面時，吳廷璋趁機問說：

（吳生）問曰：「將何潤筆？」蟾曰：「謝在後耳。」生曰：「筆還未盡，欲子發興，何云後乎？」即抱蟾於榻。力掙不能脱，意欲出聲，恐兩有所累，自度難免，不得以，從之。生試狎之，宛然一處子也，交會中甚有不勝狀。生亦小心護持，不使情縱，得趣而已。將起，不覺腥紅滿衣，髮鬢俱亂。〔註 16〕

〔註 15〕《花神三妙傳》，收入〔明〕赤心子、吳敬所編《繡谷春容（含《國色天香》》（杭州：江蘇古籍出版社，1994 年，據世德堂本之整理本），頁 178。

〔註 16〕《吳生尋芳雅集》，頁 9。

如此給予婢女秋蟬一陣交歡，才打聽到嬌鳳眼疾，請秋蟬送自己的藥方醫治，以得芳心。小說中的男主角之所以可以在深閨重院裡豔遇連連的原因，就是有這些親近的婢女、待詔牽線，而且通常在男主角得到目標之前或之後，也會與她們雲雨一番。而《浪史》裡的陸姝爲了求得與王俊卿一宿，也是靠著婢女紅葉才得逞。陸姝先告知紅葉自己的意圖，而紅葉則予王俊卿看春宮圖引起性慾，然後再介紹他陸姝的好處，於是二人得以遂慾合眠。值得一提，是陸姝將要得償舊願，來到俊卿房裡，紅葉採取的舉動頗耐人尋味：

> 紅葉便將陸姝抱定，道:「陸姝，今晚這段姻緣，你曉得是誰的功勞？」
>
> 陸姝道：「全虧了姐姐。」
>
> 陸姝道：「吾先與你弄一會兒，可不好也？」
>
> 紅葉道：「這也使得，但恐分了精神，小姐處不能夠滿懷了。留在別晚與你耍子罷。」（頁 117）

紅葉討功勞的舉動，印證了豔情小說的書寫傳統裡，偷香者大都以性交報答年輕的牽線紅娘。刻畫這種種限制級的「紅娘」角色，表現出一種男性中心的思維。〔註 17〕不過，《浪史》與《李生六一天緣》這類型的傳奇小說如此接近的原因，有部分就靠著這種角色的刻畫模式以及如此描寫而帶動的情節，才會在二者的文字沒有明顯的因襲、抄錄的情況下，卻有許多似曾相識的地方。

六、《浪史》與中篇傳奇的「隱退成仙」模式

還有一處與這些傳奇的雷同，是在促使主角起功成身退，隱居而後成仙的理由上。《天緣奇遇》裡，祁羽狄的退隱，是因妻勸「勇略震主者身危，功蓋天下者不償，君之謂也。君見攲器乎？滿則覆。今君滿矣，願急流勇退，保攝天和，…生聞之，豁然大悟。」〔註 18〕而其成仙，是玉香仙子先前的預言命定，結局現身點醒，整個描寫其「超凡入仙」的過程，若與主角獵豔求歡，追逐功名的篇幅比起來，顯得短小很多。同樣的，在《李生六一天緣》裡，李春華聽了母親的勸告：「昔范蠡泛舟，張良辟谷，今子名位至此，尚不

〔註 17〕如果是有點年紀的「婆婆」級「紅娘」角色，則是授與金錢，形成另外一種角色類型，比較這二種進行同樣行爲，卻收受不同性質報償的角色，探究差異背後的意涵，應是值得深入研究的問題，不過，本文不擬在此深入討論，而使論述的焦點分歧。

〔註 18〕《天緣奇遇》，見〔明〕赤心子、吳敬所編《繡谷春容（含《國色天香》》，頁 332。

知止，何也？」〔註 19〕於是置產歸隱，同樣也是孤神娘娘要求李生爲其辨垂青彭郎的誤會，並給予化解吉凶的六錦囊，還有預示未來的五言八句詩一首，最後也是孤神娘娘現身告知，李生不久就白晝飛昇成仙。我們可以從中歸納出模式化的要件：一、神靈的預示名列仙籍；二、急流勇退的歸隱；三、已成仙者的告知或點醒。這些模式的要件，在《浪史》的倒數四回裡都存在。如「浪子」梅素先，遇見鄭恒與崔鶯鶯夫婦，答應爲他們辯駁被元稹所寫《會眞記》所蒙蔽的千古奇冤後，鄭恒告訴浪子已「名登仙府」。〔註 20〕此即爲神靈預示。在第三十九回〈錦帳春風，計議歸湖〉急流勇退；第四十回〈石湖山同農度世，鄱陽湖彥卿顯英〉，鐵木朵魯的修行「功成行滿」而現身，並告訴浪子「你原名登仙籍，這些夫人侍妾都是天上仙姬」，讓浪子一干人等在他修行的湖山裡「避禍亂，出死生」（頁 262）。由此可見《浪史》與中篇傳奇在此情節模式上如出一轍。

值得一提的，是在急流勇退的部分，《浪子》在內容上與《李生六一天緣》等多了許多議論世道的文字，而且浪子自覺世道不可爲而急流勇退，其他則是旁人的點醒。當浪子「登黃甲，賜進士出身」（頁 257）身處人間仙境，突然自覺到物極必反的道裡，他向二位夫人陳述他的想法：

> 吾如今有千萬家貲，身爲進士，富貴極矣，名色滿前，絲竹滿耳，聲色備矣，物極必反，安能終保其有今日？不如聚了金銀，泛舟而去，做個范蠡，豈不美哉？（頁 258）

比較特殊的，是李文妃還提出相反的「建功立業」意見。這在「隱退登仙」的模式中倒很少見，同時，關於世論的議論也因此而展開。她說：「還是與朝廷建功立業，受享榮華，庶不枉了一生。」（頁 258）浪子則反駁，說：

> 世味不過如此，天下事已知之矣，何必吾輩主持？《易》云：「君子見幾而作，不俟終日。」《詩》曰：「既明且哲，以保其身。」達人明炳幾先，愚人濡首入禍，庸人臨難而走。《詩》云：「其何能淑，載胥及溺。』此之謂也。（頁 258）

安哥在旁，也同意浪子，她說：

〔註 19〕《李生六一天緣》，見〔明〕赤心子、吳敬所編《繡谷春容（含《國色天香》》，頁 285。

〔註 20〕行甫（鄭恒）道：「先生名登仙府，屢有奇緣。先生當爲狀頭，不無陰損，但可至出身。今爲拙荊剖明心事，當令君世世爵祿無窮。」（《浪史》，頁 250）

> 爲今之計，泛舟而去，此爲上策。掛冠歸鄉，日置歌兒舞女，以自歡娛，如唐之樂天，然留姓氏於人間，楊惲之禍，人所難測，中策也。不然鞅掌王事，奔走風塵，受制於人，策最下。（頁 258）

其中，浪子引經據典的說明，顯示他的隱居不是單純爲享福，而是爲了避禍。而且作者藉安哥之口，用了漢代少年得志的楊惲，先因「一丘之貉」語得罪權貴，去職在野，後又因〈報孫會宗書〉而遭漢宣帝腰斬的典故，還有商鞅變法圖強，在此竟成下策，表現出世道標準已非常態，淑世的使命感只會招致自己的覆亡。所以作者藉文妃之口又說：

> 一人而蓄千金，千人謀之；一人而蓄萬金，則萬人謀之。世態炎涼，不肖有勢而進，賢才無勢而退；不肖倖進而欺人，賢才偶屈而受辱。何不高蹈遠舉，省得在世味中走也。（頁 258）

欲求財富，則亡命喪身；欲要淑世，卻優劣失所。作者又玄子所講的是晚明士人的一種心境，再次透過鐵木朵魯，他說：

> 千古以來，未有今日不成世統，吾做甚官，但吾亦元士人也，豈得有所議論？今謝印歸休，山林養僻，庶成吾志。（頁 258）

「不成世統，吾做甚官？」既然恐招致楊惲之禍，也就不會效武東林，議論朝政之非，只能感慨，隱約托出那種「不可爲」的無力感，也因爲如此，「山林養僻，庶成吾志」，轉變成士人犬儒式的獨善其身，這或許也是明萬曆年間「山人」之風頗爲盛行的一種反應。〔註 21〕

《浪史》隱退登仙情節雖與《天緣奇遇》、《李生六一天緣錄》大同小異，只是議論世道的部分多了很多。《浪史》成於萬曆末年，孟森曾指出明代至萬曆朝呈現亡國徵兆，〔註 22〕這整段文字因爲時代、環境的關係，充滿逃避主義、失敗主義的色彩；其作爲一本豔情小說，這段對世道的議論參雜在各種露骨的情慾書寫裡，讀來頗爲突兀，因爲此書無論在在當時與現代，都會有人認爲其敗壞世道，不過這正足以說明作者又玄子情慾論述的特殊之處，仍

〔註 21〕〔明〕沈德符（1578～1642）：「山人之名本重，如李鄴侯僅得此稱，不意數十年來出遊無籍輩，以詩卷遍贄達官，亦謂之山人，始於嘉靖之初年，盛於今上之近歲。」而且山人「此輩率多儇巧，善迎意旨，其曲體善承，有倚門斷袖所不逮者，宜仕紳溺之不悔也。」所以達官公卿頗愛與其交遊。見氏著《萬曆野獲編（中）》卷二十三〈山人〉（北京：中華書局，2004 年第一版四刷，據「扶荔山房」排印點校本），頁 587。

〔註 22〕孟森：「明之衰，衰於正、嘉以後，至萬曆朝則加焉。明亡之徵兆，至萬曆而定。」見氏著《明清史講義》（台北：里仁書局，1982 年），頁 246。

可視爲對世風敗壞，國勢衰頹的一種犬儒心境的反應。

與文言中篇傳奇不同的，《浪史》是白話章回小說，它每回末有品評。這些品評，有些是作者所言，有些卻是作者以外讀者的閱讀筆記，可以視爲晚明豔情小說的讀者反應的珍貴資料。〔註 23〕

七、《浪史》自中篇傳奇傳統的轉向：著重於情慾書寫

總歸的說，《浪史》與豔情風格的傳奇小說，在文字上沒有明顯可見的證據，呈現出前者受後者影響，但比較二者的情節架構、特定角色的描寫方式以及對白的文字運用，發現《浪史》與這批傳奇小說有很高度的相似性，這些偏向豔情的傳奇，從嘉靖乃至萬曆初年，彼此有明顯的傳承關係，可謂形成一種「傳統」。《浪史》用白話書寫，形式也是以章回小說呈現，但仍掩蓋不了它與這項傳統的關係，不過，《浪史》之所以被後人注意到，並非是與這項傳統的聯繫，而是在對只有「一二豔事」點綴的小說不滿上，在情慾書寫的領域上做出突破與創新。換句話說，《浪史》把傳奇裡面的那些情慾書寫變成小說的主要部分，把原本傳奇裡言情的部分更加稀釋，轉換爲性愛的場景，並且因爲以白話文書寫，所以情慾書寫帶往「汪洋肆恣」的程度上去。爲了凸顯這一點，以下筆者將《浪史》與《天緣奇遇》的情慾書寫略舉一隅，以做比較。《天緣奇遇》裡的祁羽狄，豔遇連連，在小說裡人見人愛，前後總共與三十四位女子有魚水之歡。〔註 24〕以人數而言，《浪史》中浪子所交合的八

〔註 23〕例如《浪史》第十六回〈李文妃春風意度，王監生一命歸陰〉，浪子縱慾過度，離開李文妃養病，沒想到文妃卻將性能力較不濟的丈夫王監生當成了浪子，過度需索下，王監生就一命嗚呼了，本回其批語則引了唐沈亞之〈馮燕〉的故事，大意是馮燕與張嬰妻子私通，張嬰回來，馮燕躲在其妻裙下，張嬰其時大醉，嬰妻以刀授燕，燕以妻不義殺其妻而去。又玄子以張嬰妻的行爲與李文妃比較後，說：「肯以阿夫作情哥還好，尚有厭其夫，豈徒厭之，行將殺之。」因此李文妃的偷情不僅不違背道德，而且還是「情癡極矣」的表現。又玄子的評語展現他特殊的道德觀點。〔明〕又玄子《浪史》，頁 125～126。

〔註 24〕她們是廉家姑表姊妹：玉勝、麗貞、毓秀，在此之前，已私吳妙娘、周山茶、文娥，在廉府又通婢女素蘭、桂紅，後被仇家蕭鶴所執，賴其媳徐金園與其婢琴娘搭救，又與有私，接著智者龔壽許配女兒道芳，旅次上搭救落難的陸嬌元也與其「互衣而寢」，而嬌元也因「此身已玷」而希望祁羽狄爲她「終身所托矣」，接著又與道姑宗淨、涵師、興陽一陣淫亂，祁生幾乎樂不思蜀，後再通寡婦陳氏、孔姬、金菊、潘英、東兒、王豔紅、金錢、顏松娘、婢女南薰等十人，最後又私曉雲。

位女子是遠遠不及祁羽狄。豔遇女子多，描寫性愛的篇幅也就增加。且看祁羽狄與眾女子交歡時的描寫，諸如與玉勝「同入含春庭後，就大理石床，解衣交頸，水參桃花，並枕顛鸞，風搖玉樹，香滴滴露金芷，思昏昏透靈酥。」〔註 25〕或與毓秀「榴裙方卸，桃雨作斑，眼濛濛而玉股齊灣，魂飄飄而舌尖輕吐。」〔註 26〕再與麗貞「抱貞就枕，貞不能阻。六禮未行，先赴陽臺之會；兩情交協，纔伸錦幔之歡。怯怯細腰，含羞慢展；溫溫嫩乳，解扣輕摹。起金蓮而弱態難支，度靈犀而嬌聲細作。」〔註 27〕諸如此類的描寫，固然雲霞滿紙，但是受限於文言文與才子佳人小說重視言情的傳統，儘管露骨，還不至於到「汪洋肆恣」的地步，所以水箬散人在《駐春園小史》中「用情非正，總屬淫詞」的評語，〔註 28〕應是針對這種偏向豔情的描寫而言。

《浪史》的「汪洋肆恣」在於描寫性愛場面的文字不再以暗示性文字點到為止，而是直接白描的修辭敘述角色的行為，也直接寫性反應與性器官，這是在明傳奇中難以見到的。譬如浪子挑逗有夫之婦李文妃，又玄子如此描述：

> 浪子便於廁中，斜著身子，把指尖挑著麈柄解手，那婦人乖巧，已有自瞧見這麈柄浸的一般，紅白無毛，長而且大，不覺陰户興脹，騷水直流，把一條褲兒都濕透了，便似水浸的一般，兩眼朦朧，香腮紅豔，不能禁止。（頁 56）

性器官、性反應與情節推動都全在此段中，之後李文妃心動不已，主動打聽浪子，千方百計要與他偷情。當兩人真正在一起時，敘述的重點在二人的性交姿勢：

> 浪子把臂捧起了雙足，文妃把玉莖沫了些津唾投進去，幹了兩刻。文妃發癢難禁，道：「𣰆得不著實，不好過，須是臥了，著著實實𣰆一會，方纔爽利。」浪子便叫文妃勾在頸上，就把臂兒朝向榻上去拿一個軟枕兒，挨墊了腰兒，緩緩的抽了幾百回。……（浪子）且不把麈柄抽出來，只管亂迭。這柄兒又硬起來，盡氣力抽了一千多回，口內咿咿呀呀，但覺骨肉都癢。熬接不過，卻又洩了。……，那婦人還不煞癢，便把玉莖含弄。（頁 114）

〔註 25〕《天緣奇遇》，頁 298。
〔註 26〕《天緣奇遇》，頁 316。
〔註 27〕《天緣奇遇》，頁 321。
〔註 28〕〔清〕吳航野客編次《駐春園小史》（瀋陽：春風文藝出版社，1985 年，據三餘堂巾箱本之排印本），頁 1。

和《浪史》的描寫一比較，《天緣奇遇》中有關祁羽狄「摸乳」的描寫，有如小巫見大巫了，難怪現代學者看了《浪史》，並以「糟粕」為喻，批評它「連一滴酒也榨不出來了」。〔註29〕

本文走筆至此，豔情風格的中篇傳奇與《浪史》的關係，大至整體情節的架構，小至橋段鋪陳、角色描寫，乃至結局設計，都是大同小異，所以二者關係匪淺。在比較之後，其差異主要在豔情書寫的程度上，〔註30〕這導因於《浪史》作者的寫作態度是自覺的朝向豔情風格，而若要瞭解晚明的情慾論述，對於作者為何會產生「豔情書寫」的自覺的時代、環境因素，自然值得我們去深究。

〔註29〕李夢生：《中國禁毀小說百話》（台北：建宏出版社，1996年），頁87。

〔註30〕儘管文言文與白話文也許是造成豔情程度差異的語言因素，但是若比較文言文的豔情傳奇《如意君傳》，即可發現寫豔情內容，文言白話並非問題，所以主要在作者的態度。

附錄二　《繡榻野史》版本介紹

由於《繡榻野史》有許多版本，所以本文有必要作一番說明。而此處的說明，摘自陳慶浩《繡榻野史・出版說明》，此文收入呂天成《繡榻野史》思無邪匯寶本中。

孫楷第《日本東京所見小說書目》謂馬廉據「《曲律》四，考為呂天成作」。按王驥德（？～1623）《曲律》卷四云：「鬱藍生，呂姓，諱天成，字勤之，別號棘津，亦餘姚人，……勤之童年，便有聲律之嗜。既為諸生，有名，兼工古文詞。與余稱文字交垂廿年，每抵掌談詞，日昃不休。……勤之制作甚富，至摹寫麗情褻語，尤稱絕技。世所傳《繡榻野史》、《閒情別傳》，皆其少年游戲之筆。……曾不得四十，一夕溘先，風流頓盡，悲夫！」按呂天成（1580～1618）為明代著名戲劇家，二十歲即從事創作，著有傳奇、雜劇作品數十種，除《齊東絕倒》尚存《盛明雜劇》中，其他均已亡佚。又校正南戲和傳奇《拜月亭》、《荊釵記》、《白兔記》、《殺狗記》、《院紗記》等二十八種。又著有評論傳奇作家及作品之《曲品》二卷《紅青絕句》一卷，小說《繡榻野史》及《閒情別傳》。呂天成喜作艷情文字，萬曆三十一年（1603），曾將傳奇十種寄請戲劇家沈璟批評。沈璟評他的《二婬記》說：「似一幅白描春意圖。」萬曆四十四年（1616）王驥德自北京寄《紅閨麗事》、《青樓韻語》二百題，他即據以寫《紅青絕句》二百首，今中國國家圖書館藏有《紅青絕句》，《閒情別傳》佚失。按《曲律》既謂《繡榻野史》為呂天成「少年游戲之筆」，則當作於萬曆二十五年（1597）前後，成書未久，即有刊本流通。

泰昌元年（1620）張無忌敘《天許齋批點北宋三遂平妖傳》即指此書與《浪史》等「鴟鳴鴉叫，獲羅名教」。清劉廷璣《在園雜志》以此書與《肉蒲團》、《癡婆子傳》等書同列，謂其「流毒無盡」。道光十七年（1837）蘇郡設局收毀淫書、道光二十四年（1844）杭州府設局收毀淫書、同治七年（1868）江蘇巡撫丁日昌查禁淫詞小說書目皆錄此書。

《繡榻野史》版本甚多，重要的有醉眠閣刊本、種德堂本和本藏本三種，此外還有不少坊本。

（一）**醉眠閣刊本**。四卷，不分回．每卷分若干則。首「《繡榻野史》敘」。敘後為「李卓吾先生批評《繡榻野史傳奇》目錄」。次插圖，十葉，甚精。正文首葉首行作「李卓吾先生批評《繡榻野史》卷之一」，次行下方作「卓吾子李贄批評」，三行作「醉眠閣憨憨子重梓」正文半葉九行，行十八字。四周單欄。版心單黑魚尾，上作「批評繡榻野史」，下卷次、葉次，最下端作「醉眠閣藏版」。正文各則首為小題，字數不等。次故事。則末例有詞一首，接下為「評」及「斷略」，然「斷略」非每則皆有，此書各卷，雖皆題「卓吾子李贄批評」或「卓吾子批評」字樣，但無任何證據可證明此書之「評」及「斷略」為李卓吾所作。據敘，「評」及「斷略」皆為作敘者所為。明末清初小說，喜歡以李卓吾批評作招牌，而通常只是書商一種推銷的伎倆，此書亦應作如是觀。故「敘」、「評」及「斷略」或可視為「醉眠閣憨憨子」所為。

此書之眉批及各則末之批，頗多摘自《西廂》者，如眉批「醮著些兒麻兒上來」、「正是五百年風流業冤」，則末評「魚水得和諧」、「柳梢斜遲遲下，好教聖賢打」之類。反映了當日《西廂記》盛行，小說評點及閱讀者的趣味所在。又此書各則故事，隨意分斷，長短不一。各則後之詞，部分為評論或敘述該則情節，可視為本書有機成分外，又有不少和故事無關，與當時流行之春宮冊子如《花營錦陣》、《鴛鴦秘譜》等的題詞相近。就目前掌握到的資料，《花營錦陣》中的「如夢令」、「望海潮」、「鳳樓春」、「解連環」、「醉扶歸」、「後庭宴」和「撲蝴蝶」七首詞與《鴛鴦秘譜》中「畫堂春」、「卜算子」兩詞皆見於《繡榻野史》，有些詞文字不大一樣，特別是「望海潮」和「醉扶歸」兩首，差別較大。高羅佩《秘戲圖考》注意到此一現象，以為這些詞是春宮畫冊抄自《繡榻野史》的。實際的情形恰好相反：由於春宮冊子的題詞配合畫面作文字的描寫，而非隨意增入與畫面無關聯的點綴性的韻文，而醉眠閣本《繡褟野史》和春官冊相近的詞，多和情節不吻合，說明非配合內容的創作，而是自別處抄人的。以《花營錦陣．醉扶歸》為例：「乳燕雙飛春晝永，撩兩人情動。略解繡紅褲，相隨學鳥禽。風折羅衣翻不定，有娘行幫襯，出力久相扶。春情問有無？」畫面上可看到雙燕，看到兩人情動解紅褲學鳥禽和風翻羅衣、娘行幫襯相扶的形象。此詞在醉眠閣本《繡塌野史》卷一「二人鸞凰顛倒」則後：「乳燕雙飛春晝永，似兩人情動。略解繡紅褲，相隨學鳥禽。風顛兩處翻不定，有娘行幫襯，出力久相扶。閉壘寫降書。」此則寫金氏教大裡在書房裡用「鸞顛鳳倒」式相交，大裡不敵求饒。爲求配合情節，此詞作了不少改動，如「風顛兩處」、「閉壘寫降書」之類，但「略解繡紅褲」就與實際不合，更不用說「有娘行幫襯，出力久相扶」了，書房中只有兩人，睡在床上亦不用找丫鬟幫襯扶持的。這可作爲《繡榭野史》此詞抄自《花營錦陣》的確證了。由於目前所能看到明代春宮及其他資料都很有限，究竟醉眠閣本有多少詞自別處抄入，抄自哪些書？已難準確回答了。又有些詞從名家詞抄錄，如「醉花陰」抄自李清照詞之類。

醉眠閣本分則，各則長短不一，並不是按故事情節分出段落，只是隨意割裂，似乎目的是爲了加入則末的詞。又各則間少有關聯文字，只在第二卷末故事後日：「後來畢竟不知金氏惡識了大裡，弄些什麼計策來雪了他的恨，方才罷了？且看下回便知端的。」這使我們懷疑原本是分回不分則的。因第一卷和第三卷末都沒有任何聯上帶後文字，而此處文字又恰好在全書中間，故原書可能分有兩回。後來爲加入詞而分則，再加入評和斷略，增加了篇幅，才分成四卷。聯繫到原書作者呂天成是當代才子，而抄入之詞多與情節不合，也有理由相信並非原作。就卷三、四皆署「憨憨子纂補」，此處所謂「纂補」，大概指補上詞。因爲評和斷略是託名爲卓吾子所作的。

醉眠閣本書中屢及金、女眞及虜廷等對女眞大不敬字樣，卷二目錄中有「金人三戰敗北」、「女眞垂首喪氣」、「遼金拱首伏降」等則目。卷四「合家歡樂醉眠」一則有急口令，謂「南贍部洲大明國浙江等處承宣布政司」云云。知此爲明代刊本。又卷一「傳柬求婚」則之「斷略」謂：「殆所繇與正家之通悖矣」，道私愛芳心」之「斷略」謂：「……所繇溺愛邪謀，不能端本以居正也。」似皆有意避「由」字，其刊於天啓（1621～1627）、崇禎（1627～1644）年間歟？

此書現存兩本：

（1）波多野藏本。此書曾爲日本元鹿島氏收藏，書末缺一葉。正文亦間有缺葉。

（2）高羅佩藏本。此本原爲日本東京文求堂田中慶太郎所有。庚寅

（1950）年田中氏讓此書於高羅佩。田中氏謂得自東北故家，只得二、四兩卷，又據元鹿島氏藏本補卷二前一部分也。抄本頗多誤字，抄者水準不高。波多野本卷二卷四間有缺葉漫漶處，可據高羅佩本補。此本現藏荷蘭萊頓大學漢學院圖書館。

（二）**種德堂本**。上下兩卷，不署撰人，此書日本山口大學棲息堂文庫及中國社會科學院文學研究所圖書館均有收藏。扉葉大字雙行作「新刊圖像繡榻野史」，中間小字作「種德堂謹依京版」。次「繡榻野史小敘」，署「戊申秋日五陵豪長書」，後有兩陰文隸書方章，作「有情癡」，一漫漶。正文首葉首行作「圖像繡榻野史上卷」，次行下署「江籬館校」，接下「西江月」及正文。此本圖版夾於正文中間左右兩半葉合成一幅，上下卷各十二幅。正文單欄，行間有絲欄。半葉九行，行二十字。版心無魚尾，靠上署卷次，下署葉次。

（三）**本藏本**。此本扉葉左欄下方有小字「本藏版」，現藏台灣「中央研究院」傅斯年圖書館。分八卷，無目錄。半葉十二行，行二十一字。署「醒世主人校閱」、「李卓吾先生評」。其首卷敘刁士鶴故事爲引子，卷二起入正文。校閱者有改編此書之企圖，而未能貫徹，故文字有不同也。

參考書目

一、小說作品（以筆畫遞增排列）

1. 〔明〕又玄子，浪史，台北：台灣大英百科全書股份有限公司，1995 年。
2. 〔明〕呂天成，繡榻野史，台北：台灣大英百科全書股份有限公司，1995 年。
3. 〔明〕赤心子吳敬所，天緣奇遇，《繡谷春容》，杭州：江蘇古籍出版社，1994 年。
4. 〔明〕赤心子吳敬所，李生六一天緣，《繡谷春容》，杭州：江蘇古籍出版社，1994 年。
5. 〔明〕赤心子吳敬所，花神三妙傳，《繡谷春容》，杭州：江蘇古籍出版社，1994 年。
6. 〔明〕赤心子吳敬編，尋芳雅集，《繡谷春容》，杭州：江蘇古籍出版社，1994 年。
7. 〔明〕芙蓉主人輯，癡婆子傳，台北：大英百科公司，1995 年。
8. 〔明〕徐昌齡，如意君傳，台北：台灣大英百科全書股份有限公司，1995 年。
9. 〔明〕無遮道人，海陵佚史，台北：台灣大英百科全書股份有限公司，1995 年。
10. 〔明〕僧尼孽海，台北：台灣大英百科全書股份有限公司，1997 年。
11. 〔明〕玉閨紅，台北：台灣大英百科全書股份有限公司，1997 年"。
12. 〔明〕蘭陵笑笑生著、梅節校訂、陳少卿鈔閱，夢梅館本金瓶梅詞話，香港：夢梅館，1998 年。
13. 〔清〕雲遊道人編次、〔清〕江西野人編演，燈草和尚傳、怡情陣，台北：

台灣大英百科全書股份有限公司，1995 年《思無邪匯寶》整理本。
14. 〔清〕沈起鳳著、伍國慶標點，諧鐸，長沙：岳麓書社，1986 年。
15. 陳慶浩、王秋桂主編，東方豔情小說珍本——思無邪匯寶．外編（二），台北：台灣大英百科股份有限公司，1997 年。

二、專　著

（一）古　籍（以筆畫遞增排列）

1. 〔明〕王驥德，曲律，中國古典戲曲論著集成（四），北京：中國戲曲研究院，1959 年。
2. 〔明〕王肯堂，陸拯校注，王肯堂醫學全書，北京：中國中醫藥出版社，1999 年。
3. 〔明〕朱國禎，湧幢小品，《筆記小說大觀》二十二編第七冊，台北：新興書局，1978 年。
4. 〔明〕何良俊，四友齋叢說，北京：中華書局，1997 年。
5. 〔明〕呂天成著、吳書蔭校註，曲品校註，北京：中華書局，1994 年。
6. 〔明〕李時珍，夏魁周校注，李時珍醫藥全書，北京：中國中醫藥出版社，1996 年。
7. 〔明〕李詡，戒庵老人漫筆，北京：中華書局，1997 年。
8. 〔明〕李贄，焚書．續焚書，北京：中華書局，1975 年。
9. 〔明〕李贄，藏書，續修四庫全書本，第 302 冊，卷 24，上海：上海古籍出版社，2000 年。
10. 〔明〕沈德符，萬曆野獲編（上、中、下），北京：中華書局，2004 年。
11. 〔明〕屈大均，廣東新語，《筆記小說大觀》二十四編第十冊，台北：新興書局，1979 年。
12. 〔明〕胡應麟，少室山房筆叢，北京：中華書局，1988 年。
13. 〔明〕袁中道，遊居柹錄，青島：青島出版社，2005 年。
14. 〔明〕高濂，遵生八箋，段成功、劉亞柱主編，中國古代房中養生秘笈，北京：中醫古籍出版社，2001 年。
15. 〔明〕張岱，夜航船，成都：巴蜀書社，1998 年。
16. 〔明〕張岱著、任叔寶主編，陶庵夢憶．中國歷代筆記英華（下），北京：京華出版社。
17. 〔明〕張瀚，松窗夢語，北京：中華書局，1997 年。
18. 〔明〕陳司成，魏睦森主編，霉瘡秘錄評注，北京：人民衛生出版社，2003 年。

19. 〔明〕陳懋仁，泉南雜誌，《筆記小說大觀》四編六冊，台北：新興書局，1974 年。
20. 〔明〕陸容，菽園雜記，北京：中華書局，1997 年。
21. 〔明〕陸粲，庚巳編，北京：中華書局，1997 年。
22. 〔明〕湯顯祖著，徐朔方箋校，湯顯祖全集，北京：北京古籍出版社，1999 年。
23. 〔明〕馮夢龍，情史類略，上海：上海古籍出版社，1993 年。
24. 〔明〕萬全，傅沛藩、姚昌綬、王曉萍編，萬密齋醫學全書，北京：中國中醫藥出版社，1999 年。
25. 〔明〕葉盛，水東日記，北京：中華書局，1997 年。
26. 〔明〕蔣以化，西台漫紀，四庫全書存目叢書編纂委員會編《四庫全書存目叢書》之〈子部〉242 冊，台南：莊嚴文化事業有限公司，1995 年。
27. 〔明〕繆希雍，繆希雍醫藥全書，北京：中國中醫藥出版社，1999 年。
28. 〔明〕薛己，薛立齋醫學全書、盛維忠編，北京：中國中醫藥出版社，1999 年。
29. 〔明〕顧起元，客座贅語，北京：中華書局，1997 年。
30. 〔清〕周炳麟等，餘姚縣志光緒二十三年（1897）重修，餘姚在臺同鄉會影印中央研究院歷史語言研究所館藏。
31. 〔清〕邵友濂修、孫德祖等纂《餘姚縣志》光緒二十五年刊本，影中央研究院歷史語言研究所藏本。
32. 〔清〕劉廷璣，在園雜志，北京：中華書局，2005 年。

（二）民國以後（以筆畫遞增排列）

1. 93 中國古代小說研討會國際研討會論文集，北京：開明出版社，1996 年。
2. 丁錫根編著，中國歷代小說序跋集，北京：人民文學出版社，1996 年。
3. 大塚秀高編，中國通俗小說書目改訂稿，東京：汲古書院，1984 年。
4. 中國古典文學研究會編，古典文學第十五集，台北：學生書局，2000 年。
5. 孔另境編，中國小說史料，上海：上海古籍出版社，1982 年。
6. 牛建強，明代中後期社會變遷研究，台北：文津出版社有限公司，1997 年。
7. 王平，中國古代小說敘事研究，石家莊：河北人民出版社，2003 年。
8. 王立編著，中國傳統性醫學，北京：中醫古籍出版社，1998 年。
9. 王先霈主編，文學批評原理，武昌：華中師範大學出版社，2000 年。
10. 王汎森，晚明清初思想十論，上海：復旦大學，2004 年。

11. 王汝梅、張羽，中國小説理論史，杭州：江蘇古籍出版社，2001 年。
12. 王利器，元明清三代禁毀小説戲曲史料，上海：上海古籍出版社，1981 年。
13. 王邦雄、楊祖漢、岑溢成、高柏園，中國哲學史，台北：國立空中大學，1999 年。
14. 王昆侖，紅樓夢人物論，北京：北京出版社，2004 年。
15. 王熙元、郭預衡主纂，譯註評析古文觀止續編，台北：百川書局，1994 年。
16. 王爾敏，明清時代庶民文化生活，長沙：岳麓書社，2002 年。
17. 王璦玲，明清傳奇名作人物刻畫之藝術性，台北：台灣書店，1998 年。
18. 白壽彝，中國通史，上海：上海人民出版社，1995 年。
19. 石昌渝，中國小説源流論，北京：三聯書店，1994 年。
20. 石昌渝主編，陳慶浩、劉世德顧問，中國古代小説總目，太原：山西教育出版社，2004 年。
21. 向楷，世情小説史，杭州：浙江古籍出版社，1998 年。
22. 江曉原，中國人的性神秘，科學出版社，1989 年。
23. 江曉原，「性」在古代中國：對一種文化現象的探索，西安：陝西科學技術出版社，1988 年。
24. 何滿子，中國愛情小説中的兩性關係，上海：上海書店出版社，1999 年。
25. 吳文治，中國文學史大事年表（下），合肥：黃山書社，1993 年。
26. 吳存存，明清社會性愛風氣，北京：人民文學出版社，2000 年。
27. 吳秀華明末清初小説戲曲中的女性形象研究，南京：江蘇古籍出版社，2002 年。
28. 吳承學、李光摩編，晚明文學思潮研究，武漢：湖北教育出版社，2002 年。
29. 吳哲夫，清代禁毀書目研究，台北：嘉新水泥公司文化基金會，1969 年。
30. 吳禮權，中國言情小説史，台北：台灣商務印書館，1995 年。
31. 呂健忠，情慾幽林——西洋上古情慾文學選集，台北：左岸文化事業有限公司，2002 年。
32. 宋莉華，明清時期的小説傳播，北京：中國社會科學出版社，2004 年。
33. 李忠明，17 世紀中國通俗小説編年史，合肥：安徽大學出版社，2003 年。
34. 李明軍，禁忌與放縱——明清豔情小説文化研究，濟南：齊魯書社，2005 年。
35. 李時人、魏崇新、周志明、關四平，中國古代禁毀小説漫話，上海：漢語大詞典出版社，1999年。
36. 李夢生，中國禁毀小說百話，台北：建宏出版社，1996年。
37. 李銀河，同性戀亞文化，北京：今日中國出版社，1998年。
38. 周中明，金瓶梅藝術論，台北：里仁出版社，2001年。
39. 孟昭連、寧宗一，中國小說藝術史，杭州：浙江古籍出版社，2003年。
40. 孟森，明清史講義，台北：里仁書局，1982年。
41. 林芳玫，色情研究，台北：女書文化事業有限公司，1999年。
42. 林保淳，古典小說的類型人物，台北：里仁出版社，200年。
43. 金健人，小說結構美學，台北：木鐸出版社，1988年。
44. 段成功、劉亞柱主編，中國古代房中養生秘笈，北京：中醫古籍出版社，2001年。
45. 胡士瑩，話本小說概論，北京：中華書局，1980年。
46. 胡衍南，飲食情色金瓶梅，台北：里仁出版社，2004年。
47. 范行準，中國醫學史略，北京：中醫古籍出版社，1986年。
48. 韋政通，中國思想史，台北：水牛圖書，1996年。
49. 夏志清，中國古典小說史論，南昌：江西人民出版社，2001年。
50. 夏鑄九、王志弘編譯，空間的文化形式與社會理論讀本，台北：明文書局，1994年。
51. 孫琴安，中國性文學史（下），台北：桂冠，1995年。
52. 孫楷第，中國通俗小說書目，臺北：木鐸出版社，1983年。
53. 孫楷第，日本東京所見小說書目，臺北：鳳凰出版社，1974年。
54. 孫遜、孫菊園，明清小說叢稿，台北：中國文化大學出版部，1992年。
55. 徐朔方，小說考信錄，上海：上海古籍出版社，1997年。
56. 徐朔方，徐朔方集，杭州：浙江古籍出版社，1993年。
57. 徐朔方，晚明曲家年譜，第一冊至第三冊，杭州：浙江古籍出版社，1993年。
58. 馬幼垣，中國小說史集稿，台北：時報文化，1980年。
59. 高桂惠，追蹤躡跡——中國小說的文化闡釋，台北：大安出版社，2005年。
60. 康正果，重審風月鑑——性與中國古典文學，台北：麥田出版社，1996年。
61. 張在舟，曖昧的歷程：中國古代同性戀史，鄭州：中州古籍出版社，2001年。

62. 張俊，清代小說史，杭州：浙江古籍出版社，1997 年。
63. 張國星主編，中國古代小說的性描寫，天津：百花文藝出版社，1993 年。
64. 張雙英，中國文學批評的理論與實踐，台北：國文天地，1990 年。
65. 張雙英，文學概論，台北：文史哲出版社，2004 年。
66. 盛源、北嬰選編，名家解讀金瓶梅，濟南：山東人民出版社，1998 年。
67. 許振東，17 世紀白話小說的創作與傳播：以蘇州地區爲中心的研究，北京：中國社會科學出版社，2005 年。
68. 許總，宋明理學與中國文學，南昌：百花文藝出版社，1999 年。
69. 郭紹虞，中國文學批評史，台北：明倫出版社，1972 年 5 版。
70. 郭紹虞，中國歷代文學論著精選，台北：華正書局，1992 年。
71. 陳大康，明代小說史，上海：上海文藝出版社，2000 年。
72. 陳平原，看圖説書，上海：復旦大學出版社，2003 年。
73. 陳建民，中國語言與中國社會，廣州：廣東教育出版社，1999 年。
74. 陳益源，小說與豔情，上海：學林出版社，2000 年。
75. 陳益源，古典小說與情色文學，台北：里仁出版社，2001 年。
76. 陳登原，國史舊聞，北京：中華書局，2000 年。
77. 陳萬益，晚明小品與明季文人生活，台北：大安出版社，1988 年。
78. 陸揚，精神分析文論，濟南：山東教育出版社，2002 年。
79. 傅承洲，馮夢龍與通俗文學，鄭州：大象出版社，2000 年。
80. 勞思光，新編中國哲學史，台北：三民書局，1998 年。
81. 費絲言，由典範到規範：從明代貞節烈女的辨識與流傳看貞節觀念的嚴格化，台北：臺灣大學出版委員會出版，1998 年。
82. 馮廣藝，漢語比喻研究史，武漢：湖北教育出版社，2002 年。
83. 黃卓越，明中後期文學思想研究，北京：北京大學出版社，2005 年。
84. 黃霖等著，中國小說研究史，杭州：浙江古籍出版社，2002 年。
85. 黃霖編，20 世紀中國古代文學研究史，上海：東方出版中心，2006 年。
86. 黃霖編，金瓶梅資料彙編，北京：中華書局，2004 年。
87. 黃霖、韓同文，選注，中國歷代小說論著選，南昌：江西人民出版社，1990 年。
88. 楊義，中國敘事學，北京：人民出版社，2004 年。
89. 葉再生編，出版史研究第一輯，北京：中國書籍出版社，1993 年。
90. 葉朗，中國小說美學，北京：北京大學出版社，1985 年。
91. 葉德均，戲曲小說叢考，北京：中華書局，1979 年 5 月第一版。

92. 葛兆光，中國思想史・第二卷——七世紀至十九世紀中國的知識、思想與信仰，上海：復旦大學出版社，2000 年。
93. 董國炎，明清小説思潮，太原：山西人民出版社，2004 年。
94. 寧稼雨，中國文言小説總目提要，濟南：齊魯書社，1996 年。
95. 齊裕焜，明代小説史，杭州：浙江古籍出版社，1997 年。
96. 齊裕焜主編，中國古代小説演變史，蘭州：敦煌文藝出版社，2003 年。
97. 劉葉秋、朱一玄、張守謙、姜東賦主編，中國古典小説大辭典，石家莊：河北人民出版社，1998 年。
98. 劉達臨，中國古代性文化，銀川：寧夏人民出版社，1993 年。
99. 劉輝，小説戲曲論集，台北：貫雅，1992 年。
100. 樊樹志，晚明史，上海：復旦大學出版社，2003 年。
101. 潘運告，衝決名教的羈絡——陽明心學與明清文藝思潮，武漢：湖南教育出版社，1999 年。
102. 蔡國樑，明清小説探幽，杭州：浙江文藝出版社，1985 年。
103. 鄧紹基、史鐵良主編，明代文學研究，北京：北京出版社，2001 年。
104. 鄭培凱，湯顯祖與晚明文化，台北：允晨文化有限公司，1995 年。
105. 魯迅，魯迅小説史論文集，台北：里仁出版社，1992 年。
106. 蕭相愷，珍本禁毀小説大觀——稗海訪書錄，鄭州：中州古籍出版社，1998 年。
107. 戴不凡，小説見聞錄，杭州：浙江人民出版社，1980 年。
108. 謝國楨編，明代社會經濟史料選編（上、中、下），福州：福建人民出版社，1980 年。
109. 韓錫鐸、牟仁隆、王清原編纂，小説書坊錄，北京：北京圖書館出版社，2002 年。
110. 魏子雲，深耕金瓶梅逾卅年，台北：文史哲出版社，2003 年。
111. 魏子雲，金瓶梅探原，臺北：巨流圖書公司，1979 年。
112. 羅敦仁，中國古代房室養生集成，自貢：西藏人民出版社，1993 年。
113. 羅樹寶，中國古代印刷史，北京：印刷工業出版社，1993 年。
114. 顧易生、王運熙，中國文學批評史，上海：上海古籍出版社，1991 年。
115. 龔鵬程，晚明思潮，宜蘭：佛光人文學院，2001 年。

（三）翻譯著作（以筆畫遞增排列）

1. 〔日〕小野四平，中國近代白話短篇小説研究，上海：上海古籍出版社，1997 年。

2. 〔日〕中野美代子，從中國小說看中國人的思考方式，台北：成文出版社，1977 年。
3. 〔日〕溝口雄三，林右崇翻譯，中國前近代思想的演變，台北：國立編譯館出版，1994 年。
4. 〔法〕布赫迪厄（Pierre Bourdieu）著、宋偉航譯，實作理論綱要，台北：麥田，2004 年。
5. 〔法〕牟斯 Marcel Mauss，何翠萍、汪珍宜譯，禮物：舊社會中交換的形式與功能，台北：遠流出版公司，1989 年。
6. 〔法〕亞歷山德里安 Alexandrian 著，賴守正譯，西方情色文學史，台北：城邦文化事業股份有限公司，2003 年。
7. 〔法〕朋尼維茲，Bonnewitz, Patrice，布赫迪厄社會學的第一課，台北：麥田出版公司，2002 年。
8. 〔法〕福柯 Michel Foucault，性史，上海：上海書店，2002 年。
9. 〔法〕薩德 Marquis de Sade 著、王之光譯，索多瑪一百二十天，台北：商周出版，2004 年。
10. 〔法〕羅蘭．巴特 Roland Barthes，寫作的零度，台北：桂冠圖書公司，1998 年。
11. 〔俄〕巴赫金 Mikhail Mikhaĭlovich Bakhtin，錢中文主編，巴赫金全集，石家莊：河北教育出版社，1998 年。
12. 〔美〕Frank Lentricchia & Thomas McLaughlin，張京媛等譯，文學批評術語，香港：牛津大學出版社，1994 年。
13. 〔美〕卜正民 Timothy Brook 著，方駿、王秀麗、羅天佑合譯，縱樂的困惑：明朝的商業與文化，台北：聯經出版事業股份有限公司，2004 年。
14. 〔美〕王德威 Wang Te-wei，宋偉杰譯，被壓抑的現代性——晚清小說新論，台北：城邦文化，2003 年。
15. 〔美〕包筠雅 Cynthia J.Brokaw，杜正貞等譯，功過格：明清社會的道德秩序，杭州：浙江人民出版社，1999 年。
16. 〔美〕伊佩霞 Patricia Buckley Ebrey 著、趙世瑜、趙世玲、張宏豔譯，劍橋插圖中國史——西方人眼中的中國文明奧秘，台北：果實出版社，2005 年。
17. 〔美〕艾梅蘭 Maram Epstein、羅琳譯，競爭的話語——明清小說中的正統性、本眞性及所生成之意義，南京：江蘇人民出版社，2005 年。
18. 〔美〕夏志清，胡益民、石曉林、單坤琴譯，中國古典小說史論，南昌：江西人民出版社，2001 年。
19. 〔美〕浦安迪 Andrew H. Plaks，中國敘事學，北京：北京大學出版社，1996 年。

20. 〔美〕浦安迪 Andrew H. Plaks、沈亨壽譯，明代小說小說四大奇書，北京：三聯書店，2006 年。
21. 〔美〕馬克夢 Keith McMahon，吝嗇鬼、潑婦、一夫多妻者——十八世紀中國小說中的性與男女關係，北京：人民文學出版社，2001 年。
22. 〔美〕曼素恩 Susan Mann，定宜莊、顏宜葳譯，綴珍錄——十六世紀及其前後的中國婦女，南京：江蘇人民出版社，2005 年。
23. 〔美〕雷可夫 George Lakoff、詹森 Mark Johnson 著、周世箴譯，我們賴以生存的譬喻，臺北：聯經出版事業公司，2006 年。
24. 〔美〕蘇珊・桑塔格 Susan Sontag，程巍譯，疾病的隱喻，上海：上海譯文出版社，2003 年。
25. 〔英〕Steven Cohan &〔美〕 Linda M. Shires，張方譯，講故事：對敘事虛構作品的理論分析，台北：駱駝出版社，1997 年。
26. 〔英〕佛斯特 E.M. Forster，小說面面觀，台北：志文出版社，1995 年。
27. 〔荷〕佛克馬 Douwe Fokkema、蟻布思 Elrud Ibsch 著，袁鶴翔譯，二十世紀文學理論，臺北：書林出版社，1998 年。
28. 〔荷〕高羅佩 Gulik, R.H. Van 著，李零譯，中國古代房內考，台北：桂冠，1994 年。
29. 〔荷〕高羅佩 Gulik, R.H. Van 著、楊權譯，秘戲圖考，佛山市：廣東人民出版社，1998 年。
30. 〔德〕克拉夫特・艾賓著 Richard von Krafft-Ebing、陳蒼多譯，性病態（Psychopathia Sexualis）新店：左岸文化，2005 年。
31. 〔德、美〕貢德・弗蘭克 Andre Gunder Frank、劉北成譯，白銀資本——重視經濟全球化中的東方，北京：中央編譯出版社，2000 年。

三、期刊論文

(一) 中文期刊（以筆畫遞增排列）

1. 王振忠〈契兄、契弟、契友、契父、契子——《孫八救人得福》的歷史民俗背景解讀〉，《漢學研究》第 18 卷第 1 期（2000 年 6 月）。
2. 余新忠，20 世紀以來明清疾疫史研究述評，中國史研究動態，2002 年 10 月。
3. 吳銘能，〈評劉達臨《中國性史圖鑑》〉，《漢學研究》第 19，卷第 1 期（2001 年 6 月）。
4. 李志宏，論明末清初才子佳人小說中「佳人」形象範式的原型及其書寫－以作者論立場爲討論基礎，國立臺北教育大學學報，第 18 卷第 2 期（94 年 9 月）。

5. 李志宏，論《金瓶梅》的情色書寫及其文色意味——以潘金蓮的情慾表現爲論述中心，臺北師院語文集刊，第七期，2002 年 6 月。
6. 沈津，論新發現的孤本小說「出像批評海陵佚史」及其他，中國書目季刊第二十九期 1995 年 6 月。
7. 周質平〈讀陳萬益《晚明小品與明季文人生活》〉，《九州學刊》1989 年 6 月三卷二期。
8. 林保淳〈「淫詩」與「淫書」〉，《淡江大學中文學報》，新北市：淡江大學中文系，1997 年 12 月。
9. 康韻梅，《三言》中婦女的情慾世界及其意蘊《臺大中文學報》第八期（1994 年 4 月）。
10. 張秀民〈明代刻書最多的建寧書坊〉，《文物》1979 年第 6 期，頁 77～78。
11. 張祝平，明代艷情小說的發展與朱熹的「淫詩說」，中國書目季刊，1996 年 9 月。
12. 張璉，〈天地分合：明代嘉靖朝郊祀禮議論之考察〉，《漢學研究》第二十三卷第二期（2005 年 12 月）。
13. 翟本瑞，〈中國人「性」觀初探〉，《思與言》第 33 卷第三冊，1995 年 9 月。
14. 劉祥光，〈中國近世地方教育的發展：徽州文人、塾師與初級教育，1100-1800〉，《中央研究院近代史研究所集刊》，第 28 期（台北，1997）。
15. 劉輝〈《如意君傳》的刊刻年代及其與《金瓶梅》之關係〉（《徐州師範學院學報‧哲社版》，1987 年第三期）。
16. 錢乃榮〈《肉蒲團》、《繡榻野史》、《浪史奇觀》三書中的吳語〉，《語言研究》1994 年第 1 期（總第 26 期）。
17. 龔鵬程，中國傳統社會中的文人階層，淡江大學人文社會學刊五十週年校慶特刊，2000 年 10 月。

（二）翻譯期刊（以筆畫遞增排列）

1. 〔日〕大塚秀高，謝碧霞譯〈明代後期文言小說刊行概況〉（上、下），書目季刊第十九卷第二期、第三期。
2. 〔美〕韓南著、水晶譯〈中國愛慾小說初探〉，《聯合文學》第四十七期（1988 年 9 月）。

四、學位論文（以筆畫遞增排列）

1. 王淑芬，呂天成曲品戲曲理論之研究，政治大學中國文學研究所碩士論文，1993 年。
2. 何大衛，中國古代男色文學研究，台灣大學中國文學研究所碩士論文，

2006 年。

3. 李曉萍，金瓶梅鞋腳情色與文化研究，台中：靜宜大學中國文學研究所碩士論文，2002 年。
4. 林雨潔，晚明男色小說研究——以龍陽逸史弁而釵宜春香質爲本，佛光大學人文社會學院文學系碩士論文，2005 年。
5. 林慧芳，弁而釵、宜春香質與龍陽逸史中的男色形象研究，嘉義：中正大學中國文學研究所碩士論文，2004 年。
6. 胡衍南，二拍的生產及其商品性格，台北縣：私立淡江大學中國文學研究所碩士學位論文，1995 年。
7. 翁文信，姑妄言與明清性小說中的性意識，臺北：私立淡江大學中文研究所碩士論文，1997 年。
8. 郭姿吟，明代書籍的出版研究，成功大學歷史研究所碩士論文，2002 年。
9. 陳秀珍，三言、兩拍情色探究，台中：東海大學中國文學研究所碩士論文，1999 年。
10. 馮翠珍，三言二拍一型之戒淫故事研究，台北：中國文化大學中國文學研究所碩士論文，1999 年。
11. 劉愼元，明清豔情小說的承繼、發展與影響，南投：南華大學文學所碩士論文，2002 年。
12. 蕭涵珍，晚明的男色小說：宜春香質與弁而釵，台北：政治大學中國文學研究所碩士論文，2003 年。

五、外文書籍（按字母順序排列）

1. Keith McMahon, Causality and Containment in Seventeenth-Century Chinese Fiction, T'oung monographic. V.15, printed in the Netherlands by E. J. Brill, 1988.
2. Wilfred L. Guerin, Earle Labor, A Handbook of Critical Approaches to Literature, Oxford University, 2004.

六、論文集論文（按筆畫順序排列）

1. 中國海洋發展史論文集編輯委員會主編，《中國海洋發展史論文集》六輯，台北：中央研究院中山人文社會科學研究所，1997 年。
2. 淡江大學中文系編，人物類型與中國市井文化，台北：台灣學生書局，1995 年。
3. 辜美高、黃霖編，《明代小說面面觀》，上海：學林出版社，2002 年。
4. 黃克武〈暗通款曲：明清豔情小說的情慾與空間〉，熊秉眞主編《欲掩彌彰：中國歷史文化中的「私」與「情」——私情篇》，台北：漢學研究中心，2004 年。

5. 熊秉眞、呂妙芬主編，《禮教與情慾：前近代中國文化的後/現代性》，台北：中央研究院近代史研究所，1999 年。
6. 熊秉眞、張壽安主編，《情欲明清——達情篇》，台北：麥田出版，2004 年。
7. 熊秉眞、張壽安主編，《情欲明清——遂欲篇》，台北：麥田出版，2004 年。
8. 劉苑如、李豐楙編，《空間、地域與文化》上冊，台北：中央研究院中國文哲研究所，2002 年。
9. 梁其姿，疾病與方土之關係：元至清間醫界的看法，《生命與醫療》，北京：中國大百科全書，2005 年。